깊음에서 비롯되는 것들

깊음에서 비롯되는 것들

삶터를 깊게 하는 인문

김월회 지음

논형

깊음에서 비롯되는 것들
삶터를 깊게 하는 인문

초판 1쇄 인쇄 2019년 5월 20일
초판 1쇄 발행 2019년 5월 24일

지 은 이 김월회
펴 낸 곳 논형
펴 낸 이 소재두
등록번호 제2003-000019호
등록일자 2003년 3월 5일
주 소 서울시 영등포구 양산로 19길 15 원일빌딩 204호
전 화 02-887-3561
팩 스 02-887-6690
I S B N 978-89-6357-228-4 03800
값 16,000 원

이 도서의 국립중앙도서관 출판예정도서목록(CIP)은 서지정보유통지원시스템 홈페이지(http://seoji.nl.go.kr)와 국가자료종합목록시스템(http://kolis-net.nl.go.kr)에서 이용하실 수 있습니다.
(CIP제어번호 : CIP2019019059)

종종 글로 고난과 시련을 견뎌냈다는 고백을 접하곤 한다. 더러는 덕분에 이겨낼 수 있었다고도 한다. 망국과 전쟁과 독재를, 또 가난과 핍박과 불의를, 누군가는 쓰면서 또 누군가는 읽으면서 버텨냈다고 한다.

오래고 오랜 이어짐인 듯싶다. 서양 글의 요람『일리아스』는 "신이여, 나로 하여금 분노를 노래하게 하소서"라는 절규로 시작됐고, 공자는 공분을 드러내어 글을 쓴다는 씨앗을 뿌리며 한자권 글쓰기의 서막을 열었다. 나를 불편케 하고 고통스럽게 한 원인에 대한 분노를 글로 빚어내면서, 자신을 추스르고 시대를 증언했음이다. 덕분에 사람을 살아내게 하고 인문을 지탱해준 글들이 적잖이 쌓일 수 있었다. 동서 공히 적어도 3천 년 가까이 질기게 이어진 전통이다.

이제 그 전통에 한 줌도 못 되는 글을 더한다. 지난 10년여 동안 신문 지상에 실었던 100편의 칼럼이다. 저들이 인문적 소양과 헌법적 가치를 때로는 적나라하게, 때로는 교묘하게 그러나 집요하게 파괴하던 시절, 이 글들을 쓰면서 나름 나를 지탱해갈 수 있었다. 다만 이 글들이 이 땅의 인문 진보에 무슨 도움이 됐는지는 정녕 자신 없다. 게다가 글을 지으며 살아내기로 뜻을 품은 이래 줄곧 지고 있었던 물음에도 결국은 답하지 못했다. 적잖은 세월 동안 펜은 칼보다 강하다는 믿음이 진리인 양 유전됐다. 그런데 펜이 칼보다 강한 때가 과연 있었는지… 길게 이어지는 역사라는 무대에서가 아니라 100년을 재 못 채우는 우리네 장삼이사의 삶터에서 말이다.

그래서 글은 씨앗이요, 글쓰기는 씨 뿌리기인 듯싶다. 글쓴이의 삶은 100년을 채우지 못하지만 그 글은 그의 삶이 스러져간 100년 아니 1000년 후에도 열매로 맺어지곤 한다. 하여 삼가 조심스레 그 마음을 더듬어 본다. 닭 우는 소리조차 범치 못했던 광야, 그 광활한 벌판에 매화 향기 홀로 아득할 제 가난한 노래의 씨를 뿌린 시인 이육사의 마음을. 언감생심 비길 수는 없지만, 같은 말을 쓰는 후생으로서 그 마음에 조금이라도 값했으면 싶다.

2019년 2월

궐여재(闕如齋)에서 하연(夏然) 삼가 씀

1부 [언어의 깊음] 말, 글 그리고 인문의 힘

2부 [생활의 깊음]
삶터의 인문적 재구성

3부 [교육의 깊음] 삶으로서의 교육

4부 [시선의 깊음]

제국 읽기, 중국 다시 쓰기

5부 [정치의 깊음] "政, 正也." - 정치[政]는 바로잡음[正]이다

1부

[언어의 깊음]

말, 글 그리고 인문의 힘

1 인간의 길, 가축의 길

"나에게는 태어날 때 이미 만물이 다 갖춰져 있다." 맹자의 말이다. 바로 다음에는 "돌이켜 자신에게 정성을 다하는 것보다 큰 즐거움은 없다"는 말이 나온다. 나에게 정성을 다하면 곧 만물에 정성을 베푸는 것이 되니 이보다 큰 즐거움은 없다는 뜻이다.

여기서 인간은 하늘처럼 위대해진다. 만물을 품고 그 하나하나에 정성을 다하는 존재는 하늘밖에 없기 때문이다. 인간은 과연 만물의 영장이라는 말을 하자는 것이 아니다. 어떤 이는 만물을 담을 수 있는 '나'에게 지옥을 담기도 한다. 그로도 모자라면 함께 사는 사회를 지옥으로 만들기도 한다. 힘이 있어서 그렇다. 마음에 품은 바를 사회적으로 펼쳐낼 수 있는 그러한 힘 말이다.

하여 그들은, 세상이 자기를 중심으로 돈다고 여긴다. 마음을 집중하면 온 우주가 나서서 자기 염원을 이뤄준다고 믿는다. 우주 삼라만상을 자기 중심으로 돌리는, 망상이 절정의 경지에 올라섰음이다. 그러니 자신이 어떤 대상을 악하다고 규정하면 그 대상은 정말로 악해야만 한다. 나아가 다른 사람들도 자기처럼 그 대상을 악하게 여겨야 한다. 그렇지 않으면 TV로 생중계되는 기자회견 중에도 책상을 탕탕 치며 국민을 겁박하기도 한다. 그들이 보기에 자기 뜻을 따르지 않는 존재는 그 자체로 악이기 때문이다. 힘없는 '루저(looser)'나 '흙수저'들 주제에 말이다.

사실 이런 유형은 자기 마음에 들어앉은 것이 무엇인지 잘 모른다. 그들은 인간이기에 행하는 성찰은 루저나 흙수저의 몫이라 강변한다. 대신 누가 봐도 악이지만 자신이 품으면 괜찮다고 한다. 자기에게는 이익이 되기 때문이다. 그래서 자기 이익만 지킬 수 있다면 전쟁 같은 거대 폭력도 그들에게는 마냥 회피할 대상은 아니다. 전장에는 루저나 흙수저들을 내보내면 그만이기에 그렇다. 그들은 단지 틈날 때마다 대결과 분열을 부추기고 갈등과 증오를 조장하여 전쟁이 아니면 우리가 당한다는 공포를 증폭하기만 하면 된다.

저 옛날 맹자의 일갈이 여전히 유효한 까닭이다. "영토를 늘리려 전쟁한다면서 사람을 죽여 온 들판을 가득 메운다. 성을 차지하려 전쟁한다면서 사람을 죽여 온 성에 가득 채운다. 이는 온 땅에 사람고기를 먹이는 것이니, 그 죄는 죽음으로도 용서되지 못한다." 한마디로, 자기가 갖고 싶은 땅과 성을 차지하기 위하여 산사람을 그 땅과 성의 먹이로 썼다는 절규다.

맹자가 반전론자여서 이런 말을 했음이 아니다. 그의 일갈은 춘추시대 이래 자기 당대까지, 4백여 년 간 수없이 치러진 전쟁 중 '의전(義戰)' 곧 의로운 전쟁은 하나도 없었다는 비판의 일부였다. 다시 말해 맹자도 의로운 전쟁은 긍정했다는 것이다. 그럼 의로운 전쟁이란 무엇일까. 그것은 옛적 성현들처럼, 군주의 폭정으로부터 백성을 구제하기 위해 피치 못하게 벌이는 전쟁을 가리킨다. 전쟁이기에 숱한 생명이 어쩔 수 없이 살상되지만, 그 죽음으로 도탄에 빠진 천하가 구제되기에 의롭다고 할 수 있다는 논리다.

이에 비춰보면, 자기 이익의 유지나 극대화를 위한 전쟁은 자기 욕망을 위해 사람을 먹이로 쓴 것에 불과하다. 근대중국을 대표하는 노신(魯迅)은 이렇게 말한 적이 있다.

> 혹자는 말한다. '당신은 저 돼지를 보지 못했는가? 도망치려 길길이 날뛰어도 결국은 붙들릴 수밖에 없으니, 그런 몸부림은 공연히 힘 빼는 것에 불과해'라고. 죽는다 해도 양처럼 그저 순순하게 굴어 피차 힘 빼지 말자는 뜻이다. 하지만 그대는 저 멧돼지를 보지 못했는가? 송곳니 두 개로 노련한 사냥꾼도 도망치게 한다. 그런 송곳니는 돼지우리를 벗어나 산으로 들어가기만 하면 얼마 안 있어 길게 나온다.(『한두 가지의 비유』)

야생 또는 가축, 어느 쪽으로 마음을 먹느냐에 따라 신체는 그에 상응하여 변이된다는 것이다. 가축의 길, 그러니까 남들이 키우는 대로 순응하다 먹이가 되는 삶을 선택하면 멧

돼지라도 송곳니가 나질 않는다. 반면에 자기 삶의 주인이 되는 야생의 길을 선택한 집돼지에게는 송곳니가 우뚝 솟구친다. 마음은 그저 하늘을 품거나 지옥을 담는 데 그치는 게 아니라 이처럼 신체의 변이를 실질적으로 추동한다.

사회는 시민 개개인이 결합된 집체(集體) 곧 집합적 신체이다. 하여 시민들이 마음먹기에 따라 사회라는 신체도 변이될 수 있다. 집돼지는 수천 마리라 할지라도 사료를 주며 가둬두면 고분고분 일생을 산다. 멧돼지는 그와 달리 대여섯만 모여도 큰 산을 주름잡는 맹수 무리가 된다. 마음먹기의 차이가 개체의 신체 변이를 넘어 집체의 변이도 추동한 셈이다. 아리스토텔레스의 진단처럼 국정에 참여하는 시민 모두가 고귀한 덕을 품으면 사회 전체도 고귀한 덕을 품게 된다는 것이다.

노신은 "사람이 자기가 자기 입을 때릴 정도로 망가졌다면, 다른 사람이 와서 자기 입을 때리지 않으리라 보장하기 어렵다"고 했다. 인간이면서 가축의 길을 간다면 그것이 바로 스스로 자기 입을 때릴 정도로 망가진 상태다. 그러니 그럴 듯한 먹이를 주며 현혹하다가 필요하다 싶을 때 먹이를 받아먹는 입을 후려쳐도, 그들은 그러려니 하며 가축의 길을 계속 가고 만다.

때가 된 듯하다. 공약이란 그럴 듯한 이름으로 먹이를 흩뿌리다, 당선되면 입을 휘갈기는 그러한 시절 말이다.

[한국일보 2016년 3월 31일 자]

2 '불온한' 성선설

'착한 말'들의 생고생이 심상치 않다. 태생이 선한 말들이 악한 기운을 풍기는 일에 동원되어 총알받이가 되고 있다. 진실하지 못한 일에는 진실이란 말이, 올바르지 않은 일에는 올바르다는 말이, 또 온통 비정상인 일에는 정상이란 말이 차출돼, 갖은 부조리와 부패, 불의를 가려주고 있다.

존재가 탐욕적이고 생활이 위선적인 세력이 말의 '착한 힘'을 그악스럽게 악용한 결과이다. 본래 말은 사람과 말해진 바를 직결시키는 힘을 지니고 있다. 그래서 맹자가 한 말이 담긴 책 이름이 '맹자'였고, 장자의 말이 담긴 책 이름은 '장자'였다. "글의 품격은 그 사람의 품격에서 비롯된다[詩品出於人品]"는 믿음이 오랜 세월 동안 의심되지 않았으니, 말은 곧 말한 이의 인격 그 자체였던 것이다. 하여 좋은 말을 하는 이는 왠지 선하게 보이고, 나쁜 말을 하는 이는 왠지 악하게 보이곤 한다.

사정이 이와 같다면, 사람의 본성이 선하다고 본 성선설이 저 옛날부터 인간 본성에 대한 논의 가운데 주류였을 듯싶다. 그런데 무슨 이유인지 고대 중국에서는 사람의 본성을 악하다고 한 성악설이 주류였다. 특히 제자백가가 활약했던 시기, 성선설은 비유컨대 '고립된 섬'이었다. 맹자와 그를 따르는 무리만 그리 믿었지, 절대 다수의 지식인은 성악설 또는 "사람 본성 자체에는 선함도 없고 악함도 없다"는 '성무선악설(性無善惡說)'을 지지했다.

그 이후로도 사정은 마찬가지였다. 성선설의 본산인 『맹자』는 유가의 고전은커녕 금서에 가까운 푸대접을 받았다. 착한 말임에도 백안시되고 억압받은 꼴이다. 그러다 12세기에 들어 주희 등 성리학자에 의해 비로소 『논어』에 비견되는 유가의 경전으로 격상되었다. 그리고 얼마 후 몽골의 원 제국 시절, 성리학이 제국 최고의 통치이념으로 재정립되자 성선설은 비로소 정통으로 거듭났다. 섬에서 주류가 되는 데까지 줄잡아 1500여 년의 세월이 걸린 셈이다. 사람의 본성이 선하다고 하면, 그리 말하는 사람도 선하게 보이고 듣는 사람도 기분 나쁘지 않았을 터인데, 왜 그리 됐던 것일까.

이유는 간단했다. 성선설은 피치자나 치자 모두에게 별 도움이 안 됐기 때문이다. 저 옛날이든 오늘날이든, "당신들은 선하게 태어난 존재이니 착하게 살아야 한다"는 사회적 강자의 말은, 사회적 약자에게는 주로 "내 말 잘 들어라", "내가 시키는 대로 해라" 등의 뜻으로 다가온다. 성선설이 말하는 선함, 곧 하늘의 선함을 강자들이 자기에게 착하게 구는 것으로 바꿔 놓았기 때문이다. 그러니까 하늘에 순종함이 선한 것이 아니라 자기들에게 잘함이 선한 것이 된다. 물론 강자들은 자기의 선함이 곧 하늘의 선함이라고 우긴다. 그러나 선할수록 약자들의 삶은 오히려 팍팍해짐이 하늘의 뜻일 리는 만무하다. 그럼에도 실제에선 선함이 강조될수록 사회적 강자에게는 이익이 커지고 약자에게는 해악이 심해질 수 있었음이다.

문제는, 맹자 같은 인물의 상존 가능성이었다. 그는 무척 '센' 자였다. 제후와 처음 만난 자리에서 군주가 이익을 밝히면 똑같이 이익을 탐하는 신하에 의해 제거된다고 아뢨다. 거침이 없었다. 간언을 듣지 않으면, 혈연이 먼 중신은 미련 없이 다른 나라로 가고, 가까운 중신은 당신을 죽일 것이라며 서슴없이 제후를 겁박하였다. 언뜻 익히 할 수 있는 말처럼 보이지만, 실은 하나같이 결기가 서린 말이었다.

한술 더 떠, 폭군을 권좌에서 내쫓음은 정당하다고 주장했다. 널리 알려진 역성혁명론이다. 그는 폭군의 축출은 못난 필부를 내쫓는 것이지 군주를 내쫓는 것이 아니라고 단언했다. 제후 아니라 그보다 높은 천자라 할지라도, 강직하게 간언함은 신하의 당연한 도리라고 생각될 수 있다. 그러나 마음에 들지 않으면 그 자리에서 바로 죽일 힘을 지닌 군주 앞에서 정치를 못하면 쫓겨나든지 아니면 죽든지, 둘 중 하나라고 말한다는 것은 결코 쉽지 않다.

성선설은 맹자가 그렇게 당당하고 거침없이 행할 수 있었던 근거였다. 그가 보기에 군주가 타고난 선함을 지키지 못했다면 군주의 명을 따를 이유가 없게 된다. 군주의 권위는 하늘로부터 온다. 그러한 군주가 하늘이 그에게 부여한 선함을 오염시켰다면, 그를 따름은 오히려 하늘을 거스르는 것이 된다. 다시 말해 하늘의 뜻을 따르자면 선하지 못한 군주를 따라서는 안 된다. 이렇게 성선설은 역성혁명을 정당화 해주는 윤리적 근거였다. 그러니 함량이 부족한 사회적 강자가 성선설을 달가워했을 리 만무했다. 사람의 본성은 선하다는 착한 말이 자기 명줄을 끊는 비수가 될 수도 있기 때문이었다.

힘만 있지 정의롭지 못한 강자들이 착한 말을 학대하는 지금, 그 덕에 '진실한', '올바른', '정상적' 같은 착한 말들이 부쩍 부각되고 있다. 참으로 역설적이지만, 덕분에 성선설과 같은 착한 말의 힘이 제대로 발휘될 수 있는 좋은 여건이 갖춰졌다. 물론 강자들은 원치 않겠지만, 착한 말은 모가지가 아무리 비틀려도 그 힘은 반드시 실현되기 마련이다.

[한국일보 2015년 11월 27일 자]

3 꿩들의 극성시대

꿩은 사냥꾼에게 쫓기다가 더는 피할 수 없게 되면 머리를 땅에 박고는 안심한다고 한다. 얼굴을 땅에 파묻어서 사냥꾼이 보이지 않게 된 것을 사냥꾼이 더는 쫓아오지 않는다고 여긴 것이다.

그러니 사냥꾼에 잡히면서 꿩은 모르긴 해도 왜 자신이 잡혀 죽음의 길로 접어든지를 도통 이해하지 못했을 것이다. 그러나 본디 세상이 꿩 생각대로, 꿩을 우주의 중심 삼아 돌아갈 리 없으니 죽음에 이른들 무슨 항변을 할 수 있을까. 물론 꿩 입장에선 몹시 억울할 일이겠지만 말이다. 그런데 사람은 이와 얼마나 다를까.

제자백가서의 하나인『여씨춘추』에는 이러한 일화가 실려 있다. 진나라 백성 하나가 난리를 틈타 종을 훔쳤다. 당시는 청동이 상당히 귀했던 시절이었다. 하여 짊어지고 도망가려 했다. 다만 종이 너무 커서 짊어질 수 없다는 게 문제였다. 그렇다고 포기할 수는 없는 일, 잠시 후 그는 큰 망치를 구해왔다. 종을 부숴서 가져가려 했음이다. 그런데 망치로 내려치자

종이 크게 울렸다. 순간 당황한 그는 종소리를 듣고 모인 사람들에게 종을 빼앗길까 두려워 얼른 자신의 귀를 가렸다.

우호적으로 보자면 대단한 정신력의 소유자가 아닐 수 없다. 나에게 들리지 않으면 남들에게도 들리지 않는 거라고 믿었음이니 이 얼마나 엄청난 경지인가. 예서 조금만 더 기운을 내면 온 우주마저 자기를 중심으로 재편하는 절정의 경지에 도달하게 된다. 간절히 바라면 온 우주가 나서서 염원을 이뤄준다고 한, 푸른 기와지붕 아래 거주하는 누군가가 절로 떠오르는 대목이다. 반면 상식에 기초하여 읽으면, 꿩이 들으면 기분 상할지 모르겠지만, 만물의 영장이라 자부하는 인간이 꿩과 같은 반열이 된 셈이다. 온 우주에서 신을 제외하곤 사람만이 생각할 수 있다고 하던데, 그러한 생각을 활용한 결과가 꿩이라니 신의 심기가 사뭇 불편할 듯도 싶다.

현대 중국의 대문호 루쉰은 수천 년 중국 역사서 목도되는 이러한 '꿩 되기' 전통을 '아Q'라는 인물형상으로 빚어냈다. 『아Q정전』의 주인공인 그는 '정신승리법'이라 불리는 기막힌 정신력으로 혼란했던 시절을 살아가던 인물이었다. 이를테면 이런 식이었다. 하루는 꼬마들로부터 조롱과 돌팔매질을 당했다. 그는 아무런 대응도 못한 채 도망치듯 거처로 돌아와 짐짓 자책하는 듯싶더니만 이내 활기를 되찾았다. 모종의 '정신 조작' 덕분이었다. 사람이라면 노인에게 돌을 던지는 일 따위는 차마 못할 터, 그 녀석들은 분명 사람이 아닌 게다. 사람도 아닌 것들에게 곤혹을 치렀다고 화를 내면 자신도 사람이 아니게 된다. 그러니 그에게 자책할 일은 애초부터 없었던 셈이었다.

그래서 동서고금을 막론하고 억견(臆見)을 경계하는 목소리가 끊이지 않았던 듯하다. 특히 힘 있는 이들에게 더욱 힘주어 경고한 이유도 절로 이해된다. 종을 훔치려던 민초 얘기는 “다른 사람이 듣는 것을 꺼림은 그럴 수 있지만, 자기 스스로 듣는 것을 꺼려함은 잘못이다. 군주가 되어 자신의 허물 듣는 것을 싫어함도 이와 비슷하지 않은가”라는 평으로 끝난다. 자기를 중심으로 세상만사를 바라보면 힘없는 이들은 꿩처럼 강자에게 잡혀 결딴이 나고, 군주같이 힘을 지닌 이들은 진짜 세상을 자기 뜻대로 돌리려다 애먼 민초들의 삶까지 피폐케 하기에 그렇다.

그럼에도 우리 사회에선 세상을 자기중심으로 돌리려는 자들이, 아니 자기가 돌리고 있다고 철석같이 믿는 이들이 활개 치고 있다. 함량 미달의 정치인과 언론인이 마구 쏟아내는 막말 얘기다. 자신만이 옳고 자기 생각이 사실이며 세상은 응당 자신을 중심으로 돌아가야 한다고 믿지 않는 한, 막말을 그렇게 무책임하게 내뱉을 수는 없기에 하는 말이다. 상식적으로 보면 그들의 언행은 손으로 해를 가리려 하는 아둔함에 불과하지만, 손으로 자기 눈을 가려 해가 보이지 않으면 그들은 정말로 해를 가렸다고 믿으며 지닌 힘을 마구 휘두르니 문제가 될 수밖에 없다.

그들은 그냥 우기는 게 아니라 진짜 그렇다고 믿는 것이다. 단지 정파적, 경제적 이익 때문에 우기는 거라면 그렇게 치열하고도 일관되게 막말을 해댈 수는 없다. 그들의 막말은 아무 말이나 되는 대로 내뱉은 것이 아니라 나름의 '정신적 가공'을 거쳐 생산한 말이라는 뜻이다. 그들은 우리 시대의 참된 아Q들이기에 그렇다. 하여 그들은 아Q처럼, 곧 자기중심적으로 시민을 보아 자기가 그렇게 얘기하면 정말 시민도 그렇게 믿는다고 여긴다. 자기 덕분에 그만큼이라도 살게 됐다고 여기기에 시민은 자기를 위해 기꺼이 꿩이 되고 아Q가 되어준다고 믿는다.

"삼인성호"라는 말이 있다. 세 사람이 연달아 호랑이가 온다고 말하면 그렇게 믿게 된다는 뜻이다. 말은 이렇듯 반복하여 쌓이면 듣는 사람을 믿게 하는 힘을 지닌다. 그래서 말하는 사람도 자꾸 거짓말을 하다 보면 결국 자기 거짓말에 넘어가게 된다. 자기가 하는 말을 상대만 듣는 것이 아니라 자신도 듣게 되기에 그렇다.

말은 우주에서 신과 인간만이 할 수 있다고 한다. 그만큼 말의 가치와 역량은 크고 값지다. 그런 말을 활용해서 기껏 아Q나 꿩 되기를 일삼으니 그 작태가 참으로 딱할 따름이다.

[한국일보 2017년 9월 26일 자]

4 말의 '형성적' 힘

만리장성을 쌓은 진시황은 황하와 장강 일대를 동시에 장악하여 중국 최초로 통일 대제국을 이룬 군주였다. 그는 이를 온전히 기리기 위해 자신을 '시황', 그러니까 '첫[始] 황제[皇]'라고 부르라 했다. '진 제국 최초의 황제'라는 뜻의 진시황이란 표현은 그렇게 생성됐다.

진시황 이전, 황(皇)과 제(帝)는 모두 사람이 아니라 신에게 붙이는 말이었다. 사람 가운데 가장 높은 자인 군주는 왕이라 불렸다. 그런데 진시황은 자신이 건설한 나라가 새로운 차원의 나라임을 표방하고자 했다. 그러려면 자신이 기존의 왕보다 한층 존귀한 자임을 강조할 필요가 있었다. 하여 신에게 쓰는 호칭으로, 곧 기존의 왕이라는 호칭보다 높은 호칭으로 자기를 칭하게 했다. 그렇게 자기가 일구어낸 통일된 천하가 이전의 나라와는 '급'이 다른 자, 곧 '황제가 다스리는 제국'임을 온 천하에 널리 알리고자 했다.

그러고는 제국이 자손만대까지 존속돼야 한다는 염원을 담아 자신을 '첫 황제'로 부르게 했다. 또 아들은 '두 번째 황제[二世]'로, 손자는 '세 번째 황제[三世]'로 칭하게 했다. 기존의 문황, 무왕 같이 '왕'을 붙여 사용하던 전통을 깨고, 새로운 명명법을 개발한 후 거기에 제위가 만세[萬世] 후까지 전해져야 한다는 욕망을 담아냈던 것이다. "만세 만세 만만세!"

진시황은 자기가 전에 없었던 새로운 급의 군주임을 만백성에게 각인하고자 그들이 일상적으로 사용하는 말을 통제하기도 했다. 황제가 스스로를 칭하는 짐(朕)과 황제의 거처를 뜻하는 궁(宮)이 대표적 예다. 진시황이 그렇게 독점하기 전, 짐과 궁은 신분에 관계없이 자신과 자기 거처를 가리킬 때면 누구나 쓸 수 있는 말이었다. 이들이 황제 전용으로 제한됨으로써 사람들이 '나'나 우리 '집'을 가리키며 짐이나 궁을 쓰게 되면 본의 아니게 반역에 준하는 불경죄를 범한 셈이 되고 만다. 그러니 알아서 자기 검열을 하게 되고, 그때마다 사람들은 한 번도 본 적 없는 황제의 신성한 권위를 느끼게 된다.

이는 진시황이 말을 이용하여 제국과 황제라는 새로운 제도를 현실에 착근해 갔음을 일러준다. 말을 매개로 제국과 황제라는 새로운 실체와 제도를 인민의 일상에 스며들게 한 것이다. 신문, 잡지나 방송, 의무교육기관 같이 국가이념을 전국 방방곡곡에 효율적으로 전파할 수 있는 수단이 없었음에도, 말의 힘에 의지하여 제국이라는 체제를 광범위한 지역에서 유의미한 수준 이상으로 구동되게끔 했다는 얘기다.

2천 년도 더 된 중국의 진시황 얘기를 꺼낸 까닭은, 말의 힘은 그때나 지금이나, 또 거기서나 여기서나 동일함을 환기하기 위해서이다. 그 힘은 "빛이 있으라 하시니 빛이 있었고"(『성경』)와 같은 어떤 주술적이고 신령한 것이 아니다. 그것은 개인과 국가사회가 형성되는 데 실제적으로 개입된 사회적 힘이다. 이를테면 영어나 독어 등의 '국어'가, 곧 근대화된 말이 국민(nation)이라는 근대 국가의 주체를 만들어내고, 그럼으로써 그들이 주인인 국민국가가 주조될 수 있었다는 얘기다. 말은 시대와 지역을 불문하고 늘 뭔가를 빚어내는 '형성적 힘'을 행사해왔다는 말이다.

말의 형성적 힘은 대통령 탄핵이라는 헌정사 최초의 사건에서도 유감없이 목도됐다. 전처럼 돌이나 화염병 등을 던지지 않았어도 위대한 진보를 일궈낼 수 있었던 까닭은 시민의 응집된 목소리 덕분이었다. 삶터와 광장에서, 또 온라인에서 지속적으로 표출된 시민의 말이 철옹성이었던 재벌 총수를 구속하고 부정한 대통령을 파면함으로써 새로운 역사를 만들어냈음이다.

이제는 그 말 속에 알알이 박혀 있던, 자유롭고 평화로우며 공정하고 행복한 삶과 사회의 건설이라는 지향을 실현해야 할 때다. 이것이 우리 사회 지고지존의 가치로 재천명된 헌법 수호라는 당위를 구현하는 길이다. 상해임시정부 법통의 계승을 비롯하여 주권재민, 법치주의, 평화통일, 경제민주화, 행복한 삶의 실현 등등, 헌법에 담긴 말들의 형성적 힘이 개인과 국가사회 모두의 차원에서 온전히 구동될 때 비로소 헌법 수호란 당위가 성취된다는 것이다.

이를 위해선 '수저' 종류와 무관하게 저마다의 말이 존중돼야 한다. 다만 어설프게 조화를 꾀하지는 말자. 광장을 가득 메운 목소리가 결코 단일하지 않았지만, 민주주의 실현이라는 큰 목표 아래 평화롭게 병존했듯이 다양한 목소리의 평등한 공존을 도모해보자는 얘기다. 곧 민주적 제 질서의 확립과 공공선의 진보, 성숙한 인문사회의 건설, 평화체제의 구축 같은 큰 목표는 공유하되, 그 안에서 상호 다름이 공존하는 양태를 실현하자는 제언이다.

물론 쉽지 않은 과업이다. 나와 많이 다르고 척지기도 한 목소리를 내 목소리와 대등하게 수용하는 건 사실 꽤나 어려운 일이다. 하여 자라면서 또 살아가면서 그럴 수 있도록 지속적으로 스스로를 연마할 필요가 있다. 다만 제도적으로 시행되는 초등, 중등, 고등교육은 그러한 스스로의 훈련을 도와주는 역할만 해야 한다. 언론도, 종교도 마찬가지다. 지식인, 정치인 등도 마땅히 그러해야 한다.

시민이 자율적이고 평화로운 삶을 영위할 수 있도록 도와줄 따름이어야지, 그들을 주도하거나 가르칠 생각을 해서는 안 된다는 뜻이다. 그랬을 때 헌법 수호로 표방된 '가치 있는 말'들의 형성적 힘이 법적, 제도적 차원뿐 아니라 문화적으로도 일상적으로 발휘될 수 있을 것이다.

[한국일보 2017년 3월 14일 자]

5 '지언[知言]'의 힘

빛과 소리가 있어 인류는 슬기롭고 똑똑할 수 있었다. 총명이란 말이 각각 '귀가 밝다[聰]', '눈이 밝다[明]'는 뜻의 글자로 이뤄진 까닭이다. 그런 점에서 빛과 소리 사이에 우열을 두기는 어렵다.

물론 기독교 전통에 따르면 소리가 빛을 창조했다. 빛이 있으라 하니 빛이 있었다는 『성경』 구절이 그 근거다. 빛이 있기 전에 소리가 있었다는 말이며, 소리는 빛이 지니지 못한 역능을 더 지니고 있다는 뜻이기도 하다. 장자는 하늘과 땅, 사람을 아예 '하늘피리', '땅피리', '사람피리'라고 명명하고는 천지간 만물을 모두 소리 내는 존재로 규정했다. 그 소리가 다 다른 덕분에 만물은 서로 구분된다고 하였다. 사람을 포함하여 만물은, 스스로 빛을 발하지는 못해도 저마다 소리는 빚어낼 수 있다고 본 것이다. 빛과 달리 소리는 만물의 본질을 이루고 있다는 통찰이다.

그래서 옛사람들은 소리로 사람을 변화시킬 수 있다고 여겼다. 장자가 하늘피리가 울리면 만물은 저마다의 소리를 낸다고 했듯이 '나' 안팎의 소리가 조응하기 때문이다. 밝은 빛을 마냥 쪼이고 있다고 하여 사람의 성품이 밝아지진 않는다. 반면에 밝은 음악을 주로 들으면 성품이 밝아지기도 한다. 세상 경영의 요결이 담긴 경전에 "기운이 방탕하고 삿되고 경박하며, 가락이 촉급하기만 하고 조화롭지 못하면 사람은 음흉해지고 난잡해진다"(『예기』) 식의 경고가 적잖이 실려 있는 연유다. 과학기술 수준이 낮았던 시대에서나 통용되던 관념이라 치부하면 오산이다. 지금도 태교가 음악을 중심으로 이뤄지는 것을 보면 말이다.

육안으로 볼 수 있는 빛으로는 사람의 내면을 파고들어 변화시키지 못 하지만, 사람이 들을 수 있는 소리로는 그것이 가능했기에 나온 사유다. 게다가 소리는 사방에서 들어와 내 안으로 스며든다. 눈은 뒤를 보지 못하지만 귀는 뒤를 들을 수 있다. 눈은 보는 방향 하나만을 볼 수 있지만 귀는 사방에서 이는 소리를 한꺼번에 다 들을 수도 있다. 아무리 음원을 등지고 있어도, 한사코 듣지 않으려 해도 결국은 스며들고 또 스며들어 어느 순간 나의 목소리가 되기도 한다.

하여 옛사람들은 사회 차원에서 형성되는 소리는 그 사회의 실상을 잘 드러내준다고 믿었다. 가령 사회 곳곳서 들리는 목소리에서 분노와 원망이 묻어나면 이를 정치가 매우 잘못되었음의 반증으로 간주했다. 반대로 그 목소리에 편안함과 즐거움이 깃들어 있으면 그 정치는 틀림없이 조화롭게 이뤄지고 있다고 보았다. 위정자들에게 항상 소리에 주목하라는 요구가 시대를 거듭하여 잇달았던 이유다. 사람은 눈으로는 속을 못 보지만 귀로는 속을 들을 수 있기에 그렇다. 눈은 갈라봐야 비로소 속을 볼 수 있지만, 청진기처럼 소리는 귀를 대고 들으면 겉에서도 그 속이 어떠한지를 익히 알 수 있다. 빛은 겉모습만 드러내지만 소리는 속으로부터 나오기 때문이다.

말은 사람이 내는 대표적 소리다. 하여 사람의 소리에 온전히 귀 기울이려면 그 사람의 말을 귀담아 들으면 된다. 꼭 정치인이나 관료, 언론인 등만 두고 하는 이야기는 아니다. 지금 우리는 시민 개개인이 주권자인 사회에서 살고 있다. 우리 하나하나가 다 위정자인 셈이다. 공자가 위정자에게, 또 관리가 되고자 하는 제자들에게 누누이 강조한 "말을 살펴 파악할" 줄 아는 '찰언(察言)'이나 '지언(知言)'의 역량을 갖출 필요는 그래서 지금 우리에게도 당연하게 요청된다. 단지 남의 말을 듣고 그 문면의 의미를 정확하게 파악하기 위해서만이 아니다. 행간에 스며있는, 그렇기에 문면에는 드러나 있지 않은 의미와 의도, 욕망까지 낱낱이 헤아리기 위해서다. 이를테면 이런 식이다.

> 치우친 말로는 그가 숨긴 것을 알아내고 과도한 말로는 그가 탐닉하고 있는 바를 알아낸다. 사악한 말로는 그가 일탈하고 있는 바를 알아내고 감추려는 말로는 그가 궁색해 하는 바를

알아낸다.(『맹자』)

자신의 장점을 여쭤온 제자에게 "말을 아는 것"이라고 잘라 말했던 맹자의 말이다. 소리는, 깨어있지 않으면 부지불식간에 스며들어와 자신의 목소리가 되어 자기를 움직이는 동력이 되기도 한다. 그래서 말을 살펴 파악하지 못하면 자기 내면의 목소리에 따라 행하는 듯싶지만, 결국은 남의 목소리에 놀아난 셈이 되고 만다.

민주주의 사회는 온갖 목소리가 자유롭게 발화되고, 선의의 경쟁을 거쳐 정책으로 수렴되는 체제다. 다만 이는 어디까지나 자기가 빚어내는 소리일 때의 얘기다. 자기가 빚어낸 소리의 모든 책임을 자기 자신이 짊어져야 함이 기본 전제이기 때문이다. 그래서 남들이 빚어낸 소리를 왜곡하고 악용하여 어떻게든 기득권을 유지하려 드는 세력의 목소리마저 긍정해야 하는 것은 아니다. 자기가 낸 소리의 근원이 자기 자신이 아니기에, 그들은 끊임없이 남 탓하며 호도하고 회피한다. 어차피 작정하고 한 막말인데 굳이 책임질 필요는 없다는 심보다.

'황금 개'의 해인 2018년이다. 올 6월에는 문재인 정부 중간평가 성격의 전국지방선거와 재보궐선거가 치러진다. 그 어느 때보다 더 주권자인 시민이 '지언'의 힘을 발휘할 때인 듯싶다. 나를 움직이게 한 소리가 알고 보니 '견음(犬音)'이었다면, 이 얼마나 억울하고 속상한 일이 아니겠는가.

[한국일보 2018년 1월 9일 자]

6 말의 무게

수업을 하고 나면 뒷덜미가 따가워 온다. 글을 쓰고 나면 일순간 불안감에 휩싸인다. 엄습하는 말의 무게 때문이다. 언제부터인가 되는 대로 뱉어내고 내키는 대로 써대도 되는 세상이 됐지만, 말은 그렇게 천대해도 되는 배설물이 아니다.

남 얘기를 하자는 건 아니다. 명색이 '먹물'이어서 그런지, 말은 내 삶의 기반이자 생의 방편이 되었다. 하여 글말이든 입말이든 간에 갈수록 말이 많아진다. 덩달아 곱씹지 않은 글도 곧잘 쓰고 곰삭지 않은 말도 그냥 한다. 그러나 남이 도적질했다고 나의 도적질이 용서될 수는 없는 법. 아무리 분노와 증오, 불신의 언사들이 횡행한다고 해서 '덜 된' 내 말이 용서되는 것은 아니리라.

"그 자리에 없는 듯 있으라"(『논어』)는 공자의 질책이 하루에도 몇 차례씩 가슴 아리게 다가온다. 공자는 좀 배웠다고 아는 척 하는 제자 자로를 격한 어투로 비판한 후, 군자는 모름지기 잘 모르는 일에 대해서는 마치 그 자리에 없는 듯 아무 말도 해서는 안 된다고 단속했다. 평소 "말한 것은 다 행할 수 있어야 한다"(『논어』)고 못 박았던 그. 세상 걱정을 저 홀로 하는 듯 세 치 혀를 놀리는 이들이 마뜩하지 않았음은 당연했을 터다. 지식인에게는 덕행과 학문만큼이나 중요한 덕목이었기에 말은 세상으로 나온 순간 곧 그 사람의 분신이요 인격 그 자체였음이다.

그렇다. 우주에서 말을 할 수 있는 존재는 신과 사람뿐이다. 신을 제외하곤 말할 수 있는 존재는 사람밖에 없기에 말은 그 존재를 사람답게 만들어주는 요체요, 그를 타인과 구분해주는 확실한 표지였다. 하여 저 옛날에는 『노자』가 곧 노자였고, 『맹자』가 곧 맹자였다. 누군가의 말을 그 사람 자체라고 여긴 것은 당연한 일이었기에 그 사람이 한 말에는 그 사람의 이름이 붙었던 것이다. 말을 토대로 그 사람을 평가하는 일도 하등 이상할 바가 없었다. 아무개의 시가 수려한 까닭은 그의 사람됨이 빼어났기 때문이었다. 예수는 "독사의 자식들아, 너희가 악한데 어떻게 선한 것을 말하겠느냐?"고 반문하며 "마음에 가득 차 있는 것이 입 밖으로 흘러나오는 법"(마태복음 12장)이라고 갈파했다. 바리새인들이 손을 씻지 않고 음식을 먹는다며 비판하자, 그는 입으로 들어가는 것으로 사람을 판단하는 것은 무의미하니 입에서 나오는 것으로 사람을 판단하라고 일갈했다. '덜 된' 말들에 대한 서릿발 같은 말의 단죄!

말의 무게감이 숨을 조여 온다. 게다가 말에는 신성한 힘까지도 서려 있지 않은가! 불멸하는 말들, 사람은 가고 없어도 말은 오롯이 남아 그 사람을 대신한다. 공자의, 또 예수의 육신이 소멸된 지 오래건만 그들의 말은 시공을 초월하여 지금 여기의 우리 귓전을 때린다. 말은 그렇게 죽음과 망각의 벽을 넘어 누군가에게 읽히고 그 사람을 변화시키며 때로는 한 사회를 송두리째 바꿔 놓는다. 그래서 옛사람들은 글쓰기를 영원히 사는 한 방편으로 보았음이니, '내 글을 읽은 자' 그가 내 글의 자장 안에서 산다면 곧 그를 통해 내가 다시 사는 것이리라.

말이 있기에, 우리는 비로소 우리 앞에 누가 있었는지 알게 된다. 먼저 간 자의 말은 이렇듯 그 사람을 기억케 하고 시대와 지역을 초월하여 그 사람을 기념하게 한다. 유한한 존재인 사람이 한 말이지만 말은 이렇게 무한으로 치닫는다. 그러니 어찌 삼가지 않을 수 있겠는가!

[교직원신문 2009년 6월 22일 자]

7 문제를 문제 삼기

"피레네 이쪽에서는 진실, 저쪽에서는 오류!" 파스칼의 『팡세』에 나오는 말이다. 우리 옛말에도 지리산은 골짜기마다 말이 달랐다는 얘기가 있다. 이 둘을 섞으면, 서로 오가기가 힘들다 보니 말이 달라졌고 그 결과 진실을 판정하는 잣대마저 달라졌다는 얘기가 된다.

옛날 중국인들은 주변의 이민족을 '이적(夷狄, 오랑캐)'이라 부르면서 짐승과 동격으로 취급했다. 그 근거의 하나는 그들과 말이 통하지 않는다는 점이었다. 생김새가 자신들과 비슷해야 사람인 것이 아니라, 자신들과 말을 주고받을 수 있어야 비로소 사람이라고 여긴 결과였다. 하여 말이 다르면 사람의 형상을 갖추고 있음에도 사람이 아니라고 간주됐다. 말에는 말이 통하는 사람들을 하나의 집단으로 묶어주는 결속력과 통하지 않는 이들을 배제하는 힘이 동시에 깃들어 있기 때문이다. 그래서 언어는 투명하지 않다. 겉으로는 사회적 이해관계와 무관한 양 보이지만, 속으론 전혀 그렇지 않은 게 언어이다.

우리네 말을 보자. 우리가 한국에 태어나고자 하여 이곳에 태어난 것이 아닌 것처럼, 지금 우리가 사용하고 있는 말 또한 우리가 선택하여 배운 것이 아니다. 우리는 그저 신체의 성장과 더불어 말을 어머니로부터 자연스럽게 배웠을 따름이다. 그런데 어머니로부터 배운 말을 '모어(母語)'라고 하지 않고 '모**국**어(母國語)'라고 한다. 말을 배우는 과정에는 국가로 대변되는 사회의 제반 이해관계가 충실하게 반영되어 있음이다. 곧 말을 배우는 것은 동시에 그러한 이해관계를 익히는 과정이 되며, 말이 통한다 함은 그러한 이해관계를 같이 한다는 얘기가 된다. 그래서 말이 다르면 세상을 보는 눈도 달라지며 때로는 진실마저도 달리 판정되곤 한다.

문제를 문제 삼아야 하는 까닭이 여기에 있다. 문제 역시 말로 구성된 것이기에 그것은 사회적 이해관계로부터 전혀 자유롭지 못하다. 원인 없는 결과가 있을 리 만무하듯이 어떤 질문이든 그것을 배태한 저변의 이유가 있다. 한마디로 중립적인 물음은 없다는 것이다. 주어진 문제의 답을 찾기에 앞서 문제 자체를 문제시야 하는 까닭이다. 이는 선택이 아니라 필수이다. 그랬을 때 비로소 질문을 받는 수동적 위치에서 질문을 하는 능동적 위치로 나아갈 수 있기 때문이다. 헤게모니를 주로 질문자가 잡고 있기에 그렇다. 또한 능동적 위치로 나아가야 비로소 질문자가 설정한 테두리를 벗어나 진정으로 자유롭게 답변을 구성할 수 있기 때문이다.

뿐만 아니다. 흔히 지금의 젊고 어린 세대들은 주어진 문제를 풀이하는 능력은 빼어나지만 스스로 문제를 찾아내는 능력은 모자란다고들 한다. 과연 이것이 지금만의 문제인가에 대해서는 더 따져봐야겠지만, 일상에서 스스로 문제를 구성해야 할 계기가 전에 비해 격감된 것은 분명한 듯하다. 그렇다. 정보의 바다라는 인터넷이 있는데 무엇 하러 힘들게 문제를 만드냐는 항변에도, 사회가 갈수록 고착화되고 양극화되는데 스스로 문제를 구성한들 무슨 소용이 있겠냐는 열패감에도 수긍이 간다.

그럼에도 문제 구성 능력의 함양을 포기할 수는 없다. 조지 오웰의 빅브라더 같은 존재가 그러한 분위기 속에서 배태된다는 사실을 차치하고서라도, 내 삶의 깊이와 넓이 그리고 높이는 문제 구성 능력의 크기와 비례하기 때문이다. 오늘의 내 삶을 가능케 해주었고 이를 다시 미래로부터 구축해주는 것은 다름 아닌 문제 구성 능력이기 때문이다. 그래서 위대한 이들의 이름 옆에는 그들의 삶을 이끌었던 물음들이 풍요롭게 아로새겨져 있다. 당신은, 당신의 삶을 이끌어 왔고 또 미래로부터 구축하는 물음을 얼마나 지니고 있는가?

[교직원신문 2009년 9월 7일 자]

8 노쇠해도 존중받는 까닭

사람은 늙어서도 대접을 받는다. 꼭 권력이나 재력이 있어서만은 아니다. 가진 것은 노쇠한 몸 하나일지라도 어엿한 인격체로서 존중된다. 그런데 무리를 이루고 사는 동물 중에 노쇠해도 여전히 존중받는 종이 얼마나 될까. 아니 인간을 제외하곤 있기나 한 것일까.

『춘추좌전』이란 책이 있다. 여기에는 전장에서 맞붙은 자성과 화표의 일화가 실려 있다. 자성은 전차를 몰다가 화표와 마주쳤다. 얼른 화살을 메겼는데 화표가 한발 앞서 그를 겨누고 있었다. 순간 자성은, 조상이 날 돌볼 것이라며 활을 내려놓았고 화표의 화살은 아슬아슬하게 빗나갔다. 가슴을 쓸어내린 자성이 다시 활을 들어 쏘려 했다. 그런데 이번에도 화표가 재게 화살을 메겨 자신을 겨누고 있었다. 이에 자성이 고함쳤다. 번갈아 가며 쏘는 것이 예(禮)라고. 그러자 화표는 활을 내려놓았고 자성이 날린 화살에 목숨을 잃었다.

소설이 아니다. 『춘추좌전』은 춘추시대 역사를 다룬 책으로 유가 경전의 하나였을 정도로 그 권위가 존중됐다. 자성과 화표 이야기가 엄연한 사실이었다는 것이다. 그렇다면 이 상황을 어떻게 이해해야 할까. 백 아니라 천을 죽여서라도 자기 목숨을 보전코자 하는 전쟁터에서, 살 수만 있다면야 어떤 비열한 수도 마다하지 않을 전장에서, 죽음을 감수하면서까지 예를 지켜 뭘 어찌 하자는 것이었을까.

흔히 예라고 하면 대인관계서 갖추면 좋을 예의범절을 떠올리곤 한다. 그런데 예의 또 다른 이름은 사회제도였다. 저 옛날 공자 때부터 이미 그러했다. 그의 후예들이 '예치', 그러니까 세상을 예로써 다스린다고 했을 때 그 실상은 공자의 이념과 어울리는 사회제도로 국가사회를 통치한다는 것이었다. 하여 예를 지킨다는 말은 그러한 사회제도를 준수함을 가리켰다. 지금으로 치자면 헌법을 근간으로 빚어낸 제반 사회제도를 따름이 된다.

그래서 예의 준수는 기득권층에게 요구됐다. 이는 공자를 보면 분명해진다. 그는 철저하게 기득권층 또는 거기에 들고자 하는 이들에게 예를 지키라고 요구했다. 반면에 힘없고 생계에 허덕이는 서민더러 예를 지키라고 요구한 적은 없었다. 헌법을 무시하는 이들에게 헌법을 준수하라는 요구가 사회혁신으로 이어질 수 있듯이, 기득권에 기대어 예를 무시하는 이들을 향한 예의 강조는 실은 개혁에 대한 강조였다. 이것이 한자권의 오랜 규범이었던 "대부 이상은 예로 다스린다"(『예기』)는 명제의 요체였다. 여기서 대부는 통치계층을 가리키는데, 예나 지금이나 사회적 강자가 지닌 기득권은 법망을 피해가기에 충분했다. 하여 기득권층에게는 사회제도 전반에 대한 포괄적 준수가 엄격하게 요구됐다.

역으로 기득권층이 예, 그러니까 사회제도를 잘 준수하면 국가는 물론이고 문명 자체가 순항하게 된다. 동서고금의 역사가 입증해주듯이 문명의 쇠망은 기득권층의 썩음에서 비롯되기에 기득권층의 예 준수는 문명 유지, 갱신과 직결된다. 여기에 『춘추좌전』에 실린 자성과 화표의 행위를 이해할 수 있는 열쇠가 담겨있다.

전쟁은 왜 하는가? 주로 기득권을 강화하자는 속셈은 감춘 채 나라를 부강케 하려면 어쩔 수 없다며 전쟁을 벌인다. 나라가 부강해야 만민의 생활도 윤택해질 터이니 전쟁은 필요악이라고 주장한다. 정말 그렇다면 전쟁이 문명 해체의 계기가 돼서는 안 될 터, 자성과 화표는 설사 '나'의 목숨이 소거된다고 해도 문명 유지의 기틀인 예는 보존해야 한다고 여겼음이다. 이미 넘치게 갖고 있음에도 오로지 '나'만을 생각하는 요즘 가진 이의 눈에는 그들의 처신이 도무지 이해되지 않을 테지만, 저 옛날 사람들은 목숨이 왔다 갔다 하는 절체절명의 순간에도 자신이 아닌 문명을 앞세울 수 있는 역량을 '기본'으로 갖추고 있었음이다.

이것이 바로 '인문'의 힘이다. 사회제도인 예를 지킴은 곧 자신의 이해관계를 초월하여 문명을 앞세울 줄 안다는 것이다. 그래서 사람은, 젊은 수컷 사자가 늙은 수컷 사자를 힘으로 내쫓듯이 하지 않고 노쇠한 이를 존중하게 된 것이다. 예가 지켜지지 않는다면, 그런 사회는 사자의 무리와 별반 다를 바 없지 않겠는가.

[한국일보 2015년 6월 20일 자]

9 '관포지교[管鮑之交]'의 진면목

우정은 공적일까, 아니면 사적일까. 사적이라는 답변이 절대 다수이리라. 그렇다면 사적 우정이 역사에 기록될 만한 가능성은 얼마나 될까? 특히 저 옛날처럼, 후세에 전할 가치가 있는 것만을 역사책에 싣는다는 관념이 힘 있던 시절이라면.

한데 『사기』라는 한자권 최고의 역사책에는 관중과 포숙아의 우정이 기술되어 있다. 우리가 '참된 우정' 하면 떠올리는 '관포지교'의 본말이 나름 상세하게 실려 있다. 더 의외인 것은, 기록된 바 이 둘이 맺은 우정이 너무나도 사적이라는 점이다. 포숙아는 같이 장사를 해서 얻은 이문의 대다수를 취한 관중을 가난하다는 이유로 문제 삼지 않았다. 한술 더 떠, 전쟁에서 세 번이나 도망쳐온 관중을 봉양할 노모가 계셔서 그랬다며 용서했다. 그렇다면 당시 전장에서 죽어간 숱한 이들은 봉양할 노모가 없어서 도망치지 않은 채로 허망하게 목숨을 잃었다는 것인지, 포숙아의 관중 옹호는 도무지 말이 되지 않는다.

관중을 용서하며 내세운 포숙아의 근거는 그저 사적이고

지극히 편파적이며 객관적 설득력이 한참 떨어진다. 같이 장사해서 번 이문을 자기가 더 취했다면 이는 정직하지 못한 행위다. 한마디로 관중과 포숙아의 우정은 본받을 만하기에는 많이 민망하다. 물론 관중은 훗날 포숙아의 무한 신뢰에 멋지게 부응했다. 재상 자리에 나간 지 얼마 안 되어 조국을 중원 최고의 강대국으로 만들었고, 군주를 뭇 나라를 호령하는 반열에 오르게 했다. 그만큼 내치와 외교 모두에서 빼어났음이니 역사가 그를 '재상 중의 재상'으로 기억함은 절대 과언이 아니었다. 게다가 그렇게 불세출의 공적을 세운 후 이 모두가 포숙아 덕분이라며 그를 상찬했으니, 참으로 사서에 실릴 만한 우정처럼 보인다.

하여 그들의 저 '아름다운' 우정을 본받고자 젊어서부터 벗을 등치고 공적 의무를 팽개쳤다고 하자. 과연 누구나 다 관중 같은 위인이 될 수 있는 것일까? 단적으로, 젊은 시절 그들의 처사와 관중의 빛나는 업적 사이에는 아무런 인과관계가 없다. 그 둘이 젊어서 보인 '우정 행각'도 결코 기념할 만하지 못하다. 그렇다면 관포지교는 대체 어떠한 우정을 기렸다는 말일까?

관포지교가 가장 먼저 기록된 사서는 『춘추좌전』이었다. 이에 따르면, 제나라는 양공이 즉위한 이래 국정이 몹시 문란해졌다. 그러자 포숙아는 "군주가 백성을 사악하게 만드니 변란이 일어날 것"이라면서, 차기 군주 감으로 양공의 동생 소백을 모시고 도망쳐 나왔다. 관중 또한 얼마 지나지 않아 양공의 또 다른 동생 규를 모시고 이웃 노나라로 도망쳐 나왔다. 그렇게 십 년 남짓 흐른 후 급기야 양공은 살해당했고 포숙아의 예측대로 제나라는 혼란이 극에 달했다. 이때 포숙아가 재게 움직여 제나라를 장악, 모시던 소백 곧 환공을 군주로 앉혔다. 그러곤 바로 노나라를 공격, 그들의 손으로 망명 중인 규를 죽이게 했고, 관중은 생포하여 제로 돌아왔다. 귀국 후 그는 관중을 재상으로 추천한 후 자신은 뒷전으로 물러났다.

이것이 『춘추좌전』에 실린 관포지교의 대강이다. 건조한 문체에 그 둘이 행한 사실을 담아냈을 따름이다. 비슷한 시기에 수행된 관련 기술도 대체로 이러했다. 가령 『한비자』에는, 망국을 막기 위해 머리를 맞댄 관중과 포숙아가 미리 물색해 둔 군주 감을 각자 섬기되, 먼저 성공한 사람이 서로를 구해 주기로 약조하는 대목이 나온다. 『춘추좌전』에서 포숙아가 관중을 산 채로 압송, 귀국 후 그를 풀어준 것은 그때부터 세워 둔 치밀한 기획의 소산이었음이다. 또 다른 책은 관중을 재상으로 추천하고 자신은 물러난 것도 처음부터 기획된 바임을 일러준다. 포숙아는 조국을 중원 최고 강국으로 만드는 데는 관중이 더 적합함을 처음부터 알고 있었고, 때가 되자 이를 주저치 않고 단호하게 실천했다는 것이다.

이처럼 『사기』에 앞서 관포지교의 실상을 전해주는 기록은 적지 않다. 그런데 거기에는 앞서 서술한 바처럼 그 둘과 관련된 사적인 일은 거의 기술되어 있지 않다. 포숙아가, 관중이 이익 배분 과정에서 자신을 속여도 용서해주고 전쟁에서 도망치는 비겁한 짓을 해도 이해해줌으로써 서로 막역한 지기가 되었다는 식의 서술은 적어도『사기』이전의 역사책에서는 보이질 않는다. 대신 함량 미달의 군주 탓에 국가의 앞날에 암운이 드리웠을 때, 바람직한 국가 미래 창출을 위해 그 둘이 보여준 공적 활동과 사심 없는 면모가 언급되어 있을 뿐이다.

이것이 관포지교의 참 모습이다. 그들의 우정이 가치를 발한 차원은 그들끼리만 싸고도는 사적 영역이 아니라 어디까지나 공적 영역이었다. 배신과 패륜을 일삼아도 사적 핑계를 대며 눈감아주는 것 따위가 참된 우정일 수 없다는 뜻이다. 공적 이익을 앞세울 줄 아는 이들이, 공공의 뜻을 이뤄가는 과정에서 보여준 서로에 대한 정확한 이해와 목표의 공유에서 비롯된 견결한 상호신뢰, 이것이 관포지교의 핵심이자 기리는 바였던 것이다.

이름하여 '공적 우정'으로서의 관포지교! 집권세력이 자기들만의 의리를 운운하며 실정에 실정을 거듭하는 지금, 우리에게 필요한 바의 하나는 관포지교의 이러한 진면목이리라.

[한국일보 2015년 11월 13일 자]

10 『춘추』를 완성하자 난신적자가 떨었다

공자는 생전에 『시경』을 편집하고 『춘추』를 묶어냈다. 이는 중국사상 최초로 개인이, 그것도 관리가 아닌 '민간인'이 책을 편찬한 일대 사건이었다. 그는 또한 이 책으로 제자를 가르쳤다. 한자권 최초의 교과서 집필자가 공자였던 셈이다.

공자 이전까지만 해도 관리 아닌 자가 사사로이 학생을 모아 가르친다는 것은 매우 불온한 일이었다. 지식은 집권을 정당화 해주는 핵심 근거였기에 '민간인'이 마음대로 갖다 쓸 수 없었기 때문이다. 그러다 왕실의 힘이 약해지고 세상이 혼란해지자 여기저기서 지식을 이용하는 자들이 나타났다. 주로 몰락한 귀족의 후예로 추정되는데, 이들은 민간인을 가르치며 생계를 유지해갔다.

공자는 이러한 시대에 '전국구' 급 명성을 지닌 선생이었다. 『사기』를 저술한 사마천의 증언에 의하면 그의 문하는 늘 많은 수의 학생들로 붐볐다. 많을 때는 삼천을 상회했고, 아무리 적어도 칠십 명에 달하는 핵심 제자는 늘 그의 곁을 지켰다. 그들을 위해 공자는 민간 등지에서 불린 노랫말을 정리하여 『시경』을 엮었고, 춘추시대의 역사를 편년체로 묶어 『춘추』를 편찬했다. 한층 능률적으로 가르치고자 아무도 하지 않았던 시도를 보란 듯이 성사시킨 결과였다.

그런데 그 책들의 '포스'가 장난이 아니었다. 거기에는 천하 운영에 필요한 바가 듬뿍 담겨 있었다. 한마디로, 문명의 요체가 실하게 담겨 있었다는 것인데, 짐작컨대 그 정도는 되어야 교재로 쓸 만하다고 여겼던 듯하다. 하여 이들은 단지 교재에 머물지 않고 경전의 반열에 올라, 이후 경전이 곧 교과서가 되는 전통의 마중물이 되었다. 물론 『천자문』 같은 입문용도 있었지만 이는 대학 그러니까 '큰 학문'을 하기 위한 '기초 지력(知力)'을 쌓아가는 교재일 따름이었다. 교육의 궁극적 목표인 '어른다운 어른'의 양성은 오경과 사서 같은 경전 학습을 기축으로 수행되었다는 것이다.

『시경』과 『춘추』는 그러한 '어른 되기' 교육의 중추였다. 이들이 공자의 손을 거쳤기 때문만은 아니었다. 공자는 『시경』을 익히면 생각에 사악함이 없어진다고 했다. 반대로 그것을 익히지 않으면 어엿한 어른으로 바로 설 수 없게 되고, 국가의 대소사를 더불어 논할 수 없게 된다고 경계했다. 단지 『시경』의 시 305편을 달달 외우면 된다고 보지도 않았다. 그것을 토대로 내정과 외교를 도맡아 처리할 수 없으면 외워봤자 뭔 도움이 되겠냐며 힐문했다. 그가 보기에 『시경』은 도덕적이고 유능한 어른이 되어가는 검증된 길이었다. 그리고『춘추』는 어른이 되기 위해선 반드시 갖춰야 하는 공평무사한 판단 능력을 길러주는 원천이었다.

언뜻 단순하게 보이는 역사 기록이지만,『춘추』에는 천도에 비추어 잘잘못을 단호하게 심판한 공자의 정신이 담겨 있었다. 그의 붓끝은 군주라고 하여 비켜가지 않았고 권세가라고 하여 눙치지 않았다. 한(漢) 제국이『춘추』를 헌법처럼 활용한 것도 이러했기에 가능한 결과였다. 그러니 '민간인' 공자가 "『춘추』를 완성하자 난신적자들이 두려워했다"는 맹자의 증언은 결코 허언이 아니었다.『춘추』를 익히며 어른이 된 이들이 권세나 이익에 굴하지 않고 선은 기리고 악을 정죄하니, 그러한 사회에 국가를 어지럽히고 인륜을 저버린 자들이 어찌 기생할 수나 있었겠는가.

한국사 교과서가 국정으로 전환된다고 한다. 그런데 국정 교과서가 나오면 떨며 두려워할 이가 누가 있을지…. 나오지도 않았는데 벌써부터 일본 우익들이 환호작약하며 반긴다는 얘기도 들려온다. 탐욕의 노예가 되어 기꺼이 인간답기를 포기한 이들이 떨기는커녕 희희낙락 반긴다면, 국가의 이름으로 그런 교과서를 내려 하는 이들은 대체 어떤 존재란 말인가. 쾌재를 연호하는 난신적자들의 모습이 그저 역겨울 따름이다.

[한국일보 2015년 10월 23일 자]

11 정명[正名]으로 일궈내는 인문사회

"기필코 이름값을 바로잡겠다."

공자가 답하자 자로가 대꾸했다. "그러시군요." 스승의 면전인지라 겉으로는 예를 갖췄지만, 속뜻은 영락없는 "고작 그건가요?" 정도였다. "선생님께선 세상 물정에 어두우십니다. 왜 하필 그걸 바로잡으신다는 겁니까?"라며 내심 격한 실망을 감추지 못했기 때문이다.

"정명(正名)"이라는, 유학의 장구한 역사와 함께했던 핵심 화두는 이렇게 처음으로 세상에 던져졌다. 자로는 위나라 군주가 스승 공자를 재상으로 모시고자 한다는 소식을 듣자마자 공자를 찾아갔다. 그러고는 다그치듯이 재상이 되시면 무엇을 가장 먼저 하시겠냐고 여쭀다. 이에 공자가 내놓은 답이 "정명", 곧 이름값을 바로잡겠다는 것이었다.

요새로 치자면, 차기 대통령이 된다면 무엇을 가장 먼저 하겠냐는 물음에 인문 진흥을 확실하게 챙기겠다고 답한 셈이었다. 지금 적다고 할 수 없는 19대 대선 주자 가운데 인문 진흥을 손꼽아 언급한 이가 없음을 보건대, 그러한 답변에 동조할 유권자는 몹시 적을 것이다. 유권자의 호응이 제법 크다면 인문 진흥을 꺼내지 않을 이유가 없기에 그렇다. 사실 동서고금을 막론하고 안정되고 풍요로운 삶이 인문적 삶보다는 한층 절실한 과제임을 부인키는 어렵다. 자로의 반응이 과하게 보이기는커녕 은근히 동감마저 되는 까닭이다.

그럼에도 공자는 왜 이름값을 바로잡겠다고 했을까. 그는 투덜대는 자로를 단호하게 혼낸 후 "이름이 바르지 못하면 말이 순통하지 못하게 된다"고 일깨웠다. 그가 말한 정명의 실상이 언어를 순통케 하는 것이었음이다. 여기서 '순통하다[順]'는 것은, 말이 가리키는 바와 그 실제가 일치한다는 뜻이다. 공자가 예로 든 "군군신신부부자자(君君臣臣父父子子)"(『논어』) 같이, 곧 임금이란 이름으로 불리면 그 실제가 참되게 임금다워야 하고, 신하란 이름으로 불리면 실제도 온전히 신하다워야 한다는 얘기다. 또한 아버지라 불리면 아버지다워야 하고 아들이라 불리면 아들다워야 한다는 말이다. 만사만물이 그렇듯 자기 이름과 그 실제가 부합되도록 한다는 것이 정명의 실상이었다.

여기까지만 보면 정명은 정치인보다는 인문학자의 일인 듯싶다. 그러나 공자 보기에 이는 정치의 기본 가운데 기본이었다. 윗말에 이어 그는 "말이 순통하지 못하면 일이 완수되지 못한다. 그러면 예악이 흥하지 못하게 되고 그 결과 형벌이 제대로 시행되지 못한다. 그렇게 되면 백성은 손발 둘 데가 없어진다"(『논어』)고 부연했다. 여기서 예악은 예악제도, 그러니까 문물제도를 가리킨다. 이것의 흥성과 형벌제도의 공평무사한 운용은 정치의 요체다. 이름값이 바로잡히지 못하면 결국 정치가 온전치 못하게 되어 백성이 손발 둘 데를 모르게 되는, 곧 안심하고 의지하며 생활할 수 있는 근거를 상실하게 된다는 것이다.

이래서는 미래를 대비할 수 없게 된다. 미래가 그려지지 않으면 현재를 가치 지향적으로 살기 어려워진다. 더구나 공자가 살았던 때는 기존 사회질서가 걷잡을 수 없이 무너지던 시기였다. 역사를 보면 혼란의 시기에는 특히 사회적 약자인 백성의 고통이 크게 가중되곤 했다. 이른바 '사회적 갑'들이 이름의 질서를 해침으로써 국가사회의 골간인 문물제도를 무력화하고, 이를 기화로 기득권 강화에 몰두한 결과였다. 저 옛날에나 있었던 일이 아니다. 바로 지금 우리 주변에서 버젓이 자행되는 일이기도 하다.

지난 이명박 정부 때부터 우리 사회의 기득권층은 너무도 당당하게 언어의 권위와 질서를 허물어왔다. 언어가 직, 간접적으로 환기하는 제반 가치를 조롱하고 구박함으로써 언어와 실제가 서로를 배반케 했다. 법치가 대표적 예다. 법치는 실질적으론 '사회적 을'이나 준수해야 하는 규범이 됐다. 돈 없으면 법이라도 지키라는 강짜였다. 정의도 '루저(loser)'들이

나 기대는 자기 합리화로 전락됐다. 양식과 상식을 담은 언어는 물론 시민의 정당한 비판과 저항에 동원된 말들은 '종북'이나 '좌빨'의 언사로 몰렸다. 헌법을 구성한 말들조차 공개적으로 집요하게 무시되고 유린됐다. '건국절' 같은 사이비 말을 내세워 이름의 질서에 악성 바이러스를 감염시켰다.

국가 공동체는 그렇게 중병에 걸려갔다. 암세포는 더불어 살 줄 모른다. 그것이 유능할수록 신체가 빨리 죽는 이유다. 하여 사회적 약자들에게 더 한층 치명적이다. 모세혈관이 파괴되고 말초신경이 훼손됐다고 심장이 멈추거나 뇌가 죽는 건 아니다. 그러나 그들 없는 심장이나 뇌는 모조품에 불과하다. 지닌 힘의 크기와 무관하게 사회구성원 모두가 더불어 살 수 있어야 하는 까닭이다. 사회적 약자라도 미래가 보장돼야, 달리 말해 인민이 안정적으로 미래를 도모할 수 있는 사회적 여건이 갖춰져야 국가도 지속 가능하게 굴러가기에 그렇다.

그래서 정명은 다른 누구보다도 더 정치인의 본업이 돼야 한다. 정명이 미래 보장으로 귀결되는 회로의 구축은 개혁의 궁극적 목표여야 한다. '인문사회'가 국가의 기본이 돼야 하기에, 다시 말해 제도와 정책, 이념 차원서 인간다움을 삶과 사회의 제일 가치로 지향하는 국가로 거듭나야 하기에 그렇다. 또한 지금 추진하는 개혁이 사회적 약자에게도 자산이 돼야 하기에 더욱 더 그러하다.

[한국일보 2017년 2월 1일 자]

12 죽어가는 '선한 말'들

선한 말들이 죽어가고 있다. 얼마 전 국립국어원은 '착하다'란 말의 뜻을 조정할 의향이 있다고 밝혔다. 사전에 따르면 사람의 품성을 나타내는 이 말이 "가격이 착하다"처럼 가격, 상품 등에 적용된 지가 자못 되었기 때문이다.

한마디로 착하다가 사람 이외의 것에 적용하는 말이 됐다는 뜻이다. 이는 착함을 판정하는 근거가 도덕적 차원에서 실리적 차원으로 옮겨갔다는 의미기도 하다. 따져보면 가격이나 상품이 착한 까닭은, 그들이 도덕적으로 훌륭해서가 아니라 이익이 됐기 때문이다. 결국 도덕적 훌륭함을 나타내는 말은 죽어가고, 대신 금전적 이득을 나타내는 말이 새로 태어난 셈이다.

본래 착함을 따지는 것은 인간만이 하는, 또 할 수 있는 행위다. 인간만이 가치를 위한 활동을 이득을 위한 활동보다 앞세울 수 있어서다. 이를 토대로 인간은 '만물의 영장' 운운하며 동물에 대해 갖은 '갑질'을 부려왔다. '박쥐같다', '철새같다' 하며 동물을 왜곡하는 폭력도 예사로 행사해왔다. 그래놓고는 이제 와 인간이기에 쓸 수 있는 말을 인간이 아닌 것에 주로 붙이고 있다. 단지 착하다는 말만 죽어가는 것이 아니라, 인간도 인간이길 멈추는, 곧 인간다움도 함께 죽어가고 있음이다.

문제는 착하다는 그래도 형편이 낫다는 사실이다. 근대문명을 일군 인권 • 법치 • 민주 등은 물론, 미래사회를 일굴 생태 • 평화 • 공존과 같은 말들은 그야말로 뇌사 상태이다. 몇 년 전부터 소위 '사회적 갑'들이 작정하고 제거에 나선 탓이다. 이들의 제거를 위해 그들은 다양한 방식을 동원했다. 지난 이명박 정부 때는 선한 말을 무능과 연결시키는 방식을 즐겨 썼다. 유능하다고 주장되면 위장전입이나 투기, 탈세 같은 불법행위는 실수나 사소한 일탈로 치부됐다. 물론 여기서 '유능'은 어디까지나 부동산 투기 능력이나 탈세 역량 같이 함량 미달의 사회적 갑들에게나 도움이 되는 능력일 따름이다. 그럼에도 이 패악 탓에 준법은 무능하기에 따라야 하는 것이 됐고, 법치는 '사회적 을'에게만 적용되는 것으로 죽어갔다.

연식은 꽤 됐지만, 착함을 위선과 연계하는 방식도 여전히 중용됐다. 공자는 이렇게 푸념한 적이 있었다. 자신은 예를 엄격하게 행한 것인데 사람들은 아첨이 너무 심하다며 자신을 욕한다고. 저 옛날, 한자권에서만 이러했음은 아니다. 신학자 라인홀드 니버는 20세기를 두고 우리는 "인격적, 도덕적 행위가 위선이라는 혐의를 받고, 때로는 그런 이유로 해서 비난을 받을 만한 시대서 살고 있다”(『도덕적 인간과 비도덕적 사회』)고 짚었다. 착하다는 말이 칭찬이 아님은 물론이고 위선으로 읽히거나 비난거리까지 된다는 것이다. 하기야 선의 실천을 해악과 연동시켜 백안시하는 일은 이미 우리네 사회생활의 일상사가 된 듯싶다. 양심이나 상식을 따르면 결과적으로 조직의 이익에 손해가 되는 세상에서 살고 있다는 얘기다.

이런 세상을 살아내려다 보니, 어느덧 나 하나만 눈 감으면 모두가 편하다는 말을 되뇌게 된다. 삶터 여기저기서 일상적으로 펼쳐지는 선한 말 죽이기에 동참하지는 않더라도 기꺼이 이를 외면하게 된다. 사회적 갑들이 역사를 왜곡하고 헌법을 모독하며 민주를 우롱해도 ‘나만 피해보지 않으면 돼!’ 하며 살아가게 된다. 내가 속한 조직이나 사회가 전반적으로 잘못되었어도 내가 사는 데 별 문제가 없다면 굳이 나서려 하지 않는다. 그러면서도 ‘우리는 인간이다’라는 자의식을 놓지 않는다. 사회적 갑들이 이를 원치 않기 때문이다. 인간이어야만 알아서 이윤을 창출해주기 때문이다. 단적으로 인간만큼 ‘지속 가능한’ 이윤 창출 기계는 없으니 말이다.

선한 말은 말의 고갱이다. 또한 말은 동물로서의 사람을 인간답게 만들어준 고갱이다. 게다가 말은 고도로 조직된 생명체와 같다. 하여 생명의 고갱이가 죽으면 생명체가 죽듯이 말의 고갱이가 죽으면 말도 죽고 만다. 곧 선한 말이 죽으면 말도 따라 죽게 되고, 말이 죽으면 인간다움도 소거되어 동물로서의 사람만 남게 된다. 결국 선한 말을 죽임은 인간다움을 죽이는 일과 다름없게 된다. 의도하고 살인을 하면 중형에 처해진다. 그렇다면 작정하고 선한 말을 죽이면 어떤 대가를 치르게 해야 할까.

[한국일보 2015년 7월 31일 자]

13 조조 부자와 인문학

조조는 소설 『삼국지연의』의 주인공이다. 유비, 관우, 제갈량, 조자룡 등과 공동 주인공이긴 하지만 간웅(奸雄), 그러니까 간특한 영웅 이미지로 특화되어 있어 다른 주인공들보다 독보적으로 튀는 캐릭터임은 부인키 어렵다.

소설이어서 그랬던 것만은 아니다. 정사 『삼국지』에 보면, 적어도 소년 시절 그에 대한 평가는 소설과 별 다를 바 없다. 반면에 실제 역사에서 그는 쓸모가 덜한 구습이나 관습을 타파하여 빼어난 성과를 거둔 통치가로 평가받곤 했다. "유재시거(唯才是擧)"라는 그의 관리임용 기준이 대표적 예다. "재능만 있으면 다른 것 따지지 않고 등용한다"는 이 원칙은 포괄적, 종합적 역량을 고루 갖춘 이를 관리로 임용하던 전통을 일거에 깨뜨린 것이었다. 논자들이 그를 '창조적 파괴'를 선보인 탁월한 혁신가라고 평가하는 까닭이다.

이뿐만 아니었다. 그는 역사가 자신을 기준으로 그 전과 후로 나뉘게 한 엄청난 일을 해내기도 했다. 고대 중국의 시 얘기다. 중국시의 역사가 그를 기점으로 그 이전과 이후로 나뉜다. 그가 중국사상 최초로 시가에 개인적 서정을 담아냈기 때문이다. 지금 보면 시에 개인적 서정을 담아냄은 너무나 당연하다. 그러나 조조 이전에는 전혀 그러하지 않았다. 시에 서정을 담는다면 그건 오로지 집단의 서정이어야 했다. 자그마치 천 년을 상회하는 세월 동안 늘 그러했다. 이러한 전통을 조조가 깬 것이다. 그것도 아주 멋진 성과를 내면서 말이다.

『삼국지연의』에 유비나 손권의 시는 없지만 그의 시가 떡하니 실리게 된 이유다. 게다가 1,800여 년 전에 지어진 그의 시는 지금 읽어도 울림이 충만하다. 그만큼 시대가 쌓여도 여전히 경쟁력 있게 시를 써냈음이다. 그런데 뭔가 어색하다. 간웅이 썩 괜찮은 시를 썼다는 것이 말이다. 한두 편만 그랬던 것이 아니다. 조조는 30여 년 동안 전장을 누비면서도 틈틈이 시를 지었다. 또한 그는 많은 문인을 후원하여 그의 시기에 중국사상 최초로 문단이 조성되기에 이른다. 지극히 혼란했던 시절, 시로 대변되는 문학보다는 정치적 술수와 강력한 무력이 훨씬 쓸모 있던 때, 조조는 왜 문학을 손에서 놓지 않았을까?

이 물음은 그의 아들 조비에게도 고스란히 적용된다. 그는 아버지 조조를 능가하면 했지 결코 덜하지 않은 시인이었다. 중국문학사에서 그는 특히 7언체 시가 정상궤도에 오르는 데 큰 역할을 했다는 평가를 받는다. 문단의 규모는 그의 시대에 들어 더욱 커졌고 문학의 수준도 한층 진보했다. 급기야 중국사상 최초로 문학을 전문적으로 논한 글이 그의 손에서 나왔다. 그가 편찬한『전론(典論)』에 실린『논문(論文)』이 그것이다.

'문(文)을 논함'이란 제목의 이 글에서 그는 문학의 본질, 문체론 등을 체계적으로 서술하였다. 그리고 논의의 대전제로 "아름다운 글은 나라 경영의 대업이고 썩지 아니할 훌륭한 사업(文章經國之大業, 不朽之盛事)"이란, 당시로선 경천동지할 만한 명제를 던졌다. 문학은 어디까지나 교화와 경세를 위해 존재하는 것, 따라서 아름다움보다는 실질을 숭상해야 한다는 관념이 그보다 앞선 천여 년간 당연시되어왔다. 그는 이를 보란 듯이 깨고, 아름다운 글이 경세와 교화의 핵심이라고 선언하였다. 그 또한 '문'보다는 '무'가 훨씬 요긴했던 난세를 살았음에도, 부친처럼 문학을 중시하여 이를 천하 통치의 핵으로 삼았음이다. 이들 부자는 도대체 왜 그러한 선택을 했을까?

국가 경영은 어디까지나 사람을 경영하는 일이다. 사람이 있어야 국가도 존재하기에 그렇다. 그런데 사람은 '정치적 동물'만은 아니다. 본성적으로 문학적이기도 하다. 정치적 이해관계나 이념적 시시비비만을 따지며 살아갈 수 있는 존재가 아니라는 뜻이다. 감성이나 직관 등을 바탕으로, 이득이나 이념 따위를 초월하기도 하고 그들과 별 상관없이 지내기도 한다. 때로는 감정에 매몰된 채 행동하는 존재기도 하다.

그래서 사람에겐 문학이 필수적으로 요청된다. 있으면 좋고 없어도 그만인 것이 아니다. 삶과 세계를 문학적으로 바라보고 대화하며 향유할 수 없게 되면, 결국 불완전한 인간으로 살아가게 된다. 사회가 또 국가가 그렇게 불완전한 인간으로 채워진다면, 어떻게 안정될 수 있으며 또 평화롭게 지속될 수 있겠는가. 조조와 조비는 이미 1,700여 년 전에 이미 이를 간파하고 있었던 셈이다. 특히 난세일수록 인간 본성이 한층 직접적으로 발현된다는 점에서, 이들의 선택은 이상한 일이 아니라 당연한 귀결이었다. 단적으로, 그들은 '간웅' 부자가 아니라 '문학 영웅' 부자였던 것이다.

조 씨 부자에게 문학은 오늘날로 치면 인문학이다. 지난 몇 년간, 우리 사회에서는 고되게 쌓아올린 민주적 질서와 인문적 제 가치가 심각하게 훼손되었다. 말의 권위가 처참하게 무너졌고 양식이 유린됐으며 역사가 집요하게 농락당했다. 난세의 징조가 분출되는 형국이다. 그러니 간웅이라도 좋다. 식견이 조조 부자 정도는 돼야 한 나라의 지도자라 자처할 수 있지 않겠는가?

[한국일보 2016년 10월 12일 자]

14 장편을 읽지 않는 사회

강의를 하다가 기회가 되면 꼬박꼬박 묻는 질문이 있다. "지금의 자신을 만드는 데 크게 영향 받은 책을 꼽아본다면?" 많이 안타까운 일이지만, 이 물음에 선뜻 대답을 하는 학생은 매우 드물다.

그럼에도 다시 물어본다. "고전이 아니어도 좋고 소설이 아니어도 좋다. 영향 여부를 떠나 장편을 통독해본 경험은?" 시험이나 과제 수행 등을 위해 어쩔 수 없이 읽은 경우 말고 자발적으로 읽은 경우는 가뭄에 콩 나는 형국이다. 한 마디로, 우리는 장편을 거의 읽지 않는 사회에서 살고 있는 셈이다.

서구 근대문명이 진보이자 이상으로 당연시되던 근대 초기, 중국은 '서구 따라 하기'에 여념이 없었다. 1840년 아편전쟁 이래 서구와 맞붙는 족족 졌으니 그럴 만도 했다. 서구인을 도깨비나 오랑캐로 불러왔던 그들로서는 여간 자존심 상하는 일이 아닐 수 없었다. 그럼에도 중국은 자신과 서구를 열심히 대조하면서, 중국에 무엇이 부족하거나 없기에 잇따라 질 수밖에 없었는지를 따졌다.

그 중 하나가 신화였다. 서구에는 그리스 로마 신화로 대표되는 복합적 서사구조를 갖춘 장편의 신화가 있었음에 비해 중국은 그렇지 않았다. 신화는 분명 서구만큼 많았지만 그 모두가 단편적이고 구조도 단순했다. 이에 중국은 '장편'의 신화를 만들어낸 역량이 서구문명을 우월케 한 요인의 하나라고 여겼고, 여러 문헌에 산재해 있던 단편 신화를 그리스 로마 신화처럼 장편으로 엮어내는 작업에 몰두하였다.

비슷한 시기 일본의 근대를 만들어가던 이들은 자기들의 근대에 서구와 같은 '장편' 소설이 없음을 통탄해 했다. 당시 일본은 조선을 식민지로 만들고 만주와 중국 등지로 제국주의적 침탈을 한창 자행하고 있었다. 그러면서 스스로를 서구 제국주의 열강과 어깨를 나란히 한다고 자부하였다. 다만 국력이 그만큼 신장됐음에도, 가령 『카라마조프가의 형제들』, 『전쟁과 평화』와 같은 장편 대작이 나오지 않음을 몹시 속상해 했다. 하여 일본 근대문학을 대표하는 나쓰메 소세키의 중편 『산시로』 등 세 작품이 실은 한 편의 장편소설로 기획된 것이라는 억지를 부리기까지 하였다.

신화와 소설만이 아니었다. 건축적 구조와 체계를 갖춘 장편의 학술논저가 자신들에게 결여됐음을 인지하고는, 여러 분야에서 다양한 주제에 대한 장편 학술논저를 생산하는 데 몰두하였다. 예컨대 중국의 '민국총서(民國叢書)'에 실린,

1920년대부터 40년대 사이에 나온 천여 종에 달하는 장편 논저는 이러한 노력의 산물이었다. 그런데 중국과 일본은 왜 서구문명의 '장편'에 주목하고는, 그것이 자신들에게 없음을 문제시했을까.

잘 만들어진 장편, 곧 고전 급의 장편은 비유컨대 자동차나 항공기 산업 등에 해당된다. 이들은 기술 집약적 산업으로 종합산업이라고도 불린다. 어느 한 분야의 기술이나 정보만으로는 만들어낼 수 없기에 그렇다. 장편의 소설이나 논저 등도 그러하다. 특정 분야나 주제에 대한 지적 역량이나 단일한 감성, 한두 가지 직관이나 상상만으로는 생산할 수 없다. 한 개인이 두툼한 분량을 탄탄하게 엮어내고 가지런하게 꾸려내며 알차게 채워내려면, 사회가 그만큼 다차원에 걸쳐 그 역량이 발달되고 성숙되어 있어야 한다. 그래야 개인이 필요한 바를 집약적으로 활용하여 장편을 구축해낼 수 있기 때문이다.

단적으로, 장편은 그것이 산생된 사회가 도달해 있는 문명의 높이와 넓이, 깊이를 고스란히 드러내준다. 본질을 꿰뚫는 통찰이 담긴 단편이 장편보다 못하다는 얘기를 함이 아니다. 단편이 갖지 못하는 덕목을 장편은 분명히 지니고 있고, 이것이 문명의 유지와 갱신에 더욱 유익하기 때문에 장편을 강조할 따름이다.

모든 고전이 그렇듯이 장편도 읽어가는 과정에서 진가가

발휘된다. 고전더러 지혜의 원천이라고 하는 까닭은 고전과 만남을 통해 읽는 '나'가 지혜를 생성해내기 때문이다. 고전에 담긴 지혜를 내 안으로 그저 복사해 들일 수 있기에 그렇다는 것이 결코 아니다. 고전 속에, 거기에 그렇게 담겨 있던 지혜가 나에게 의미 있으려면, 그것을 나의 삶으로 길어 와야 한다. 다시 말해 고전과 나를 섞는 과정이 고전 읽기의 핵심이 된다는 얘기다. 이 과정에서 이를테면 문명의 유지와 갱신에 필요한 창의성이나 고양된 이성, 공공선을 향한 사랑과 실질을 구현하는 실천지 등을 얻게 된다는 것이다. 고전 속의 지식이나 지혜 그 자체를 기계적으로 습득하는 것이 고전 읽기의 핵심이 아니라는 말이다.

이는 지금부터라도 그래야 한다는 새로운 주장도 아니다. 이미 2,300여 년 전 맹자에 의해 개진된 바 있다. 그는 당시의 대표적 고전이었던 『시경』을 읽는 방법으로 "이의역지(以意逆志)", 그러니까 "읽는 이의 마음으로 쓴 이의 뜻을 맞아들여야 한다"는 독법을 제시했다. 경전이라고 해서 거기에 담긴 바를 일방적으로 받아들여서는 안 되고, 그것과 나의 섞음을 바탕으로 만남을 가져야 한다는 주문이다.

그랬을 때 비로소 장편에 담긴 문명의 자양분을 '지금 여기'의 나에게 필요한 것으로 전화시킬 수 있게 되기 때문이다. 장편 독서가 입시와 스펙의 핵이 돼야 하는 까닭이다.

[한국일보 2016년 7월 6일 자]

15 천하의 웃음거리가 되다

조조는 누가 뭐래도 『삼국지연의』의 어엿한 주인공이다. 유비, 관우 등도 나름 중요한 역할을 하지만 조조가 차지하는 비중만큼은 아니다. 교활한 간웅이란 이미지를 벗겨내고 보면 그의 활약상은 사실 제갈량 못지않다. 영웅이라 칭할 만하다는 뜻이다.

소설에서만이 아니다. 역사에서도 그는 '된사람'은 아니었을지라도 '난사람'이었음은 분명하다. 정치와 경제, 군사 같은 실무는 물론 문학과 학술 방면에서도 쏠쏠한 족적을 남겼다. 그중 하나가 『위무제주손자(魏武帝注孫子)』라는 병법서다. 서명은 "위나라 무제가 『손자병법』에 주석을 달아 해설했다"는 뜻이다. '무제'는 아들 조비가 조조를 황제로 추존하며 올린 시호다. 훗날 손무의 책이 소실됐으니, 오늘날 『손자병법』을 볼 수 있게 된 데는 조조의 이 책도 나름 기여한 셈이다. 아무튼 소설에서는 이를 간웅 이미지에 맞게 비틀었다. 이렇게 말이다.

훗날 유비의 본거지가 된 촉 땅에 장송이란 자가 있었다.

역량이 출중했음에도 흉한 외모 탓에 중용되지는 못했다. 당시 촉은 유장이 다스리고 있었다. 그는 유비에게 촉을 빼앗길까봐 두려워 조조에게 도움을 청하고자 했다. 그러려면 언변도 좋고 담력도 센 이를 보내 조조를 설득해야 했다. 물색해 보니 장송만한 인물이 없었다. 외모가 마음에 걸렸지만 그를 조조에게 보내기로 했다. 한편 장송은 유장이 다스리는 촉에는 미래가 없다고 여겨왔다. 하여 조조에게 촉의 운명을 걸어보기로 하고 상세하게 그린 촉 지도를 간직한 채 조조를 알현했다. 듣던 대로 조조가 영웅이면 지도도 바치고 촉의 내밀한 사정도 고할 작정이었다.

그런데 조조도 흉측한 외모를 보고는 그만 그를 홀대하였다. 휘하의 다른 이들도 마찬가지였다. 다만 양수란 책사만이 그의 비범함을 간파하고는 그를 연회에 초대했다. 주흥이 무르익었을 즈음 양수는 그의 마음을 돌리고자 조조를 상찬하기 시작했다. 조조가 지은 『맹덕신서』도 보여줬다. 이런 탁월한 병법서도 지었다며 한껏 추켜세울 요량이었다. 조조에게서 마음이 떠났던 장송은 책을 받아들고 쓱 훑어보더니 크게 웃어 젖혔다. 촉 땅에선 어린 애들조차 훤히 아는 내용을 두고 어찌 훌륭한 병법서라고 하냐는 것이었다. 그러고는 책 내용을 처음부터 끝까지 죄다 읊조렸다. 훑어볼 때 외워놓고는 마치 전부터 잘 알고 있었다는 듯 술술 암송했던 것이다.

그 모습을 본 양수는 마음이 급해졌다. 빼어난 인재를 잃어서는 안 되겠다 싶어 날이 밝자마자 조조를 찾아가 장송이 대단한 인재였음을 낱낱이 고했다.『맹덕신서』를 둘러싸고 벌어진 일도 아뢨다. 그러나 마음이 떠난 건 장송만이 아니었다. 조조 또한 장송이 마뜩하지 않았던 터라 촉 땅 사람들이 자기 책을 보고 깔깔대며 비웃는 장면이 뇌리에 가득 차올랐다. '내 책이 나의 출중함을 드러내기는커녕 오히려 나를 세상 사람들의 웃음거리로 만든다?' 순간 이성을 상실한 조조는『맹덕신서』를 깡그리 거둬들여 태워버리라고 명했다. 자존심에 굵은 생채기가 패였음이다. 이러한 낯 뜨거운 일을 절대로 내버려둘 순 없었다. 설령 사실이 아닐지라도 말이다.

책을 쓴다는 것은 옆으로는 함께 살아가는 세상 사람들에게, 아래로는 미래의 세상 사람들에게 말을 거는 능동적 활동이다. 달리 말하면 지금 여기의 천하와 장차 펼쳐질 미래의 역사에 자기 목소리를 새겨두는 적극적 행위다. 게다가 책을 씀으로써 세상과 역사에서 자신을 정당화하거나 드높일 수도 있게 된다. 물론 이는 좋은 책을 썼을 때의 얘기다. 그런데 좋은 책이 아닐지라도 책을 쓰는 데엔 꽤 많은 품이 들어간다. 정신과 노동, 시간, 재화 등이 제법 투여된다. 고작 천하의 웃음거리나 되자고 책을 쓰는 짓은 제 정신을 지닌 자라면 여간해서는 안 한다는 얘기다.

공자는, 후생은 두려운 존재라고 했지만 나이 40, 50이 되어서도 이름이 칭해지지 않으면 두려워할 바가 못 된다고 단언했다. 또 친구 원양에게 "어려서는 공손할 줄 모르고 커서는 칭해지는 바가 없으며 늙어서는 죽지 않고 있음이 바로 도적"(『논어』)이라며 지팡이로 그의 정강이를 때리기도 했다. 한자권에선 자기 명예를 발양하려는 의도적 행위를 백안시해왔다. 자신이 괜찮게 살면 이름은 자연스레 칭해지는 것이지 그것을 얻고자 극성스레 노력하는 건 아니라고 봤다. 대신 "천하의 웃음거리가 되는[爲天下笑]" 것은 어떡하든 피하려 했다. 아무리 함량 미달의 군주라도 천하의 웃음거리가 된다고 하면 정말 하고 싶었던 일도 멈출 정도였다.

얼마 전 광주민주화항쟁을 짓밟고 군부독재를 연장한 전두환, 이순자 부부가 회고록을 출판했다. 굳이 책을 써서 자신을 천하의 웃음거리로 내던진 셈이다. 왜 그랬을까. 곰곰이 짚어보니 결국 돈이 사달을 낸 듯하다. 전 재산 29만 원으로 벌써 20년 가까이 살아왔으니 회고록이라도 팔아 생활비를 마련하려 했던 듯싶다. 쿠데타도 해봤고 민주화도 압살해봤는데 천하의 웃음거리 정도야 무슨 흉이 되겠는가. 더구나 돈까지 되는데 말이다.

[한국일보 2017년 4월 11일 자]

16 못난 짓이 역사에 기록된 까닭

사람이 못났다고 할 때 그 판단 기준은 무엇일까. 어떤 행위나 양상을 볼 때 우리는 그 사람을 참 못났다고 여기게 되는 걸까. 역사를 보면 '못난 짓'으로도 역사에 이름을 남긴 이들이 적지 않아서 하는 말이다.

『춘추좌전』은 유가 경전의 하나로 공자가 살아냈던 춘추시대 역사를 다룬 책이다. 여기에는 '못난 짓의 파노라마'를 스펙터클하게 구성하고도 남을 정도로, 못난 짓을 벌인 이들의 군상이 다채롭게 담겨 있다. 못난 짓을 벌인 주인공은 군주급인 제후부터 고위 관리나 장수 등이었다. 못난 짓이 역사에 기록될 정도로 문제가 되는 것은 치자(治者), 요새로 치자면 '사회적 강자'가 그것을 저질렀을 때라는 관념이 스며들어 있는 대목이다.

당시 위(衛)나라에 장공이란 제후가 있었다. 함량이 많이 부족한 군주였던지라 결국 정변으로 쫓기는 신세가 됐다. 사세가 급박해지자 그는 궁궐 담을 넘어 도망가다가 그만 넓적다리가 부러졌다. 그럼에도 용케 기(己) 씨라는 이의 집에 숨어들게 됐다. 그런데 기 씨는 장공을 보자마자 칼을 빼들고 죽이려 했다. 화들짝 논란 장공은 귀한 벽옥을 보여주며 자기를 살려주면 그걸 주겠다고 약조했다. 순간 기 씨가 대꾸했다. “너를 죽인다고 하여 벽옥이 어디 딴 데로 달아나겠느냐?” 그러곤 장공을 죽이고 벽옥도 취했다.

재물에 눈이 멀어 군주조차 서슴없이 시해하는 기 씨를 비난하고자 기록한 것이 아니었다. 여기에는 그러할 만한 사연이 있었다. 이 일이 있기 전의 일이었다. 장공이 하루는 성루에 올라갔다가 머리카락이 유난히 아름다운 여인을 보게 되었다. 그는 지체 없이 수하를 시켜 머리카락을 베어오게 한 후 그것으로 가발을 만들어 자기 애첩에게 하사했다. 그때 머리카락을 베였던 여인이 바로 기 씨의 아내였다. 기 씨는 난데없이 머리카락을 잃어 까까머리가 된 아내의 복수를 수행한 것이었다.

물론 기 씨의 행동은 과했다. 다만 이를 두고 ‘몰개념’이라고 할 수는 있을망정 ‘못난 짓’이라고 할 수는 없을 듯싶다. 더구나 기 씨는 자기 의도와 무관하게 벌어진 상황에서 자기 힘만으로 아내의 원한을 갚았지만, 장공의 못난 짓은 군주라는 권력이 있었기에 가능했던 못남이었다는 점에서 기 씨의 몰개념과는 차원을 달리 한다. 좌구명, 그러니까 『춘추좌전』의 저자가 평민, 그러니까 사회적 약자인 기 씨의 몰개념보다는 사회적 강자인 장공의 못난 짓을 더 크게 부각시킨 까닭이다.

한마디로 장공은 못난 짓으로 일관했던 셈이다. 당연히 이는 그가 군주라는 힘을 지녔기에 가능했다. 못난 짓은 결과도 못나기 마련이지만, 그 힘 덕분에 그는 못난 짓을 했음에도 자기가 원하는 결과를 얻을 수 있었다. 문제는 이러한 일이 반복되다 보면 자기가 못난 짓을 거듭 자행하고 있다는 자각은커녕 그것을 오히려 잘난 짓으로 맹신케 된다는 점이다. 역시 『춘추좌전』에 나오는 일화이다. 기원전 563년에 있었던 일로 노나라가 핍양이라는 성을 공격할 때의 일이었다.

그때 핍양성 사람들은 성벽 위에서 긴 천을 늘어뜨렸다. 노나라 병사더러 성벽을 넘어와 얼른 핍양성을 함락하라는 뜻이 아니라, 용기 있으면 어디 한번 올라와 보라는 도발이었다. 이를 붙잡고 웬만한 높이에 올랐을 때 천을 끊어버리면 결국 굴러 떨어져 죽기에 사실 이는 너무나도 빤한 함정이었다. 정상이라면 그러한 함정에 스스로 빠질 이는 없을 터였다. 더구나 전쟁은 승리하기 위해서 엄청난 인명과 물자를 희생시켜 가며 수행하는 것이지, 어느 한 개인의 무용을 자랑하기 위해서 치르는 것이 아니다. 무모하게 천을 부여잡고 성벽에 오를 이유가 전혀 없는 상황이었다.

그럼에도 노나라 측의 한 장수가 그 천을 잡고 성벽 위로 올라갔다. 성벽 끝에 다다랐을 무렵 예상대로 핍양성 사람들은 천을 끊어버렸고 그는 땅에 떨어졌다. 다행히 죽음은 면했다. 그러나 기운을 차린 그는 다시 천을 붙잡고 올라갔고 또 떨어졌다. 그렇게 하기를 세 차례, 핍양성 사람들은 그만하자며 천을 걷어 올렸고 노나라 측도 군대를 뒤로 물렸다. 그러자 그 장수는 천을 몸에 감고 사흘간이나 군중을 돌아다니며 무용을 자랑했다. 장수로서 공적 이로움의 실현을 앞세웠어야 할 자리에서 사적 이익을 위해 투신한 셈이었다. 더구나 자신이 못난 짓을 한 줄도 모르고 오히려 이를 사흘 동안이나 떠벌이고 다녔으니 그 못남은 가히 역사에 기록되어 길이 전해질 만도 했다.

문제는 이러한 못난 짓의 결과가 당사자에게만 악영향을 미치는 것이 아니라는 점이다. 못난 짓임을 자각하지 못하는 사회적 강자는, 역사가 밝히 말해주듯이 공공의 이익을 위해 마련된 권력을 자기 이익 실현을 위한 이권으로 악용한다. 못난 짓은 애초부터 그것을 정당화해줄 내적 근거가 없기에, 그들은 남의 불행을 자기 행복의 원천으로, 남의 행복은 자기 불행의 원인으로 간주한다. 게다가 그들은 자기 행복은 나눌 줄 모르지만 불행은 늘 남들과 나누려 애쓴다. 그들이 저지른 못난 짓으로 인한 악영향이 그들 자신에게만 국한되지 않는 이유다.

좌구명이 『춘추좌전』 곳곳에 이른바 '사회적 갑'들이 아무렇지도 않게 또는 심지어 자랑스럽게 저질렀던 못난 짓을 적잖이 기록한 까닭이 여기에 있다. 역사는 모든 것을 망각케 하는 시간의 늪을 가로지르는 힘을 지니고 있기에 그러하다.

[한국일보 2018년 1월 23일 자]

17 역사로의 순례, 삶을 지탱해주는 길

상해와 가까운 거리에 소주란 곳이 있다. 지난 시절 항주와 더불어 하늘 위 천당에 비견되던 아름답고 풍요로운 고장이다. 거기에는 호구라 불리는 야트막한 언덕이 있다. 해발 34m 남짓한 규모이다. 그런데 이곳이 그 일대의 이름난 '높은 산' 노릇을 해왔다. 어찌된 일일까.

이미 공자 때부터 중국에선 사회 지도층이라면 모름지기 "등고부시(登高賦詩)", 곧 높은 곳에 올라 글을 지을 줄 알아야 한다는 전통이 형성되어 있었다. 맹자는 이를 자기 식으로 변용하여 높은 곳에 올라 호연지기를 길러야 한다고 했다. 하여 삶터에 높은 산이 없으면 누각이나 탑이라도 우뚝 지어 높이를 확보하고, 그 높이서 사방을 휘둘러봄으로써 야기되는 회포를 시문에 담아내곤 했다.

언덕 생김새가 호랑이가 웅크리고 있는 형상이라는 호구도 그러했다. 어디서든 쉬이 접할 수 있는 자그마한 언덕임에도, 주변 일대가 지평선이 보이는 드넓은 평지다보니 천 년이 넘는 세월 동안 높은 곳으로서의 역할을 수행해왔다. 정상에 45미터 가량의 탑을 쌓아 높이를 한층 보완했지만, 호구만으로도 명소가 되기에는 부족함이 없었다. 대대로 많은 시인묵객들이 이곳을 찾았고, 호구는 그들이 읊은 시와 문장으로 그 높이를 더해갔다.

호구가 등고의 명소를 넘어 문학의 성지가 됐음이다. 호구뿐만이 아니었다. 역사의 두께가 쌓일수록 중원 이곳저곳에서 문학의 성지라 불릴 만한 곳이 연신 등장했다. 공자가 정상에 올라 천하 뭇 산의 작음을 실감했다는 태산을 비롯하여, 하늘과 땅이 다 떠 있는 듯 넓다고 노래된 동정호 가의 악양루, 한과 당 제국의 도읍이었던 장안을 굽어보던 서안의 대안탑 등등, 중원 곳곳에 문학의 성지가 적잖이 들어섰다. 그리고 문인들은 순례하듯 그곳들을 찾아 돌며 켜켜이 쌓여 있는 선배들의 시문에 자기 시문을 더하고 또 더했다.

지금 감각으론 그다지 와 닿지 않은 행위일 수 있다. 별다른 감흥도 없고 왜 그래야 하는지가 도통 이해되지 않을 수도 있다. 그러나 당시로선 무척 중요하고 의미 깊은 일이었다. 하루하루 살기 팍팍한 이들조차 문학의 성지를 찾아 길을 나섰기에 하는 말이다. 그들이 길을 떠난다는 건 또 다른 고통의 연속일 뿐 결코 즐김의 길일 수 없었다. 그럼에도 적지 않은 불우한 문인들이 길을 나섰고 문학의 성지에 자기 글을 보탰다. 이유는 내 글이 이 문학 성지를 대표하는 최고가 됐으면 하는 욕망 때문이었다.

우리네 사람은 미래를 알지 못하는 존재다. 신이 아니기에 모르면 불안에 휩싸이는 존재이기도 하다. 그래서 논자들은, 인류는 불안의 해소라는 욕구를 본능적으로 지닐 수밖에 없다고 한다. 동서고금을 막론하고 불안을 해소할 수 있는 방도를 꾸준히 모색하게 된 이유다. 가령 서구에서는 초월적이고 전지전능한 신을 섬기고 그에 귀의함으로써 이를 해소하고자 했다. 반면 한자권에는 그러한 초월적 절대자를 만들어내지 않았다. 대신 자연을 닮고자 했다. 태어나 자라다가 때가 되면 쇠락하고 결국엔 죽지만 주기적으로 다시 살아나는 자연, 그렇게 일정한 법칙에 의거하여 순환하기에 미래 예측이 가능한 자연의 섭리에 나를 동화시키면 미지의 미래로 인한 불안감을 해소할 수 있다고 보았다.

역사의 흐름에 나를 참여시킴으로써, 달리 말해 내가 역사의 일부가 되게 함도 그에 못지않게 선호된 길이었다. 역사가 미래를 비춰주는 거울이기에 그런 것만은 아니었다. 역사는 미래를 만들어가는 원료이자 원리이기 때문만도 아니었다. 당시 사람들은 미래가 현실과 함께 이미 눈앞의 역사에 들어와 있다고 믿었다. 현재와 미래가 역사라는 줄기찬 흐름 안에 통합되어 있기에 역사의 흐름에 내 삶을 담그면, 미래는 너끈히 예측 가능한 대상이 되어 미지로 인한 불안에서 헤어날 수 있다고 여겼다.

문학의 성지를 찾아가는 길은, 또 거기에 나의 시와 글을 더함은 문학의 성지를 둘러싸고 형성되어온, 또 도도하게 흘러온 역사에 나를 참여시키는 대표적 방식이었다. 천하가 지속되는 한 문학의 성지도 지속될 것이고, 그러면 그 곳을 둘러싼 역사도 계속 미래로 흘러들어갈 것이다. 내가 그렇게 미래에도 지속될 역사의 일부가 된다면 내 삶이 미래까지 이어질 가능성이 높아진다. 곧 나는 문학의 성지가 존속되는 한 미래에도 역사 속에서 계속 존재하게 된다. 이것이 문학의 성지를 매개로 형성된 역사의 흐름에 자신을 담고자 그리도 애썼던 까닭이다.

그래서 문학의 성지를 찾고 글을 쓰는 행위는 역사로의 순례였다. 종교적 순례가 절대자에게 나를 맡기는 여정이요, 이를 통해 원초적 불안을 해소하는 과정이었듯이 역사로의 순례도 그러했다. 태산으로, 또 호구로 가는 길 내내 선인들이 그곳에 쌓아놓은 시문을 되뇌면서 살아 흐르는 역사와 접속했고, 신이 아니기에 지닐 수밖에 없는 원초적 불안을 그렇게 해소했다. 역사에 나를 맡김으로써 내 삶을 지탱해주는 터전을 일궈냈음이다.

그러한 문학의 성지가 중국에만 있었음은 아니다. 백두산이나 금강산 등은 우리의 대표적 문학 성지다. 적잖은 이들이 그곳으로 역사의 순례를 다녀왔다. 물론 분단으로 그 순례의 길은 끊겼다. 그렇다고 그곳을 둘러싼 역사마저 끊겼음은 아니다.

[한국일보 2018년 11월 6일 자]

18 손 안의 로봇, 로봇 안의 인문

우리나라 인구 대비 핸드폰 보급률은 90%에 육박하거나 이를 넘는다고 한다. 어린 연령대를 제외하면 거의 온 국민이 핸드폰을 지니고 있다는 얘기다. 그런데 주지하듯 핸드폰은 단지 전화기가 아니다. 그것은 로봇이다. 적어도 스마트폰은 분명히 그러하다. 그러니 우리는 저마다 로봇 한 대씩을 지닌 셈이다. '반려로봇'의 시대가 성큼 다가섰음이다.

로봇하면 흔히 사람처럼 생긴 모양새를 떠올리곤 한다. 그러나 이는 어디까지나 인간 중심적 사고에 불과하다. 꼭 인간의 형상을 띠고 인간처럼 움직이는 기계장치만이 로봇은 아니라는 말이다. 동력을 제공하고 동작 버튼을 누르기만 하면, 명령된 작업이나 조작을 자동적으로 해가는 기계 장치는 다 로봇이다. 스마트폰도 동일하다. 인간이 터치하면 그것은 뭔가를 스스로 처리하여 결과를 내놓는다. 게다가 처리 방식이 갈수록 인간 지능을 닮아가고 있다. 스마트폰이 20세기형 기계 장치를 훌쩍 넘어선, 지능화(SMART)된 21세기형 첨단 로봇인 까닭이다.

갈수록 스마트해지는 자동차도 마찬가지다. 자율주행 수준이 아니더라도 근자에 보급되는 신형 자동차는 틀림없는 로봇들이다. 사람의 조작 없이도 그들은 스스로 판단하여 차간 거리를 적절하게 유지하고, 차선을 넘어가면 알아서 선 안으로 들어오며, 추돌 가능성이 높아지면 저절로 속도를 줄이는 똑똑한 로봇이다. 그러니 우리가 스마트폰을 손에 쥐고 스마트한 자동차를 탔다면, 우리는 손 안에 로봇 한 대를 쥐고서 또 다른 로봇 속에 있는 구도에 놓인다. 로봇 속의 인간, 그 손 안의 또 다른 로봇! 로봇을 중심으로 보면, 사람이 여러 로봇들 사이에 샌드위치처럼 끼어있는 형국인 셈이다.

그런데 그 구도 속에 실은 하나가 더 존재한다. 손에 들려 있는 로봇 곧 스마트폰 속의 콘텐츠가 그것이다. 그것이 있음으로 인해 핸드폰은 전통적 전화기를 넘어 스마트한 로봇이 될 수 있었다. 흔히 새로운 스마트폰이 출시되면 사람들의 이목은 사양과 기능, 가격으로 쏠린다. 한결 편해지고 똑똑해진 데다가 착하기도 한 가격대라야, 파는 쪽이나 사는 쪽 모두에게 이롭기 때문이다. 얼마 전 출시된 신제품을 두고 펜에 셀카 셔터가 탑재됐고 배터리 용량이 늘어나는 등 기능과 사양이 향상된 만큼 가격 인상도 불가피하다는 말들이 나왔던 이유다. 흡사 스마트폰 하면 사양과 기능, 가격이 전부가 된 모양새다.

뭔가 잘못됐다는 얘기가 아니다. 가격은 차치할지라도 사양과 기능의 진보는 스마트폰이 인간 지능을 닮아가는 데 꼭 필요한 고갱이다. 이들의 진전이 빠르고 능률적일수록 반려로봇으로서 스마트폰의 가치는 더욱 높아진다. 그러니 사양과 기능을 중심으로 스마트폰을 바라봄은 하등 이상할 바 없다. 다만 한결 나은 사양과 빼어난 기능을 도대체 무엇 하러 그리도 치열하게 도모하는지는 따져볼 필요가 있다. 우리가 최신 스마트폰을 찾는 까닭은 나아진 사양과 좋아진 기능으로 다른 무언가를 하기 위해서지, 그 자체가 가치 있기 때문은 아니기에 그렇다.

그래서 콘텐츠는 스마트폰에 처음부터 같이 있을 수밖에 없었다. 그것을 창출하고 활용하며 즐기기 위해서 스마트폰의 사양과 기능은 그 진전이 끊임없이 모색됐기 때문이다. 스마트폰은, 콘텐츠가 그 안에서 빛의 속도로 상호 연동되고 작동되기에 쓸모 있는 로봇이 될 수 있었다는 얘기다. 속도가 빠르고 기능이 많을지라도 그런 속도와 기능으로 누릴 콘텐츠가 신통치 못하다면, 스마트폰은 그저 빛 좋은 개살구에 불과하게 된다. 손 안의 로봇, 그 안에 있는 콘텐츠가 로봇의 사양과 기능을 증진케 하고 그 가치를 높여왔던 것이다.

여기서 반려로봇 스마트폰을 구현해낸 과학기술과 인문이 애초부터 한 몸이었음을 목도하게 된다. 우리가 콘텐츠라 부르는 것의 실상이 인문의 소산이기 때문이다. 셀카를 찍을 수 있게 하는 것은 과학기술이지만 셀카를 찍고 향유하고자 함은 인문적 욕망이다. 배터리 용량을 늘리는 것은 과학기술이지만, 늘어난 배터리 용량으로 맘껏 누리고자 하는 것이 인문의 소산이다. 어떤 기능이든 또 사양이든, 개발부터 갱신에 이르는 전 과정이 과학기술과 인문이 복합적으로 작동된 결과였다. 이렇듯 인문은 과학기술의 외부로부터 끼어드는 변수가 아니라 그 내부에서 늘 더불어 작동되는 상수였다. 과학기술 곁에 붙어 있는 것이 아니라 언제 어디서든 그것의 내부에서 과학기술의 진보를 촉진하고 있었음이다.

과학기술뿐만이 아니다. 인문은, 인간이 문명을 창출해낸 그 최초의 순간부터 이미 사람의 삶과 사회에 곁들여지는 장식이 아니라 그들 안에 본질로서 존재하였고 기능해왔다. 그래서 인문은 유사 이래 늘 인류의 공공재였다. 누구에게나 꼭 필요하기에 모두가 갖다 쓸 수 있어야 하는 공동의 자산이었다는 뜻이다. 그런데도 인문에 대한 국가 사회의 소홀함은 금도를 지나쳐 있다.

이것저것 다 떠나서 지금은 기술이 갈수록 인간을 닮아야 더 한층 선호되며 진보되었다고 평가받는 추세이지 않은가. 과학기술만으로 인간다움을 제대로 구현하지 못함은 삼척동자조차 이해할 수 있기에 하는 말이다.

[한국일보 2018년 8월 21일 자]

19 형체 없는 것의 대단한 힘

하늘이 지구를 중심으로 움직인다는, 수천 년간 지속된 세계관을 일거에 뒤흔든 이가 있었다. 니콜라우스 코페르니쿠스가 바로 그다. 그는 해를 중심으로 지구가 돈다는 지동설을 주장하여 근대 과학으로의 획기적 전환을 일궈냈다.

다소 현학적이지만 지금도 획기적 전환을 두고는 '코페르니쿠스적 전환'이라는 표현을 쓰곤 한다. 거칠게 말해 우주를 보는 인류의 관점이 코페르니쿠스 전과 후로 나뉜다는 것이다. 그가 인류사에 미친 영향이 자못 깊고도 길었다는 뜻이다. 그런데 서구 역사에서 서구를 대표할 수 있는 학자를 꼽으라고 할 때 그가 꼽힐 여지는 얼마나 될까. 가령 소크라테스나 플라톤, 아리스토텔레스보다 그가 더 위대하다고 여겨질 여지는 얼마 정도일까. 시선을 한자권으로 돌려, 조선 실학자 홍대용이 지동설을 언급했다고 하여 그가 공자나 맹자, 순자보다 더 높게 평가될 가능성은 과연 얼마나 클까.

세계관은 눈에 보이지 않고 손에 잡히지 않는다고 하여 무기력한 게 아니라, 한 문명권의 수천 년 역사를 대표하는 위대한 인물마저도 그 영향권에서 헤어 나오지 못할 정도로 위력이 대단했음이다. 소크라테스나 공자 같은 인류의 위대한 스승이라 불리는 이들도 자기 시대에 공유되던 세계관을 벗어나 사유하지 못했음을 보면 말이다. 아무리 불세출의 천재일지라도 코페르니쿠스의 시대처럼 과학기술의 발달과 생산력의 진보 등이 함께 이뤄지지 않는 한, 한 시대나 문명을 지배하는 세계관의 돌파는 무척 어려운 일이라는 얘기다.

세계관뿐만이 아니다. 관념이나 사상 등도 마찬가지다. 모두 무형의 정신적 소산이지만 그들이 지니는 힘은 때에 따라서는 절정의 군사력이나 물리력보다 강력하고 영향력이 오래 지속되기도 한다. 우리가 관념의 소산일 뿐이라 무시한다고 하여 그들이 실제로 무기력한 건 절대 아니라는 말이다. 그런데 주지하듯이 세계관이나 관념, 사상 등은 눈으로 볼 수 있는 형체가 없다. 그러한 무형의 것들이 어떻게 우리네 삶과 사회에 실질적으로 영향을 미칠 수 있었을까.

세계관이든 관념이나 사상이든, 이들은 말에 담겨 표현되고 말로 전파된다. 그리고 인간은 말을 구사하는 존재인 동시에 말에 의해 지배받는 존재다. 말이 없거나 말을 할 줄 모른다면, 설사 신들의 신이 일러준 세계관이라 할지라도 사람은 그것의 영향을 도통 받지 못한다. 그래서 이렇게 얘기할 수 있다. 세계관이나 관념 등이 말을 부려서 우리 인간을 움직이게 하는 것이라고. 인간이 신이 아닌 한 말 없이는 사유할 수 없기 때문이다.

자기가 힘이 있다고 믿는 이들이 말을 그냥 내버려두지 않음이 이 때문이었다. 실제로 말을 지배하면 사람을 또 세상을 지배할 수 있기에 그랬다. 역사 장악은 물론 신도 장악할 수 있었다. 역사도 결국 말에 의지해 기록되고 기념되며, 신 또한 말에 기대어 상상되고 믿어지기 때문이다. 어머니에게 말을 배웠음에도 모어(母語)가 아니라 모국어(母國語)라 하는 것처럼, 곧 나라[國]로 대변되는 제반 권력관계가 말에 스며들어 있듯이, 말에 무언가를 섞어 넣고는 그것으로 사람을 좌우할 수 있다는 것이다.

하여 사심 가득한 정치인이나 언론인, 삶터에서 일상적으로 마주하는 사회적 갑들은 자기에게 이익이 되면 말의 힘을 적극 활용하고, 불리하다 싶으면 말이 힘을 못 쓰게 만들어버린다. 말의 뿌리를 잘라내버리는 것이다. 말이 과실이라면 말하는 이는 뿌리다. 뿌리가 거세된 말은 유령에 불과하다. 정계와 족벌 언론 등에서 양산되는 '막말'과 '아무말'이 기실 유령이라는 얘기다.

다만 막말과 아무말은, 지금도 귀신에게 홀렸다고 표현하듯 유령처럼 삶터를 배회하며 사람들을 현혹한다. 파렴치한 정치인과 언론인이 동일 사안에 대해 과거에 한 말과 정반대되는 말을 아무렇지도 않게 내뱉음에도 사람들은 귀를 쫑긋하며 마음을 움직인다. 근거도 없고 논리도 서지 않지만 개의치 않는다. 사람들이 듣고 싶었던 이야기를 그럴 듯하게 해주면 어찌됐든 그들이 호응해주기 때문이다. 그렇게 사람들이 너무 쉽게 좌우되니 그들은 막말과 아무말만으로도 기득권을 웬만히 유지해가게 된다.

공자는 요새로 치자면 막말과 아무말을 생각 없이 내뱉은 제자 자로에게 군자는 모르는 바에 대해서는 그 자리에 없듯이[闕如] 처해야 한다고 엄히 경계했다. 공자 당시 군자는 관리나 학인, 그러니까 오늘날의 공직자나 소위 여론 주도층을 가리켰다. 개인적, 사적으론 어찌 행하든 간에 적어도 공직만큼은 막말이나 아무말로 수행해서는 안 된다는 일갈이다.

교언(巧言)처럼 뿌리 없는 말을 평생 일관되게 멀리하고, 말을 하면 반드시 실행으로 옮겨지는, 그런 미더운 말만 참된 말이라 여겼던 그다운 태도였다. 맹자가 한 말의 모음집이 맹자이고 장자가 한 말의 모음집이 장자인 것처럼, 말이 곧 그 사람 자체라고 믿었던 시대정신의 소산이었다. 말의 품격은 곧 말한 이의 인품이라 여겼던 사람들이 품었던 당연한 정신이었다. "어떻게 그런 말을 할 수 있지?"가 아니라, 그런 사람이기에 그런 말을 했다고 판단했음이다. 사람은 괜찮은데 막말을 한 것이 아니라 사람이 막되었기에 그의 입에서 막말이

나왔구나 한다는 것이다.

단적으로 내가 하면 로맨스이고 남이 하면 불륜이라 우기는, 이른바 '유체이탈화법' 같은 것은 공적 영역에서는 애초부터 자리 잡을 여지가 없었다. 함량 미달의 인간이구나 정도로 치부하고 그러려니 하며 넘어가진 않았다는 얘기다. 적어도 제대로 된 사람은 아니라는 분명한 판단을 내리면서 막말을 일삼는, 곧 막돼먹은 자들로 대했다는 것이다.

[한국일보 2018년 4월 3일 자]

20 '하늘[天]'과 맞장 뜨기

흔히 지금껏 '주선(酒仙)', 그러니까 술의 신선은 이백 한 사람만 있었다고 한다. 허구한 날 딥다 마셔도 거뜬 없는 이를 일컬어 주선이라고 하진 않는다. 사람이 술을 마시는지, 술이 사람을 먹는지 모르는 그런 지경은 술 한 잔에 갖은 추태를 떠는, 기껏해야 '주졸(走卒, 술의 졸병)' 다음 단계라고나 할까, 술은 물론 한 잔 물에도 술 마신 듯 취하는 주선의 경지와는 도통 무관하다.

"시는 쌀로 지은 술"이라는 옛말 덕분일까, 이백의 주선다운 풍모는 그의 시에도 오롯이 묻어났다. '술을 권한다'는 뜻의 『장진주(將進酒)』 같은 시도 그러하다. 자고로 성인 가운데 이름이 후세에 전해지는 이 드물지만 술꾼의 이름은 모조리 전해졌다며 능청을 떨더니, "술은 마셨다 하면 모름지기 삼백 잔!"이라며 호기를 부린다. 급기야 "하늘이 나 같은 재목을 세상에 낳음은 필시 크게 쓰려 함"이니, 벗이여 그대 부유한 벗들이여, 오늘은 천금 풀어 양 삶고 소 잡아 거나하게 즐겨보자고 다그친다. 천하의 준마와 명품 모피라고 아낄 거 뭐 있겠는가, 상긋한 미주와 바꿔 마시며 만고(萬古)의 시름을 삭여보자 채근한다.

그런데 일생을 살며 '나'는 하늘이 낸 천하의 재목이라 자부하는 것이 과연 몇 번이나 될까. 술 마시며 만고의 시름을 녹이자는 얘기는 평생 몇 번이나 할까. 아니, 누군가 그런 얘기를 하면 우린 어떤 반응을 보일까. 이백과 쌍벽을 이뤘던 두보처럼, 지인들이 이백에게 표했던 흠모와 존경을 과연 우리도 내보일 수 있을까?

사실 '나'를 하늘이 빚어낸 특별한 존재라 일컫고 사람들도 이를 긍정하는 이런 보기 드문 일의 원조는 공자였다. 그는 목숨이 경각에 달렸을 때조차 하늘이 내게 자신의 덕을 주어 세상의 인문과 교화를 맡겼는데 저 무도한 자들이 날 어찌할 수 있겠냐며 태연자약했다. 한마디로, '나'는 하늘이 나은 자니 하늘의 허락 없인 '나'를 어찌할 수 없다는 얘기다. 자칫 토가 동할 수 있는 발언이건만 제자들은 그런 그에게 "우리 스승은 하늘이 세상을 일깨우려 보내신 목탁"(『논어』)이라며 가없는 신뢰를 보냈다.

맹자도 못지않았다. 평소 공자의 적통이라 자부한 대로 그 역시 걸핏하면 하늘을 끌어왔다. 급기야 "만물은 내게 다 갖추어져 있다"고, 그러니까 내가 곧 우주라고 선언하고는 사람은 누구나 하늘의 선함을 타고난다고 단언했다. 그렇게 타고난 선한 본성을 잘 보존하며 살아간다면 사람은 누구나 하늘과 통한다고 보았다. 그러니 만약 임금이 나보다 선한 본성을 잘 보존치 못했다면 그의 말에 꼭 복종할 이유가 없게 된다. 임금에게 복종해야 하는 까닭은 하늘이 임금을 냈기 때문인데 그러한 임금보다 내가 하늘을 더 닮았다면 임금에게 복종할 이유는 사라지게 된다는 논리다. 선함 자체인 하늘을 내가 더 닮았음이니 임금보다 내가 도덕적으로 더욱 우월한 위치에 서 있게 된다.

사람은 이기적 유전자가 빚어낸 이기적 생물임에도 남을 도우며 행복해 할 줄 알고, 백 년 살기 어려운 유한한 개체이면서도 무한을 사유할 줄 안다. 볼 수 없으면 잘 믿지 않는 현상적 존재이면서도 늘 본질을 캐묻고 초월을 염원한다. 이타성과 무한, 본질과 초월은 모두 하늘의 변치 않는 속성이다. 그래서 맹자를 이은 성리학자들은 "인간의 본성은 곧 천리(天理)"라고 못 박았다. 다른 말로, 사람은 누구나 '우주적 존재'라는 것이다. 삶이 여의치 못하다보니 눈앞에 이익에 연연하고 본능과 탐욕에 휩쓸리기도 하지만 그렇다고 '나'가 하나의 소우주라는 사실 자체가 부인될 수 없다는 소리다.

왠지 공자나 맹자, 이백 급은 돼야 어울리는 말로 다가올 수도 있다. 그러나 성리학자들은 장삼이사 모두가 그러하다고 했다. 더구나 '나'가 우주적 존재임을 자각하며 사는 데는 재물이나 권력이 꼭 필요한 것도 아니다. 천문학적 규모의 재물이 있어도, 손바닥으로 해를 가릴 만한 권력이 있어도, '나'가 우주적 존재라는 자각이 없으면 가까스로 '주졸'을 면한 정도이리라.

[디지털타임즈 2004년 8월 27일 자]

21 사람을 깊게 만드는 것들

전직 대통령의 검찰 출석 뉴스가 한창이던 그날, TV 화면 밑단에 속보가 떴다. 물리학자 스티븐 호킹의 별세 소식이었다. 이내 그가 이룩한 업적이 자막을 타고 연신 흘렀다. 문득 영국서 유학했던 벗의 말이 떠올랐다.

벗은 지구의 대표적 명문인 캠브리지대학에서 학업을 연마했다. 하여 그로부터 가끔 그 대학 얘기를 들을 수 있었다. 벗과 더불어 명문대학의 조건은 무엇인지, 어떻게 해야 명문대학으로 발돋움할 수 있는지 등을 담론하는 자리에서였다. 스티븐 호킹이 캠브리지 대학에서 수학했음을 안 것도 그때였다.

한번은 벗이 교정과 기숙사를 이어주던 길 얘기를 꺼냈다. 그 길은 그가 수 년간 일상적으로 오갔던, 어디에든 있을 법한 평범한 길이었다. 그러다 언제인가 벗은 그 길의 역사를 들었단다. 알고 보니 그 길은 350여 년 전쯤 아이작 뉴튼이 다녔고, 한 세기 전쯤에는 러셀이나 비트겐슈타인 같은 철학자가 걸었으며, 우리와 동시대에는 호킹이 휠체어로 오갔던 길이었다. 그렇게 그 길에 쌓인 역사를 안 이후로 그 길은 더는 그저 그런 길로 다가서질 않았다고 한다. 그 길을 오갈 때면 종종 왠지 모를 뿌듯함에 한층 자란 듯한 느낌마저 들었다고 한다. 눈에 띄지 않던 역사가 환기되는 순간 평범한 일상에 깊이가 가해졌음이다. 그 깊이를 일상으로 접하며 자신도 깊어졌음이다. 거목 사이를 걷다 보면 어느새 거목이 된다는 서양 격언은 말본새만 그럴 듯했음이 아니었다.

순간 퇴계 이황이 도산서원을 '텍스트의 우주'로 빚어낸 의도가 선뜻 와 닿았다. 유교의 핵심 가치와 직결된 표현으로 건물 이름을 짓고, 성현의 깨달음이 서린 문구를 서원 곳곳에 빼곡하게 배치한 까닭이 명료해졌다. 입신양명을 꿈꾸든 은일의 삶을 꾀하든, 향촌 서생의 삶에 만족하든 천하경영에 헌신하든, 이황은 스승으로서 애오라지 후학이, 또 그들의 삶이 천도 곧 진리와 더불어 깊어지길 도모했음이다.

필자가 일하는 캠퍼스에선 언감생심 꿈도 꾸지 못할 기획이다. '1동'이나 'A구역' 같이 몰가치 한 기호로 호명되고 '행정관', '도서관' 식으로 기능만이 칭해지는 공간, 유리나 금속처럼 차가운 거리감과 도도한 고립감으로 마감된 건물로 도배된 장소, 동선 설계부터 건물 디자인, 공간 배치, 조경에 이르기까지 격조와 조화 따위는 개에게나 던져준 듯, 잿빛 무관심이 빚어내는 교정. 그렇게 세월이 흘러도 역사와 문화가 퇴적되지 못하는 배움터에서 탈속(脫俗)의 순수가 운위되고 초월적 진리가 강조되는 이율배반. 대학이 평생의 삶을 떠받치는 원천이 못된 채, 더 나은 진로를 위해 거쳐 가는 옅고도 얕은 일회성적 과정으로 전락됨은 당연한 귀결이었다.

게다가 우리 삶터에 횡행하며 일상을 채우는 말들도 '우리'에게서 깊이를 연신 덜어내고 있다. 누구보다도 속 깊고 폭넓게 또 드높게 헤아리고 말해야 함에도, 함량 미달의 정치인과 족벌 언론, 세습 재벌들은 편향되고 오염된 언사를 마구 쏟아낸다. 그저 중독성이 강할 뿐 결코 깊이를 만들어내지 못하는 말들로 그들은 불신과 분노를 조장하고, 그에 편승하여 기득권을 지키고 늘려가고 있다.

우리가 기꺼이 속아주었거나 막아내지 못했기에 여전히 벌어지고 있는 적폐다. 10여 년 전 우리는 그 '옅은' 말들에 속아, 또는 기꺼이 속아주어 '깊이 없는' 사람을 대통령으로 뽑았다. 대통령 후보 시절부터 부정한 방법으로 재물을 그러모았다는 혐의를 받는 이명박 전 대통령 얘기다. 그런데 과연 그만 깊이가 없었던 것일까. 혹 유권자인 우리도 깊이가 부족했던 것은 아닐까. 어찌됐든 우리 사회가 그의 대통령 당선을 막아내지 못했기 때문이다. 그와 같은 이들이 내뱉는 거짓과 갈등, 증오를 야기하는 언사가 꾸준히 먹히고 있기에 하는 말이다.

어쩌면 그런 말로 행세하기에 딱 좋은 시절이 펼쳐지고 있는지도 모른다. '혼밥', '혼술'이란 표현으로 대변되듯 우리는 갈수록 고립되어 파편으로 살아가는 삶에 익숙해지고 있다. 그러는 한편으로 'LTE', '기가 인터넷' 등 즉시적이고 신속한 작동과 반응을 마냥 선호한다. 예측 가능한 반응을 보이는 인공지능에게서 사람보다 더 크고 푸근한 위안을 얻는 이들도 늘고 있다. 지식과 경륜을 힘들여 내 안에 축적할 필요도 줄어들고 있다. 이미 우리는 저렴한 비용으로 언제 어디서든 데이터의 바다에 편리하게 접속하며 이를 쏠쏠하게 활용하고 있다. 굳이 내 안에, 또 삶터에 깊이를 가하려 애쓰지 않아도 너끈히 살아갈 수 있는 시절이 됐다. 함량 미달의 정치인과 족벌 언론, 세습 재벌 등이 '옅은 말', '옅은 삶'으로도 사회적 갑이 될 수 있는 이유기도 하다.

얼마 전 서울시는 조선시대 지도를 토대로 한양도성 내 옛길 620곳을 찾아냈다. 개중에는 18세기 무렵의 원형을 잘 간직한 길도 있다고 한다. 물론 그 길을 채운 모습은 서구화된 현대의 풍경일 것이다. 그럼에도 길이 남았기에 역사와 문화가 환기될 수 있었다. 그 사람은 시간의 두께 속에 진토 되어 사라졌어도 그의 말은 남아 역사와 더불어 기념되듯 말이다. 그래서일까, 아무리 시대가 바뀌어도 그러한 길과 말이 있어 사람은 비로소 사람일 수 있었다는 생각이 도리어 강해지는 나날이다.

[한국일보 2018년 3월 20일 자]

2부

[생활의 깊음]

삶터의
인문적 재구성

1 지속 가능한 일상

"완전 대박이다~!"

하루에도 몇 번씩 들을 수 있는 말이다. '완전'이라는 말을 붙이지 않으면 무언가 섭섭한 듯하다. '대박'을 향한 욕망이 더욱 깊어진 게다. 그만큼 현재의 자신이 또 눈앞의 현실이 성에 차지 않는 게다. 그래서 문제라는 얘기가 아니다. 작금의 상황을 보건대 대박을 향한 꿈을 탓할 수만은 없다. 다만 '완전 대박'이란 말이 유행어처럼 쓰이는 우리네 현실, 그 속에서 홀대받는 '일상'을 변호하고플 따름이다.

현재 우리는 '세계화된' 일상에서 살고 있다. 불과 한 세대 전만 해도 한 마을이나 기껏 커봤자 한 국가 단위로 형성되던 일상이 이제는 세계 단위로 형성되고 있다. '세계적 일상'의 실현! 표현은 참으로 거창하지만 그만큼 알아야 하고 챙겨야 할 것이 많아졌다는 소리이니 한 개인의 일상은 그저 버거워지기만 한다. 게다가 마음만 먹으면 국경과 이념을 훌훌 넘나드는 자본과 첨단 기술, 이들은 개개인의 일상을 본인의 의사와 무관하게 세계적 차원에서 엮어내고 있다. 연초 미국발 금융위기가 별 시차 없이 우리 경제에 타격을 가했듯이, 이제는 한 개인이 잘 먹고 잘 살려면 세계가 그를 도와줘야(?) 가능한 시대가 되었다. 그러나 세계가 한 개인을 도와줄 리는 만무할 터, 결국 개개인의 일상만 세계화의 볼모로 잡힌 셈이 되었다. 개인들은 속절없이 자신의 일상으로부터 배제되고 있을 따름이다.

일상이란 날마다 반복되는 생활을 말한다. 반복되는 생활이 있으려면 그것을 반복하는 사람이 있어야 한다. 곧 일상은 '누군가'의 일상일 수밖에 없다. 그런데 '누군가'의 일상이 세계화되자 정작 그는 자신의 일상으로부터 추방된다. 거시적 차원에서만 그런 것은 아니다. 미시적 차원에서도 개개인은 일상으로부터 쫓겨나고 있다. 주변을 돌아보자. 3G 휴대전화, MP4 플레이어, DMB 단말기, PSP* 등 첨단 멀티미디어 기기들이 일상의 틈을 점령하고 있다. 사람들은 시도 때도 없이 틈만 나면 멀티미디어 기기들을 켜고 그 속으로 몰입한다. 필경 그러한 기기들이 없으면 일상을 구성조차 못할 기세이다. '누군가'의 일상이라기보다는 '멀티미디어 기기들'의 일상이라고 하는 게 한결 어울린다. 어느덧 우리네 일상의 사소한 부분까지 파고든 자본과 기술은 소리 소문 없이 미시적 차원부터 사람들을 그들의 일상으로부터 지워내고 있었음이다.

---

* 이는 이 글이 발표된 2009년 당시의 상황이다. 2019년 벽두를 기준으로 하자면 이 대목은 응당 이렇게 바뀔 것이다. "5G 스마트폰, 태블릿PC, 노트패드, 웨어러블 스마트 기기 등."

이것이 일상이 '지속'돼야 하고, 반드시 '누군가'의 일상이어야 하는 까닭이다. '누군가'가 삭제된 일상은 더 이상 지속되지 못하며, 사람들은 파편화된 일상 속에 불안해 하며 부나비처럼 '대박'을 꿈꾸며 일상을 소모한다. 그러나 삶을 구성하고 영위하는 동력은 지속되는 일상에서 나오지 '대박'과 같은 일상적이지 않은 데서 나오지 않는다. 필요한 것은 노력한다고 해도 터트릴 수 없는 '완전 대박'이 아니라, 일상을 능동적이고도 꾸준하게 지속해가는 힘이다. 그것만이 세계화와 멀티미디어화의 소모품으로 전락한 '나의 일상'을 그들의 주인으로 복구해줄 수 있다.

일상과 관련하여 우리가 잊고 있는 것이 있다. 일상은 본디 능동적으로 구성할 때 비로소 구축된다는 엄연한 사실이다. 그건 그냥 놔둬도 저절로 구성되는 것이 아니다. '완전 대박'을 이루기 위한 노력보다도 훨씬 능동적이고도 반복적인 노력을 들여야 비로소 그것은 구성되고 지속된다. 지속 가능한 일상은 애초부터 '완전 대박' 따위가 함부로 올려다볼 수 있는 그러한 만만한 존재가 아니었음이다.

[교직원신문 2009년 4월 27일 자]

2 인문[文]이 주도하는 정치

송시열과 허목은 각각 노론과 남인의 영수였다. 워낙 정치적으로 첨예하게 부딪혔던지라 둘 사이의 관계가 좋을 리는 없었다. 다음은 그런 둘 사이에 있었던 제법 널리 알려져 있는 일화다.

송시열은 평소 속병으로 고생했다. 그러던 차에 하루는 아들을 허목에게 보내 처방을 받아오도록 했다. 그 처방전에는 주지하듯 비상이란 독약이 들어 있었다. 그럼에도 송시열은 그 처방대로 약을 지어 먹었고, 주변의 우려를 조롱하듯 속병이 나았다. 정적을 숙청하면 몇 명 정도는 사약을 받고 많게는 수십 명씩 귀양에 처해지던 시절, 정치적 이해를 초월해 이뤄졌던 우정의 전범으로 운위되어온 미담이다. 그런데 이 미담에서 읽어낼 바가 참된 우정 정도일까?

이들의 일화를 그릇이 컸던 인물들의 통 큰 우정으로만 보면, 이 얘기는 일상에서는 일어나기 힘든, 그래서 인구에 회자될 수 있었던 신기한 얘기 정도로 여겨진다. 큰 인물 사이에서나 있을 법한 얘기로, 나와는 별 관계없는 얘기로 치부된다는 것이다. 그런데 이 일화 속 일이 정말 일상적으로 일어나기 힘든 그러한 희한한 일이었을까?

물론 일상에서는 잘 일어나지 않는 일이기에 미담이 됐을 수도 있다. 그럼에도 이러한 물음을 한번쯤은 던져봄직하다. 치열하게 대립하던 둘 사이에 독약 처방을 믿고 따를 정도로 우정이 형성됐다면, 무엇을 토대로 그런 깊은 우정이 형성될 수 있었을까 하는 물음말이다. 동향도 아니고 동문수학한 것도 아니며 정치적으로는 대립관계였음에도 깊은 우정을 지녔으니, 어디로부터 그러한 큰 믿음이 비롯된 것인지 사뭇 궁금하기에 던져본 물음이다.

다른 일화를 하나 더 보자. 공자와 제자 자공 사이에 있었던 일로 『논어』에 나오는 이야기다. 공자가 위나라에 머물렀을 때 제후가 공자를 중용하고자 했다. 이 소식을 접한 제자 염유는 스승이 과연 명분 없이 군주 자리에 오른 위나라 제후 밑에서 정사를 맡을지가 궁금해졌다. 마침 자공이 있기에 그의 생각을 물었다. 자공은 스승께 직접 여쭤보겠다며 공자를 뵀다. 그러고는 대뜸 여쭸다. “백이와 숙제는 어떤 사람이었습니까?” 공자가 답했다 “옛적 현자들이다.” 자공이 재차 여쭈었다. “원망했던 것이지요?” 공자가 일렀다. “어짊을 추구하여 어짊을 체득했으니 무엇을 또 원망했겠는가?” 이에 자공은 물러나와 염유에게 말했다. 스승께서는 위나라 정사를 맡지 않으실 것이라고.

여기까지만 보면 그야말로 선문답이다. 알고 싶은 바는 위나라에서 정치할 의향이 있는지 여부인데, 물어본 것은 백이와 숙제 형제에 대한 평가였다. 그러고도 자공은 염유에게 스승께서는 위나라에서 출사하지 않으신다고 자신 있게 말한다. 실제 역사에서도 공자는 위나라 정사를 맡지 않았다. 자공의 판단이 틀리지 않았음이다. 대체 자공은 그런 식의 물음으로 어떻게 공자의 의중을 정확하게 간파할 수 있었을까.

힌트는 백이 형제다. 그들은 역성혁명으로 세상이 아무리 나아진다고 해도, 신하로서 두 왕조를 섬길 수 없다는 신념을 죽음으로 지킨 이들이었다. 제후였던 주나라 무왕이 폭정을 종식시킨다는 명분 아래 자신의 주군인 천자를 권좌에서 내쫓은 데 불복하여 수양산에 은거하며 고사리를 캐어먹다가 죽은 인물들이기 때문이다. 그러나 사람들은 그들을 자신의 깨끗함을 지키고자 세상을 돌아보지 않은 고집 센 이들로 평가했다. 그럼에도 백이 형제에게는 현실의 개선보다는 명분의 수호가 더 큰 가치였다. 그러한 이들을 공자가 현자라고 높이 평가했으니, 자공은 명분 없는 정권에 출사하지 않으리라는 공자의 뜻을 분명하게 파악할 수 있었다. 공자와 자공의 대화는 선문답이 아니라 백이와 숙제라는 인물에 대한 지식을 스승과 제자가 공유했기에 가능했던 지적인 대화였음이다.

이것이 뭐 그리 대단한 일인가 싶을 수도 있다. 그런데 백이 형제는 공자보다 500년가량 앞선 시대의 인물이었다. 그런데도 공자와 제자들은 그들에 대한 평가를 공유하고 있었고, 스승과 제자 간 일상적 대화에서 거리낌 없이 그들을 활용했다.

지금 우리 사회에서, 아니 대학에서 선생과 학생 사이에 500년쯤 앞선 시대 인물의 평가를 기본으로 공유하며 일상대화에서 어떤 주저함도 없이 그들을 활용함이 과연 가능할지, 마냥 회의적이다. 옛날이 지금보다 문명의 이기가 훨씬 못했다고 하여 사회의 인문적 수준까지도 그러하지는 않았음이다.

아니, 적어도 통치계층의 인문적 수준은 지금보다 한층 높았을 수도 있다. 그래서 송시열과 허목의 미담도 가능할 수 있었다. 둘 사이에는 언뜻 교집합이 없는 듯 보이지만 실상은 매우 단단한 공통의 지반이 있었다. 성리학이 그것이었다. 조선은 성리학의 나라였다. 그렇기에 성리학은 조선의 인문 자체였다. 정치적 이해를 달리했어도 그들 모두는 성리학이라는 인문 위에 서 있었다. 인문에 대한 믿음이 있었기에 허목은 비상을 처방하고 송시열은 이를 따를 수 있었음이다.

인문은 이렇게 정치적 이해에 앞서 있는, 어떤 정파라도 공유하고 있어야 하는 공통의 지반이다. 이것이 없으면 작금의 우리 사회에서 보이듯이 선거 승리에만 눈이 멀어 온갖 거짓과 강짜, 몰상식과 부도덕을 전가의 보도처럼 휘두르게 된다. 정치인이나 관료만을 두고 하는 말이 아니다. 민주사회의 통치계층 곧 주권자는 시민이다. 인문이 정치의 기반으로 작동되지 않으면 시민사회 또한 정치판과 매일반일 수 있다는 얘기다.

[한국일보 2019년 1월 8일 자]

3 '과학경국[科學經國]'의 조건

노반이란 인물이 있었다. 춘추시대 사람으로 공수반이라고도 불렸다. 생전에 이미 절정의 과학기술자로서 명성이 대단했고, 사후에는 "과학기술계의 공자"로 높이 추앙됐다. 후에는 '도구의 신', 그러니까 근대적 용어를 빌리자면 '과학기술의 신'으로 신봉되기도 했다.

기발한 물건이나 건축물 등을 보면 으레 그가 만들었다는 전설이 자연스레 생겨날 정도였다. 심지어 당시 과학기술 수준으로서는 오늘날의 SF에 해당되는 이야기 주인공으로 등장하기도 했다. 9세기에 출판된 『유양잡조』에 실린 '하늘을 나는 나무 솔개' 이야기가 대표적 예다.

한번은 노반이 집을 떠나 꽤 먼 곳서 장기간 공사를 하게 됐다. 이내 아내가 무척 보고 싶어지자 노반은 하늘을 빠른 속도로 나는 나무 솔개를 제조했다. 그러고는 밤이 되면 이를 타고 집으로 갔다가 날이 밝기 전에 현장으로 되돌아오곤 했다. 지금으로 치면 소음이 최소화된 최첨단 소형 비행기라고나 할까, 암튼 그가 나무 솔개를 타고 밤마다 원거리 출퇴근을 하고 있음을 알아챈 이는 없었다.

사달은 생각지 못한 데서 일어났다. 노반의 아내가 임신을 하게 됐고 이를 시아버지께 들켜 의심을 사게 된 것이다. 아내는 어쩔 수 없이 시아버지께 그간의 일을 이실직고했다. 그런데 여기서 반전이 일어난다. 호기심에 휩싸인 시아버지는 아들이 날아오기를 몰래 기다렸다가, 그가 나무 솔개서 내려 며느리 방으로 들어가자 나무 솔개에 냉큼 올라탔다. 그러고는 되는 대로 기기를 조작하다가 그만 오군이라는 먼 지방까지 날아갔다. 그러자 오군 사람들은 요괴가 요물을 타고 왔다며 나무 솔개를 부수고 노반의 부친을 죽였다.

이 소식을 들은 노반은 나무 솔개를 다시 만들어 타고 가서 부친 시신을 수습해 돌아왔다. 장례를 치른 후 그는 '나무 신선'을 제작하고는 손가락으로 오군을 가리키게 했다. 그러자 오군에는 3년 동안 비가 내리지 않았다. 고통에 신음하던 오군 사람들은 용하다는 무당을 찾아가 가뭄을 멈출 방도를 물었다. 그러자 무당은 노반의 저주 때문에 가뭄이 든 것임을 알려주었다. 이에 오군 사람들은 재물을 싸들고 노반을 찾아 용서를 빌었고, 노반이 나무 신선의 손가락을 꺾어버리자 오군 땅에는 비가 내리기 시작했다. 요새 식으로 표현하자면, 먼 곳서 원격으로 기후 통제가 가능한 기계를 만들어 복수했던 것이다.

물론 이는 허무맹랑한 허구에 불과하다. 그러나 외견상으로

만 그러할 뿐, 절대 다수의 이야기가 그렇듯이 이 얘기에도 제법 묵직한 메시지가 들어 있다. 인간에게 과학기술은 무엇이고, 무엇일 수 있는지를 일러주기에 그렇다. 이를테면 이 얘기에서는 인간이 문제적 상황에 봉착하자 과학기술을 활용하여 이를 타파했다는 점, 과학기술은 무지한 상태서 사용하면 불행한 결과가 초래된다는 점 등을 읽어낼 수 있다. 나아가 과학기술은 오용되거나 악용되면 돌이킬 수 없는 폐해가 야기되지만, 이의 수습이나 극복도 과학기술로 인해 가능해진다는 점에서 과학기술은 인간 삶과 사회에서 결코 떼어낼 수 없음이 환기되기도 한다.

실제로 문명 발생 과정에 대한 제자백가의 증언을 보면, 그들 대다수는 과학기술이 고안되고 구사됨으로써 문명이 배태됐다는 인식을 공유하고 있었다. 가령 사람들이 짐승과 벌레를 당해내지 못했을 때, 훗날 '성인'이라 불린 문화영웅이 나타나 집 짓는 기술을 가르쳐주어 여러 해악에서 벗어나게 됐다고 한다. 야채와 고기를 날 것으로 먹던 탓에 다수가 배앓이 등을 앓았는데 성인이 나와 불 사용법을 일러주어 비로소 질병을 극복하게 됐다고도 한다.

한마디로 인간의 약점이나 결핍 등을 과학기술로 극복하는 과정을 문명화의 첫 걸음으로 본 셈이다. 이는 문명의 싹을 직접적으로 틔운 것은 인문학 같은 정신적 가치가 아니었다는 통찰이기도 하다. 그들은, 정신적 가치 같은 것은 그 다음 단계에서나 발양했다고 보았다. 문제적 상황을 해결해주는 과학기술이 고안되고 적용됨으로써 인간 삶이 지속 가능한 수준으로 안정되자 그제야 정신문명이 싹 텄다는 것이다. 공자가, 교화는 먹는 문제의 해결 다음의 일이라 하고, 맹자가 '지속 가능한 일정한 수입[恒産]'이 있어야 '지속 가능한 일정한 마음[恒心]'을 지니게 된다고 단언함도 이 때문이었다.

과학기술을 낮잡아 봤다고 알려진 공자와 맹자였지만, 그들도 내심으로는 인간으로서의 기본적 생존과 생활을 가능케 해줌으로써 그 다음 경지로 발돋움할 수 있게 해주는 과학기술의 역량을 인정했던 셈이다. 문명이 최초로 태동되던 태곳적만 과학기술이 우선됐던 것이 아니기에 더더구나 그러했다. 이들의 통찰이 아니더라도 동서고금의 역사가 입증해주듯이 당대 현실을 개선하고 혁신함으로써 미래를 이지적이고 풍요롭게 구성해가는 데 과학기술이 필수 불가결한 역량이자 동력이며 원천임은 도무지 부인될 수 없다.

청와대가 중소벤처기업부 장관 인선을 둘러싼 과학기술계의 우려를 무겁게 받아들여야 하는 까닭이 이것이다. 과학기술은, 특히 근대 이후로는 인문사회 학술보다도 한층 광범위하고도 직접적으로 눈앞의 문명과 미래의 그것을 좌우해왔다. 과학기술이 단지 국가사회를 발전시키는 도구에 불과한 것이 아니라, "경국(經國)", 곧 국가사회를 경영하는 주역이 되었다는 얘기다.

하여 한 국가의 과학기술 정책에 주되게 간여하는 이라면, 신앙과 무관하게 문명사적 시야와 통찰을 그 정신에 실존으로 품고 있어야 한다. 인문학보다는 과학기술을 훨씬 신뢰하는 우리 사회이기에 더욱 더 그러하다.

[한국일보 2017년 9월 12일 자 게재 당시의 제목은 "중소벤처기업부 장관이 정신에 품어야 할 바"였다.]

4 '양봉[養蜂] 인문학'

벌써 꽤 됐다. 여기저기서 인문학, 인문학한다. 혹자는 붐이라고도 하고 타령이라고도 한다. 한편에서는 그래서 더 위기라고도 한다. 반응은 다르지만 공통점도 있다. 전에 비해 인문학이 '어찌됐든 호황'이기에 나온 반응이라는 점 말이다.

자본주의 사회 특히 우리 사회처럼 돈이 삶의 목표요 최고의 덕목인양 추앙되는 곳에선, 무언가가 호황이라 함은 그것이 금전적 이익이 될 가능성이 높다는 뜻이 된다. 곧 호황을 누리는 인문학은 쏠쏠한 돈벌이기도 하다는 말이다. 하여 기업에서조차 인문학적 소양을 갖춘 전문인력을 양성하라고 대학을 압박한다. 그럼에도 대학에서는 왜 관련 학과를 없애고, 학생들은 왜 또 인문학을 기피하는 것일까.

하기야 사회 전체 차원에서 돈벌이가 된다고 하여 개인에게도 꼭 그런 것만은 아니다. 인문학이 돈은 되는데 그 돈을, 인문학을 접한 모두가 다 가지게 되는 건 아니라는 얘기다. 기업의 부가 증대됐다고 하여 사원 모두의 형편이 나아지는 건 아님과 같은 이치이다. 부가 한쪽으로 쏠렸기 때문이니, 국민은 가계 빚에 허덕여도 국부는 증대되고 기업의 사내유보금이 늘어나는 것도 이런 연유에서이다.(언론에 따르면 올 3월 기준 10대 그룹 상장사의 사내유보금은 전년 대비 40조 원 가까이 늘어 500조 원을 돌파했다.*) 인문학과 돈벌이 간의 관계도 마찬가지여서 그 수익이 한쪽으로 쏠리고 있다. 결과적으로 인문학이 부의 편중을 강화시켜주는 모양새가 됐음이다. 대체 어쩌다 인문학이 이 지경에 처했을까.

답은 명료하다. 호황을 누리는 인문학이 '양봉(養蜂) 인문학'이기 때문이다. 사회에서 인문학이 거듭 소환되는 까닭은 자율이나 창의, 배려 같이 우리 사회에 절대적으로 필요한 역량을 갖추는 데 그것이 유용하기 때문이다. 그런데 막상 현장에서 요구되는 것은 '변질된' 자율이요 창의이며 배려이다. 조직의 장이 설정한 범위나 그의 기호, 이념적 지향 등을 자율적으로 넘어선 창의는 곧잘 부정된다. 진리나 양심, 사회적 약자 등을 배려했다간 본인이 소수자가 되고 만다. 그건 자율이나 창의, 배려가 아니라 불순함으로 치부된다. 현장에서 요구되는 인문학은 그저 문제되지 않는 수준에서 조직에 더욱 이익이 되게끔 알아서 처신하는 데 필요한 정도의 창의성과 배려심 등을 갖춰주는 것이다. 경우에 따라서는 조직의 이해관계를 앞세워 불의나 악(惡)에게도 알아서 '배려'해주는 그러한 '창의적' 능력 말이다.

하여 인문학이 각광 받을수록 사회와 사람은 인문적이지

---

* 2019년 1월 30대 재벌의 사내유보금은 883조 원가량이다.

않게 된다. 현장에서는 인문학의 이름으로 조직의 이익을 위해서만 자율적이고도 창의적으로 헌신하라고 주문한다. 단지 꿀만 따오면 되는 일벌이어서는 안 되고 어떻게 하면 더 많은 꿀을 따올까를 생각할 줄 아는 '인문학적 일벌'이 되라고 요구한다. 단 생각할 줄 안다고 하여 '왜 난 여왕벌로 태어나지 않았을까', '여왕벌은 일도 않는데 어찌 로열젤리를 먹을까' 같은 물음을 생각해내면 절대 안 된다. 그러한 사유 능력은 불온하다며 비판된다. 이것이 호황을 누리는 인문학의 실상이다. 더 많은 꿀의 획득을 위해서만 생각하며 일을 하는 '몽유(夢遊)적 일벌'의 구성을 위한 양봉 인문학 말이다.

문제는 양봉 인문학이 기업이나 사주를 살찌울 수는 있을지언정 개인을 결코 행복하게 만들진 못한다는 점이다. 게다가 국가 차원서도 별 도움이 되지 못 한다. 경제력에서는 선진국에 비견될지 몰라도 그 외 부문에서는 선진국 문턱에 간신히 매달려 있다고나 할까. 삶의 모든 방면에서 스스로를 선진국 수준으로 견인해내지 못하면 추락할 수밖에 없는 것이 우리네 처지이다.

그래서 자율과 창의 같은 역량이 절실하게 요청된다. 우리 사회에 필요한 존재는 '인문학적 일벌'이 아니라 말 그대로 '인문학적 사람'이란 것이다. 양봉 인문학으로 그러한 자율적이고 창의적 존재가 될 수 없음은 너무나 자명하지 않은가.

[한국일보 2015년 7월 11일 자]

5 사람, '하늘의 빛'이 깃든 존재

성탄절 아침이다. 기독교의 메시아가 나신 날이다. 메시아 하면 두 가지가 떠오른다. 하나는 빛이고 다른 하나는 소금이다. 아마도 제자들더러 너희는 세상의 빛이라, 소금이라 하신 예수의 말씀 때문인 듯싶다.

이 말씀을 처음 접했던 때였다. 예수는, 불의를 행하는 자라면 그가 누구이든 간에 호되게 꾸짖으셨다. 하여 소금이 되라는 말씀은 쉽게 이해됐다. 그렇다고 빛이 되란 말씀이 어려웠다는 것은 아니다. 그저 신앙의 모범이 되라는 뜻을 비유적으로 표현했거니 했다. 그러다 문득 이런 생각이 들었다. 피조물에 불과한 사람이 어떻게 빛이 될 수 있을까?

유가의 경전인『대학』의 서두에는 "명명덕(明明德)"이란 구절이 나온다. "밝은 덕을 밝힌다"는 뜻으로, 대학 그러니까 큰 학문을 하는 목표의 하나로 제시된 것이다. 여기서 '밝은 덕'은 이를테면 공자 같은 성인군자의 훌륭한 덕성만을 뜻하지는 않는다. 그런 것도 포함되어 있는, 태어날 때부터 누구나 다 지니게 되는 하늘의 본성을 가리킨다. 맹자는 이를 두고 선하다고 규정한 바 있다. 곧 신분 고하를 막론하고 모두가 타고난 하늘의 선함을 유가들은 밝은 덕이라고 표현한 것이다. 그런데 이 또한 비유였을까? 사람은 본질적으로 밝은 존재라는 규정 말이다.

그러고 보니 유가뿐만이 아니다. 노자나 장자로 대변되는 도가도 사람과 빛을 즐겨 연결 짓곤 했다. 화광동진(和光同塵)과 같은 표현이 대표적 예이다. 『노자』에서 비롯된 이 구절의 원문은 "화기광동기진(和其光同其塵)"이다. 자신의 빛을 온화하게 하여 세속과 함께한다는 뜻으로, 여기에는 사람을 빛을 품은 존재로 규정한 노자의 시선이 깔려 있다. 사람은 빛을 발하지만 모름지기 현란해서는 안 된다는 권계도, 기본적으로 그가 사람을 빛을 품은 존재로 보았기에 할 수 있었던 말이다.

장자는 이러한 빛을 '하늘의 빛' 곧 천광(天光)이라고 불렀다. 그는, 마음이 태연하고 안정되어 있으면 하늘의 빛을 발하게 된다고 하였다. 뒤집어 말하면, 사람은 누구나 하늘의 빛을 품고 있지만, 마음이 시달리다 보니 자기 속 하늘의 빛을 발하지 못하게 된다는 것이다. 그렇다면 마음은 무엇에 그다지도 시달리는 것일까. 장자는 하늘의 빛을 발하는 자에게는 사람들이 깃들고 하늘도 그를 돕는다고 했다. 이러한 이를 가리켜 그는 '하늘의 사람'이라고 불렀다. 여기에 힌트가 있다. 사람들로 자기를 피하게 하고 하늘로도 자신을 외면케 하는 그 무엇, 그것이 바로 우리 마음을 시달리게 하는 바들이다. 갖은 탐욕과 패악 같은 것들 말이다.

하늘의 빛을 품은 하늘의 사람임에도, 이를 온전히 누리기는커녕 자기가 그러한 존재라는 사실 자체를 모르는 역설. "너희 빛이 사람 앞에 비치게 하여"라는 예수의 말씀처럼, 스스로 광원이 될 수 있음에도 기꺼이 어둠에 익숙해지려는 모순. 노자나 장자가 문제 삼은 바가 이점이었다. 하여 노자는 빛을 따르는 삶을 강조했다. 자신에게 내장된 빛에 의지하여 참된 빛의 경지로 돌아갈 것을 주문하였다. 내면에 깃든 밝은 덕을 밝히라는『대학』의 요구도 그렇듯이, 이들은 결국 사람이 빛을 품을 존재임을 한 목소리로 일깨웠던 것이다.

또한 이는 나 바깥의 빛에 의지하는 것만으로는 나의 빛을 밝힐 수 없음을 말해준다. 예수가 세상의 어둠을 거둬내려 오셨다 함은, 단지 진리의 빛을 우리에게 쏘여 주심만을 의미하진 않는다. 그 빛으로 인해 우리가 빛나게 된다고 함도, 우리가 그 빛을 수동적으로 반사함만을 가리키지 않는다. 사람은 그저 거울이기만 한 존재가 아니다. 비유컨대 사람은 촛불이다. 활활 타오르는 횃불이다. 예수가 세상을 밝힌다고 하심은 이러한 '사람 촛불', '사람 횃불'에 불이 밝혀진다는 뜻이기도 하다.

이렇게 빛이 내 안팎에서 호응할 때 세상은 비로소 참되게 밝아진다. 저마다 자신의 빛을 발하고, 그 빛이 진리의 빛과 어우러졌을 때 비로소 우리는 '하늘의 사람'이 된다. 화사한 봄날, 모를 내기 위해 대야에 물을 받아 볍씨를 담가 놓으면, 볍씨 바깥의 물이 안으로 스며들어 싹을 움틔우기 시작한다. 볍씨는 그렇게 생명으로 충일해진다. 이때 볍씨 안에 들어와 생명 불을 켠 물은 볍씨 바깥의 물과 동일하다. 물은 그렇게 볍씨 바깥에 따로 존재하지도, 또 그 안에만 고립되어 존재하지도 않는다.

예수가 진리의 빛으로 오셨을 때 그 빛도 마찬가지다. 애써서 남을 비추는 촛불이 되자는 말이 아니다. 횃불처럼 타오르며 세상을 환히 비추자는 것도 아니다. 그저 내 안에 깃든 하늘의 빛을 묵묵히 밝히며 존재하자는 것이다. 내가 작더라도 그렇게 빛나고 있다면, 언젠가 나의 불을 보는 이는 자기의 불 밝힘을 외로워하지 않을 것이다. 그렇게 빛이 하나둘씩 늘면, 자기 불꽃에 불 밝히지 못하는 이들도 그 빛을 보게 될 것이다. 그리하여 그들도 자기에 깃든 하늘의 불을 밝히게 된다면, 세상은 하늘의 영광으로 가득할 것이다.

[한국일보 2015년 12월 25일 자]

6 '꼴값'하는 삶

몇 번을 곱씹어 봐도 왜 '꼴'이 안 좋은 뜻으로 쓰이는지 그 영문을 모르겠다. 순 한글보다는 한자어가 격식을 갖춘, 한층 격조 높은 표현이란 편견에서 벗어나면 말이다. '세모 모양', '네모난 모양'이란 표현보다는 '세모꼴', '네모꼴'이 왠지 더 정겹게 느껴져서만은 아니다. 글자 그대로 '꼴값을 하는 것'이 어디 만만한 일이던가.

공자에겐 자로라는 우락부락한 제자가 있었다. 『삼국지연의』에 나오는 장비 캐릭터의 선행주자라고나 할까. 행동이 늘 앞서는 그였기에 공자는, 그가 제 명에 죽지 못할까 걱정할 정도였다. 그런 자로가 하루는 공자의 방으로 우당탕 뛰어들었다. 그러고는 대뜸 "위나라 군주가 선생님께 정사를 맡기고자 하시는데, 선생님께선 무엇을 가장 먼저 하시겠습니까?"라 여쭸다. 이에 공자는 차분한 어조로 "반드시 이름값을 바로잡을 것이다"고 답했다. 뭔가 거창한 일을 하실 거라며 잔뜩 기대했던 자로는 순간 "고작 그거십니까? 역시 선생님께선 세상물정에 어두우시군요. 그걸 뭐 하자고 바로잡자는 겁니까?"며 돌직구를 날렸다. 공자 또한 지지 않고 맞받아쳤다. "이 들판 같은 녀석아!"라는 격한 말로.

사실 공자는 다른 제자에 비해 자로를 무척 아꼈다. 자로 또한 스승에 대한 존경심은 넘칠 정도로 각별했다. 그랬던 사제지간에 이런 험한 말이 오고갔던 까닭은 무엇이었을까. 표면적으로는 말뿐 아니라 행동도 돌직구였던 자로의 언행이 사단이 된 듯 보이지만, 그 이면에는 '이름값[名分]'과 '이름[名]'을 구분하지 못했던 자로의 모자람이 놓여 있었다. 곧 위의 일화는, 공자가 말한 것은 이름값이었는데 자로가 이를 이름으로 오인해서 생긴 해프닝이었던 것이다.

이름과 이름값은 매우 다르다. 이름은 사회적 현실과 괴리될 수도 있지만 이름값은 결코 그럴 수가 없다. 예컨대 임금의 자리가 필요 없는 민주공화국이 들어섰다고 하여 임금이라는 이름이 덩달아 없어지는 것은 아니다. 반면에 임금의 이름값은 무의미해진다. 아무리 그 이름값을 잘 구현한다고 해도, 하여 봉건시대였다면 틀림없이 성군이라 칭송받았을지라도, 임금을 필요로 하는 현실이 없으면 그건 사족에 불과하게 된다. 따라서 이름값을 바로잡는 행위는 철저하게 사회적 현실과 연동되어 있지만, 이름을 바로잡는 행위는 관념적이고 추상적인 행위에 머물 수도 있다. 자로는 공자가 이름을 중시하는 줄로 알고는 그만 "세상물정에 어둡다"고 거칠게 비판했던 것이다.

뿐만이 아니었다. 자로는 이름값에 주목하는 태도가 얼마나 매서운 일인지도 모르고 있었다. 『삼국지연의』를 보면 날선 질문을 던져 조조를 종종 궁지로 몰던 공융(孔融)이란 인물이 나온다. 그는 조조에게 미움을 받아 결국 죽임을 당했는데, 실제 역사에서 조조가 그를 죽일 때 붙인 죄목은 '불효죄'였다. 언젠가 공융은, 아버지가 아버지답지 않으면 설사 그가 굶주린다고 해도 자신의 식량은 다른 좋은 이에게 줄 거라고 말한 적이 있었다. 조조는 이를 빌미 삼아 눈엣가시 같던 공융을 죽였다. 그런데 공융은 당시에 이름난 효자였다. 그가 먹거리를 주지 않겠다고 한 대상은 이름만 아버지고 실제로는 아버지 역할을 행하지 못하여 아버지라는 이름값을 제대로 치르지 못한 경우였다. 그의 부친은 이와는 달리 이름만 아버지였던 이가 아니라 그 이름값을 온전히 행한 '아버지다운' 아버지였던 것이다.

'꼴'과 '꼴값'의 차이도 이러하다. 사회적 현실에서 기본이 되는 것은 꼴이 아니라 그것의 값이다. 꼴 자체가 아니라 꼴값을 치렀냐가 근본이 된다는 것이다. 꼴은 분명 사람인데 금수만도 못한 짓을 한다면, 다시 말해 사람값을 못한다면 사람이 아닌 것이며, 금메달을 목에 걸었지만 편파판정에 힘입어 메달을 따는 등 금메달리스트에 값하지 못했다면 참된 금메달리스트가 아닌 것이다.

개인도 마찬가지이다. 누구나 살다보면, 경우에 따라서는 자기 의사와 무관하게까지 적잖은 꼴을 띠게 된다. 그럴 때마다 우리는 얼마나 그 꼴에 값하며 살아왔을까? 하여 '꼴값' 하는 삶은 기본을 넘어 정말로 멋진 삶인 게다. 꼴값도 못하는 주책 같은 인생들이 득세하든 말든 간에 말이다.

[디지털타임즈 2014년 2월 26일 자]

7 '나' 대 '나^c'

수학에는 여집합이란 개념이 있다. 특정 부분을 제외한 나머지를 일컫는 말이다. 가령 U라는 전체집합이 있다고 치자. A는 그 집합에 속하는 부분집합이다. 이때 A의 여집합(A^c)이라고 하면, 그것은 집합 U에 속하면서 A가 아닌 나머지를 가리킨다.

여기서 U와 A가 사람을 원소로 한다고 쳐보자. 이를테면 우리 마을 사람 전체를 U로 하고 나를 A로 해보자는 것이다. 그럼 A^c은 나를 제외한 우리 마을 사람들이 된다. 수학적으론 하등의 오류가 없는 이해이다. 그런데 이를 바탕으로 "우리 마을은 나와 그 나머지로 이뤄져 있다"고 말할 수 있을까? 과연 "우리 마을은 나로 대변된다", "내가 곧 우리 마을"이라고 주장할 수 있을까?

'나머지'와 '남'은 결코 같을 수 없다. 남은 나와 대등하다고 볼 수 있지만 나머지는 그러할 가능성이 거의 없다. 남은 몹시 거슬려도 제거할 엄두를 쉬이 내지 못하지만 나머지는 조금만 성가셔도 서슴없이 치워내려 한다. 그러니 '나 대 나머지'란 구도로 타자를 보는 시선은 '나와 남'의 구도로 보는 정신에 비해 혹독하고 처참한 결과를 야기하게 된다. 자기나 남을 가리켜 '잉여'니 '유령'이니 하는 풍조가 번지는 것이 예사롭게 보이지 않는 이유다.

잉여 곧 나머지는 그것을 나와 다른 부류로 여겼다는 얘기다. 예컨대 중국인이 대대로 주변 이민족을 '오랑캐'로 간주했듯이, 내가 사람이면 나머지는 사람으로 치지 않았다는 뜻이다. 『사기』에 보면, 요임금과 순임금은 흉악무도한 악한을 사방으로 내쫓아 그들로 이역의 오랑캐를 다스리게 하여 태평성대를 일궜다고 한다. 악한은 인간답기를 포기한 부류로, 그러한 자들로 오랑캐를 다스리게 함은 오랑캐를 다른 부류로 간주했기에 가능한 일이었다. "중국에는 군주가 없어도 오랑캐에 성군이 있음보다 낫다"는 공자의 단언이 새삼스럽지 않은 까닭이다. 송대 동아시아 세계의 스타였던 대문호 소동파가 "아무리 성군일지라도 오랑캐를 교화할 수는 없다"고 확신한 연유이기도 하다.

한마디로 중국 강역에 살지 않는다는 이유 하나로 오랑캐를 있으면 병폐, 없애도 별 문제없을 나머지로 봤다는 것이다. 하여 그들은 교화나 소통보다는 배척이나 소탕 대상으로 손쉽게 치부됐다. 대량학살도 곧잘 일어났다. 『서경』에는 성군 주 무왕이 폭군 상의 주왕을 쳤을 때, 죽인 병사의 피가 시내를 이뤄 절구 공이가 떠다녔다는 기록이 나온다. 물론 과도하게 부풀려진 서술이지만 대규모 학살이 있었음을 부인키는 어렵다. 없애야 할 나머지로 여겼기에 생겨났던 일이다.

저 옛날 동양에서나 그랬던 것이 아니다. 신대륙에 진입한 서구는 원주민을 '사냥'하듯 제압했고, 2차 세계대전 당시 유럽에선 유태인 학살이 빈발했다. 일제는 여염집 여성을 '성노예'로 징발했으며, 나치가 유태인에게 했듯이 조선인을 실험실의 모르모트처럼 취급했다. 또한 중국 난징에선 수십만 명의 양민을 학살했다. 미국은 전쟁을 끝낸다는 명분으로 일본에 핵폭탄을 투여했다. 지난 세기 후엽 유럽, 아프리카에서는 적대세력에 대한 '인종청소'가 자행됐다. 모두가 사람을 사람으로 보지 않았기에 자행됐던 참혹한 만행들이다.

국가나 집단 차원에서만 그랬던 것도 아니다. 남을 나의 나머지로 보는 이들은 삶과 사회를 주로 제로 섬(zero-sum)적 적대 관계로 본다. '남의 행복은 나의 불행, 나의 행복은 남의 불행'이라 믿고, 나이키 광고 문구처럼 "You don't Win Silver, You Lose Gold.(당신은 은메달을 딴 것이 아니라 금메달을 놓쳤다)" 식으로 매사에 임한다. 그들은 승자독식을 당연시하며 내가 곧 전체라는 착각에서 헤어나질 못한다. 함량 미달의 재벌이나 독재자가 내가 곧 기업이요 국가라고 철석같이 믿듯 말이다.

그래서 그들은 위정자가 돼서도 전체 파이를 키울 줄 모른다. '집합적 부'엔 관심이 없고 기존 파이에서 자기 몫을 늘리는 데 집중한다. 설령 파이를 키워도 늘어난 몫을 독점하는 데 급급해 한다. 맹자가 설파한, 백성의 부유함이 군주의 부유함이라는 이치는 '루저(looser)'의 볼멘소리 정도로 치부한다. "군주는, 천하가 먼저 즐거워한 후에 즐거워하고, 천하가 걱정하기에 앞서 걱정한다"는 선우후락(先憂後樂) 같은 진리에는 아예 눈길조차 주지를 않는다. 그들이 지독히도 이기적이고 수구적이라고 평가되는 이유다.

그렇다고 무조건 타자를 남으로 대하자는 얘기는 아니다. 남이 나를 나머지로 본다면, 또 그러한 태도를 바꾸려 하지 않는다면 좀 더 따져봐야 한다. 그가 사회적 약자가 아니라 강자라면 더욱 그러하다. 강자가 자기 잘못을 반성하지도 않고 바로잡으려 하지 않는다면 특히나 그렇다. 사람은 성찰할 줄 알고 나아지려 노력하며 기어코 나아지기도 하는 존재다. 반면 개, 돼지는 사죄도 또 회개도 할 줄 모른다. 힘이 있다는 이유 하나로 남을 나머지로 여기며 그저 물어뜯는다.

그러한 부류를 굳이 나와 동류인 남으로 대할 까닭이 있을까. 비정상을 바로잡기 위해선 나와 그 나머지란 구도도 때로는 '제한적'으로나마 활용할 필요가 있어 보이는 대목이다.

[한국일보 2017년 3월 28일 자]

8 '제3항'의 힘

사람은, 신비롭다고까지는 못해도 신기한 존재임에는 틀림없다. 지구에 기생하며 숙주인 지구를 죽음으로 내모는 바이러스에 비유되는가 하면, 가없는 사랑과 희생을 당연한 듯 베풀어 성자나 활불로 추앙되기도 한다. 극과 극으로 펼쳐낼 수 있는 잠재력이 동시에 갖춰진 인류, 이만하면 가히 신기하다고 해도 과언은 아닐 듯하다.

그렇다고 사람에게 극과 극만 있다는 뜻은 아니다. 오해의 소지가 많은 말이지만, 인간이 만물의 영장이라고 할 때 그 근거의 하나는 '제3항'을 만들어내는 능력이다. 아니, 이는 인간의 능력이 아니라 신의 권능일 수도 있다. 노자의 증언을 들어보자. 그는 "하나는 둘을 낳고, 둘은 셋을 나으며, 셋은 만물을 낳는다"(『노자』)고 했다. 알 듯 말 듯한 말이지만 그래도 한 가지만은 분명하다. 바로 '셋'이 만물의 모태라는 점이다. 사람도 만물의 일종이니, '셋'이 사람을 만든 것이지 사람이 '셋'을 만든 것은 아니라는 뜻이다.

다만 자식은 부모를 닮는 법, 사람은 모태인 '셋'을 닮아 '제

3항'을 만들 줄 알게 된 듯하다. 그래서 사람은 사회를 이루고 살 수 있었다. 주지하듯 사회는 '나' 하나로는 존재하지 못한다. 또한 우리 사회의 일각에서처럼 '나' 아니면 모두가 '적'이라는, 다시 말해 '나'와 '적' 이렇게 둘만 있게 돼도 사회는 구성되지 못한다. 사회는 적어도 '적'을 '너'로 만들어주는 뭔가가 있어야 비로소 형성될 수 있다. 예컨대 "벗은 제2의 자아"라는 말처럼, '너'가 '또 다른 나'일 수 있다는 '제3항'이 설정됨으로써 사회를 이룰 수 있었다는 것이다.

사회뿐만이 아니다. 문명 그러니까 인간다움의 총화도 그러하다. 사람은 기껏 살아야 백 년 남짓한 유한한 존재이며, 이기적 유전자가 빚어냈기에 피치 못하게 이기적인 생물이다. 또 직접 보거나 느낄 수 없는 바는 웬만해선 믿지 않는 고집스런 속물이기도 하다. 하여 이러한 본성에 충실했다간 문명은커녕 사회조차 이루기 힘들어진다. 그런데도 사람은 문명을 일궈냈으니, 대가없이 희생할 줄도 알고 영생과 초월을 사모하며 삶의 참된 가치를 그것에 둘 줄도 알았기 때문이다.

한 마디로 타고난 대로만 행함이 아니라 정반대로도 행할 수 있는, 참으로 이율배반적이지만 그렇기에 창의적일 수 있었던 존재가 바로 사람이다. 여기에 지구상에 살아 움직이는 것들 가운데 유독 사람만이 지닌, '셋'이란 모태를 닮아 '제3항'을 설정할 수 있는 능력이 더해짐으로써 문명이 주조될 수 있었다. '이기(利己)'에 맞서는 '이타(利他)'를 행했다고 하여 문명이 자동적으로 생겨나지는 않는다. 둘만 있으면 마냥 적대적일 수도 있기 때문이니, 문명을 싹틔우기 위해선 그 둘이 건설적으로 공존할 수 있는 '제3항'이 필요했다. 마치 '나'와 '너' 사이의 적대관계가 해소돼야 비로소 사회를 이룰 수 있듯이 말이다.

두 점이 있어 이를 이을 때 나오는 모양은, 직선 또는 곡선이란 차이는 있을지언정, 그 모두는 기본적으로 선이다. 그런데 여기에 점이 하나 더해지면 그 모양새가 확 달라지기도 한다. 두 점을 곧게 이은 선 바깥에 한 점을 두고 이들을 곧게 이으면 삼각형이 그려진다. 그 선 위쪽의 공간 어딘가에 점을 찍고 이들을 곧게 이으면 서 있는 삼각형이 된다. 이렇게 '셋째' 점을 어디에 찍느냐에 따라 평면이 구현되기도 하고 공간이 환기되기도 한다. 둘만 있을 때의 선적 관계는 셋이 됨으로써 평면적 관계로, 또 입체적 관계로 차원을 달리 하며 변이된다.

어느덧 일상의 터전이 된 '디지털 세상'은 새해에도 어김없이 지속될 것이다. 존재하는 모든 것을 '0'과 '1'이란 '둘'로만 재편하는 디지털 천하에서, 새해에는 저마다 모쪼록 자신만의 '제3항'을 풍요롭게 마련해가길 소망해본다.

[디지털타임즈 2013년 12월 24일 자]

9 기념일과 기술

‘호모 파베르(Homo Faber)!’ 사람이 사람인 까닭이 도구를 발명하고 사용할 줄 아는 능력에서 찾아낸 사람에 대한 정의이다. 이름하여 ‘도구의 인간!’ 이 관점에서 보면 사람은 생존에 필요한 갖가지 일을 하기 위하여 기술을 개발하고 도구를 창출하면서 비로소 사람다워진 존재이다.

타고난 능력만으로도 할 수 있는 일을 더욱 능률적으로 하기 위해, 때로는 인간 능력 바깥에 있는 일을 너끈히 해내기 위해 사람은 늘 도구를 사용한다. 이 과정에서 인류는 자연을 극복할 수 있었고 만물의 영장이 될 수도 있었다. 그런데 사람은 도구 곧 자기 신체 외의 다른 것에 의지하면 할수록 그와 연관되어 있는 타고난 능력을 잃곤 한다. 서적의 출판과 보급이 수월해지자 사람들의 기억력은 현저하게 떨어졌고, ‘정보의 바다’인 인터넷이 보급되자 굳이 지식을 몸과 머리에 저장할 필요성을 느끼지 못하게 된다.

노래방을 애용하게 되면서 가사 전체를 기억하는 이가 드물어졌고, 핸드폰이 필수품이 되자 외우고 있는 전화번호가 별로 없게 되었다. 외국어 구사 능력이 없어도 전자사전과 번역기기만 있으면 세계의 누구와도 대화할 수 있는 날도 곧 올 것이다. 기술이 첨단화될수록 사람들은 자신들의 능력을 첨단기기로 이관하고 정작 자신들은 그 능력으로부터 배제되는 이율배반이 발생한 셈이다. 비록 영화 속 현실이기는 하지만, 인간의 능력을 옮겨 넣은 사이보그는 인간보다 더 인간적이게 되고, 인간은 상대적으로 무력해지는 날이 멀지 않았을 수도 있다.

그래서 기술에 대한 평가는 극단으로 나뉜다. 인간이 타고난 능력보다 더 크고 많은 일을 하게 됐다는 점에서 기술을 인간 능력의 확장으로 보는 견해가 있는가 하면, 기술이 발달할수록 인간은 인간다움의 본성에서 소외되고 결국 기계의 노예가 될 것이라는 디스토피아적 음울한 견해도 있다. 전자에 서면 컴퓨터는 망각의 동물인 인간에게 굉장한 기억력을 안겨주는 문명의 이기이고, 후자에서 서면 그것은 사람을 사람답게 만든 핵심적인 능력을 상실케 하는 문명의 흉기이다.

5월이다. 그리고 줄잡아 13개나 된다. '무슨 무슨 날' 식의 기념일이 말이다. 가만 따져보니 5월에 있는 기념일 가운데 내가 기념대상인 경우가 최소 네 개나 된다. 돈을 벌고 있으니 근로자의 날에 해당되고, 두 아이의 아빠이니 어버이날의 당사자이다. 또 가르치고 연구하는 일을 업으로 삼은 덕분에 스승의 날에 꽃다발을 받고, 한 여인과 여보 당신하고 있는 까닭에 부부의 날에도 기념된다. 살다보니 국가가 5월 한 달에만 네 차례나 나를 기념해주는 호사를 누리게 됐음이다. 이쯤이면 기념일이 많은 5월이 기껍고 설렐 만하다. 더구나 오월은 계절의 여왕이지 않은가!

그러나 국가가 '나'를 기념해주기 위해 기념일을 제정했을 리 없음은 명약관화할 터, 국가는 그 정도로 자상하지도 않고 또 한가하지도 않다. 그럼에도 그런 기념일을 한껏 마련해준 까닭은 '나'와 같은 위상에 처한 이들을 기념하는 일이 국가의 통치와 유지에 필요하기 때문이리라. 불현 듯 중세 말 유럽의 상황이 떠오른다. 당시 유럽은 거의 매일이 기념일이었고, 기념행사가 일상적으로 치러졌다고 한다. 중세말의 혼란과 그로 인한 제반 병폐를 그러한 행사로 은폐하고자 했다고 한다. 무너지는 세계를 기념일로 지탱코자 한 셈이다. 그래서 적어도 당시에는 기념일은 기술이었다. 그것은 국가가 구성원을 통치하기 위해 고안한 기술이자 장치요, 태생부터 이율배반적이며 약인 동시에 독인 파르마콘이다. 기념할수록 기념의 원 의도는 가려지고 기념 의식만이 강조되는 본말전도가 일어났기에 하는 말이다.

바쁜 일상에 갇힌 사람들에게 기념 대상과 그 가치를 환기해주는 기념일. 그리고 해당 기념일 당일 그 하루 동안 기념되다 바쁜 일상 속에 다시금 망각되는 근로자 • 어버이 • 스승 • 부부 그리고 어린이들. 거듭되는 기념일 속에 인간은 그렇게 인간다움으로부터 소외된다. 계절의 여왕이라는 5월, 그 넘치는 상그러움에 푹 젖지 못하는 까닭이 여기에 있다.

[교직원신문 2009년 5월 25일 자]

10 내가 즐거워야 세상을 바꿀 수 있다

"내가 즐거워야지 세상도 바꿀 수 있어요." 연전에 지쳐있던 필자에게 한 선배 학자께서 해주셨던 말이다. 맞다. 내 안에 즐거움이 있어야 뭔가를, 그것이 작든 크든 간에 꾸준히 해갈 수 있고, 그래야 바꿀 수 있게 되는 듯싶다.

『논어』는 첫 구절부터 공명이 되지 않는 말로 시작된다. "배우고[學] 때때로 익히면[習] 또한 기쁘지 아니한가!"가 그것이다. 여기서 혼동하면 안 되는 것이 있다. 이 말은 배우고 익힘으로써 얻게 되는 좋은 결과, 그러니까 공부를 잘해 얻은 소득 때문에 기쁘다는 뜻이 아니다. 배우고 익히는 것 자체가 기쁨의 원인이 된다는 통찰이다.

달리 말해 공부라는 활동 자체가 기쁨을 유발하는 원천이라는 뜻이다. 삶이 나를 버겁게 해도 공부에서 위안을 얻으며, 사회가 나를 속여도 공부를 하면 즐거워진다는 얘기다. 하여 공부로 인한 즐거움은 권력이 없고 돈이 적다고 하여 줄어들거나 사그라지지 않는다. 짓쳐드는 노쇠함도 그 즐거움을 앗아가지 못한다. 그러니 어찌 쉬이 공명할 수 있겠는가. 힘과 돈의 결핍, 노쇠함의 엄습 속에서도 독서와 사색, 실천 등으로 즐거울 수 있다는 주장이니 말이다.

그런데 역설적이지만 그렇기에 우리는 평생 배우고 익혀야 한다. 공부가 즐거움의 마르지 않는 원천이고, 힘이 없거나 돈이 없어도 또 노쇠해도 할 수 있기에 그렇다. 배우고 익힌다고 하여 무슨 학원이나 강좌, 학교 같은 데를 다녀야 한다는 얘기가 아니다. 살아간다는 것 자체가 배우고 익히는 과정에 다름없기 때문이다. 왕양명이 공자의 권위를 업고 "사상마련(事上磨鍊)", 곧 "일함을 통해 공부한다"고 단언한 까닭이 이것이다. 불교에서 생업에 종사하면서 불법을 깨칠 수 있다고 한 연유도 마찬가지다. 무엇으로 생계를 꾸리든 반드시 배우고 익혀야 했기에 그렇다.

다만 그것이 '로봇의 학습'이어서는 곤란하다. 생계유지에 필요한 학습이 얼추 됐다고 하여 학습을 멈추면 로봇 같은 삶에 빠져들게 된다. 누군가가 새로운 프로그램을 입력하지 않은 한, 일상은 다람쥐 쳇바퀴 돌리듯이 굴러간다. 당연히 배우고 익힘으로 인한 즐거움도 유발되지 않는다. 이러면 절대 안 된다는 얘기를 함은 아니다. 우리는 생활인임과 동시에 사회인이라는 점을 떠올려보자는 제안이다. 생계를 돌보는 어른이자 민주주의 사회서 살고 있는 시민임을 잊지 말자는 소리다. 어른이자 시민으로서 살기 위해선 배우고 익힘을 통해 스스로를 꾸준히 제고해야 한다는 제언이다.

그래야 우리가 어른이자 시민으로서 마땅히 지녀야 할 것을 잃지 않게 된다. 잃어버린 민주주의 얘기다. 우리 것을 빼앗겼음에도 우리는 "사는 게 뭐 다 그렇지" 하며 외면해왔다. 그것을 앗김으로써 우리가 얼마나 큰 불편을 겪고 손해를 봤는지를 굳이 따지려 하지 않았다. 그 사이 민주주의를 강탈한 세력은 담대해져 갔고 기고만장해졌다. 걸핏하면 권력을 동원해 시민을 짓눌렀고 윽박질렀으며 심지어 가르치려 들기까지 했다. 민주주의를 지키고 실현하자는 노력을 "그게 내게 무슨 도움이 된단 말인가" 하며 등한시 했기에 초래된 결과다.

작금의 사태도 그래서 벌어졌다. 다만 유의해야 할 바는, 어른이자 시민으로서 우리가 잃은 것은 '박근혜'라는 개인이 아니라는 점이다. 최순실로 대변되는 세력에게 빼앗기고 농락당한 것은 '박근혜'가 아니라 우리의 민주주의다. 따라서 우리가 되찾아서 다시 세워야 하는 것은 '박근혜'가 아니라 민주주의다. 또한 민주주의의 터전인 성숙한 시민 의식과 고양된 정신이다.

이를 위해서는 '나' 안에 즐거움이 있어야 한다. 그래야 지치지 않을 수 있다. 익히 경험했듯이, 물질이나 권력을 가진 저들은, 자신이 지닌 것을 지키기 위하여 집요하게 굴 것이다. 그들 중 일부가 민심의 성난 물결에 동참하는 것은, 최순실 등에게 민주주의를 빼앗겨서가 아니라 '대통령' 박근혜를 빼앗겼기 때문이다. 대통령을 되찾는 순간, 그들은 다시 예전처럼 민주주의를 무시하며 팽개치려 들 것이다. 민주주의의 실현을 통한 공공선의 진전보다는 정치적 이해득실을 앞세우는 정치인들도 마찬가지일 것이다.

그런 이들에 맞서 우리가 들 수 있는 무기는 양식(良識)과 상식(常識)이다. 어른이자 시민으로서 지녀야 할 양식과 상식이 우리 삶의 토대가 될 때 민주주의도 지속 가능하게 실현될 수 있다. 다만 양식과 상식을 우리 삶의 기초로 쌓아가는 일은 성가시고 지루하다. 이득이 되는 것 같지도 않고 삶과 사회가 바뀌지도 않는 듯하다. 그렇다고 그만두면 결국 민주주의를 지금처럼 빼앗기게 된다.

그래서 각자의 삶터에서 양식과 상식을 바탕으로, 어른이자 시민으로서 내가 할 수 있는 일을 조금씩이라도 해가는 것이 소중하다. 이런 활동이 모이면 삶과 사회를, 또 세상을 바꿔갈 수 있게 된다. 내 안에 즐거움이 있어야 하는 이유다. 이 성가시고 지루한 길을 지치지 않고 걸어가려면, 무엇보다도 내가 즐거워야 하기 때문이다.

[한국일보 2016년 11월 9일 자]

11 상상력이 '착한' 이들의 존엄

유명 대학의 교수들이 자기 논문에 중고등학생 자녀 이름을 넣었다는 보도가 있었다. 기초과학연구원의 연구단장인 서울대 교수가 미국 내 자기 집에 묵으면서도 출장비 명목으로 수천만 원을 횡령했다는 뉴스도 들려왔다. 문득 징자(澄子)란 인물이 떠올랐다. 하나도 유명하지 않은 인물이지만 그와 관련된 일화가 『여씨춘추』에 전한다.

그는 춘추전국시대 사람으로, 하루는 길에서 검은 옷을 잃어버렸다. 옷을 찾아 나선 그의 눈에 마침 검은 옷을 입은 여인이 띄었다. 냉큼 다가선 그는 다짜고짜 옷을 벗겨 가져가려 했다. 여인이 옷을 꼭 쥐고 놓지 않자 당당하게 말했다. "방금 내가 검은 옷을 잃어버렸소." 그러자 여인이 대꾸했다. "나리께서는 검은 옷을 잃어버리셨나 봅니다. 허나 이 옷은 제가 직접 지어 입은 것입니다." 순간 징자는 사뭇 의아하다는 표정을 지었다. 그러곤 을러댔다. "얼른 옷을 내게 주는 것이 나을게요. 내가 잃어버린 옷은 두 겹짜리인데 지금 그대 옷은 홑겹이오. 홑겹으로 두 겹과 맞바꾸는 것이니 그대가 남는 장사 아니겠소?"

아쉽게도『여씨춘추』에는 그래서 어찌 됐다는 결말까지 실려 있진 않다. 하지만 필자의 촉으로는, 그 여인은 결국 옷을 빼앗겼을 것이고 징자는 아무런 죄책감도 못 느낀 채 잘 먹고 잘 살았을 것이다. 이천 년도 더 된 오랜 옛날, 저쪽 중국에서 일어난 일이지만 그러한 상황이 전혀 낯설지 않아서다. 문명이 고도로 발달하고 진보했다고 자부하는 오늘날임에도, 적반하장이 공공연하게 자행되는 일이 여전히 다반사처럼 벌어지고 있기에 그렇다. 징자 같은 이들은 지금 여기서도 변함없이 떵떵거리며 잘 살고 있다는 얘기다.

그래서 퍽 궁금해진다. 인간의 도덕적 본성을 마비시키고, 인간답게 살라고 자연이 내어준 이성이나 감성, 직관 같은 역량을 악용케 하는 힘의 정체가 말이다. 동료교수 중 한 분은 이를 '상상력'이라고 표현했다. 징자 같은 이들의 적반하장은 상상력의 보고인 문학을 전공한 자신조차 생각해내지 못했던 바라며 혀를 찼다. '기가 찬' 상상력이라는 얘기다. 인간에게 고유한 역량으로, 문명의 진보를 일궈내는 데 기여한 '착한' 상상력과는 엄연히 다른 유의 상상력이라는 뜻이다.

단적으로 '더러운 상상력'이라는 것이다. 그것은 비유컨대 악성 종양이다. 이에 걸리면 인간을 탁월케 만들어주는 제반 역량이 온통 흉기로 변한다. 이성은 탐욕을 거머쥐는 데 악용되고, 감성은 마음이 악행에 무뎌지게끔 악마를 닮아가게 한다. 그렇게 인간다움은 시나브로 소거된다. 그러다 전이가 진척되면 삿된 욕망이 자아를 점령한다. 하여 세상은 응당 자기를 중심으로 돌아가야 한다는 착란에 빠져든다. 자아가 더러운 상상력에 된통 감염돼 자기를 객관화할 수 있는 역량이 고갈된 탓이다.

물론 이런 증세가 늘 겉으로 드러나는 것은 아니다. 그래서 항상 주시해야 한다. 자기 이익 실현에 필요하다 싶으면 때와 장소를 가리지 않고 심각한 병증으로 발현되기 때문이다. 예컨대 요새 흔하게 목도되는, 일부 언론과 정치인 그리고 종교인이 앓고 있는 '막말 증후군'처럼 말이다. 그들의 막말은 그저 '아무 말'인 게 아니라 삿된 욕망에 감염된 '더러운 말'이기에 그렇다. 그것은 얼토당토않은 말에 불과한 게 아니라는 얘기다. 그 저변에는 자기 이익만을 관철시키고자 하는 더러운 상상력이 꿈틀대고 있을 따름이다. 일상화된 막말로 기득권 수호나 확대 재생산은 가능해졌을지라도, 그 대가로 치른 인간으로서의 존엄 상실 따위는 신경 쓰지 않음이다. 막말을 내뱉는 이들에게는 사람을 고귀한 존재로 만드는 가치 등은 애초부터 무의미했던 것이다. 영혼이 없는 좀비들처럼 말이다.

상상력이 '착한' 이들, 달리 말해 상상력을 더럽게 악용하지 않는 이들은 사뭇 다르다. 조금만 비겁해지고 한 번만 외면하면 큰 이익을 볼 수 있다고 해도 그들은 차마 그렇게 하지 않는다. 아무리 정당화하고 미화해도 그 실질은 언제나 더럽고 삿되기 때문이다. 하여 이들은 인간다움을 잃지 않는다. 아니 더욱 확장해간다. 이것이 상상력이 착한 이들의 존엄이다. 역사가 수많은 악인과 악행으로 점철된 듯하지만 인류가 진보에 진보를 거듭할 수 있었음은 바로 이들 덕분이다.

그래서 이들은 누림이 커질수록 한층 존엄해지고자 노력한다. 인간이 사회를 이루고 사는 한, 누리면 누릴수록 '존엄받기' 위해서가 아니라 '존엄하기' 위해 살아가야 함이 자명하기 때문이다. 또한 돈과 권력을 많이 지녔다고 자동적으로 존엄해지지도, 말로 존엄을 외친다고 하여 실제로 그렇게 되는 것도 아니기에 더욱더 그러하다. 게다가 존엄은 철저하게 타인과 관계 속에서, 자기를 향한 존중이 그들로부터 비롯됐을 때 싹트고 성장하며, 자신이 그것 앞에 존경을 표할 때 지속적으로 구현되기에 그렇다.

한마디로 존엄은 타인과 관계 속에서 스스로가 존엄을 지켜가고자 할 때 비로소 생성되고 지속될 수 있다. 추악한 행위를 서슴없이 일삼는 몸이나 막말을 쏟아내는 입은 존엄과 무관할 따름이다. 그러니 더러운 상상력을 상용하여 자기 이익을 극대화하면 뭐하겠는가. 그 자신은 인간다움을 포기한, 존엄은커녕 역사에 더러움의 표상이 됐는데 말이다.

[한국일보 2017년 12월 12일 자]

12 참된 선배, 썩은 인간

이맘때가 되면 '답다'라는 말이 되뇌어지곤 한다. 특별한 이유가 있어 그런 것은 아니다. 굳이 대자면 한 살 더 먹었다는 정도? 그렇다고 철이 더 든 것도 아니요, 앎이 더 깊어진 것도 아닌데 자못 진지한 화두로 머리가 묵직해지곤 한다. 이를테면 이런 것들이다. "어른다움이란 무엇일까", "어떻게 살아야 어른답게 사는 것일까" 등등.

물론 고전을 들쳐보면 나름 답을 구할 수 있다. 가령 공자는 나이 서른이면 설 수 있어야 한다고 했다. 서른 살을 '이립(而立)'이라 칭하는 이유다. 그런데 서른 살이면 적어도 생리적으론 어른이 아니라고 할 수는 없다. 하여 이에 따르면 어른다움이란 곧 '서 있음[立]'이 된다. 문제는 선다는 말의 뜻이 알듯 말듯 하다는 점이다. 그 동안 앞뒤 문맥을 따져 서다의 뜻을 밝히려 한 것도 이러한 연유에서였다. 예컨대 이러한 식이었다. 이 구절 앞뒤에는 열다섯이 되면 학문에 뜻을 둔다는 뜻의 "지우학(志于學)"과 마흔이면 미혹되지 않는다는 뜻의 "불혹(不惑)"이 나온다. 이들을 연동시키면 "학문적으로 자립하다" 정도를 서다의 구체적 뜻으로 제시할 수 있게 된다.

이 해석만 옳다는 뜻은 당연히 아니다. 다만 공자가 어른다움과 학문하기를 연동시켰음은 주목할 만하다. 결국 어른다우려면 학술적으로 검증된 지식을 지니되, 남의 지식으로만 나를 채우는 단계를 넘어 나만의 지식을 세워야 한다는 것이다. 덕분에 공자의 이 말은 오늘날에도 여전히 유효하다. 오늘날의 세계가, 지식이 자본의 원천이 되는 지식 기반 사회여서만은 아니다. 무릇 어른이라 함은 남을 가르칠 정도의 학식은 있어야 한다는 케케묵은 관념 때문만도 아니다. 그보다는 이 말을 통해 어른다움을 갖추는 길이 제시됐기 때문이다.

물론 하루에 책 한 쪽 읽기도 어려운 형편에 자기만의 지식을 갖춘다는 것은 현실적으로 불가능한 요구라고 할 수도 있다. 그러나 이는 반쯤은 틀린 말이다. 학문이라고 하면 뭔가 고도의 지식이 요청된다는 식의 생각이 꼭 맞는 말인 것만은 아니기 때문이다. 공자는 도리어 정반대였다. 그는 아침에 일어나 집 안팎을 쓸고 닦으며 오가는 사람과 문안을 나누는 것이 학문하기라고 단언했다. 어떤 고차원적 진리 탐구보다는 일상에서 자주 부딪히는 문제를 생각하고 풀어가는 것 자체가 학문이라고 보았다.

그렇기에 그는 남을 가르칠 수 있어야 비로소 어른답다고 보지도 않았다. 서른이 되어 설 수 있다[三十而立]는 말은, 그래야 어른으로서 남을 가르칠 수 있게 된다는 주장이 결코 아니었다. 그는, 세 명이 함께 길을 가면 그 중엔 반드시 나의 스승이 있게 마련이라고 단언하였다. 그러곤 그 까닭을 이렇게 설명했다. "선한 이를 가려내어 그를 본받고, 선하지 못한 이가 있으면 내게도 그러한 바가 있는지를 살펴 바로잡는다."(『논어』) 따라서 동행이 모두 악한 자라 할지라도 공자는 그들로 인해 배우는 바가 꼭 있게 된다. 그들의 나쁜 점을, 나를 개선해 가는 계기로 활용할 줄 알기에 결과적으로 항상 배우게 된다.

부정적 대상을 마주했을 때 고쳐주고자 나서는 대신 돌이켜 이를 자기 강화의 계기로 삼는 태도, 이렇듯 공자는 남을 가르치고자 하는 대신에 배우고 또 배우려 했다. '스승 되기'를 도모한 것이 아니라 '스승 삼기'를 줄곧 실천했음이다. 하여 서른이면 서야 한다는 언급은 '마흔-불혹'과 '쉰-지천명(知天命)', 곧 천명을 아는 경지로 나아가기 위한 배움의 조건을 언급한 것이지, 젊은이를 훈도할 수 있는 자격을 말한 것이 아니었다. 한마디로 일상에서 자기 연마를 꾸준히 행함으로써 나이가 쌓일수록 자기를 제고시켜 가는 것을 어른다운 삶으로 제시했던 것이다.

그래서 건건이 공자를 비판했던 장자조차도 어른다움의 조건에 대해서만큼은 공자와 뜻을 같이했다. 아니 더 신랄하게 그렇지 못한 어른을 몰아붙였다. "나이가 많으면서도 세상사

이치와 경중을 뒤에 올 이들에게 보여 주지 못한다면 선배가 아니다. 사람이면서 선배가 되지 못한다면 그에게는 사람의 도가 없는 것이다. 사람이면서 사람의 도를 지니지 못한 그런 사람을 일러 썩은 사람[陳人]이라고 한다."(『장자』) 여기서 '썩은 사람'을 공자의 용어로 바꾼다면, '그 이름이 칭해지지 않는[無聞]' 사람 정도가 된다. "후생은 가외"이지만, 나이 "마흔, 쉰이 되어서도 그 이름이 칭해지지 않으면 그러한 이들은 두려워할 만하지 못하다"(『논어』)는 공자 말 속의 중년, 장년들 말이다.

새해 벽두여서 그런지 '청년에게 고함' 유의 글을 이곳저곳서 접하게 된다. 누군가에게는 더없는 '헤븐(천국)'이지만, 대다수 청년에겐 '헬(지옥)'인 우리의 현실을 감안하건대 청년을 주목함은 지극히 당연해 보인다. 그들을 위로하고 격려하든, 심지어 혼내든 말이다. 반면에 중년, 장년 그리고 노년에 대해 고하는 글들은 별로 없다. 청년에겐 그렇게 '무문(無聞)인 진인(陳人)'이기 때문일까…, 여러 모로 고개가 절로 숙여진다.

[한국일보 2016년 1월 8일 자]

13 '나'의 생존, '다름'과의 공존

자동차는 2만 개 이상의 부품으로 구성된다고 한다. 그럼, 사람을 구성하는 부품은 몇 개일까? 물론 이 물음은 잘못됐다. 유기물인 사람을 그런 식으로 분해한다는 것은 어불성설이기에 그렇다. 그럼에도 사고실험을 해보자. 장기나 근육, 골격 단위로 나눠본다면 얼마나 될까? 더 미세하게 따져 세포 차원에서 헤아려본다면?

정말 궁금해서 던진 질문은 아니다. 이른바 '나'를 구성하는 요소가 얼마이든, 그것들이 어디로부터 비롯됐는지를 따져보자는 취지로 던진 물음이다. 사람인 나는, 구성요소가 수천억 개라 할지라도 그 시원은 부모로부터 물려받은 DNA이다. 적어도 생물학적으로 봤을 때는 그러하다. 부모가 DNA를 합성해주면 나는 모태에서 열 달 가까이 자란 뒤 세상에 나온다.

그 후 모유나 분유를 마시다가 이유식 등으로 소화력을 키운 후 어른들의 음식을 접한다. 그러면서 나는 부모와 분명하게 구분되는 개체로 홀로 선다. 이 과정에서 나를 구성하는 것은 온통 나의 바깥에서 들어온다. 부모를 남으로 치기에는 사뭇 송구하지만 내가 아님은 분명하다. 나의 기원인 DNA 자체가 나 밖에서 왔음을 부인할 수 없는 이유다. 모태에선 탯줄을 통해, 태어난 후에는 입을 통해 성장에 필요한 자양분을 외부로부터 섭취한다. 한마디로 지금의 나를 있게 해준 모든 것이 나 바깥에서 들어온 셈이다.

생물학적 차원에서만 그러한 것이 아니다. 사람이 만물의 영장 행세를 하는 데 결정적으로 기여한, 정신으로 대변되는 차원에서도 마찬가지다. 정신의 형성과 성장에도 외부에서 취함이 필수적이었다. 그렇지 않으면 정신이 형성되거나 성장될 계기가 확보될 수 없어, 인문이니 문화니 하는 것들은 아예 태동조차 못하게 된다. 그러면 인류는 동물과 다름을 절대로 주장하지 못하는 단계에 그저 머물러 있었을 터이다.

이렇듯 나는 나 바깥의 것들이 취해짐으로써 생겨난 존재다. 불가에서는 사람을 포함하여 삼라만상 모두가 무언가 다른 것에 기대어 생성됐다고 본다. 유가 또한 만물은 하늘이 낳아주고 땅이 길러줬다고 본다. 사람 또한 결코 예외가 아니라고 한다. 사람이 자족적 존재로 빚어지지 않았다는 뜻이다. 이렇듯 우리는 애초부터 나 바깥에서 필요한 바를 갖고 들어와야 비로소 생명 유지가 가능한 존재였음이다.

하여 우리는 살기 위해서는 나와는 다른 무언가가 반드시 있어야 한다. 옛적 제나라에 전 씨 가문이 있었다. 하늘을 찌르고도 남을 권세를 몇 대째 유지했던 권문세가였다. 하루는 먼 길을 떠나기에 앞서 무사안녕을 비는 제사를 성대하게 치렀다. 그러자 도처에서 사람들이 몰려와 귀한 물건을 제단에 바치며 전 씨 눈에 들고자 했다. 이를 바라본 전 씨는, "하늘이 오곡을 번식케 하고, 물고기와 새를 자라게 하여 우리를 위하여 쓰게 하는구나!" 하며 기꺼워했다.

이때 한 아이가 불쑥 나서더니 "어르신의 말씀 같지는 않습니다."며 전 씨의 말에 딴죽을 걸었다. 전 씨가 바라보니 아버지를 대신해 제사에 참석한 포 씨 가문의 열두 살 된 아이였다. 아부를 해도 모자랄 판임에도 포 씨의 아들은 당차게 말을 이어갔다. 내용은 이러했다.

> 천지의 만물과 우리 사람은 더불어 살아가며 각기 무리를 이루고 있습니다. 무리 사이엔 귀천의 구별 따위는 없습니다. 다만 체구의 크고 작음과 지능으로 상대를 제압하며 서로 먹고 먹힐 따름입니다. 서로의 먹이가 되기 위해 살고 있는 게 아니라는 것입니다. 사람도 먹을 수 있는 것을 취하여 먹는 것입니다. 어찌 하늘이 애초에 사람을 위해 그것들을 창조했겠습니까? 모기가 사람의 피부를 물어뜯고 호랑이와 이리가 사람고기를 먹는데, 어찌 하늘이 본시 모기를 위해 사람을 창조하고, 호랑이와 이리를 위해서 사람의 육체를 만들어 놓았겠습니까?(『열자』)

내가 살기 위해서는 다른 것을 취해야 하지만, 그 다른 것이 내 먹이로 빚어지진 않았다는 말이다. 사람은 만물의 하나로 그들과 함께 살아갈 뿐, 그들을 마음대로 처분할 수 있는 소유주가 아니라는 통찰이다. 또한 이는, 사람이 만물과 더불어 살아가야 하는 이유기도 하다. 그들이 나와 더불어 살아가는 존재임을 잊는 순간 자동적으로 나는 나보다 힘이 센 그 누군가의 먹이로 설정되기 때문이다.

그렇다. 우리는 나의 생존을 위해선 나 바깥의 다른 것을 섭취해야 한다. 그와 동시에 그들과 공존해야만 한다. 애초부터 나를 구성하는 것 가운데 내 것이 하나도 없었음을 상기하면 더욱 더 그러하다. 그래서 다른 것과의 공존은 단지 종교나 도덕, 이념 등의 차원에서 권장되는 그 어떤 고차원적 규범이 아니다. 고도의 수련이나 특별한 각성 같은 것이 요구되지 않는다는 얘기다. 그저 먹고 사는 데 바쁘다보니 미처 지키지 못해도 양해되는 그런 높은 수준의 덕목이 아니라는 것이다.

그것은 사람으로서의 내가, 다시 말해 생명체로서의 내가 '살아남기' 위해선 그칠 수 없는 호흡과 같은 활동이다. 말 그대로 먹고 살기 위해서라도 어쩔 수 없이 해야만 하는 것이 다른 것과의 공존이란 것이다.

[한국일보 2016년 5월 25일 자]

14 건설적 비판과 공명적 비난

종종 수강생들에게 “X에 대해 비판하시오”라는 문제를 내곤 한다. 그러면 거의 모든 학생들이 X의 나쁜 점이나 부족한 점을 중심으로 답안을 작성하여 제출한다. 비판과 비난을 동일시한 까닭에 벌어진 양상이다.

비판(批判)은 비난과 사뭇 다르다. 국립국어원『표준국어대사전』에 따르면, 비판은 “현상이나 사물의 옳고 그름을 판단하여 밝히거나 잘못된 점을 지적하는” 활동을 가리킨다. 일반적으로 판단은 논리를 기반으로 한다. 잘된 점은 그것대로, 잘못된 점도 그것대로, 그렇게 된 이유를 논리적으로 분석하는 활동이 비판이라는 것이다. 이에 비해 비난(非難)은 “잘못이나 결점을 책잡아서 나쁘게 말함”을 뜻한다. 하여 합당한 근거를 갖추지 못한 비판은 결과적으로, 잘못이나 결점이 없음에도 일부러 책잡아서 나쁘게 말하는 비난이 되고 만다.

그래서 제대로 수행된 비판은 건설적이게 마련이다. 객관적 근거를 기반으로 잘못이나 결점을 드러냈기에 기분이 상하더라도 인정할 수밖에 없다. 혼자라면 몰라도 남과 함께 일을 한다거나, 특히 공적 업무를 수행하는 경우라면 받아들일 수밖에 없게 된다. 반면 비난은 하는 이나 듣는 이 모두에게 손해만 되고 말 여지가 크다. 잘못이나 결점이 있는 것이 사실이라면, 일부러 나쁘게 말하든 있는 그대로 말하든 결과적으로 듣는 이에게 도움이 될 수 있다. 하지만 있지도 않은 잘못이나 결점을 고의로 책잡아서 나쁘게 말하면, 말하는 이는 거짓말쟁이가 되고 듣는 이는 억울하게 시달리게 된다. 우리에게 비난이 아니라 비판이 필요한 이유다.

비판이 되지 못한 비난, 그러니까 '삿된 비난'은 다 같이 망하는 '공멸(共滅)'적 결과를 야기한다. 비판은, 그것이 행해짐으로써 하는 이나 듣는 이 모두에게 이전보다 나은 결과를 선사한다. 그래서 제대로 수행된 비판은 늘 생산적이다. 이에 비해 삿된 비난은, 그것이 행해짐으로 인해 하는 이와 듣는 이 모두에게 부정적 결과를 야기한다. 그렇기에 누군가가 삿된 비난을 함으로써 이득을 봤다면 그는 틀림없는 사기꾼이다. 삿된 행위를 함으로써 이익을 얻었으니 적어도 사기꾼이 아니면 무엇이겠는가.

삿된 비난에 동조하는 이 또한 마찬가지다. 아니, 그 처지가 더욱 딱하다. 사기꾼이야 사기를 침으로써 정당치 못한 이득이라도 본다. 그런데 사기꾼에 동조한 이들에게는 대체 어떤 이득이 실질적으로 있을까? 물론 비난 대상이, 안 그래도 주는 것 없이 밉고 존재 자체로 한없이 꼴 보기 싫은 이들이었다면, 사기꾼의 삿된 비난이 통쾌함을 안겨줄 수도 있다. 감정적, 심리적 차원에서는 이득을 볼 수도 있다는 얘기다. 문제는 그것을 이익이라고 여기는 만큼 사기꾼이 더욱 더 판치게 된다는 점이다. 삶터에서 사기꾼이, 그들이 우리 삶에 미치는 영향이 사라지기는커녕 줄어들지조차 않는다는 것이다.

게다가 사기꾼이 활개 칠수록 서로 다른 이들이 모여 한결 나은 미래를 만들어가는 일은 더욱 어려워진다. 혼자 사는 것이 아니라 사회를 일구고 그 속에서 살아가는 한, 우리는 나와 다른 이들과 더불어 살아갈 수밖에 없다. "오월동주"라는 말이 있듯이 원수처럼 지내던 상대일지라도 모두에게 더 나은 결과를 빚어낼 수 있다면 협력해야 할 때도 있다. 지금 당장 나에게 이득이 되지 않는다고 해도 장차 후손에게 도움이 된다면, 내키지 않아도 손을 맞잡을 수도 있어야 한다. 개인적 이해관계를 떠나 모두에게 더 나은 미래를 더불어 만들어갈 줄 알아야 비로소 인간이라 말할 수 있기에 더욱 그러하다.

비판이 건설적인 또 하나의 이유가 바로 이것이다. 비판은 못돼도 하는 이와 듣는 이 모두의 인격적, 지적 성장을 견인할 수 있다. 또한 합당한 근거에 입각하여 잘잘못을 따지고 장단점을 가림으로써 잘된 바를 더욱 증진케 하고 못된 바를 바로잡는 합리적 방안을 도출해내기도 한다. 한마디로 비판에는 성장과 비전이 서려 있다. 비판은 더 나은 미래의 실현을 향해 있다는 것이다. 반면에 삿된 비난은 철저하게 과거 지향적이다. 더 나은 미래를 위한 성장과 비전이 깃들어야 할 자리에는 삿된 욕심과 술수만이 그득하다. 삿된 비난 곁에 주로 불신과 증오가 때로는 폭력이 함께하는 이유다. 그래야 삿된 욕심과 술수가 가려질 수 있기 때문이다.

진보와 보수, 수구는 여기에서 판연하게 구분된다. 더 나은 미래의 내용, 그것을 주조하는 방식과 속도 등에서 적잖은 차이가 나지만, 진보와 보수는 어찌됐든 비전과 성장을 품고 있다. 반면 수구에게는 비전도, 성장도 없다. 그저 과거로부터 누려온 기득권 수호만 있을 따름이다. 그러니 그들의 말과 행위는 삿된 비난으로 점철될 수밖에 없다. 그렇게 수구는 공멸적이게 된다.

따라서 진보와 보수, 수구는 당사자들이 스스로를 규정한 말로 판단해서는 안 된다. 스스로는 진보니 보수니 하지만 그들이 입과 몸으로 행해지는 바가 삿된 비난이라면, 그들의 정체는 그저 공멸적 수구에 다름없게 된다. 그런 이들이 진보 또는 보수라고 운위되더라도 반드시 수구라고 이해해야만 하는 까닭이다.

[한국일보 2018년 5월 1일 자]

15 연암의 '상수[相須]론'과 '통일+'로 읽기

인터넷 검색창에 검색어를 입력하다보면 철자 하나가 찍힐 때마다 그 철자로 시작되는 단어가 화면에 쭉 뜬다. '자동완성 기능'이라 불리는, 검색자의 수고를 덜기 위해 고안된 기술이라고 한다.

가령 검색창에 'ㅎ'을 치면 '황금빛 내 인생'이란, 근자에 40%대에 육박하는 시청률을 보이는 주말 드라마 제목이 가장 위에 뜬다. 다음으로 'ㅏ'를 쳐서 '하'가 완성되면 '하나'나 '한국' 등으로 시작되는 고유명사들이 나열된다. 그렇게 '핱'을 거쳐 '하태'까지 치면 평창 동계올림픽에 온 북한응원단의 응원 도구인 가면 주인공이 김일성이란 주장을 굽히지 않음으로써 한때 국가보안법상 반국가단체의 수장이었던 이를 널리 '선전'(?)한 자유한국당 국회의원 이름이 자동완성 되어 뜬다. 이념 갈등을 정치적 밑천으로 삼아온 '가면 하태경' 의원 말이다.

자동완성 되는 말은 검색하려는 말과 자주 연동되어 사용된 말이다. 가면 응원 논란 당시 검색창에 가면을 넣으면 하태경이란 이름이 바로 떴던 이유다. 달리 표현하자면 '가면'과

'하태경'은 매우 밀접하게 연관된 말이었다는 얘기다. 그렇다면 평창 동계올림픽과 가장 밀접하게 연관된 말은 무엇일까. 그것이 '평양'이길 바라는 단세포적 준동이 계속되고 있지만 그보다는 '통일'이 가장 먼저 뜨는 말이 아닐까 싶다. 북한의 고집스런 핵 개발, 미국의 '코피전략' 등 한반도에서의 전쟁 위기가 어느 때보다도 한층 고조된 상태에서 이뤄진 남북 선수단 공동입장, 남북 단일팀 구성, '백두혈통'의 최초 방남 등이 국내외적으로 크게 화제가 됐기에 그렇다.

물론 단일팀 구성을 둘러싸고 적잖은 논란도 일었다. 그것이 대통령 지지율이 하락의 주요인이 됐고, 통일을 둘러싼 '2030 세대'와 '586 세대' 간의 갈등이 조장되기도 했다. 그러나 역설적이지만 이마저도 통일을 우리 일상으로 소환하는 데 일조를 했다. 이는 통일이 '나'의 삶과 밀접하게 연동되어 있음을 입증해준다. 이른바 '남남갈등'이 증폭될 여지는 여전하지만 그와 무관하게 통일을 어떻게 볼 것인지의 문제가 '나'의 일상과 직결되어 있음이, 우리가 저마다 통일에 대한 자기 관점을 갖출 필요가 있음이 부각되었다.

3천여 년쯤 전 중국에서 역성혁명이 일어났다. 훗날 주 무왕으로 불리게 된 희발이란 제후가 상나라 주왕을 쫓아내고 자기가 천자로 등극한 사건이었다. 그런데 공자는 무왕을 요임금이나 순임금 급의 성군 반열에 올려놓았다. 맹자도 폭군은 실질적으로는 임금으로 볼 수 없다면서, 무왕의 역성혁명은 신하가 임금을 폐한 하극상이 아니라 성군이 폭정을 일삼는 일개 필부를 내쫓은 의로운 거사였다고 단정했다. 그럼에도 이 사건은 두고두고 논란이 됐다. 폭군일지라도 형식적으로는 어찌됐든 임금이었다. 게다가 공자와 맹자의 가르침을 따르자면 신하는 임금을 바른 길로 인도하는 존재여야 했다. 결국 공자와 맹자는 무왕을 옹호할 수 있는 근거와 비판할 수 있는 근거를 동시에 제공한 셈이다. 그러니 역대로 논란이 될 수밖에 없었다.

이는 주로 백이와 숙제 형제에 대한 평가의 형식으로 표출됐다. 그들이 전쟁이란 폭력에 의지하여 폭정을 종식시킨 무왕을 비판하며 곡기를 끊은 채 수양산에 은거하다가 세상을 떠났기 때문이다. 그래서 백이 형제를 의롭다고 칭하면 무왕이 의롭지 못하게 되고, 무왕을 의롭다고 하면 백이 형제는 고지식한 지식인의 전형으로 치부된다. 한쪽이 옳으면 다른 쪽은 무조건 그르게 되는 형국이었다. 공자 이래 맹자, 사마천을 거쳐 당대의 한유, 송대의 왕안석에 이르기까지 그야말로 내로라하는 당대 최고 지성들이 백이론을 펼쳐냈지만 논란이 갈무리되지 못했던 까닭이다.

그런데 조선의 연암 박지원이 이들 논의를 갈무리할 수 있는 탁월한 관점을 제시했다. 무왕과 백이 형제 등 관련 인물을 "서로 연관하여[相須]" 보면 그들 모두가 성인이고, 따로 떨어뜨려 보면 그들 모두 성인이라고 할 수 없다는 관점이 그것이다. 무왕은 전쟁이라는 거대 폭력에 의지했다는 하자가 있고, 백이 형제는 도탄에 빠진 백성을 도외시한 하자를 범했기에 성인으로 보기 힘들지만, 서로 연관하여 보면 그들은 폭정으로부터 백성을 구제했다는 현실적 이로움과 폭력으로 폭정을 제거하는 방식이 의롭지 못함을 역사에 드리움으로써 후인을 경계했다는 윤리적 소임을 동시에 실현해낸 성인이라는 것이다. 단적으로 '서로 연관하여 보아야만' 비로소 그들이 역할분담과 자기희생을 바탕으로 명분과 실리를 동시에 취한 성인이었음을 알게 된다는 얘기다.

통일을 관련된 것들을 최대치로 연관하여 봐야 하는 까닭도 마찬가지다. 통일이라고 쓰되 '통일+'로 읽어야 한다는 것이다. 그랬을 때 통일을 '평양'이나 '남남갈등', '전쟁' 등과 연관 짓는 삿된 욕망을 제압하며 준비과정부터 방식, 결과 모두를 '평화'와 긴밀하게 결합시켜 갈 수 있게 된다. 이념 간, 지역 간, 세대 간 갈등이 수구 정치인과 언론, 세습 재벌 등에 의해 지속적으로 확대 재생산되어왔기에 더욱 더 그러하다.

[한국일보 2018년 2월 20일 자]

16 2046년, 우리는 무엇을 기릴 것인가

지난 연말, 교육부는 연간 600억 원씩 최장 3년을 지원하는 "대학 인문역량 강화사업(CORE)" 계획을 발표했다. 사업 취지는 말 그대로 대학의 인문역량을 강화한다는 것이다. 이를 통해 우리 사회의 인문 융성이 가능해진다는 점에서 대학의 인문역량 강화는 마땅히 도모해야 할 바임에는 틀림없다.

문제는 실상이다. 속을 들춰보면 그러한 취지에 걸맞은 내용은 별로 없다. 하긴, 갖은 '사회적 갑'들이 수천 년간 검증을 거쳐 축적돼온 인문적 제 가치를 광범위하게 조롱하고 조직적으로 훼손하는 시절이니, 이 정도의 눈 가리고 아웅 하기는 감지덕지일 수도 있다. 그러나 인문 융성은 그러한 협량(狹量)으로 도모될 수 있는 바가 아니다. 적어도 한 세대 정도는 내다보는 안목과 밀고나갈 역량이 요청된다.

그러고 보니 2046년까지 꼭 30년이 남았다. 그 해는 한글 반포 600주년이 되는 해이다. 찬찬히 그 해의 모습을 상상해 보자. 우리는 무엇으로 한글 반포 600주년을 기념하고 있을까. 세종을 칭송하는 목소리는 분명 지금보다 훨씬 커졌을 것이다.

문자가 없는 짜이짜이 부족과 아이마라 부족에게 한글을 표기 수단으로 수출한 사례가 언급되며, 한글은 세계에서 가장 우수한 문자라는 점이 연신 되뇌어질 것이다. 그때까지 국보 1호가 숭례문이라면, 이를 훈민정음 해례본으로 바꾸자는 주장이 거세게 일 것이다. 그리고 또 무엇이 칭송되고 기려질까.

자신의 말과 표기 수단이 있다는 것은 비길 데 없는 큰 힘을 지녔다는 뜻이다. 그래서 문화 역량이 대단했던 중국과 그렇게 오랜 세월 맞붙어 있으면서도, 우리는 그들과 확연히 구분되는 역사적, 문화적 전통을 지닐 수 있었다. 일제가 그토록 말살하려 했어도 한글을 지킨 덕에, 해방이 되자 누구의 속국이 아닌 '우리'의 나라를 만들 수 있었다. 그런데 이렇게 대단한 힘을 지닌 한글로, 지난 600년 가까운 세월 동안 일궈놓은 것이 외세에 맞서 우리를 지켰다는 점 외에는 없는 것일까?

그래서 인문 융성이 절실하게 요청된다. '우리의 인문'을 융성시키고 이를 국제적으로 발신해야 한다. 하여 한국 발 인문이 지구촌 곳곳서 평화롭고 자율적이며 창의적 삶에 실질적으로 이바지하게 된다면, 이는 뿌듯하게 내세울 만한 성취가 될 것이다. 이를 위해선 한글을 '문명의 언어'로 고양시켜야 한다. 첨단 디지털 문명이 깔린 지금에도 그 위력이 여전한 고대 희랍어나 라틴어, 한문 같은 문명의 언어가 되어야 한다. 못 돼도 근대 이래 국제적 문명어로 기능해온 프랑스어나 독일어, 영어

등과 어깨를 나란히 해야 한다. 그래야 다른 누구의 문명이 아닌 우리의 문명을 일굴 수 있기 때문이다.

달리 말해 한글에 담을 '우리의 문명'이 풍성해져야 한다. 문명은 인문의 총화이다. 그리고 인문은 인간다움의 집적이다. 우리의 문명은 우리의 인간다움을 기초로 해야 한다는 말이다. 21세기 우리는 말 그대로 '글로벌'한 삶터에서 일상을 영위하고 있다. 우리의 인간다움도 이러한 조건 아래서 조성된다. 우리의 인간다움이 '우리만'의 인간다움이어서는 절대 안 되는 이유이다. 곧 우리의 문명이면서 동시에 글로벌한 문명을 한글에 담아야 한다. 이를 위해서는 한글이 동서고금의 문명과 풍요롭게 만나야 한다. 동서고금의 인문을 한글로 저장하고, 이를 한글로 다시 표현할 수 있어야 한다. 그랬을 때 한글은 독자적이며 보편적이고, 평화 지향적인 문명의 언어로 거듭나게 된다.

또한 이 사업은 해방 100주년을 준비하는 사업과 병행되어야 한다. 한글 반포 600주년 바로 전 해가 해방 100주년이기 때문이다. 그때 우리는 무엇을 우리 자신과 세계에 내놓을 것인가? 세계사에 유례가 없는, 민주화와 산업화를 짧은 시간에 일군 역사는 분명 내놓을 만한 업적이다. 물론 지금은 8·15 해방이 지닌 중차대한 의의를 부정하는 세력에 의해 민주가 훼손되고, 중국의 굴기로 인해 경제가 위협받고 있기도 하다. 그렇다고 세계 10위권의 경제력과 군사력을 일궈낸 저력이 손상되지는 않는다. 다만 문화 방면에서도 이에 필적할 만한 성취로 우리는 무엇인가를 내놓을 수 있어야 한다.

이제라도 시작해야 한다. 해방 100년을 기릴 수 있는 문화자산을, 한글을 기반으로 하여 나라 안팎에 내놓을 자산을 만들어내야 한다. 국제적 경쟁력을 갖춘 채 지구촌에 이미 널리 발신된 중국문명, 일본문명과 어깨를 나란히 할 수 있는 '한글문명'을 창출해야 한다. 인문 융성은 이러한 맥락에서 추동되어야 한다. 그것은 대학을 취업학원쯤으로 격하시키는, 그러한 탐욕스런 대학 구조 조정을 무마하기 위한 포장지로 소모해도 되는 급이 결코 아니다.

한글을 창제한 세종을 기리는 길은, 그의 초상을 만 원짜리 지폐에 넣는 데 있지 않고 세계사의 한 페이지에 넣는 데 있다. 마찬가지로 인문 융성의 길은 한글문명을 만드는 데 있지, 재정 지원을 당근으로 대학을 자본의 자회사로 만드는 데 있지 않다.

[한국일보 2016년 1월 22일 자]

17 3·1절 그리고 '한국인문대전'

대유학자 이황은 조선의 유학자일까, 아니면 중국의 유학자일까. 너무도 빤한 질문을 하자니 사뭇 민망하다. 그런데 이 질문을 중국 학자에게 던지면, 또 다른 외국 학자에게 던지면 어떤 답이 나올까.

다음은 세계적으로 이름 높은 북경대학의 한 교수가 쓴『송명 성리학』(원서: 宋明理學)의 목차 중 일부다.

5. 명대 중, 후기의 이학
 1) 왕수인 2) 담약수 3) 나흠순 4) 왕정상 5) 이황 6) 왕기 …

이황을 제외하고는 모두 명대 중, 후기의 이름난 유학자로 당연히 다 중국인들이다. 그런데 이는 이황이 조선인이라는 사실을 아는 한국인에게나 분별 가능하다. 이를 모르는 사람들 눈에는 이황이 명대 학자로 읽힐 가능성이 무척 높다. 중국인으로 이해될 가능성이 100%에 가깝다는 얘기다.

이와 유사한 사례가 더 있다. 경전을 비롯하여 역대의 유학 관련 전적을 모은다는 중국의 '유장(儒藏) 사업'이 그것이다. 그중 '국제유장사업'은 중국과 한국, 일본, 월남, 서구 등지의 유학 관련 전적을 디지털화 하고 해제를 단 후 이를 온라인에 공개, 세계인이 이용할 수 있게 함이 그 목표다. 물론 조선시대 유학 전적은 '국제유장-한국편'이란 명목으로 공개된다. 그렇다고 이 자료를 접한 외국 학자가 유학사에서 조선의 독자성을 인지할 가능성이 얼마나 될까.

유학은 공자로부터 나왔으니 그럴 만하다고 여긴다면 오산이다. 주지하듯이 조선의 유학은 그 독자성으로 인해 결코 중국 유학에 흡수시켜 볼 수 없다. 한편 중국문학에는 '속(俗)문학'이라는 분야가 있다. 우리로 치자면 민간문학에 해당된다. 얼마 전 듣기로, 중국의 한 학자가 '동아시아 속문학사'를 집필한다고 한다. 동아시아는 중국과 동북아시아, 동남아시아를 포괄하는 개념이다. 게다가 현재 중국에는 티베트, 위구르, 몽골, 만주 같은 이른바 '소수민족'의 강역도 포함되어 있다. 동아시아 속문학사는 이 일대에서 펼쳐졌던 민간문학의 역사를 서술 대상으로 삼는다는 뜻이 된다.

이를테면 우리의 고려 속요나 판소리 같은 민간문학이 동아시아라는 범주로 편입돼 다뤄진다는 얘기다. 이를 어떻게 받아들여야 할까. "우리 것이 곧 세계적인 것"이라는 달뜬 기대에 편승해 우리 전통이 동아시아 전통으로 확장된 것으로 봐야 할까. 혹 표방한 바는 '동아시아'지만 실질은 동아시아 일대의 민간문학 역사를 중국 중심으로 재편했을 가능성은 아예 없는 것일까.

현재 중국은 전통문화를 기반으로 21세기 새로운 문명 표준을 구축, 이를 국제적으로 발신하고자 무던히 노력 중이다. 상술한 바, 자국 안팎의 문화를 중국 중심으로 집적하고 정리하는 활동도 그 일환이다. 이는 '문화제국' 곧 문화로 제국을 구현했던 전통의 부활이기도 하다. 그들은 적어도 2천여 년 전부터는, 정치적 통일을 완수하면 문화를 크게 일으켜 역내 유일의 보편문명이자 최고 수준의 문화국가로서 주변 일대의 문명 표준이 되고자 했다. 조정이 대규모로 추진했던 학술 진흥은 그 고갱이였다. 조선에 새로운 활력을 불어넣은 정조가 『사고전서』를 구하고자 애썼다는 일화가 일러주듯, 문화제국 중국이 생산한 학술 진흥의 성과는 과거 한자권에서 문명 퐂대 역할을 톡톡히 수행해왔다.

이는 과거나 지금이나 문명 표준을 점하기 위해서는, 달리 말해 보편문명을 창출하고 구현하기 위해서는 국가 인문 역량의 대대적 신장이 절대적으로 필요함을 역설해준다. 국가 인문 역량의 신장은 정부나 재계 할 것 없이 범 국가 차원에서 학술 진흥에 적극 나서야 비로소 '지속 가능'하게 구현될 수 있다. 불가능한 일이 아니다. 이명박 정부가 4대강 사업에 들인 22조 원이면, 연봉 1억 원을 받는 수준급 인재 400명을 550년 동안 지원할 수 있다. 550년이면 5백 년 조선 역사보다 더 긴 시간이다. 그만큼의 시간동안 그러한 규모로 학술 진흥이 이뤄진다면 과연 어떤 일이 벌어지겠는가.

삼일절 아침이다. 2년 후면 삼일운동 100주년이다. 삼일운동이 있던 해 임시정부가 수립됐으니 대한민국 수립 100주년이기도 하다. 그때 우리는 무엇을 기리고 있을까. 98년 전 이 날, 선조들은 인류 평등의 대의를 표방하며 우리가 독립국임과 자주민임을 세계만방에 선언했다. 헌법 전문에 아로새겨 있듯이 '대한민국'의 역사가 시작되는 순간이었다. 삼일운동에는 그렇게 새로운 역사를 만들어내겠다는 겨레의 의지가 응축되어 있다. 이것이 삼일절에 우리가 기려야 할 바다. 명실상부한 독립국가와 자율적 시민의 역사를 건설하겠다는 그 지향 말이다.

그러한 역사는 인문이 뒷받침되어 구축된다. 게다가 지금 우리는 인문 선진국이 되지 못하면 주저앉게 되는 기로에 서 있다. 우리 인문을 보편문명에 걸맞게 주조해야 비로소 시민이 행복한 사회, 나라가 될 수 있다. 이를 위해서는 우리 안팎의 인문을 우리 언어로 재정리할 필요가 있다. 그 과정에서 '한글문명'을 보편문명으로 빚어갈 자양분을 풍요롭게 섭취할 수 있기에 그렇다. 이름 하여 '한국인문대전(韓國人文大典)'의 편찬! 반만 년 우리 역사에 일찍이 없었던 이와 같은 대사업이라면 누구 앞에서도 떳떳이 기릴 만하지 않을까 싶다.

[한국일보 2017년 3월 1일 자]

18 역사, 악을 태우는 촛불

조직폭력의 역사는 꽤나 유구하다. 문헌을 보면, 춘추시대 초기에 이미 '조직'을 갖춘 폭력단이 존재했음을 알 수 있다. 공자 때 '전국구급'으로 활약한 도척 얘기다. 그는 수천의 졸개를 끌고 다니며 온갖 악행을 일삼았다고 한다.

당시 역사를 전하는『사기』에 따르면, 도척은 허구한 날 무고한 이의 생간을 꺼내 회쳐 먹었다고 한다. 그 악랄한 이름을 역사에 새겨 길이 경계로 삼기에 모자람이 없는 인물이었다. 그런데 도척이 언급된 대목을 찬찬히 짚어보면 그를 기술한 의도가 다른 데 있음을 알게 된다.『사기』의 서술이 도척을 역사에 희대의 악한으로 고발하는 것 자체보다는, 그럼에도 그가 살아서 처벌받기는커녕 갖은 일락을 누리다 천수를 다하고 죽었다는 사실을 부각시켰기 때문이다.

이는『사기』의 저자 사마천이, 하늘은 참되며 항상 옳은 자를 돕는다던데 정녕 그러한지를 되묻기 위한 서술 전략의 소산이었다. 사마천이 보기에, 공자나 수제자 안회 같이 올곧게 살고자 한 이들은 대부분 궁핍했다. 게다가 요절하기 일쑤였다.

반면에 도척 같이 천도를 대놓고 조롱한 이들은 복락에 겨워 했다. 타고난 천수를 누렸고 부귀를 세습하며 대대손손 잘살곤 했다. 한마디로 선인은 주로 힘들었고, 악인은 대체로 잘나갔다는 것이다. 한 세대가 그렇게 되면 자손 대에도 줄곧 그러더라는 얘기였다. 멀리 갈 것 없이, 독립운동가 후손과 친일파 후손들의 삶만 비교해 봐도 사마천의 통찰이 쉬이 수긍된다. 가능한 악인으로, 적어도 선인은 아닌 삶을 사는 게 나아 보이는 대목이다.

하여 모두가 그렇게 살았다면 어떻게 됐을까. 인류의 역사는 비교적 짧게 마감됐을 것이다. 만민이 모두 악인이 되고, 악인의 악인에 대한 투쟁이 일상화되어 문명이 멸절될 수밖에 없음은 자명하기 때문이다. 그렇다면 사마천의 의도는 무엇이었을까. 고약하기 그지없는 역설이지만, 악인은 선인이 있기에 그렇게 행세할 수 있었다. 악인의 영혼에는 들어 있지 않지만 선인의 영혼에는 인간다움, 곧 인문이 깃들어 있다. 그래서 그들은 문명의 유지와 진전을 위해 기꺼이 자기를 희생하기도 한다. 악인의 갖은 분탕질에도 문명이 보존되고 진보하는 연유다.

이 덕분에 악인은 깨알같이 잇속을 챙기며 선인에게 계속 기생하며 행세하게 된다. 사마천이 도척을 언급한 의도가 여기서 비롯된다. 다름 아닌, 그들의 더러운 이름을 역사에 새겨 넣어 자손만대에 이르기까지 그들이 저주받게 함으로써 이 같은 지독한 부조리를 끊어내기 위함이었다. 역사가 악인에게는 미래의 밥줄을 말려버릴 수 있는 좋은 병기가 되는 까닭이다. 왜 악인이 역사를 그리 구박하는지, 악인일수록 왜 역사에 집요하게 집착하며 기필코 그것을 장악하려 하는지, 그 연유를 익히 알 수 있는 대목이다.

역사는 과거를 수동적으로 기억하기 위해서가 아니라 미래를 능동적으로 지어가기 위해 고안됐다. 미래를 선하게 지을 수 있기에 역사라는 얘기다. 우리는 그러한 역사를 일상생활에서 품어냄으로써 미래의 역사가 된다. 사마천은 이러한 '역사되기'를 "공분을 드러내고자 글을 쓰다", 곧 "발분저서(發憤著書)"라는 명제로 개괄하였다.

그는 군주에게 직언했다가 고환이 제거되는 궁형을 겪었다. 이는 당시 지식인에겐 크나 큰 치욕이었다. 남성 중심 사회에서 외양만 남성으로 사는 것은 죽음만 못했기에 그렇다. 그러나 그는 이를 감내하며 부친의 유지를 받들어 『사기』를 완성했다. 그러곤 서문 격인 『태사공자서』를 써서 자신이 『사기』란 역사를 저술한 의의를 천명했다.

그가 보기에, 자기 가슴에 가득한 분노는 결코 사적 원한이 아니었다. 자신은 진리대로의 삶을 따랐는데 하필 나라에 도가 무너졌던 탓에 야기된 '공적 분노'였다. 그것은 진리가 통용되지 않는 시대에서 비롯된 원망이었고, 부도덕한 자들이 떵떵거리며 행세하는 시절에 대한 공분이었다. 쉬이 삭일 수 있는 것도 아니었다. 그렇다고 시대 탓이나 하며 하늘이 준 시간을 허비할 수는 없었다. 하늘이 자기를 세상에 태어나게 한 목적을 어떻게 해서든 실현하는 것이 스스로에게 부여한 존재의 이유였기 때문이다.

찬찬히 역사를 되짚어보니 자기처럼 시대를 못 만난 현인들이 공통적으로 한 일이 있었다. 공자는『춘추』라는 역사서를 편찬했고『시경』등의 경전을 정리했다. 그보다 500여 년 전 주나라 문왕이 무고하게 유폐됐을 때『역경』해설서를 저술하며 훗날을 기약했듯이, 공자도 글로써 부조리한 현실을 공분으로 고발하며 미래를 능동적으로 준비했다. 그랬듯이 사마천도『사기』를 저술하며 공적 분노를 태워 미래를 기획하였다. 그리고 2016년 겨울, 우리는 강토 곳곳서 촛불을 지핌으로써 미래를 지어가고 있다. 밀실서 제조된 국정 역사교과서가 음지서 피어난 독버섯마냥 그 모습을 드러냈을 때, 양식 있는 시민들은 광장과 거리에서 또 삶터에서 공분을 드러냄으로써 스스로가 역사가 되고 있다.

역사는 결코 사원(私怨)의 한풀이가 될 수 없다. 사적 욕망이 가득한 글은 과거를 비틂으로써 미래를 공멸로 이끌 따름이다. 반면에 삶터에서 굴하지 않고 밝히는 촛불은 역사가 된다. 다른 누군가가 아닌 바로 '나' 자신이 선에 기생하는 악을 태우는 촛불이 되기에 그렇다.

[한국일보 2016년 12월 7일 자]

19 축하[祝賀] 폭력

며칠 전 프로야구 경기가 끝난 후 한 선수가 실시간 검색어 1위에 올랐다. 그는 고교 졸업하던 해 초대형 신인으로 프로구단에 지명을 받았지만, '학폭' 그러니까 같은 학교 후배 선수 폭행 건이 알려져 구단 차원의 출장정지 징계를 받았던 선수였다.

지난 23일에는 문체부의 대한빙상경기연맹 감사 결과가 발표됐다. 지난 동계올림픽 당시 여자 팀 추월 경기에서 발생한 동료 선수 '왕따' 의혹이 발단이 되어 시작된 감사에서, 뜻밖에도 유명 선수 중 한 명은 코치에 의해 행해진 수차례의 폭행 피해자로, 다른 한 명은 '훈계'라는 명목으로 후배 선수에게 손찌검을 한 가해자로 밝혀졌다.

스포츠는 육신만이 힘을 발휘하는 활동이 아니라 정신의 힘도 함께 발휘되는 인문적 활동이다. 힘을 발휘한다고 하여 폭력을 용인할 근거가 전혀 없다는 뜻이다. 그런데 가만히 들여다보면 무언가로 감싸진 폭력이 당연하게 작동되고 있음이 목도될 때가 적지 않다. 프로야구에서 일상적으로 행해지는 '축하폭력'이 대표적 예다. 홈런을 친다거나 끝내기 타점을 올리면, 같은 팀 선수들이 환호하며 당사자의 헬멧 쓴 머리를 신나게 두들겨 대는, 그러한 축하라는 명목으로 감싸진 폭력 얘기다.

홈런 타자를 더그아웃에서 축하해줄 때는 그나마 나은 편이다. 끝내기 승리를 거둘 때면 득달같이 뛰쳐나와 물을 쏟아붓고 머리를 쳐대며 수훈선수를 격하게 '축하'해준다. 더러는 더그아웃서 축하받는(실은 맞고 있는) 선수가 발끈하는 표정이 중계 카메라에 잡힐 때도 있고, 받은 축하를 곧바로 되돌려주는(곧 반격을 가하는) 장면이 방송을 탈 때도 있다. 그런데 축하한다면서 왜 머리를 치거나 등판을 두들기고 심지어 붕 날라서 걷어차기까지 하는 것일까.

축하를 굳이 폭력을 써서 해야 하는 이유가 궁금해서 하는 말이다. 축하를 위해서라면 폭력은 용납될 수 있다고 믿었기에 그러함은 결코 아닐 터이다. 그렇다면 무엇이 개입되어 작동됐기에 축하폭력이 일상적으로 반복됐던 것일까. 혹 '그 정도'는 스킨십이지 폭력이 아니라고 여겼던 것일까. 스포츠는 소위 '남성성'이 강하게 드러나고 첨예하게 부딪히는 장인 만큼, 남성성을 북돋우기 위해선 '그런 식'의 폭력은 양해될 수 있다고 치부한 결과일까.

스포츠가 남성성이 부딪히는 장인지에 대해서도 동의되지 않거니와 남성성을 돋우기 위해 폭력 행사가 용인될 수 있다는 논리도 도무지 성립되지 못한다. 장난삼아, 우정의 표시로 또는 주체치 못할 감격을 표현하다보니 저도 모르게 툭툭 쳤어도 남을 치는 건 동기와 무관하게 엄연한 폭력이다. 게다가 스포츠는 시합을 치르는 선수들만의 것이 아니다. 그렇다면 관중이 있을 필요가 없다. 관중이 많을수록, 응원이 클수록 힘이 난다는 선수들의 숱한 고백에서 명명백백하게 알 수 있듯이 스포츠의 주체는 선수와 관중 모두이다. 만약 어떤 관중이 나도 스포츠의 주체이니 수훈 선수 축하에 동참하겠다며 선수의 머리를 쳤다면 어떤 일이 벌어질까.

혹자는 이렇게도 말한다. 미국 메이저리그에서는 벤치 클리어링이 일어나면 어느 정도는 폭력이 용인된다고. 그럴 때 소극적으로 움직이면 동료 선수들과 소원해지곤 하기에 적극적으로 몸싸움도 벌이고 주먹을 휘두르기도 한다는 것이다. 한마디로 동료애 실천을 위한 폭력은 용납될 수도 있다는 말이다. 때로는 상대팀이 몸에 맞는 볼을 던지면 팀 사기를 올리기 위해 보복용 위협구를 던지는 것도 필요하다고도 한다. 진짜 그런지는 모르겠지만, 설사 그들이 그런다고 해서 우리도 그래야 하는 피치 못할 이유가 있는지는 의문이다. 남이 도둑질한다고 하여 나도 따라해야만 하는 건 아니다. 세계에서 우리 밖에 없다는 응원 문화같이, 한국표 프로야구 문화를 만들어 보급하는 것이 훨씬 멋지고 당당한 일일 수 있다.

축하나 훈계, 지도라는 이름으로 또 동료애 발휘나 사기 진작을 명분으로 감싼다고 할지라도, 폭력은 어느 경우에서든 결코 정당화될 수 없다. 폭력은 일회적이고 저강도로 행사된다고 하여 용인될 수 있는 것이 아니기에 그렇다. 거짓말은 더 큰 거짓말을 부르고 바늘 도둑이 소 도둑이 되는 것처럼, 폭력은 그 시작이 아무리 사소하다고 해도 반복될수록 그 정도가 심해진다. 강력사건 보도에서 "갈수록 범행이 대담해져" 같은 표현을 종종 접하게 되는 연유다. 물리적 폭력만 그러한 것도 아니다. 언어나 시선만으로 가해해도 이 또한 엄연한 폭력이기에 할수록 그 정도가 심해진다.

어떠한 유형의 폭력이든 간에, 아무리 사소할지라도 또 그로 인해 선한 목적이 달성된다고 해도 절대로 용납될 수 없는 까닭이다. 그럼에도 이러한 유의 폭력이 우리의 사회적 일상에 또 우리 내부에 폭넓게 스며들어, 폭력이라고 인지되지 못한 채 일상적으로 행사되고 있다. 그 결과 적잖은 사회적 '을'이, 사회적 약자나 소수자들이 일상적으로 피해를 입고 불편을 겪고 있다.

아니, 시민 전체가 그러한 폭력에 시달린 지 이미 오래다. 국민에게 갖은 막말과 거짓말로 언어폭력을 퍼부어대도 여전한 권력과 지위를 누리는 정치인이나 언론이 재생산되고 있으니 말이다. 그 무엇으로 감싸든, 그 실질이 폭력이라면 어느 경우든 용납해서는 안 되는 이유다.

[한국일보 2018년 5월 29일 자]

20 떼창 그리고 '따로 또 같이'의 삶

영화 〈보헤미안 랩소디〉가 장안의 화제다. 예상을 깨고 롱런을 하고 있다. 지난 주말을 거치면서는 6백만 관중을 동원, 〈레미제라블〉(2012년)이 갖고 있던 음악영화 최다 관객동원 기록을 넘어섰고, 올해 4대 흥행작으로 발돋움했다.*

흥행 원인 분석도 잇따르고 있다. 그룹 퀸(Queen)에 대한 40, 50대의 향수와 10, 20대에도 먹히는 그들의 음악, 프레디 머큐리의 음악적 열정과 자유로운 실험에 대한 환호, 엄청난 인기와 성공에도 가시지 않는 고독에 망가지고, 거듭되는 성적, 인종적 편견에 시달리는 모습에 대한 감정이입 등, 다양한 측면에서 대박 요인이 제기되고 있다.

그 중 가장 많이 꼽힌 것이 '떼창(sing along)'이다. ABC 같은 미국의 유수 언론이 보도했을 정도로 떼창은, 이 영화가 우리나라서 400억 원이 넘는 수익을 창출하는 데 크게 기여했다. 물론 이 영화가 상영되는 모든 영화관에서 떼창이 이뤄진 것은

---

* 2019년 1월 말 기준, 누적 관객 수는 990여만 명이고 누적 매출액 860억여 원이다.

아니다. 목청껏 떼창을 부를 수 있는 상영관은 오히려 소수다. 그럼에도 떼창 덕분에 〈보헤미안 랩소디〉가 한국에서 흥행했다는 분석이 나온 까닭은 영화의 대미를 장식한 라이브 에이드(Live Aid) 공연서 연출된 떼창의 대서사에 매료됐기 때문으로 보인다.

떼창은 합창과는 다르다. 합창은 함께 울리는 목소리 사이의 조화를 추구한다. 하여 함께 부르는 다른 이들의 목소리에 맞춰서 내 목소리를 조절함이 기본으로 요구된다. 내가 아무리 잘 불러도 그 조화를 깨면 합창자로서는 적당치 않게 된다. 합창은 말 그대로 '다 같이 불러 하나 되는 것', 달리 말해 '다 함께 같이'이기 때문이다. 합창을 통해 사회성을 기를 수 있다는 유의 말이 나온 까닭이다. 반면 떼창은 함께 부르고 있지만 남의 목소리에 굳이 신경 쓰지 않아도 된다. 나뿐 아니라 옆 사람이, 아니 함께 부르는 모든 이가 경쟁하듯 음 이탈을 반복해도 떼창이 깨지지는 않는다. 함께 부르고 있지만 자기 목소리에만 충실해도 무방하다. 예컨대 성가대의 합창은 부조화가 문제되지만, 신도들의 떼창은 그렇지 않은 이유다.

중요한 건 목소리의 조화가 아니라 떼를 지어 노래하는 데 함께하고 있다는 사실 자체다. 이러한 의미에서 떼창은 '따로 또 같이' 부르기다. 따로 부름과 같이 부름이 동시에 구현된다는 얘기다. 따로 부름으로써 생길 수 있는 불협화음은 같이 부름으로써 생기는 효과로 상쇄되곤 한다. 떼창이 유발하는, 이를테면 찬송가를 성가대의 합창으로 들을 때에는 경험하지 못하지만, 앞 뒤 옆의 신도들과 더불어 부를 때엔 경험케 되는 그러한 효과 말이다. 그것은 신앙심이나 이념 등을 공유하고 있음을 확인하는 데서 비롯되는 일체감일 수도 있고, 우정이나 동질감 등의 형성으로 인한 충족감이나 안도감일 수도 있다. 따로 또 같이 노래 부르는 그 순간에만 집중함으로써 경험케 되는 몰아(沒我)의 카타르시스일 수도 있다. 덕분에 목소리는 '따로 또 같이' 내지만 부르는 이들은 '다 같이 함께' 있게 된다.

물론 모든 떼창이 다 그렇다는 얘기는 아니다. 필자가 경험했던 떼창이 주로 이러했기에 한 말이다. 70, 80년대 대학에 입학한 세대는 주점에서 탁자를 두드리며 이른바 '운동가요'로 목놓아 떼창을 부르던 경험을 공유하고 있을 것이다. 누군가의 독창은 곧잘 떼창으로 바뀌었고, 더불어 부르는 노래로 불의한 시대가 야기한 분노와 울분을 삭이곤 했다. 음치라도 또 박치라도 별 상관없었다. 첫 소절만 부르면 기다렸다는 듯이 바로 떼창으로 이어졌다. 목소리들의 부조화도 거의 문제되지 않았다. 노래소리는 따로 또 같이 울려 퍼졌지만 부르는 이들은 그렇게 다 같이 함께가 되어 어두운 시대를 더불어 건너갔다.

그러나 지금의 떼창은 그때와는 다른 듯하다. 사람들은 노래만 따로 또 같이 부르는 것이 아니라 떼창의 순간에도 따로 또 같이 존재하는 듯싶다. 가만히 따져보니 떼창이 혼술, 혼밥 같은 말로 대변되는 '나홀로족' 문화에 익숙한 이들에게 딱 맞는 형식처럼 보였다. 내가 속한 집단 전체 차원서는 공정하지 못해도 나에게는 공정하다면 굳이 문제 삼지 않는 풍조와도 잘 어울릴 법했다. 분명 사회 풍조와 기술의 진전 등으로 홀로 삶을 영위하는 것이 한층 용이해졌다. 그렇다고 하여 함께 살지 않으면 휩싸이게 되는 존재론적 불안으로부터 자유로워진 것은 아니다. 따로 또 같이라는 삶의 방식은 이러한 딜레마적 현실에 자못 유용한 듯싶었다.

〈보헤미안 랩소디〉를 두 번째 볼 때였다. 라이브 에이드 공연은 다시 봐도 벅찬 감격을 안겨줬다. 퀸의 공연이 끝나고 극장에 불이 밝혀졌다. 나도 모르게 주위 사람들에게 시선이 갔다. 순간 이태 전 아일랜드서 접했던 정경이 떠올랐다. 학술대회를 마치고 찾았던 시내의 펍(pub)은 젊은이, 중년, 노년들로 가득했다. 그들은 저마다 생맥주를 든 채 펍 한켠서 연주되는 노래를 흥겹게 함께 부르고 있었다. 펍은 술집 특유의 왁자한 기운에다 목청껏 불러대는 떼창으로 생기가 빼곡했다. 그들에겐 퀸의 라이브 에이드 공연이 일상이었던 것이다.

[한국일보 2018년 12월 4일 자]

21 '다음'을 사유하는 힘

늘 그랬듯이 '어느덧' 세밑이다. 올해가 졸지에 헌 해로 갈무리되고 새해가 시나브로 다가서는 때다. 아무리 소중해도 떠나보내고, 별로 설레지 않아도 맞이해야 하는 송구영신의 즈음이다.

대자연의 섭리를 따라야 하는 순간이기도 하다. 장구령이란 옛 시인이 "하늘의 섭리는 그저 맞닥뜨릴 뿐/그 변화를 어찌할 수는 없나니"(『감회』)라 노래했듯이 인간은 세밑이 되면 올해를 헌 해들의 세계로 떠나보내고, 정초가 되면 새해를 올해로 맞이할 수밖에 없다. 물론 '자기 주도적'으로 보내고 맞을 수도 있다. 흘러가는 시간과 함께 보낼 것들을 선택할 수 있고, 다가오는 미래를 뜻대로 기획할 수도 있다. 우리 인간은 이른바 '자율의지'를 갖추고 있기 때문이다.

다만 사회는 개개인의 자율의지대로 돌아가지는 않는다. 과거보다는 미래 기획이 더욱 그러한데, 상이한 욕망을 지닌 개인들이 모여 사는 사회서 개개인의 삶이 동시에 펼쳐지기에 그렇다. 개인적으론 자신이 애쓴다면 잊고 싶은 것을 헌 해, 곧 과거로 보냄으로써 지워갈 수도 있다. 그러나 새해맞이, 그러니까 미래 설계는 본인이 힘껏 노력한다고 하여 실현되는 건 아니다. 혹 온 우주가 나서 세상을 나를 중심으로 돌려준다면 모르겠지만, 온갖 권력을 대를 거듭하여 다 쥔다 해도 세상을 자기 중심으로 돌릴 수는 없기 때문이다.

그렇다면 개인 차원서 수행되는 미래 기획은 무의미한 것일까. 역사는 절대 그렇지 않았음을 밝히 말해준다. 다만 개인이 미래를 기획했을 때 그 실현 가능성을 높이기 위해서는 적어도 다음 두 조건이 충족돼야 함을 함께 일러준다.

첫째, 국가사회의 미래가 예측 가능해야 한다. 그 근거는 공자의 "이름값이 바로잡혀 있지 못하면 말이 순통하지 못하게 된다. 말이 순통하지 못하면 일이 완성되질 못한다. 그러면 예악이 흥하지 못하게 되고 그 결과 형벌이 중심을 잡지 못하게 된다. 그리 되면 백성은 손발 둘 데가 없어진다"(『논어』)는 언명이다. 여기서 '예악'은 사회제도를 뜻한다. 예악이 흥하지 못하다는 것은 따라서 사회제도가 온전히 작동되지 못함을 의미한다. '백성'은 지금으로 치자면 서민에 해당된다. "백성이 손발 둘 데가 없어진다"는 그래서 서민이 어떻게 해야 안정된 삶을 꾸려갈 수 있을지, 기준으로 삼을 바가 없어 불안해한다는 상황으로 재해석될 수 있다.

이는 뒤집어 읽으면, 법 집행이 일관되게 이뤄지고 사회제도가 원칙에 맞게 작동됐을 때, 그래서 사법제도를 비롯한 제반 사회제도의 운용이 예측 가능해졌을 때 서민의 안정적 삶이 비로소 실현 가능케 된다는 뜻이 된다. 사회적으로 상대적 약자인 서민이 공적 신뢰를 갖춘 사회제도를 기반으로 자신의 미래를 설계하면 그만큼 실현 가능성이 높아지기에 그렇다. 개인도 마찬가지다. 국가사회의 예측 가능한 미래에 맞추어 자기 미래를 기획하면 그만큼 실현 가능성을 높일 수 있다는 얘기다. 큰 성공을 보장한다는 뜻이 아니다. 적어도 실패 확률을 낮출 수 있다는 점에서 충분히 유효하다는 것이다.

둘째, 개인이 '다음'을 사유하는 힘을 갖추고 있어야 한다. 당장의 현실을 기반으로 사유해야 함은 당연하지만, 그렇다고 그것에 매몰되면 그만큼 설계한 미래의 실현 가능성은 낮아지게 된다. 당대의 왕만이라는 시인이 "밤이 다 새기 전부터 바다 밑의 해는 떠오르고/한 해가 다가기 전부터 강에는 새봄이 스며든다"(『북고산 밑에 묵다』)고 통찰했듯이, 현실에는 장차 그렇게 전개될 미래가 이미 들어와 있기 때문이다.

하여 실현되어 드러나 있는 것들에만 눈길을 준다면 거기에 함께 존재하는, 아직 드러나진 않았지만 반드시 실현될 바를 놓치게 된다. 미래 설계의 실현 가능성이 현저하게 떨어지는 까닭이다. 물론 밤에 집중하느라 떠오를 해를 못지 못하고, 겨울 추위에 고생하느라 새해 들어 찾아올 봄을 생각지 못할 수 있다. 그러나 이 밤이 가면 새벽이 옴은, 겨울이 가면 새봄이 옴은 대자연의 정해진 섭리다. 아무리 짙은 어둠 속일지라도, 그리도 지독한 추위 속일지라도 새벽이 밝아오고 봄이 도래함은 너끈히 예측 가능한 미래다. 이를 동시에 사유하지 못한다면 어둠 그 다음을, 추위 그 다음을 야무지게 설계하지 못하게 된다.

송대의 대문호 소동파는 "세상 환난 가운데 가장 처리하기 어려운 것이, 겉으론 태평무사하지만 이면에는 크나큰 우환이 잠재되어 있는 상태다. 그 변고에 주목하지 않아 손쓸 수 없는 지경에 이를까 두렵다"(『조조론』)고 고백했다. 문제가 이미 발생한 다음에 조치하는 것만으론 부족하다는 견해다. 미래의 우환은 이미 오늘의 현실 중 일부를 구성하고 있다는 뜻이다. 그래서 늘 현상을 통해 이면을 통찰하고, 현재를 통해 미래를 대비할 줄 알아야 한다는 권고다.

이는 단지 국가사회 경영에 참여코자 하는 지식인, 관리에게만 유효한 당부가 아니다. '다음'을 사유하는 힘은 오히려 사회적 약자에게 더욱 절실한 삶의 태도이자 필히 갖춰야 하는 역량일 수 있다. 나의 미래를 조금이라도 더 나의 바람대로 실현하기 위해서는 말이다.

[한국일보 2017년 12월 26일 자
게재할 때 제목은 "예측 가능한 미래, '다음'을 사유하는 힘"이었다.]

3부

[교육의 깊음]

삶으로서의 교육

1 주인[主人]

나는 내 행동의 주인인가? 지하철 환승 통로를 걷노라면 문득문득 떠오르는 물음이다. 내가 길을 알고 걷는 것인지, 이미 놓여 있는 길을 따라 걸어지고 있는 건지 자못 헷갈릴 때가 많아서이다.

꼭 환승 통로를 걸을 때만 그러한 것은 아니다. 하루를 살면서 말 그대로 '정처' 없이 걷는 때가 지독히도 없기에, 불쑥불쑥 그러한 물음과 마주치곤 한다. 알고 살아가는 건지 아니면 누군가 깔아놓은 행로를 따라 그럭저럭 살아지는 것인지, 섞갈림 속에 하루를 보내곤 한다. 천명을 안다는 '지천명(知天命)'의 나이가 되었건만 아직도 내 삶의 주인이 정녕 나인지, 여전한 의문이다.

내가 속한 사회는 어떠할까. 지금 우리 사회의 주인은 '우리'가 맞을까. 지난 두어 달간 우리는 촛불을 듦으로써 우리 사회의 주인임을 분명하게 드러냈다. 그런데 그간 우리 사회의 주인 행세를 해온 세력들, 정관계를 주름 잡는 친일과 독재의 후예들, 수구적 언론과 비민주적 재벌 등으로 대변되는 저들도 그렇게 생각하고 있을까? 그렇다면 실은 돈이나 권력 등의 마름에 불과한 그들과 '참 주인'으로서 우리의 차이는 무엇이어야 할까.

그 중 하나는 자기 영혼에 또 일상에 백 년을 품어내는 역량이다. '백 년'이란 통상 한 인간의 생존 기간을 넘어서는 시간이다. 따라서 그것을 품는다 함은 미래를 늘 염두에 둔다는 뜻이 된다. 이는 현재를 제어함으로써 미래를 만들어가는 초석이 된다. 지금 삶에 백 년을 품음으로써 우리는, 현재는 물론이고 미래의 주인이 되어간다는 얘기다.

이것이 혹 탁월한 사람만 할 수 있는 일이라고 여겨지는가. 천만의 말씀이다. 『사기』를 완성한 사마천은 인륜을 능멸하고 법도를 부쉈음에도 호위호식하며 천수를 누리고, 그렇게 거머쥔 부와 권력을 대대손손 세습하며 일락을 누리는 일이 헤아릴 수 없이 많았다며 절규했다. 2,000여 년도 더 된, 저 옛날에나 있었던 일이라고 생각되는가? 틀렸다. 우리 주위를 둘러보자. 인공지능이 바둑 최고수를 압도하는 오늘날이건만, 사마천의 절규는 여전히 현재진행형이다.

현재를 지배한 '가진 자'들이 미래도 그들 주도적으로 만들어가고 있기 때문이다. 그들에게는 자신들이 쥔 것을 잃지 않으려는 절실함이 있다. 그 절심함의 실상은 못나고 악하지만, 그 탓에 그들은 오늘을 살면서 늘 미래를 도모한다. 지금 가진 것을 미래에도 쥐고 있어야 의미가 있다고 여기기 때문이다.

하여 그들은 때로는 인륜도 저버리고 법질서도 무시해가며 미래를 자기에게 유리하도록 조성해간다. 미래를 만들어감에도 그들을 탁월하다고 할 수 없는 연유다. 다만 미래 품기의 위력은 이처럼 결코 사소하지 않다. 주권자인 시민이 참 주인으로서 영혼과 실존에 백 년을 품어야 하는 까닭이다.

둘째는 자기 목소리를 지닌다는 점이다. 주인은 자기 목소리를 내는 존재이다. 그리고 그 목소리는 남을 움직이게 하는 힘을 지닌다. 남을 움직이는 힘이 있기에 세상도 바꾼다. 중국 근대 사상가 루쉰은 이렇게 말한다. 노예는 아무나 붙잡고 고통을 호소하고자 할 뿐이고, 딱 그만큼의 능력을 지닐 따름이다. 그러다 누군가로부터 위안이라도 받을라치면 그토록 사무쳤던 원한이 스르륵 풀려 행복해 한다. 그러나 그것도 잠시, 또다시 누군가를 찾아 하소연을 반복한다.(『똑똑한 자와 바보와 노예』)

하소연하는 목소리로는 결국 그 무엇도 바꿀 수 없었던 것이다. 노예의 목소리에는 타인은 차치하고 자신을 바꿀 힘조차 없었기에 그렇다. 주인의 목소리는 이와 정반대다. 삶터에서 또 광장과 거리에서 분출된 목소리가 미적대던 정치인을 움직여 대통령 탄핵을 이끌어냈듯이, 주인의 목소리는 실질적 변화를 추동해낸다. 그렇기에 주인은 값싼 동정이나 면피용 호의 따위에 기대지 않는다. 그보다는 근본적이고 구조적 해결을 당당하게 얘기한다. '촛불혁명'의 목소리가 대통령 퇴진에 그치지 않고 친일과 독재, 족벌 재벌 등으로 대변되는 구체제의 근본적 혁신을 지향하는 이유다.

셋째, 주인은 길을 놓아갈 줄 안다. "군자가 길을 감에 사흘 동안 먹지 못하게 되나 나아갈 길이 있으리니 주인이 말할 것이다." 『역경』 명이(明夷)괘에 나오는 말이다. 명이괘는 밝음이 해를 입어 땅 속으로 숨은 형상으로 암울한 시대상을 상징한다. 단적으로 뜻있는 군자들은 너나없이 고초를 겪게 되는 그러한 어두운 시대를 가리킨다. 그러나 촛불로 모여 어둠을 거둬내듯이 주인은 흑암의 시대에서도 밝음의 길을 놓아간다. 왜? 인간다운 삶, 공정한 사회, 평화로운 국가 등등, 주인으로서 지킬 것이 있기 때문이다.

그래서 놓는 데서 멈추지 않고 길을 튼실하게 닦아가는 이유도 이 때문이다. 주인으로 살아가는 것이 수고롭고 버거우며 때로는 귀찮기도 한 까닭이다. 그렇다고 주인 되기를 등한히 하면 황폐된 길에서 마름들이 주인인 양 다시 군림할 것이다. 1세기 경 허신이란 학자는 "주(主)는 등잔의 불꽃이다"고 풀이했다. 이를 청대 학자 단옥재는 "그 형상은 사뭇 작지만 온 방을 밝히 비춘다"고 부연했다. 이것이 참 주인이 발하는 밝음이다. 새해 내내 온 강토에서 그 밝음이 쇠하지 않고 빛나기를 소망해본다.

[한국일보 2017년 1월 4일 자]

2 "좋은 사람이 좋은 배우가 된다"

“어떤 배우가 되냐는 중요치 않다. 어떤 사람이 되냐가 중요하다.” 얼마 전 모 방송국 뉴스에 출연한 배우 차승원 씨가 한 말이다. 그는 덧붙여 인생을 잘 산 사람이 좋은 배우가 된다고도 했다. 달리 말해 “좋은 사람이 좋은 배우가 된다”는 뜻이다.

이러한 취지의 말을 배우들의 인터뷰에서 종종 접하곤 한다. 생각해보면 너무나도 당연한 말이다. 배우가 사람을 연기하기에 그런 것이 아니라 연기 또한 사람이 하는 것이기에 그렇다. 배우가 연기하는 배역 가운데 좋은 사람도 있기에 그렇다는 것도 아니다. 선한 이든 악한 이든 간에 사람이 연기하는 것이기에 그렇다는 얘기다. 사람 아닌 배우는 없다는 것이고, 그래서 좋은 배우가 아니라 좋은 사람이 관건이라는 의미다.

그러면 좋은 사람이란 과연 어떤 사람일까. 공자라면 ‘이립(而立)’과 ‘불혹(不惑)’, 그러니까 나이 서른이 되어서는 독립적이고도 자율적 존재로 우뚝 설 줄 알고, 마흔이 되어서는 미혹되지 않는 이를 좋은 사람의 조건으로 제시했을 성싶다. 성선설을 주장한 맹자는 하늘의 선함을 잘 간직한 이를, 성악설을 집대성한 순자는 타고난 악한 본성을 예로 잘 다스린 자를 꼽았을 듯하다.

노자와 장자는, 모르긴 해도 욕망에 사로잡히지 않고 타고난 본성대로 자연처럼 살 줄 아는 이라고 했을 것이다. 평등한 공동체를 일구고 살았던 묵자는 기술을 날로 익혀 노동 역량을 제고하며 끊임없이 현명해지고자 하는 이를, 법대로의 삶과 사회를 외친 한비자는 신분 고하를 막론하고 주어진 본분 이상이나 이하로 행치 않는 자를 좋은 사람으로 규정했을 것이다.

물론 이것만이 좋은 사람의 조건임은 결코 아니다. 이는 제자백가 가운데 가장 잘 나갔던 유가, 도가, 묵가, 법가의 주장을 근거로 좋은 사람의 조건을 재구성해본 것에 불과하다. 어쩌면 인류의 그 유장한 역사 속에 제시됐던 갖은 덕목 중 어느 하나라도 갖췄다면, 그들도 어느 대목에선 그 누군가에게는 좋은 사람이었을 수 있다. 그만큼 좋은 사람의 조건은 다종다양할 수밖에 없다.

그래서 좋은 사람의 조건을 '배제'의 방식으로 규정하는 것도 유용할 수 있다. '어떤 좋은 덕목을 갖춰야 비로소 좋은 사람이라고 할 수 있는가?'란 물음 대신 '무엇이 없어야, 또는 어떤 것을 하지 말아야 좋은 사람이라고 할 수 있는가?' 식으로 질문하는 것이다. 가령 맹자의 '차마 하지 못하는 마음', 곧 '불인지심(不忍之心)' 관련 논의가 그것이다.

그는 마음으로 타인을 불쌍히 여길 줄 알고 부끄러워할 줄 알며, 겸손하고 양보할 줄 알고 의로울 줄 알면 차마 하지 않게 되는 것이 있다고 보았다. 그러한 마음을 발해야 사람일 수 있다고 단언키도 했다. 곧 불인지심이 없으면 오만과 불손과 불의를 거리낌 없이 자행하게 되니, 좋은 사람은커녕 아예 사람 자체가 될 수 없다는 논리다.

"천하의 웃음거리가 되지 않다" 역시 좋은 사람의 조건 가운데 하나였다. 『춘추좌전』과 『사기』를 보면, 군주가 사리에 맞지 않은 일을 기어코 하고자 할 때 이를 막을 수 있는 명분의 하나가 웃음거리가 되지 말라는 충언이었다. 예컨대 명분도 없고 질 가능성도 큰 전쟁을 일으키려 한다든지, 사태에 얽힌 복잡한 맥락을 보지 못하고 마음 내키는 대로 처리하려 한다든지 할 때, 신하들은 그리 하면 천하의 웃음거리가 된다며 말리곤 하였다. 그러면 군주들은 대개의 경우 그만두곤 했다. 천하의 웃음거리가 되든 말든, 자기 고집대로 밀고 나가는 우리네와 참으로 비교되는 모습이다.

또한 '남들의 시선을 뭐 하러 의식해?' 식으로, 또 '그건 내가 신경 쓸 바 아니고!' 식으로 세상을 사는 이들과도 대비된다. 지인들 사이에서 웃음거리가 되면 무척 부끄럽고 힘들어

할 줄 알면서도, 막상 천하 사람들 사이에 웃음거리가 되는 것에는 둔감하다. 이러한 면에서, "상대방이 싫어하는 것을 안 하려 하는 것", "그런 배려를 하는 것"이 좋은 사람이라는 차승원 씨의 말은 값지다. 그렇게 살아가면 좋은 배우가 될 수 있을 것이라는 고백은 의미 깊다. 그 말이 다만 사람을 연기하는 배우에게만 해당되지 않기에 더욱 그러하다.

우리는 다 무엇이기 전에 사람이다. 누군가의, 어딘가의 무엇이기 전에 먼저 사람이다. 정치인이기 전에, 판사 • 언론인 • 관료 • 재벌 • 경찰 • 검사 • 군인 등이기에 앞서 사람이다. 마찬가지로 노년이나 청년, 정규직이나 비정규직, 호남 출신이나 영남 출신, 한국인이나 외국인이기 전에 모두가 사람이다. 사람이기에 대통령도 되고, 의원이나 검사도 되는 것이다. 사람이 아니면서 누군가의, 어딘가의 그 무엇이 될 수는 없다. 그렇기에 좋은 사람이 돼야 좋은 그 무엇이 될 수 있다. 단적으로 좋은 정치인이 되려면 먼저 좋은 사람이 돼야 한다는 얘기다.

가족도 그러하다. 누군가의 부모, 자녀, 며느리, 사위이기 전에 먼저 사람이다. 좋은 사람이어야 좋은 가족이 될 수 있다. 마침 한가위다. 가족의 연을 맺은 사람들이 모여 서로가 싫어하는 것을 애써 안 하는, 그렇게 배려하는 좋은 사람들의 모임이 되길 소망해본다.

[한국일보 2016년 9월 14일 자]

3 '어른-시민' 되기

사람은 무엇으로 크는가. 생리적 차원에서 보자면 답은 당연히 "밥과 반찬을 먹음으로써 큰다"이다. 그럼, 물음을 바꿔 보자. 사람은 무엇으로 어른이 되는가? 물론 어른이 되는 데도 입으로 섭취하는 양식이 절대적으로 필요하다. 다만 몸집이 어른처럼 컸다고 하여 다 어른으로 치지 않음에 유의해보자. 무엇을 더 섭취해야 비로소 어른이 된다는 것일까?

사람은 입으로만 섭취하진 않는다. 눈과 귀와 코로도 보고 듣고 맡으면서 무언가를 취한다. 또 몸으로도 취할 수 있다. 촉각이 듣는 데에 꽤 기여한다는 연구 결과가 말해 주듯이 말이다. 이 가운데 어른이 되는 데 필요한 바를 섭취하는 주된 통로를 꼽으라면 무엇을 꼽을 수 있을까.

이와 관련하여 '사물(四勿)'이라 불리는 공자의 언급을 참조해볼 만하다. '사물'이라 함은 네 가지를 하지 말라[勿]는 뜻으로, 『논어』에 나오는 "예가 아니면 보지 말고, 예가 아니면 듣지 말며, 예가 아니면 말하지 말고, 예가 아니면 행하지 말라"가 그 출처다. 언뜻 평범하게 보이는, 살짝 삐딱하게 보자면 '꼰대'스럽기도 한 말이다.

공자답지 못한 말이라는 뜻이 아니다. 오히려 그 반대다. 공자의 말은 형이상학적 경향과는 거리가 멀지만, 그래서 절대 다수가 겉으로는 일상에 기초한 사뭇 평범해 보이기도 하지만, 마음먹고 따져보면 지혜 깊은 통찰을 담고 있기에 그러하다. '사물' 언급은 둘로 나뉜다. 앞의 두 가지는 몸 안으로 받아들이는 바에 대한 언급이고, 뒤의 두 가지는 몸 밖으로 내보내는 바에 대한 언급이다. 여기서 이러한 물음을 구성해볼 수 있다. 왜 공자는 눈과 귀, 이 둘만 거론했을까. 앞서 말했듯 사람이 몸 안으로 무언가를 받아들이는 통로는 다섯 군데인데 말이다. 또한 이러한 질문도 가능하다. 입은 왜 받아들이는 쪽이 아닌 내보내는 쪽에서 언급됐을까.

힌트는 '예(禮)'이다. 받아들이거나 내보내는 쪽 모두 예와의 연동 아래 선택됐다. 유가 경전인 『예기』에는 음식과 남녀는 사람의 가장 큰 욕구라는 구절이 나온다. 음식과 남녀는 각각 식욕과 성욕을 가리키는 것으로, 이를 통해 유가가 사람의 본능적 욕구를 긍정하고 백안시하지 않았음을 알 수 있다. 공자가 입과 몸을 통한 섭취를 예와 연동시킬 수는 없었던 까닭이다. 대신 입으로 들어가는 것은 몸을 움직이는 동력이 되어 말과 행위를 몸 밖으로 내보낸다. 입과 몸을 예와 연관 지을 때, 들어가는 쪽보다는 나오는 쪽에서 주로 포착된 저간의 사정이다.

반면에 눈과 귀로 섭취하는 것은 정신하고만 연동시킬 수 있다. 장자는 당시 도적단 보스로 유명했던 도척의 입을 빌어, 눈은 미색을 탐하고 귀는 좋은 소리를 탐한다고 단언했다. 눈과 귀로도 익히 욕망의 허기를 달랠 수 있다는 뜻이다. 그러나 그리 하지 못한다고 하여 사람이 죽는다거나 삶의 질이 떨어지는 것은 아니다. 입에 비해서는 눈과 귀를 본능적 욕구로부터 떨어뜨릴 여지가 훨씬 크다는 얘기며, 그렇기에 섭취하는 방향에서 예와 연동시킬 수 있었다.

그래서 예가 아니면 보지도 듣지도 말라는 공자의 주문은 특별하다. 그저 "예의바르게 살아야 한다" 유의 훈계에 그치지 않는다는 것이다. 이 말을 뒤집으면, 눈과 귀로 섭취해야 하는 것은 예여야 한다는 뜻이 되기 때문이다. 공자는 자기 말의 청자로 제후와 대부 같은 통치자나 관리가 되고자 하는 이들을 설정했다. 당시 관리가 된다고 함은 백성을 가르칠 수 있음을 의미했다. 인민의 생활에 실질적으로 도움을 줄 능력을 갖춘 자만이 관리가 될 수 있었기 때문이다. 곧 공자의 이 말은 누군가를 가르쳐 도움을 줄 수 있으려면 눈과 귀를 통해 예를 섭취해야 한다는 의미가 된다.

무릇 어른은 예나 지금이나 누군가를 가르칠 수 있어야 한다. 그 '누군가'에는 자신도 포함된다. 남을 가르치기 위해 반드시 요청되는 덕목이 자신을 가르칠 줄 아는 역량이기에 그렇다. 자신을 가르친다 함은, 스스로가 스스로에게 도움이 된다는 뜻이다. 그러기 위해서는 '나' 안을 밥과 반찬으로만 채워서는 곤란하다. 공자가 눈, 귀를 통해 예로 채워야 한다고 주문한 이유다. 당시 예는 예의범절뿐 아니라 사회제도 일반을 가리켰으니, 내 안에 채워야 할 바는 결국 삶과 세계에 대한 총체적 앎이었다.

어른이 된다는 것은 이렇듯 녹록치 않은 과업이다. 그러나 이러한 과정을 거치며 어른이 되어야 비로소 몸집만 어른이 아니라 참다운 어른이 될 수 있었다. 근대 이래 우리는 이러한 어른을 시민이라고 칭해 왔다. 시민의 또 다른 이름이 어른이라는 것이다. 그리고 어른이 되는 데 필요한 자양분, 곧 삶과 세계에 대한 총체적 앎을 교양이라고 불렀다. 이를 서적 보급과 의무교육 시행 등을 통해 우리 안에 채워 넣으면서 우리는 성숙한 '어른-시민'으로 구성된 사회를 향해 걸어왔다.

그럼에도 우리 현실은 암울하다. 사회 곳곳에서 몸집만 어른인 이들의 일탈과 횡포가 만연하고 있다. 사회적 '갑'들은 이념과 지역, 직종, 세대 별로 편 가르기에 여념 없고, 사회적 '을'들마저 사회적 갑들이 둘러쳐놓고 조장해놓은 분열과 갈등 속에서 혐오와 폭력에 시나브로 사로잡히고 있다. 갈수록 '어른-시민'의 설자리가 줄어들고 있는 셈이다.

이대로라면 앞으로가 더욱 큰 문제가 될 것이다. 어떡해야 한단 말인가. 난제일수록 처음으로 돌아갈 필요가 있는 법, 결국 눈과 귀에 무엇을 담을 것인가란 물음에 답이 있다. 오늘도 강남역과 구의역에 빼곡히 붙은 포스트잇*을 눈과 귀에 담아 본다.

[한국일보 2016년 6월 8일 자]

* 2016년 5월 17일, 서초동 부근의 남녀 공용 화장실에서 30대 남성이 20대 여성을 살해하는 '묻지마' 살인사건이 발생하자 시민들이 강남역 출구에 포스트잇을 붙여 희생자를 추모하고 소수자 등에 대한 혐오범죄 문제를 제기했다. 2016년 5월 28일 지하철 2호선 구의역에서 고장난 스크린 도어를 수리하던 비정규직 직원이 역으로 진입하던 전동차에 치여 사망하자 시민들은 이를 추모하기 위해 사고가 난 장소에 추모글을 적은 포스트잇을 붙였다.

4 스승 삼기

대학 강단에 서는 필자에게 스승의 날은 그저 피하고 싶은 날이다. 평소에도 기리지만 특별히 날을 잡아 정중하게 그 뜻을 기리는 것은 분명 아름다운 일이다. 게다가 진정어린 감사의 말에 절로 뿌듯해짐은 인지상정이기도 하다. 그럼에도 피하고 싶은 까닭은, 누군가의 스승이 되기보다는 간단없이 스승 삼을 줄 알아야 한다는 가르침 때문이다.

스승은 제자가 있어야 비로소 존재할 수 있다. 스승은 항상 필연적으로 누군가의 스승이라는 뜻이다. 틀림없는 진리라고 할지라도, 광야에서 저 홀로 외친다면 그는 결코 스승이 될 수 없다. 그렇기에 내가 엄청 잘 가르친다는 것이, 또 고결한 인격의 소유자라는 것이 스승의 필수조건은 아니다. 설령 잘 가르치지 못하고 그만그만한 인격의 소유자라도, 그를 스승으로 삼는 그 누군가가 존재할 때 비로소 스승이 된다.

그래서일까, 현자들은 '스승 되기'보다는 '스승 삼기'를 즐겼던 듯하다. 맹자의 예를 들어보자. 그는 "사람들의 병폐는 남의 스승 되기를 좋아하는 데 있다"고 보았다. 이를 자기 밭은 내버려두고 남의 밭에서 김매려 하는 꼴이라며 비판한 그는, 자기 밭을 경작하는 방도로 '상우(尙友)', 그러니까 '위로 거슬러 올라가며 벗으로 삼는다'는 길을 제시했다. 여기서 상(尙)은 위로 올라간다는 뜻인 '상(上)'과 같은 뜻으로, 맹자는 거슬러 올라가는 출발점으로 자기가 발 딛고 서 있는 자기 고장을 설정했다.

그는, 자신이 자기 마을에서 최고라면 다른 마을의 최고와 벗 삼을 것을 요구했다. 여기서 벗으로 삼는다고 함은 벗을 자신의 도움거리로 삼는다는 뜻이다. 우(友)는 '돕다'는 뜻의 우(佑)'와 통하기 때문인데, 그래서 벗 삼는다 함은 스승 삼는다는 것과 진배없게 된다. 나에게 도움이 되는 이라야 비로소 스승으로 삼게 되기에 그러하다. 도움이 되는 이를 벗 삼는다고 함은 그렇기에 언제라도 활용할 수 있는 인맥을 구축한다는 그러한 속물적 욕망과는 거리가 멀다. 인격적으로 또 지적으로 자기를 강화하는 데의 자산으로 삼는다는 뜻이다.

하여 자기를 강화하는 데 도움이 된다면, 벗 삼기는 마을 차원에서 그쳐서는 안 됐다. 다른 마을의 최고와 벗 삼음으로도 부족하다면, 맹자는 한 나라의 최고와 벗 삼을 것을 주문했다. 그로도 부족하면 온 천하의 최고와 벗 삼을 것을 요구했고, 이로도 부족하면 역사를 거슬러 올라가며 최고의 현인들과 벗 삼으라고 권고했다. 그들의 언행이 담긴 책이 있기에 이미 세상을 떠난 이와도 너끈히 벗이 될 수 있다는 것이었다.

한마디로, 스승 삼기는 공시적으로는 온 천하를, 통시적으론 온 역사를 대상으로 수행돼야 한다고 본 셈이다. 이는, 그가 역사에서 만나 참스승으로 삼은 공자에게서도 목도된다. 그는 "셋이 길을 가면 그중엔 반드시 나의 스승이 있게" 마련이라며, 그 중에서 선한 이를 가려내어 그를 좇으라고 가르쳤다. 만약 그 중에 선하지 못한 이가 있다면, 그에 비추어 자신을 고쳐나갈 줄 알아야 한다고 주문했다. 이는 그를 반면교사로 삼으라는 권유이지, 그를 가르치라는 요구가 아니라는 점에 유의할 필요가 있다. 예의 현자들처럼, 공자도 부정적 대상을 자기 강화의 계기로 삼을 줄 알았음이다.

이는 공자나 맹자 시절에만 유효했던 견해가 아니었다. 맹자 사후 천여 년이 훌쩍 흘렀을 즈음, 한유라는 당대(唐代)를 대표하는 큰 학자가 출현하였다. 그는 성리학의 단서를 놓은 인물로 추앙됐을 뿐 아니라, 글의 성취도 매우 높아 그의 글은 이후 천여 년에 걸쳐 문단에 큰 영향을 미쳤다. '스승에 대한 논설'이란 뜻의 『사설(師說)』은 그러한 글의 하나로, 여기서 한유는 스승 삼기의 절정을 보여줬다.

그는, 스승 삼기에는 나보다 나이가 많고 적음이 절대 문제가 될 수 없다고 여겼다. 그리 대단할 것 없는, 익히 알고 있는 얘기다. 다만 우리 행동이 실제로도 그러한지를 되짚어본다면 얘기가 달라질 수 있다. 오죽하면 공자가 성인임을 입증하는 근거 중 하나가 아랫사람에게 물어봄을 부끄러워하지 않는 태도였을까. 한유도 나이를 무기 삼아 다른 이의 스승 되기를 단호히 거부한 셈이다.

그러한 다음 그는 "도가 있는 곳에 스승이 있다"는 명제를 제출했다. 누군가를 스승으로 삼는다면, 그 근거는 그 사람이 아니라 그에게 있는 도 곧 진리라는 뜻이다. 그래서 공자와 같은 성인에게는 정해진 스승이 있을 수 없다고 보았다. 실제로 공자는 신분과 나이, 사상 유파를 떠나 자기에게 없는 도를 상대가 지녔다고 판단되면 주저하지 않고 가르침을 청했다. 한 줄기가 아닌, 여러 줄기로 물을 댐으로써 자신이라는 밭을 풍요롭게 가꿨던 것이다.

이제 며칠 후면 스승의 날이다. 이 날이 불편한 까닭은 '스승 삼는' 이들이 아니라 '스승 된' 내가 기려지는 듯싶어서이다. 물론 우리네 삶터는 승자독식의 정글로 변질되어 진리 등의 인문적 가치가 가물대고 있다. 도를 스승 삼으려 해도 그것이 있는 곳을 찾기가 어려워진 시절이다. 그러나 이러한 사정이 별 위안이 되지는 않는다. 그나마 올해는 스승의 날이 일요일이란 점이 작은 위안일 뿐이다.

[한국일보 2016년 5월 11일 자]

5 스승이라는 문명장치

문명이 생성되고 갱신, 유포되는 데는 도구나 매체 등이 필요하다. 인간이 타고난 역량만으로는 한계가 있어서 그렇다. 가령 도끼나 망치 같은 도구가 있어 문명이 싹트고 자랄 수 있었고, 기호나 문자 같은 매체가 있었기에 문명은 종횡으로 전파될 수 있었다. 이러한 것들을 '문명장치'라고 부르곤 한다.

'스승'은 그 가운데 비중이 사뭇 높았던 문명장치였다. 인류 역사에서 그것이 언제부터 생겨났는지를 확정하는 것은 불가능하다. 다만 중국 역사를 보면 군주라는 또 다른 문명장치가 고안됐을 때에는 그것도 이미 출현해 있었다. 최초의 군주로 여겨질 만한 이들이 등장했을 때부터 군주를 '군사(君師)'라고 불렀기에 그렇다.

여기서 '군사'는 "군주는 곧 스승"이란 뜻의, 더는 쪼갤 수 없는 한 단어다. '임금+스승'의 합성어, 그러니까 임금과 스승이란 두 존재를 가리키는 것이 아니었다. 곧 쓸모 있는 바를 가르칠 수 있었기에 비로소 군주가 될 수 있었다는 뜻이다. 신화나 전설 속 군주가 하나같이 백성에게 문명의 이기를 전수하고 그들을 가르쳐 한층 잘살 수 있게 해준 문화 영웅인 데서 알 수 있듯이 말이다. 신화나 전설 시대에서나 그랬다고 생각한다면 오산이다. 성리학을 집대성한 주희가 유교 경전인 『대학』을 해설하면서 “하늘이 명을 내려 천자를 억조창생의 군사로 삼아 그에게 만민을 다스리고 가르치게 했다”고 한 데서 목도되듯이 군주는 곧 '군사'여야 한다는 관념은 전근대시기 내내 이어졌다.

사실 이는 별로 특이할 바 없는 현상이었다. 교육 없이 문명이 갱신되고 전승될 수 없음을 감안할 때 군주의 요건으로 가르치는 능력을 꼽음은 당연한 귀결이었다. 하여 군주만이 아니었다. 신하인 관리들도 백성을 실질적으로 가르칠 수 있는 역량을 기본으로 갖춰야 했다. 어느 시기든 통치층은 집권의 정당성을 입증해야 했는데, 고대 중국에서는 가르침을 통해 피지배층에 실질적 도움과 이로움을 안겨줌으로써 이를 증명한 셈이었다. 학식과 덕목을 갖춘 이를 가리켰던 군자(君子)가 고대에는 주로 관리라는 뜻으로 쓰였던 것도 이러한 연유에서였다. 가르칠 바가 없으면 관리가 되지 못했으니, 관리라고 하면 으레 학식과 덕목을 갖춘 군자라고 여겼던 것이다.

그래서 관리 지망생에게 좋은 스승, 곧 배울 만한 역량을 두루 갖춘 이와의 만남은 출사의 제일가는 관건이 되었다. 문명의 주요 화두가 됐음이다. 중국문명의 기획자답게 공자도 이에 주목하였다. 그는 "옛것을 익히고[溫故] 새것을 알면[知新]"(『논어』), 곧 "온고지신" 하면 스승이 될 만하다며 스승의 자격을 논했다. 일반적 이해와 달리, 그는 누구든지 옛것과 새것 모두를 알고 있으면 이롭다는 일반론이 아니라 스승의 자격 요건을 명확하게 규정한 '스승론'을 전개했던 것이다. 곧 스승은 모름지기 옛것과 새것, 달리 말해 모든 것에 대해 밝히 알고 있어야 한다고 천명했던 셈이다.

이는 스승의 조건을 다름 아닌 '알고 있음'에서 찾은 것이다. 이를 배우는 이, 곧 학생 입장에서 다시 표현하면 선생은 '배울 만한 것'을 갖추고 있어야 한다는 말이 된다. 배울 만한 것이 있어야 비로소 스승으로 삼게 된다는 뜻이다. 이에 근거하면 학교의 교사만을 스승으로 삼을 필요가 사라진다. 당대 중엽의 석학 한유가 도(道), 곧 진리가 있는 곳에 스승이 있음이니 연장자나 사회적 지위가 높은 이만을 스승으로 삼을 까닭이 전혀 없다고 단언한 것처럼 말이다. 사제는 다른 무엇이 아닌 바로 앎[知]을 매개로만 맺어져야 한다는 뜻이다. 사제간의 정이니 제자 사랑, 감사의 마음 같은 말들이 운위되지만 사제라는 관계는 그런 것들이 아니라 앎을 기초로 형성된다는 증언이다.

나아가 공자가, 하늘은 계절의 순환과 만물의 생멸을 통해 가르침을 전한다고 했듯이 우주 삼라만상에도 배울 만한 바들이 내장되어 있다. 꼭 사람에게서만 배울 수 있는 것은 아니라는 뜻이다. 또한 "교학상장"(『예기』), 그러니까 가르침과 배움은 서로를 성장시켜준다고도 한다. 스승과 학생은 서로가 서로에게 스승인 동시에 학생이 된다는 말이다. 사제지간이 반드시 인간 사이에서만 또 수직적 질서를 바탕으로만 이뤄져야 할 필연적 이유가 없다는 뜻이다. 누구나 배우는 이면서 동시에 가르치는 이가 될 수 있다는 통찰이다.

이맘때면 스승의 날 존속을 둘러싸고 회의적 반응이 일곤 한다. 동의한다. 스승의 날이 직업인으로서의 선생을 위한 날이라면 존속될 이유가 없어 보인다. 그런데 이를 스승이라는 문명장치의 의미를 되새겨보는 계기로 활용한다면 어떻게 될까. 지식 기반 사회에서 살고 있고, 장차 '평생공부'가 필수로 요구되는 4차 산업혁명 시대를 살아가야 하는 만큼 이날을 계기로 '누가/무엇이 내 스승이었던 것일까', 다시 말해 '지금의 나를 만들어준 앎은 어디로부터 왔을까'를 따져본다면 나름 의미가 있지 않을까도 싶다.

여기에 더해, 나는 누구에게 스승이었던 적이 있을까도 짚어본다면 한층 의미 깊을 듯하다. 불현듯 시구 한 구절이 떠오른다. "너는 누구에게 한번이라도 뜨거운 사람이었느냐"(안도현, 『너에게 묻는다』)

[한국일보 2018년 5월 15일 자]

6 마음공부

3월이다. 따스해진 햇볕, 낭창낭창해진 나뭇가지, 움트는 꽃눈. 여기에 3이란 숫자가 주는 안정감이 더해지며 삶터 곳곳서 설렘이 움튼다. 그리고 대학 입학, 3월은 올해도 어김없이 그렇게 시작됐다.

대학 입학이라, 말 잘 듣고 일 잘 하는 '근로자'를 기르라는 터무니없는 간섭에 맞서기는커녕, 대학 스스로 '고가(高價)'의 취업학원임을 자처하고 있는지라 참으로 할 말이 없다. 그럼에도 대학 입학은 기념돼야 마땅하고 응당 뿌듯해야 한다. 개인적으로도 그렇지만, 무엇보다도 사회적으로 그러해야 한다.

대학은 글자 그대로 풀면 '큰 배움' 또는 '큰 학문'이라는 뜻이다. 여기서 크다는 것은 결코 어렵다거나 복잡다단함을 뜻하지 않는다. 유교 경전의 하나인 『대학』에는, 대학의 목표로 세 가지가 제시되어 있다. "밝은 덕을 밝히다", "백성을 피붙이처럼 여기다", "지극한 선의 상태를 유지하다"가 그것이다. 이를 오늘날의 용어로 다시 표현하자면, 진리 탐구와 더불어 삶, 끊임없는 자기 수양이다. 이 중 한 가지만이 대학의 목표가 아님에 유의해야 한다. 이 셋을 다 실천하는 것, 그것이 대학 그러니까 큰 배움의 목표인 것이다.

그러니 어찌 대학 입학이 개인의 영광에 그칠 일이겠는가. 응당 온 사회가 다함께 기뻐하고 설렐 만한 일이다. 그들이 진리 탐구에 게을리 하지 않고, 생업에 쫓겨 미처 큰 학문에 신경 쓸 여력이 없는 이들과 함께 하며, 이를 기반으로 끊임없이 선해지고자 깨어 있음으로 인해 이지적이며 공정한 사회가 빚어지고, 상생하는 삶터가 구현되며, 탐욕의 구렁텅이에서 허우적대지 않게 될 수 있기 때문이다.

하여 전근대시기, 대학에 들어가는 이들에게는 이름을 하나 더 부여했다. 호(號)라는 것이 바로 그것이다. 아무나 호를 지닐 수 있는 것이 아니었다는 뜻이다. 조선시대에는 적어도 향시는 통과해야 했으니, 지금으로 치자면 고등교육기관 입학 자격을 얻어야 호를 받을 수 있었다. 게다가 호는 집안 어른이라든지 스승 또는 상급자와 같이 자기보다 윗사람에게 받았다. 이와 무관하게 호를 지닌 경우를 그래서 자호(自號), 곧 스스로 지은 호라고 하여 호의 일반적 쓰임새와 구분하였다.

이렇게까지 한 까닭은 호는 일종의 '사회적 이름'이기 때문이다. 고등교육기관에 입학할 자격을 얻었다 함은 사회적으로 언제든지 공인이 될 자격을 얻었음을 가리켰다. 이렇게 새로운 자격을 얻었으니 새로운 이름을 지녀야 한다고 여겼음이다. 그리고 그 정체성이 공인이기에 사회적 차원에서 새로운 이름이 부여됐다. 따라서 호로 불릴 때마다 그 사람은 자신이 사적 개인이 아니라 공인임을 되새김질하면서, 호에 걸맞은 사회적 책임을 다하고자 노력해야 했다. 고등교육기관 곧 대학에 들어감은 이렇듯 그 사회적 의미가 결코 작지 않았다.

안 그래도 '헬조선'이 기본값으로 주어지는 오늘날, 대학의 새내기들에게 또 다른 사회적 책무를 채근하고자 이러한 얘기를 함이 절대 아니다. 필자는 이 땅의 기득권자 가운데 한 사람으로서 헬조선이 운운되는 현실에 책임을 져야 하는 이들 가운데 하나다. SNS 등지서 떠다니는 말 가운데 '꼰대'의 한 속성이, 상대가 원하지 않는데도 조언을 해주는 이라고 한다. 이에 입각하면 필자는 영락없는 꼰대기도 하다. 이렇게 꼰대를 자처하는 까닭은 대학 새내기들에게 한 가지만은 꼭 해주고 싶은 말이 있어서다.

마음공부가 그것이다. 대학에서 주되게 닦을 것이 지식임에는 이견의 여지가 없다. 다만 대학이 큰 학문, 큰 배움의 전당인 까닭은 지식을 머리로만 익히지 않기 때문이다. 머리는 의외로 사뭇 취약하다. 양명학을 정초한 왕양명은, 효를 알고 있어도 여건상 행하지 못할 때도 있지 않냐는 제자를 호되게 꾸짖었다. 행함으로 옮기지 못한 앎은, 다시 말해 머리로만 아는 앎은 참된 앎이 아니라는 이유에서였다. 곧 머리로 안다고 하여 일상생활에서 그 앎이 곧장 구현되는 것은 아니라는 말이다. 마음공부가 긴요한 까닭이 이것이다. 머리와 신체, 생활을 이어주는 가교가 바로 마음이기 때문이다.

그런데 익히 경험했겠듯이 마음을 마음대로 다스린다는 것은 정말 녹록치 않다. 그래서 공부 곧 훈련이 요청된다. 가령 무술을 한 가지쯤 연마하는 것도 도움이 된다. 무(武)는 창[戈]을 써서 전쟁을 그치게 한다[止]는 뜻이다. 무술은 신체의 능력을 키우는 데서 멈추지 않고, 다툼이 해소된 상태 곧 평화, 평정을 지향한다는 것이다. 이는, 마음이 꼭 품어야 하는 덕목의 하나다.

여기에 많이 얘기하듯이 악기를 하나쯤 다룰 줄 알고, 틈나는 대로 독서를 한다면 더욱 좋으리라. 소리를 내기 위한 연주가 아니라 마음을 조율하기 위한 연주를, 머리만 쓰기 위한 독서가 아니라 마음을 경작하기 위한 독서를 한다면, 마음공부에 분명 느낄 만한 진전이 있을 것이다. 그리하여 마음의 힘, 곧 '심력(心力)'을 기르게 되면, 삶의 조건이 '헬'이라고 하여 나도 덩달아 지옥이 되는 것만큼은 방지할 수 있을 듯싶다.

[한국일보 2016년 3월 3일 자]

7 교정에 '깊이'를!

필자가 근무하는 학교에는 '자하연'이라는 작은 연못이 있다. '자줏빛 안개가 내리는 연못'이란 뜻으로, 지금은 제법 사색도 하고 글감도 가다듬을 만한, 그 넓다는 교정에서 몇 안 되는 '깊이' 있는 공간이다.

'자하'라, 이름이 자못 범상치 않다. 조선 후기, 관악산 자락에서 성장한 신위(申緯, 1769~1847)란 학자가, 관악산의 많은 계곡 가운데서 특별히 이 일대를 지목하여 '자하동천(紫霞洞天)'이라 불렀다고 한다. '자줏빛 안개가 내리는 신선세계'라는 뜻인데, 시·서·화 모두에 빼어났던 선생의 마음을 사로잡을 만한 뭔가 예사롭지 않은 풍경이 이 일대에선 예사롭게 펼쳐졌던 듯싶다.

그러나 백 수십 년 세월에 강산이 여러 차례 바뀐 탓인지 실상은 이름을 따라가지 못했다. 특히 자하연은 그 정도가 심했다. 이름에선 출세간(出世間)적 기운이 꿈틀대지만 태생은 꽤나 몰개념이었기에, 자하연은 사색과 담론은커녕 사교나 연애의 공간으로서도 그다지 매력적이지 못했다. 본시 동숭동에 있던 교정이 옮겨오기 전 이 일대는 모 재벌의 골프장이었고, 자하연의 전신은 그곳에 설치된 장애물용 웅덩이였다. 골프장을 캠퍼스로 바꿀 때 여기에 볼썽사나운 콘크리트 다리를 더해놓고는, 거기서 학문을 논하고 낭만을 즐기라고 했다고 한다. 보다 못한 몇몇이 나서 척박한 공간에 깊이라도 부여코자 '자하'라는 이름을 붙였지만, 오히려 '오작교(誤作橋, 잘못 지어진 다리)'라 명명된 다리만 더 명소가 됐을 따름이었다.

그러던 자하연이 몇 년 전부터 존재감을 드러냈다. 조경이란 말을 적용하기 힘들 정도로 제멋대로인 교정에 '개념(concept)'을 부여하는 작업이 시작되더니, 교정 몇 군데에 제법 걸을 만한 거리가 조성되었다. 그때 자하연도 함께 정비되어 사색과 담론을 위한 장소로서의 자태를 띠게 되었다. 연전에는 신위 선생의 동상이 아담하게 자리 잡더니 주변엔 그의 작품을 새긴 석비가 세워졌다. 그럼으로써 자하연 일대에 백수십 년의 깊이가 더해졌다. 태생이 골프장용 웅덩이었던 자하연에, 이제 갓 30년 남짓한 역사의 '옅은' 교정에 역사라는 깊이를 도탑게 가한 괜찮은 기획이었다.

종종 수업 시간에 학생들에게 묻곤 한다. "졸업을 하고 사회에 나가면 필시 삶이 그대를 꽤나 자주 배반할 터, 그때 그대를 위안해줄 장소를 그댄 얼마나 소유하고 있는가?" 가만히 생각해보면 그런 장소를 많이 간직한 이의 삶은 참으로 풍요로웠던 듯하다. 그러한 장소는 마치 어머니의 품처럼 깊을수록 더할 나위없는 안식을 안겨주었던 듯싶다. 아하! 사람은 본래 그렇게 깊이를 먹으면서 사는 존재였음이다. 그런데 만약 내 삶에 그러한 장소가 하나도 없다면?

갈수록 "거목 사이를 걷다보니 거목이 되었다"는 서양 속담을 되뇔 때가 많아진다. 거목마저 너끈히 품는 넉넉한 깊이가 사뭇 그리워진다. 그 속에서 자유롭게 유영하다보면 어느덧 아름드리가 되어 웬만한 비바람엔 요동조차 않는 큰 나무가 되리라. 그러나 우리네 인간살이는 삶터를, 또 일상을 깊게 할 여유를 도무지 주지 않는다. 뿌리 내릴 삶터와 일상이 옅은데 삶은 또 어디서 깊어질 수 있을까….

하여 교정만이라도 깊이 있는 공간이기를 소망해본다. 선두를 점하기 위한 경쟁으로 점철된 공간이 아니라, 우정을 나누고 진리를 논하며 열정을 키워줄 깊이가 도처에 널려 있는 삶터였으면 싶다. 그래서 교정을 걷는 것만으로도 그의 삶이 덩달아 깊어지는 일상, 세상의 교정이 온통 그렇게 속이 깊었으면 해본다.

[교직원신문 2009년 7월 27일 자]

8 대학다움의 죽음

31년만이란다. 방송 편성의 독립과 자유를 보장하는 방송법 조항이 제정된 후 이 법으로 처벌된 자가 생긴 것이 말이다. 지난 14일 KBS 세월호 보도 개입 혐의로 기소되어 징역 1년의 실형을 받은 이정현 의원 이야기다.

그는 이번 1심 판결을 두고 정치보복이라는 전가의 보도를 꺼내들었다. 청와대 재직 시절 자행했던 언론 개입은 정당했고, 법원이 객관적 사실과 법률에 의거하여 내린 판결은 부정하다고 우긴 것이다. 과연 우리나라의 국회의원, 정치인답다고 아니할 수 없다.

얼마 전 필자는 한 기업인으로부터 교수답지 않다는 얘기를 들었다. 속에선 황당함이 불끈 솟구쳤지만 겉으로는 태연한 척 애썼다. 그러나 겉 다르고 속 다르게 굶에 젬병인지라 불쾌해 하는 기색이 이내 읽혔다. 그러자 그 기업인이 호탕하게 웃으며 말했다. "교수님, 교수답지 않다는 말은 칭찬이에요, 칭찬!" 순간 나도 모르게 소리 내어 웃었다. 아니, 정확하게 말하자면 크게 웃어졌다.

맞다. 언제부터인가 '교수답다'는 표현은 부정적 의미로 소비되고 있었다. 교수가 갑질이나 꼰대 같은 말들과 다반사로 붙어 쓰이니 그러할 만도 했다. '교수=괴수'라는 표현마저 생기지 않았던가. 사실 지성인이나 학자, 교육자 같은 교수의 본령은 곁다리가 되고, 대학이란 교육행정 기구에 소속된 교원, 곧 '직업인'으로서의 교수라는 정체성이 주가 된 지는 이미 오래다. 앎과 삶의 스승보다는 실험실이나 연구실의 '상사'로 스스로를 전락시킨 교수도 적지 않다. "정치인답지 않다"가 역설적으로 참된 정치인을 환기하듯 교수답지 않음이 참된 교수다움을 가리키는 '웃픈' 현실이 대학의 일상이 됐음이다.

대학의 죽음이 운위됨은 그래서 사뭇 두렵다. 지난 날 대학은 평등이 도모되고 자유가 숨 쉬며 진리가 행세하던 공간이었다. 그래서 불의한 세속 권력의 간섭으로부터도, 세상을 좌우하는 금력의 유혹에서부터도 학문과 교육의 자율성을 지켜올 수 있었다. 이것이 '대학다움'의 기본이었다. 그러나 오늘날의 대학은 사회적 불평등이 점철된 공간, 자유가 옥죄이는 공간, 진리가 왕따 당하는 공간으로 전락됐다. 학문 연구와 전인교육 같은 대학의 본질은 얼추 개에게 던져졌고, 재단이 우선되고 정부가 갑질하며 행정이 좌우하는 기관으로 변질됐다. 근시안적 조치가 난무하고 국부적 시각이 횡행하며 교육과 연구의 비전문가가 판쳐도 문제 되지 않는 조직으로 타락했다. 대학은 어느덧 사회의 변소가 된 듯 역한 기운이 스멀대는 공간이 되었다.

대학다움이 그렇게 소실되면서 대학은 거의 취업학교가 되었다. 높은 취업률, 기능적 교육역량, 정량적 연구생산성 등이 대학다움의 핵심으로 자리 잡았다. 문제는 이러한 대학다움에서 볼 때 오늘날 대학은 가성비가 무척 낮은, 다시 말해 비싼 등록금에 비해 높은 취업률은 별로 보장되지 않은 존재라는 점이다. 그럼에도 온 나라가 여전히 대학입시 때문에 매년 홍역을 앓는다. 4년간 들이는 등록금과 제반 부대비용으로 취업교육을 전문적으로 받는다면 훨씬 나은 역량을 갖출 수 있음에도 기어이 대학에 보내려 한다. 대학이 우리 사회서 지니는 프리미엄 때문이라고는 하지만 그 값어치가 앞으로 얼마나 발휘될지는 마냥 회의적이다.

더구나 모든 대학이 사회 변화에 맞춰가면서 그때그때 산업계가 요구하는 바에 따라 교육해야 하는 것은 아니다. 그러한 교육을 목표로 삼은 대학이라 할지라도 반드시 '기초 지력(智力)'을 동시에 길러줘야 한다. 그러니까 취업 후 변화하는 시대 상황에 맞춰 새로운 직무 능력을 익혀야 할 때, 기존의 직무 능력과 상반되는 바가 요청되어도 이를 제대로 습득하고 창의적으로 활용할 수 있는 능력을 구비케 해야 한다.

또한 대학은 '문제 구성 역량'을 갖춰주는 곳이어야 한다. 문제 해결 역량만을 키우는 곳이어서는 안 된다. 문제 해결 능력은 비유컨대 기존 매뉴얼대로 일을 잘 처리하는 능력이다.

이에 비해 문제 구성 능력은 기존 매뉴얼을 갱신해갈 수 있는, 그래서 새로운 매뉴얼을 지속적으로 생산할 줄 아는 능력이다. 동시에 그것은 아직 현실화되지는 않았어도 언제인가는 문제가 되는 바를 미연에 찾아내어 그것이 사회문제로 비화되지 않도록 사전에 조치를 취해 가는 역량이기도 하다. 이러한 면에서 문제 구성 역량은 현실 개선 능력이자 미래 구성 능력이기도 하다. 대학에서 전공 불문하고 기초교양, 도구과목, 전공교육 등을 행하며 전인교육을 꾀하는 까닭이 바로 이것이다.

대학의 죽음은, 대학이 이러한 기본을 온전히 실현하지 못했기에 초래된 결과이다. 더구나 "교수답지 않다"가 칭찬이 됨은 교수다움의 파괴가 교수 자신으로부터 비롯됐음을 시사해주기에 한층 고통스럽다. 정치인이 정치를, 언론인이 언론을 내부로부터 무너뜨리고 있듯이 교수가, 그렇기에 대학이 내부로부터 무너지고 있음을 시사해주기에 그렇다.

뒤늦게나마 정치권력의 언론 개입에 법적 처벌이 행해졌다. 담당판사의 말처럼 우리 사회의 낙후성이 극복될 수 있는 발걸음이 내딛어진 것이다. 다만 정치권력의 언론 개입은 그렇게라도 처벌되었는데 언론인의 언론다움 파괴는 과연 어찌해야 할지, 마찬가지로 대학다움을 파괴하는 대학은, 또 교수는 어찌해야 옳을지 사뭇 답답해지는 대목이다.

[한국일보 2018년 12월 18일 자]

9 명문[名門]의 조건

명문이 되기 위해서는 어떤 조건을 갖춰야 할까. 우리나라에도 명문이라 불리는 대학이 있다. 그런데 과연 명실상부한 '명문' 대학일까, 아니면 성적 상위권 학생이 간다고 하여 불리게 된 '상위권' 대학에 그치는 것일까. 범위를 지구촌으로 넓혔을 때 세계적 명문이라 내놓을 만한 대학은 얼마나 될까.

아니, 그러한 명문이 있다고 자신할 수 있을까? 명문대학은 중등교육과정 성적 우수자가 대거 입학한다고 하여 그냥 되는 것이 아니기에 하는 말이다. 그 대학 졸업자가 사회 각계 요로에 많이 진출한다고 해서 저절로 되는 것은 더욱더 아니다. 적어도 다음 두 가지만이라도 갖추고 있어야 그나마 도모해볼 수 있는 것이 명문이다.

하나는 대학 구성원의 탁월함(arete, ἀρετή)이다. 대학은 교육과 연구가 본령이므로 당연히 교수와 학생이 탁월해야 한다. 그런데 교수에게 요구되는 탁월함과 학생에게 요구되는 탁월함은 다르다. 학생의 탁월함은 주지하듯이 '시험 고득점'만으로 대변되지 않는다. 그것은 탁월함이 현재 발현되어 있는 경우와 탁월함으로 발전할 수 있는 잠재력을 지닌 경우로 나눠질 수 있기 때문이다. 그래서 교수는 적어도 자신이 현재적으로 탁월한 동시에 타인이 지닌 잠재력을 보아낼 줄 아는 탁월함도 동시에 갖춰야 한다. 잠재력은 있지만 중등교육을 마치는 단계에서는 그것이 아직 발휘되지 않은 인재를 보아낼 줄 아는 능력을 갖춰야 한다는 것이다.

과거처럼 이미 수월성이 입증된 학생을 주로 받아들이고, 이들이 알아서 커서 졸업하게 된다고 하여 명문대학임이 입증되는 것은 아니다. 명문은 탁월한 이들이 거쳐 감으로써 구현되는 것이 아니라 탁월함을 갖추게 해주고 더욱 진보케 해줌으로써 증명된다. 입학하기 전에 비하여 졸업할 때에는 분명 무언가 더 나아진 바가 있어야 하며, 그러한 진보가 대학으로 인해 추동되고 실현됐을 때 비로소 대학이 무언가 역할을 했다고 주장할 수 있기에 그렇다.

나아가 그것만으로도 부족하다. 자신의 현 상태만으로는 탁월하다고 할 수 없어도 남과 결합되면 탁월함을 발휘할 수 있거나 남을 탁월하게 만들어내는 경우도 엄연히 탁월함에 속하기 때문이다. 그래서 명문의 필수 조건은 학생을 탁월케 하는 탁월함을 기본으로 갖추고 있음과 동시에 타인과 협업함으로써 모두가 탁월함으로 나아가게 하는 역량도 기본으로 갖추고 있음이다. 이러한 기본이 튼실한 대학이 곧 명문이다.

그러기 위해서는 잠재력과 협업 역량을 지닌 재목을 가려낼 수 있는 교수의 역량이 대학 차원서 제도화 되어 있어야 한다. 그렇지 못하다면 대학은 이를 갖추기 위해 치열하게 공부해야 한다. 대학의 연구 역량을 집중시켜 연구해야 한다. 지금처럼 국가의 공적 권위에 기대 정량적으로 줄 세워진 학생 중 상위권을 선점하는 경쟁에 신경을 곤두세우는 것은 대학이 지녀야 하는 탁월함과는 거리가 한참 멀다. 입학생 평가와 선발 제도는 정부 주도로 놔두고 정책 제안이나 하는 수준에 머물러 있으면 안 된다는 뜻이다. 좋은 학생을 유치하기 위한 합리적 방안을 대학 스스로 자신이 처한 상황과 지향하는 바에 맞도록 설계해가야 한다.

국가적 차원에서 개입해야 하는 선이 있다면 그것은 중등교육 과정까지여야 한다. 전국 단위의 통일된 시험이 필요하다면 그건 고등학교 졸업 자격 고시여야지 대학입학 시험용이어서는 안 된다. 그것도 '국가교육위원회'와 같은 중립적 기구가 해야지 마땅히 없어져야 할 교육부가 주관해서는 안 된다. 고등연구와 마찬가지로 고등교육을 정부가 관리하고 통제하겠다는 개발도상국 시절의 발상은 벌써 내려놓았어야 한다. 우리 국력과 국제적 지위가 개도국 수준을 넘어선 지 이미 오래됐건만 정책은 관료주의와 무능, 몰개념에 젖어 개도국 수준에서 나온다면 어떻게 평화롭고 풍요로운 선진국 형 인문사회를 구현해갈 수 있겠는가.

명문으로서 갖춰야 하는 또 하나의 조건은 제3자가 그 대학을 자랑스러워해야 한다는 점이다. 탁월함은 자기가 주장한다고 하여 입증되는 것이 아니다. 대학의 존재 이유가 사회적 차원에서 비로소 정당화되는 한, 대학의 탁월함은 제3자들도 고개를 끄덕일 때 비로소 공인될 수 있기에 그렇다. 이를 위한 노력은 어디까지나 대학의 몫이다. 대학 스스로가 자신의 탁월함이 공동체에게 선물이 되도록 실천하고 지역사회 교육복지의 플랫폼으로 기능하며 국가의 선한 진보와 풍요 구현에 원동력이 돼야 한다.

이는 당위나 목표가 아니다. 명문으로서 갖춰야 할 기본 중의 기본이다. 그 출발점은 교수가 저마다 연구 탁월성을 갖추는 것이다. 흔히 교수가 응당 행해야 할 바로 교육과 연구, 사회봉사를 든다. 그런데 이는 어디까지나 학술을 기반으로 수행되어야 한다. 그랬을 때 양질의 교육에, 공동체의 선하고도 풍요로운 진보에 지속적으로 기여할 수 있게 된다.

그렇게 대학의 탁월함이 제3자에게는 실질적 이익이어야 한다. 그렇지 않은 대학을 제3자가 굳이 자랑스러워할 이유는 없어 보인다. 아니, 질시해도 무어라 할 수 없는 것이 당연해 보이기도 한다.

[한국일보 2017년 10월 17일 자]

10 자본주의라는 스펙

학생들과 면담을 하다 보면 종종 미래를 어떻게 준비해야 하는가라는 질문을 받곤 한다. 그럴 때면 내심 교수라고 해서 무슨 뾰족한 수가 있겠냐는 말이 턱밑까지 차지만, 얼른 꿀꺽 삼킨 후 짐짓 근엄한 어투로 이렇게 말한다. “2, 30년 후 우리 사회의 상수가 무엇일지를 따져보는 것은 어떨까?”

한 사회의 상수라 함은 그 사회구성원이 무엇을 하는가와 무관하게 일상에서 크고 작은 영향을 상시적으로 받게 되는 주요 인자를 말한다. 영어를 떠올려보면 쉬이 이해된다. 지금까지 우리는 무엇을 하든 영어를 익혀야 했고 영어를 잘 하면 그만큼 기회를 많이 잡을 수 있었다. 지난 50년대 이래 미국이 우리 사회의 중요한 상수 역할을 수행해왔기 때문이다. 그럼, 영어 외에 2, 30년 후까지 우리 사회의 상수가 될 만한 것으로는 무엇무엇이 있을까?

그 중 하나는 틀림없이 자본주의일 것이다. 우리 사회가 향후 2, 30년 사이에 자본주의가 아닌 다른 체제로 전환될 가능성이 과연 얼마나 될까. 전 지구적 차원에서 자본주의가 다른 무엇으로 대체될 가능성은 또 얼마나 될까. 이 물음에 필자처럼 그럴 가능성은 거의 없다는 답을 한다면, 자본주의를 공부하는 것이 미래를 대비하는 확실한 '스펙 쌓기'가 된다. 이는, 우리 사회의 절대 다수가 필자와 같은 답을 지녔을 것이기에 더욱 더 그러하다.

자본주의 공부의 핵심 가운데 하나는 그것의 역사에 대한 공부이다. 이것이 미래를 준비하는 확실한 스펙 쌓기가 되는 까닭은 다음과 같다. 첫째, 자본의 생리를 꿰뚫어볼 수 있다는 점이다. 자본주의는 300년 남짓한 역사를 지니고 있다. 이 세월 동안 자본주의가 보여준 성장과 발전은 참으로 대단했다. 영국에서 발원한 후 유럽의 주류가 됐고, 신대륙의 발견과 제국주의적 행보를 통해 아시아 등 제3세계로 진출, 지금은 전 지구촌을 석권하고 있다.

이 과정에서 자본주의는 꾸준히 자신을 갱신해왔다. 산업자본만으로 어찌할 수 없게 되자 금융자본을 창출해냈고, 산업화시대가 정보화시대로 전환되자 지식을 핵심 자본으로 포섭하며 이윤을 지속적으로 창출해냈다. 물론 순탄하기만 했던 것은 아니다. 빈익빈부익부, 제국주의, 환경오염, 인간소외 등 많은 병폐가 지속적으로 유발되었고, 일국 차원의 대공황에서부터 국제적 경기 침체, 대규모 국제적 금융위기와 같은 심각한 사태도 여러 차례 겪었다.

이러한 족적은 자본의 생리를 잘 드러내 준다. 자본주의 역사에는 자본주의가 자본을 한 기업 차원에서 국가 차원으로, 지역 차원으로 또 세계 차원으로 어떻게 확장해갔는지, 숱한 병폐와 위기를 어떻게 극복하며 자기 진화의 기회로 역이용했는지 등이 집적되어 있다. 이를 그저 시험 보려 달달 외우는 식이 아니라 내 삶에 필요한 지혜로 섭취하고자 익힌다면, 자본의 생리는 내 삶의 신통방통한 밑천이 될 수 있다.

둘째, '문제 구성 능력'을 키울 수 있다는 점이다. 문제 구성 능력은 시험 문제 같은 것을 잘 출제하는 역량을 뜻하지 않는다. 그건 현재에서 아직은 드러나지 않았지만 미래에선 문제가 될 가능성이 큰 것들을 미연에 찾아내, 그 적절한 해결 방안을 마련할 줄 아는 역량이다. 주어진 문제를 잘 푸는 역량, 기존 매뉴얼대로 일을 잘 처리하는 역량, 다시 말해 '문제 해결 능력'보다는 한층 상위의 역량으로, 문제를 스스로 구성해낼 줄 알며 새로운 매뉴얼을 만들어갈 줄 아는 역량이기 때문이다.

지난 세월, 자본은 자기 이익의 더 큰 실현과 확장을 위해 끊임없이 판세를 읽고 다면적으로 국면을 독해해왔다. 자본은 참으로 많은 것을 가졌고, 그 결과 지킬 것이 엄청나기에 그러할 수밖에 없었다. 하여 큰 힘을 지녔다고 해서, 문제 해결 능력이 남다르다고 해서 안주할 수는 없었다. 자본주의 역사에 문제 구성 능력이 발휘된 예가 실하게 담겨 있는 까닭이다. 또한 자본주의 공부가 문제 해결 능력의 구비를 넘어 문제 구성 능력의 신장으로 나아갈 수 있는 이유기도 하다.

한편 자본주의는 천 년 중세를 뒤엎고 근대란 새로운 하늘을 연 존재다. 또한 근대 이후 지금까지 수백 년 간 변신에 갱신을 거듭하며 성장과 확산을 지속해왔다. 자본주의 힘이 어느 정도인지 익히 알 수 있는 대목이다. 자본주의 공부가 지니는 절대 이점의 하나가 이것이다. 자본주의 역사를 내 역량의 제고를 위해 공부하다 보면 내게도 그런 힘이 시나브로 깃들기에 그렇다.

게다가 망외의 소득도 있다. '건강한 자본주의'의 실현에 기여하게 된다는 점이 그것이다. 자본주의를 공부하는 이들이 많아질수록 이른바 '금수저 자본주의', '헬조선 자본주의' 등이 자본주의의 사악한 변종임을 알게 된다. 자본주의 자체에는 죄가 없음을, 그것을 기득권의 유지와 확대를 위해 교묘하게, 때로는 대놓고 악용하는 사회적 '갑'들이 유죄임을 알게 된다는 것이다. 무릇 아는 사람을 기망함은 쉽지 않다. 또 자본주의를 알아야만 자본에 휘둘리지 않고 자본을 부릴 수 있게 된다. 건강한 자본주의가 구현될 여지는 그래서 넓어진다.

다만 이러한 미래 준비법도 다른 준비법과 마찬가지로 위험요소를 안고 있다는 점에 유의해야 한다. 자본주의를 속속들이 알고자 하다보면 어이없게도 '종북'이니 '좌빨'이니 하는 소리를 듣기도 한다. 대가 없는 성취는 없는 셈이니 모쪼록 개의하지 말기를!

[한국일보 2016년 6월 22일 자]

11 '기계[The Machine]'는 모든 것을 읽는다

"It sees everything.(그것은 모든 것을 본다)" 미국 드라마 〈퍼슨 오브 인터레스트(Person of Interest)〉(2011년 CBS 제작)가 시작될 때 나오는 대사 중 일부다. 여기서 '그것'은 주인공이 '인간을 닮게 훈련시킨' 인공지능 '기계(The Machine)'를 가리킨다.

그 '기계'는 뉴욕 시의 모든 것을 '본다'. 더욱 정확하게 표현하자면 '읽는다'. 시민들의 핸드폰이나 곳곳에 설치된 CCTV, 사람과 사물 간 통신은 물론이고 사물과 사물 간 통신이 자율적으로 수행되는 만물인터넷(internet of things) 등은 '기계'가 뉴욕의 모든 것을 읽어 임박한 범죄의 연루자들 찾아내는 데 눈귀가 되고 손발이 된다. 그렇게 '기계'는 쉽 없이 하루 24시간 꼬박 뉴욕을 읽고 또 읽는다. 인간에게 뉴욕은 일상이 영위되는 삶터지만, '기계'에게 뉴욕은 모든 것을 읽어낼 수 있는 텍스트다.

그런데 '기계'가 처음은 아니었다. 일상을, 삶터를 죄다 읽어낼 수 있는 텍스트로 보고 가능한 최대치로 읽어내려 한 존재 말이다. 『논어』에 실려 있는 일화다. 하루는 공자가 담담하게 말했다. "난 이제 말을 하지 않으려 한다." 당시는 구두전승 시대였다. 아무 말도 '듣지' 못하면 진리는커녕 앎 자체에 접근하기 어려운 시절이었다. 하여 말씀을 않겠다는 스승의 선언은 앎으로 생계를 꾸리고자 한 제자들에게는 커다란 타격이었다. 특히 말재주로 자기 경쟁력을 특화했던 자공에게는 청천벽력이었다. 얼른 스승 만류에 나섰다. "선생님께서 말씀하지 않으시면 우리는 무엇을 전할 수 있겠습니까?"

그러자 공자가 답했다. "하늘이 무슨 말을 하더냐? 사계절이 운행되고 만물은 생육된다. 하늘이 대체 무슨 말을 하더냐?" 꼭 언어를 써야 말하는 것은 아니라는 뜻이다. 말을 하는 궁극적 목표는 의사전달이다. 의사전달이 주이고 말은 수단이란 뜻이다. 따라서 의사전달을 성공적으로 수행한다면 그 수단이 반드시 말일 필요는 없다. 하늘이 사계절의 운행과 만물의 생장을 통해 하늘의 뜻, 곧 천리를 충분히 전달하고 있듯이 말이다.

단적으로 시시각각 변이하는 자연현상이 바로 하늘이 자기 뜻을 전하는 매체라는 통찰이다. 진리를 구하고자 한다면, 그것에 기초한 유용한 앎을 얻고자 한다면 자연을 읽으면 된다는 깨우침이다. 자연은 애초부터 텍스트였다는 뜻이다. 또한 공자 당시 자연은 뭇 사람의 일상이 펼쳐지던 삶터였다. 지금은 자연과 일상 사이에 근대문명이 빚어낸 인공적 삶터가 두텁게 자리하지만, 그때는 사회적 공간이 자연과 직접 겹쳐있던 시대였다. 그래서 자연이 텍스트인 것처럼 삶터 모두가 텍스트였다.

비단 공자만이 아니었다. 인류 역사는 실은 삶터를 끊임없이 읽어왔기에 가능했다. 주어진 삶의 여건을 치열하게 읽지 않으면 번식은커녕 생존조차 불가능한 것이 인류에게 주어진 기본값이었기 때문이다. 다만 사회, 그러니까 무리를 이루고 살다보니 그 역할을 무리 가운데 뛰어난 이에게 위임하곤 했다. 우리가 성인이니 위인이니 하며 기리는 이들이 바로 그들이다. 이들은 자신이 삶터를 공평무사하게 읽어낸 바를 입말로 전했고, 문명 수준이 뒷받침되자 책을 써서 글말로 유포했다. 사람들은 그렇게 그들이 전한 바를 읽음으로써 삶터에 대한 앎을 지니게 되었다.

문제는 이에 길들여져 사람들이 책을 읽는 데서 멈추고 만다는 점이다. 4백여 년가량 존속했던 한 제국이 멸망한 주된 원인은 의론만 장황하게 펼쳐냈던, 그래서 공허하기 그지없게 된 제국의 학문 풍토였다. 천 수백여 년 후 명조가 만주의 청에게 멸절된 주요인 역시 마찬가지였다. 서재에 들어앉아 선현이 남긴 책으로만 우주자연, 인간만사의 섭리를 딥다 팠던 공소한 학풍 탓이었다. 간단없이 살아 움직이는 삶터를, 거기서 생동하는 일상을 생생하게 읽어내는 일을 등한시 했기에 초래된 결과였다.

읽어야 할 텍스트로서의 삶터가 자연 하나였을 때도 이러했는데, 거기에 더하여 인공적 삶터도 읽어야 하는 지금은 어떠할까. 자연과 직접 접속하지 않고서도 일생을 너끈히 보낼 수 있는 지금, '스마트'한 첨단 기기들에 이미 충분히 길들여져 그들을 통해서만 앎에 접속코자 하는 지금, 삶터 읽기를 과연 예전처럼 직접 하지 않아도 되는 것인지. 아니, 적어도 정보 수집과 분석, 이에 기초한 문제 처리 능력에서만큼은 인공지능을 장착한 기계가 인간을 능가하고도 남을 미래사회에서는 또 어떻게 될까. 각자가 직접 일상과 삶터를 치열하게 읽어야 하는 이유다.

그렇지 않으면 기계가 던져주는 앎만 접하게 된다. 어쩌면 이미 기계는 모든 것을 읽고 인간은 그것이 제공하는 바만 읽고 있는지도 모른다. 인간이 기계를 사용하는 것이 아니라 기계가 인간을 사육하는 이율배반의 일상화! 영화 〈매트릭스〉에서처럼 인간이 그저 36도짜리 발열기관에 불과한 존재로 전락되지 않으려면, 힘들어도 삶터라는 텍스트를 치열하게 읽을 수밖에 없다.

[한국일보 2017년 5월 23일 자]

12 '기초 지력'과 평생공부의 시대

'삼미(三味)'라는 말이 있다. 세 가지 맛이라는 뜻으로, 오늘날 중국에서는 근대중국의 큰 문학가이자 사상가인 루쉰이 유년시절에 다녔던 서당 이름, 곧 '삼미서옥(三味書屋)'을 통해 제법 알려져 있는 표현이다.

서당 이름으로 쓰인 데서 짐작할 수 있듯이 삼미는 독서와 깊이 연관된 말이다. 근대 이전, 지식인이라면 응당 사서오경으로 대변되는 경서와 『사기』, 『한서』 등의 역사서, 그리고 『노자』, 『한비자』 같은 제자백가서를 익혀야 했다. 삼미는 이들을 읽을 때 느낌을 순서대로 밥, 채소 반찬, 젓갈을 먹을 때의 느낌에 비유한 것이다.

여기서 밥, 채소 반찬, 젓갈은 식사의 가장 기본이 되는 음식이다. 채소 반찬이라고 해서 갖은 양념으로 버무린 나물을 떠올려서는 안 된다. 젓갈도 간장이나 식초같이 기본적인 것을 가리킨다. 자못 팍팍한 살림의 평민층도 매끼 먹을 수 있는 정도의 음식이라는 것이다. 또한 이들은 고기와 생선 반찬을 늘 먹는다고 하여 멀리할 수 있는 바도 아니다. 신분 고하,

살림 규모의 대소를 막론하고 이들 음식은 사람이라면 누구나 기본적으로 섭취해야 한다. 곧 삼미는 밥과 채소 반찬, 젓갈이 사람에게 그러한 것처럼 경전과 역사서, 제자백가서도 사람에게는 기본 중의 기본이라는 통찰이 담긴 표현이다.

이러한 비유가 먹혔던 까닭은 경전과 역사서, 제자백가서가 '기초 지력(智力)'을 길러주기 때문이었다. 밥, 채소 같은 주식(主食)이 기초 체력을 갖춰주듯이, 이들의 공부를 바탕으로 삶을 영위하고 국가사회를 경영하는 데 필요한 온갖 앎을 섭취할 수 있게 된다. 기초체력이 갖춰져야 삶의 유지에 필요한 활동을 수행할 수 있는 것과 마찬가지 이치다. 기초체력이 그저 체육 활동에만 필요한 게 아니라 예컨대 노동 같이 일상을 꾸려가는 모든 활동에 필요한 것처럼, 기초 지력도 전문적 지식을 익히는 데만 필요한 게 아니라 인간으로 살아가는 데 꼭 필요한 역량이란 것이다.

전근대시기 중국에서나 그러했다는 얘기가 아니다. 인공지능이 무서운 속도로 진화하고, 사물인터넷 등 삶터가 온통 '스마트'한 첨단기술로 켜켜이 연결되고 있는 지금도 사정은 매일반이다. 이른바 4차 산업혁명이 일상 차원에서 폭 넓고 속깊게 전개될수록 '평생공부'의 필요성이 더 한층 커지기 때문이다. 단적으로 우리는 가면 갈수록 더욱 더 기초 지력이 절대적으로 요청되는 시대를 살고 있다는 얘기다. 적어도 다음 두 차원에서는 분명하게 그렇다.

첫째, 지식 기반 사회가 갈수록 고도화되고 있기 때문이다. 지난날 지식은 사람을 인간답게 해주는 핵심 근거의 하나였다. 그러나 늦어도 지난 세기말부터 지식은 인간다움의 고갱이보다는 이윤 창출의 핵심 자산으로 활용되고 있다. 국가나 기업 차원에서만 그러함도 아니다. 대학에서 큰 학문 연마보다는 스펙 쌓기가 중시되고 사회 진출 후에도 끈질기게 자기 계발이 요청되고 있듯이, 개인 차원에서도 지식이 생계의 미더운 자산이 된 지 꽤 됐다. 이제 지식을 익히는 일은 전통적 의미의 공부가 아니라 생계를 유지하는 데 필요한 밑천을 획득하는 활동이 되었다.

둘째는 갈수록 똑똑해지는 인공지능과 더불어 살아가야 한다는 점이다. 알파고가 세계 초일류 바둑 기사를 연파한 후 더는 사람을 대적할 이유가 없다며 은퇴해도, 의사의 도움 없이 혼자 힘으로 질병을 진단하는 인공지능이 상용화되어 1분 내 90%에 가까운 정확도를 구현해도, 또 인공지능 변호사가 국내 10위권 대형 로펌에 고용되어 민완 변호사 몇 명이 며칠 또는 몇 달간 해야 했던 일을 20~30초 만에 해치워도, 사람들은 여전히 인공지능이 인간을 따라잡을 수 없다고 예견한다. 분명 일리 있는 판단이다. 그런데 이때 인공지능과 비교되는 인간은 지적, 인격적 역량을 상당한 수준에서 두루 갖춘 수준의 인간임에 유의해야 한다.

우리 스스로를 낮잡아 봄이 결코 아니다. 다만 우리가 사회생활을 해갈 때 우리에게 일상적으로 요구되는 수준이 어느 정도인지를 한번 짚어볼 필요가 있다. 대부분의 경우 지적, 인격적 역량을 두루 잘 갖춘 수준이 요구되지는 않는다. 사람처럼 두루 잘하지는 못해도 인공지능을 지금 수준에서도 이미 우리 인간의 유력한 경쟁자로 봐야 하는 이유다. 그러니 인공지능을 어서 타도하자는 말이 아니다. 인공지능과 협업한다면 더 나은 삶과 사회의 창출이 수월해질 것임은 분명하기에 적어도 그것을 활용할 수 있는 역량을 갖출 필요가 있다. 그러려면 평생 공부를 해야 한다. 지금 이 순간에도 인공지능은 진화를 멈추고 있지 않기에 그러하다.

게다가 우리에게는 초고령 사회가 임박해 있다. 평생직장 패러다임이 붕괴된 지 자못 됐고, 사회 진출 후 첫 직업으로 평생의 삶을 지탱하는 시절도 지나갔다. 제2, 제3의 직업을 가질 수 있거나 아니면 '평생 직업'이 가능한 역량을 갖춰야 한다. 원했든 그렇지 않든 간에 우리는 기초 지력이 어느 때보다도 높은 강도로 요구되는 평생공부의 시대, 그 한복판에 놓여 있음이다.

[한국일보 2018년 4월 17일 자
"'기초지력'과 평생학습의 시대"라는 제목으로 게재되었다.]

13 '소모 교육'에서 '누림교육'으로

인공지능 알파고가 바둑 최고수를 연파하고는 바둑계를 떠났다. 지난해 이세돌 9단을 눌렀던 알파고는 세계 랭킹 1위 커제 9단을 3:0으로 완파했다. 또한 저우루이양 등 다섯의 9단이 '집단지성'을 발휘하며 벌인 대국에서도 가볍게 승리했다. 여러 모로 의미가 깊을 수밖에 없는 대국이었다.

커제 9단과 대국한 알파고는 이세돌 9단과 대국했던 때보다 한층 진화된 상태였다. 처리 속도는 15배 이상으로 증진됐고 학습시간은 1/3 수준으로 줄었으며 전력소비량은 30배 이상 감소됐다. 한마디로 가성비가 자못 좋아졌다는 뜻으로, 알파고 같은 AI의 범용 가능성이 한결 높아졌음을 일러준다.

그런데 이러한 기술적 진보보다는 9단 연합팀을 눌렀다는 점이 한결 의미 깊어 보인다. '인간 집단지성에 대한 기계의 승리'라는 평가가 충분히 가능하기에 그렇다. 알파고처럼 인간도 통신하면서 두었다면 쉬이 이겼을 거라고 말하기가 이제는 머쓱해졌다. AI는 IQ 150짜리 5대를 연동하면 IQ 750의 구현이 가능하지만 인간은 그렇지 못하다는 속설도 꽤나 신경 쓰이게 됐다. 설령 많은 수의 프로기사 9단이 연합해도 여전히 9단이 최고치일 수 있음이 환기됐기 때문이다.

어쩌면 인간에게는 기계와 결합해야 기계를 이기게 되는 길만 남았을지도 모른다. 1997년 세계 체스 챔피언이 AI 딥블루에게 졌다. 그 후 인간이나 AI가 단독 혹은 팀으로, 또 '인간+기계' 연합팀으로 참여 가능한 체스 리그가 출범됐다. 여기서 1위를 비롯한 상위권 대부분은 인간+기계 연합팀이 차지했다. 지난해 말 암 치료에 의료용 AI 왓슨을 도입한 한 병원에 따르면, 의료진과 왓슨이 서로 다른 진단과 치료법을 내놨을 때 환자 대부분은 왓슨을 따랐다고 한다. 그렇다고 환자들이 처치까지 왓슨에 맡긴 건 아니었다. AI의 진단을 토대로 의사가 치료하는 형식, 곧 인간+기계의 조합을 선택한 것이다.

이는 임박한 AI 시대에 우리 인간이 어떤 태도를 지녀야 할지를 잘 말해준다. '일상적이고 지속적인 공부'가 그것이다. 알파고는 기존에 저장해놓은 데이터를 자가 학습하는 것만으로 이번 대국에 임했다. 새로운 기보의 수혈 없이 '강화 학습'이라 불린 자가 학습만으로 커제 9단을 꺾었다. 이로써 빅 데이터가 자가 학습과 만남으로써 차원을 달리하며 강해질 수 있음이, 그 증강 속도가 예상보다 빠를 수 있음이 입증됐다. 빅 데이터는 갈수록 광범위하게 집적되고 자가 학습 능력도 세차게 진화할 것이기에 그렇다.

게다가 AI는 항상 학습한다. 쉼 없이 학습하도록 프로그램을 짜면 정말 그렇게 한다. 인간처럼 두어 시간 공부하면 효율이 떨어지지도 않는다. 멍 때리거나 잡념에 휩싸이지도, 갈등하거나 회의에 젖어들지도 않는다. 동력이 공급되는 한 지치거나 멈추지 않고 계속 학습한다. 학습을 통해 점점 인간을 닮아가기도 한다. 알파고가 드물지 않게 구사한 '창의적' 수도 실은 학습이, 곧 그러한 학습을 가능케 해준 기술이 일궈낸 인간다움을 향한 진보였다. 당면한 디지털 문명 시대 우리 일상을 그득 메울 디지털 기계의 근황이다.

하여 이러한 디지털 기계를 '주인'으로서 활용하려면 인간도 늘 공부해야 한다. 기계를 제압하느냐, 그렇지 못하냐는 부차적이다. 그들과 팀을 이뤘을 때 인간과 사회의 역량이 증강되는 한, 학습하는 AI와의 협업이 불가피해지기에 그렇다. 그래서 디지털 기계를 알아야 한다. 만들고 고칠 줄 알아야 한다는 뜻이 아니다. 디지털 기계와 이를 기반으로 구현되는 디지털 문명을 이해하고 활용할 줄 알아야 한다는 얘기다. 이른바 '디지털 문해력(digital literacy)', 그러니까 디지털 문명을 해독해내고 이를 삶에 창조적으로 사용할 줄 알도록 늘 공부해야 한다는 말이다.

더구나 우리는 벌써 디지털 기계의 도움 없이는 사회적 일상의 영위가 사뭇 불편해지는 사회에서 살고 있다. 소통도 생업도 여가도 디지털 기계에 의존하는 정도가 높아지고 있다. 인간다움의 정수라고 하는 명징한 이성과 따뜻한 감성, 틀을 깨는 상상과 그윽한 직관조차 디지털을 기반으로 표현되고 향유된다. 정도 차만 있을 뿐 우리는 이미 '21세기형 사이보그', 신체 바깥에 설치되어 있는 기계에 접속하지 않으면 생활을 할 수 없는 존재이다. 자칫하여 디지털 기계에 잠식된 '나'로 전락되는 것은 일도 아니게 됐다. 공부를 통해 연신 진화하는 디지털 문명에 대응해 디지털 문해력을 갱신해가야 '인간-나'를 유지할 수 있는 시대가 됐다.

그래서 현행 '초등-중등-고등' 식의 교육 패러다임만으로는 많이 부족하다. 한창 진척되고 있는 '평생' 공부해야 하는 시대와 공진하지 못하기에 그렇다. 중장년, 노년이 됐다고 하여 '디지털 문맹'이 문제되지 않는 시절은 저물고 있다. 교육이 상급학교 진학이나 취업용으로 소모되는 풍토에서 평생공부가 부담되지 않는 '누림교육'으로 전환되어야 하는 까닭이다. 생애 주기별로 누림교육이 시행되도록 제도적 기반을 진즉에 마련했어야 했음이다.

[한국일보 2017년 6월 6일 자]

14 평화와 평생공부

제법 식상해진 표현이기는 하지만 나이와 관련된 『논어』의 전문은 이러하다. “나이 열다섯에는 학문에 뜻을 두고 서른에는 바로 선다. 마흔에는 미혹되지 않고 쉰에는 천명을 알며 예순에는 들음의 평정을 이룬다. 나이 일흔엔 마음대로 행해도 법도에서 벗어나지 않는다.”

학문에 뜻을 둔다고 함은 타율적으로가 아니라 각성한 정신을 바탕으로 능동적으로 공부해간다는 뜻이고, 바로 선다 함은 독립적이고 자율적 어른으로 우뚝 선다는 의미다. ‘들음의 평정’, 곧 ‘이순(耳順)’은 미혹이 무엇인지를 알고 천명을 깨친 후에 도달하는 단계로, 그렇기에 무슨 얘기를 들어도 마음의 평정이 깨지지 않음을 가리킨다. 마흔의 “불혹(不惑)”과 쉰의 “지천명(知天命)”이 앎을 기반으로 일궈가는 경지라면 이순은 그것이 몸과 마음에 온전히 녹아든 경지를 가리킨다. 요즘 표현으로 하자면 ‘생애주기별’로 윤리적 목표가 사뭇 근본적이고 고상하며 유기적으로 제시된 셈이다.

그래서인지 공자의 이 언급에 대해서는 융통성과 현실 감각이 자못 결여됐다는 비판이 적잖이 야기되어 왔다. 그럼에도 공자는 기회가 닿을 때마다 개인의 일생, 곧 삶의 과정을 몇 단계로 나눈 후 각각의 단계에서 수행해야 할 윤리적 목표와 내용을 제시하는 데 망설임이 없었다.

그가 고집스럽고 세상물정을 몰라서가 아니었다. 공자 보기에 사람이 태어나서 성장해간다고 함은, 또 늙어간다고 함은 삶의 완성을 향해 나아가는 과정이기에 그랬다. 그저 생물학적으로 성년이 되고 노년이 되어가는 것만은 아니라는 뜻이다. 그건 동물도 마찬가지기 때문이다. 거기에 더해 윤리적으로 진보하고 성숙해질 때 비로소 인간의 삶이 된다고 봤음이다. 하여 인간다운 삶의 완성은 평생에 걸친 윤리적 실천을 통해서만 가능해진다. 그런데 이러한 해명에도 뭔가 개운치 못하다.

지금 여기만 봐도 그렇다. 나이 스물임에도 그저 기계적으로 공부하고 서른이 돼도 마냥 '마마보이'이며 마흔은 고사하고 쉰, 예순이 돼도 천명을 깨닫기는커녕 연신 미혹된다. 그래도 우리들은 나름대로 인간답게 살아간다. 공자의 윤리적 요구가 꽤나 머쓱해지는 대목이다. 그런데 공자도 이를 익히 알고 있었다. 생전에 이미 그는 자기 요구가 비현실적이라는 비난을 듣고 있었다. 그래서 자못 궁금해진다. 안 먹힐 줄 빤히 알면서도 굳이 그런 요구를 일관되게 던진 의도가 말이다.

단서는 우리의 윤리 감각과 공자의 그것 사이에 적잖은 차이가 있다는 점이다. 가령 우리는 공부한다는 말과 윤리적으로 산다는 말을 동일시하지 않는다. 공부를 잘하게 되면 윤리적으로도 훌륭해진다고 생각지도 않는다. 그러나 공자는 달랐다. 당연히 그렇게 된다고 보았다. 그에게 윤리의 실천은 곧 공부였기 때문이다.

언제인가 그는 자신을 한마디로 대변하여 "호학(好學)", 그러니까 공부하기 좋아하는 이라고 했다. 당시 '공부하다[學]'에는 '본받다'와 '깨닫다'는 뜻이 같이 들어 있었다. 이때 본받음의 대상은 좋은 행실이고 깨달음의 대상은 하늘의 도였다. 따라서 호학은 요새처럼 책 읽고 외우고 문제 풀기를 좋아했다는 뜻이 아니었다. 그것은 진리를 배우고 행하는 일체의 활동을 가리켰다. 한마디로 윤리의 실천 그 자체였다. 공자가 일생을 대상으로 행한 윤리적 기획은 개인의 삶 전체를 포괄하는 공부 기획이었던 셈이다. 곧 공부는 평생에 걸쳐 지속돼야 함을 끈질기게 강조했던 것이다.

여기서 공자의 말은 지금 여기의 우리 현실과 긴밀하게 연동된다. 평생공부는 공자 당시에만 절실했던 것이 아니다. 아니, 남북 간 군사적 긴장이 여전하고 동북아평화체제 구축 같은 시대과제의 해결이 요원한 지금, 그것은 더 한층 절실하다. 공자는 수제자 안회에게조차도 조건 없이 어질다고 한 적이 없었다. 그럼에도 관중더러는 어진이라고 극찬했다. 그가 중원의 평화를 실현했다는 이유에서였다. 평화의 실현이 국가 차원에서 펼쳐지는 어짊의 고갱이었던 셈이다.

절대 다수의 인간은 죽을 때까지 이익을 탐하는 본성을 쉬이 극복하지 못한다. 순자는, 인간은 욕망하는 것을 얻지 못하면 어떡해서든 구하려 애쓰게 마련이어서 이를 제어하지 않으면 다툼과 혼란이 야기돼 사회가 해체될 수밖에 없다고 통찰했다. 인간의 이러한 본성을 합리적으로 제어하지 못하면 평화의 실현은 언제까지나 난망한 일이 될 뿐이다. 사회를 이루고 사는 한 윤리가, 또 공부가 절대적으로 요청되는 까닭이다.

평화는 굳세게 염원한다고 하여 저절로 실현되는 것이 아니다. 자기 욕망을 자율적이고 능동적으로 제어할 수 있는 역량을 갖추고 이를 제대로 발휘할 때 비로소 구현될 수 있다. 동서고금의 역사는 평생에 걸친 윤리적 실천, 곧 평생공부 없이는 이를 생애 전반에 걸쳐 수행할 수 없음을 분명하게 일러준다. 하여 평화를 희구한다면 평생공부가 가능하도록 사회적 기반을, 국가적 장치를 마련해가야 한다. 더 좋은 대학과 직장을 쥐기 위한 소모 교육이 아니라 복지처럼 생애주기별로 누리는 교육을 구축해야 하는 시급한 이유다.

[한국일보 2017년 7월 18일 자]

15 교육 너머의 '삶-공부'

먼저 제목부터 해명하고자 한다. 제목의 교육은 대학입시와 대학에 잔뜩 초점이 맞춰져 있는 우리 사회의 교육을 가리키고, '삶-공부'는 삶이 곧 공부라는 뜻이다. 살아감과 공부는 한 몸이라는 얘기다.

맹자는, 사람은 누구나 양지(良知)와 양능(良能)을 타고난다고 하였다. 그에 의하면, 태어나자마자 배고프면 우는 것처럼 배우지 않고서도 '할 줄 아는' 것이 양능이고, 갓난아기라도 엄마를 사랑할 줄 아는 것처럼 생각해본 적이 없어도 '알 줄 아는' 것이 양지다. 사람 모두는 무언가를 할 줄 알고, 알 줄 아는 능력을 선천적으로 지니게 된다는 견해다. 성선설을 주장했던 그는, 사람은 본성이 선하기에 배운다고 단정했다. 배움을 사람의 본성으로 본 것이다.

순자도 배움을 인간의 본원적 역량으로 규정했다. 성악설을 집대성하는 등 맹자와는 사뭇 다르게 공자를 계승한 그였지만, 사람은 악한 본성을 다스릴 수 있는 '행위 하는 역량'과 '따져 아는 역량'을 기본으로 타고난다고 보았다. 인간 본성을 선하게 봤든 악하게 봤든, '아는 역량'을 사람의 본질로 본 점에서는 동일했던 것이다. 인간 본성에 대해선 견해가 극단적으로 나뉘어도 인간을 '호모 스투덴스(homo studens)', 곧 배우는 존재로 규정함에는 이견이 없었음이다.

인간 본성을 상반되게 바라봤음에도 인간이 배우는 존재라는 데 견해가 일치됐던 까닭은 무엇일까. 답은 의외로 간명하다. 살아가기 위해서는 배움이 필수 불가결하기 때문이다. 살기 위해서는 무언가를 할 줄 알아야 한다. 할 줄 알기 위해서는 배워야 한다. 타고난 '할 줄 앎'과 '알 줄 앎'을 바탕으로 살아가는 데 필요한 바를 배워감으로써 삶이 꾸려진다. 배움은 이렇게 살아감의 시작이고, 살아감은 배움을 실천하는 과정의 연속이다. 살아감이 자체로 배움이 되는 이유다.

특히 살아가는 데 필요한 것은 한 번 배우면 끝나는 것이 아니기에 더욱 그러하다. 무엇을 배우냐에 따라 다를 수 있지만, 삶의 편의를 위해서는 배운 바를 수시로 익히는 과정이 수반돼야 한다. 주어진 조건에서 배운 바를 효율적으로 쓸 수 있다면 어찌됐든 실보다는 득이 많기에 그렇다. 공자가 "배우고 익히면 또한 기쁘지 아니한가"(『논어』)라며, '학(學)' 그러니까 배움만을 기쁨의 원천으로 보지 않고, 익힘 즉 '습(習)'을 그에 합쳐 기쁨의 원천으로 제시한 까닭이다. 익힘을 통해 살아감 속에서 배움을 지속할 때엔 이러한 이점도 있다는 얘기다.

살아감이 배움인 또 다른 이유는 배움의 주체인 나도 변하고 내가 속해 있는 세상도 변하며 학습 대상도 끊임없이 변한다는 사실이다. 똑같은 구구단이지만 어렸을 때 용처와 고등학생 때의 용처, 어른일 때의 용처는 사뭇 다르다. 지난 시절, 학동들은 글자를 익히는 데 천자문을 활용했지만 선비들은 우주의 섭리를 전하기 위해 천자문을 활용했다. 나이를 더해가든 사회적 지위가 변하든, 내가 변하면 해야 할 일, 할 수 있는 일도 변하니 이미 배운 바라도 다시 익혀야 한다는 것이다.

세상의 변화가 빨라, 빠른 변화가 오히려 일상이 된 사회에서는 말할 나위조차 없어진다. 온고지신, 그러니까 옛것을 익힘과 동시에 새것을 알아야 이로웠던 시대가 가고, 새것을 알아감만으로도, 아니 새것을 계속 알아가야만 이로워지는 시대가 됐기에 그렇다. 지식이 자본주의적 이윤 창출의 자산으로 포섭된 지식 기반 사회서도 마찬가지다. 자본주의는 지구상에 출현한 이래 지금까지 이윤의 지속적 창출을 위해 끊임없이 진화해왔다. 그것은 산업 기반에서 금융 기반으로, 다시 지식 기반으로 탈바꿈하며 이익을 실현해왔다. 새로운 산업을 계속 만들어냈고, 그렇듯이 금융상품을 거듭 고안해냈으며, 지금도 이윤 실현을 위해 끊임없이 지식을 갱신하고 창조해내고 있다.

단적으로 살아감, 그러니까 삶이 곧 공부인 것은 흘러간 시절에나 적용되던 통찰이 아니라, 4차 산업혁명이 운위되는 오늘날에 오히려 더욱 잘 들어맞는 통찰이란 것이다. 이것이 "교육 너머의 삶-공부"라는 화두를 꺼내든 이유다. 대입과 대학에 초점이 맞춰져있는 작금의 교육을 넘어 살아감의 차원에서 교육을 재구성해야 한다는 뜻이다. 이를테면 대입제도 개편은 현재 중3인 학생의 대학입시 문제만이 아니라 그들의 살아감, 곧 인생의 문제다. 대학 구조조정이나, 기재부가 예산 전액을 삭감한 공영형 사립대학으로의 전환은 대학을 소유한 사학재단의 문제가 아니라 우리 모두의 삶의 문제라는 것이다.

이것저것 다 떠나서 삶-공부란 차원에서 교육을 재구성해야 하는 까닭은, 사람은 나이가 들수록 체력과 지력이 떨어지지만, 인공지능으로 대변되는 기계는 갈수록 강해지고 똑똑해지기 때문이다. '미디어된 인간(the mediatized)'*이라 규정될 정도로 사람의 기계에 대한 의존은 갈수록 심화되고 있다. 게다가 과학기술 덕분에 100세 시대는 이미 시작됐고, '인생 n모작'의 실현 없이는 인간다운 중장년, 노년의 삶은 요원해질 수밖에 없다. 삶-공부가 21세기 우리 사회의 기본이 돼야 하는 까닭이다.

[한국일보 2018년 9월 4일 자]

* 안토니오 네그리, 마이클 하트, 조정환 옮김, 『선언』(서울: 갈무리, 2012) 245쪽.

16 '신 없는 사회'를 일궈낸 교육과 복지

미국 사회학자 필 주커만에 의하면 지구상에 신 없이도 인간다운 삶을 누리며 대체로 행복하게 사는 곳이 있다. 덴마크와 스웨덴 등이 그곳이다. 그곳 사람들 대부분은 신을 믿지 않는다. 초등학교에서는 신을 믿는다고 하면 따돌림 대상이 되기도 한다.

물론 그들도 대개의 유럽인처럼 세례도 받고 결혼식이나 장례식은 교회에서 치르기를 선호한다. 다만 이는 종교적 신앙이 아니라 문화적 관습이다. 그럼에도 중범죄 발생률이 낮고 자선활동이 활발하게 이뤄진다. 정관계의 청렴도가 꽤 높으며 문제를 세속적으로 해결해가면서 행복하게 살아간다. 신이 없으면 인간은 마구 타락하고 무정부 상태가 판칠 것이라는 통념에 균열을 내면서 '신 없는 사회'를 영위하고 있다. 어떻게 이러한 일이 가능했을까.

필 주커만은 그 이유로 풍요로운 삶과 좋은 교육을 들었다. 사치를 맘껏 부릴 정도의 풍요를 이름이 아니다. 스스로 부여한 삶의 의미를 즐기며 구현하는 데 필요한 정도의 넉넉함을 말한다. 그 근저에는 강력한 사회 안전망 구비 등 좋은 복지의 뒷받침이 있었다고 한다. 좋은 교육은, 교육이 부나 권력 획득을 위한 소모재로 취급되지 않고 인문 실현을 위한 공공재로 활용됨을 말한다. 교육을 위한 공공지출이 국내총생산에서 차지하는 비중이 세계 상위권에 꾸준히 자리했음이 이를 잘 말해준다.

이는 복지와 교육이 어떤 정신으로 설계되고 무슨 내용으로 채워지느냐에 따라 그들이 종교의 역할을 대체하거나 넘어설 수도 있음을 시사해준다. 종교가 없어도 된다는 얘기를 함이 아니다. 그건 몰역사적이고 비과학적 독단에 불과하다. 다만 복지와 교육의 힘만으로도 인문적 시민사회의 구현이 가능했음에 주목해보자는 것이다. 교육이 복지의 고갱이로 정립돼야 하는 필요를 잘 말해주는 실례이기 때문이다. 그것은 개인 행복과 사회적 건강의 구현과 진보를 위해서도 그래야 하지만, 무엇보다도 우리가 지식 기반 사회, 곧 지식이 이윤 창출의 고정자산으로 활용되는 시대를 살고 있기에 더욱 그러하다.

개념과 실체가 모호한 '4차 산업혁명'이란 표현으로 향한 시선을 지식으로 모으면, 그것이 인간보다는 인간 바깥에 훨씬 많이 집적되어가고 광범위하게 활용되고 있음을 금방 목도하게 된다. 불과 몇 년 사이에 지구촌을 주름잡은 빅 데이터가 대표적 예다. 그저 그러모아 쌓아두기만 하지도 않는다. 날로

'스마트'해지는 인공지능은 자기강화학습을 통해 집적한 빅 데이터를 빛의 속도로 정리하고 분석한다. 그렇게 산출된 결과도 사뭇 우수하다. 의료용 인공지능을 더 선호한다는 통계나 자율주행 기능을 가동한 시간이 많을수록 자동차 보험료를 깎아주는 제도(이는 영국 등 서구 일부 국가서 시행 중이다)가 밝히 말해주듯이, 그것에 대한 인간의 신뢰가 정책이나 제도 차원에서 이미 구현되고 있다.

그야말로 인간이 빅 데이터와 자가 학습 역량을 장착한 인공지능보다 똑똑하며 창의적이라고 주장하기에 민망한 시절이 됐다. 전반적으로 그렇다고는 할 수 없어도 국부적으로 또는 제법 넓은 범위에서 기계가 인간보다 우월하다고 할 수밖에 없는 시대임은 분명하다. 인간을 인간이라고 주장해온 중요한 근거의 하나가 지식의 저장과 이의 무한대에 가까운 창의적 활용 역량이었음을 감안할 때, 기계가 이를 인간보다 훨씬 잘 수행한다면 기계더러 더 인간답다고 해야 마땅할지도 모른다.

게다가 기계는 사용자와 그들이 처한 환경을 변이시킨다. 기계는 그저 수동적으로 사용되는 도구에 불과한 것이 아니라 자신을 사용하는 인간과 그들이 사는 사회를 변화시켜 간다는 것이다. 핸드폰은 지하철 같은 공개된 곳에서 꽤나 사적인 내용을 아무렇지도 않게 떠들게 만든다. 그러나 이는 사소할 수 있는 사례에 불과하다. 변화 방향이 반드시 인간과 사회의 선한 진보에 맞춰지지 않을 수 있기에 그렇다. 만약 누군가가, 어떤 세력이 이러한 역능을 지닌 기계를 장악한다면?

디지털을 기반으로 작동되고 인터넷으로 두루 연결된 기계를 잘 알아야 하는 까닭이 여기에 있다. 소극적 차원에선 잘못된 지식과 정보에 휘둘리는 부속품으로 전락되거나 기계에 일방적으로 길들여지지 않기 위해서, 한층 적극적으로는 그것을 사회적 건강과 인간 실현의 방편으로 활용하기 위해서이다. 더구나 우리는 평생 지식 기반 사회에, 또 소위 '4차 산업혁명 시대'에서 살게 된다. 디지털-인터넷 기반 기계를 잘 알아야 함이 인생의 어느 시점에만 행하면 되는 선택적 과업이 아니라 평생에 걸쳐 이행해야 하는 필수적 과업인 이유다. 지금까지처럼 교육을 인생 초반인 20대 언저리까지만 받으면 된다고 여긴다면 진화하는 기계를, 또 그 기계를 장악한 이들을 우리는 당해내지 못하게 된다는 뜻이다.

문제는 평생에 걸쳐 학습을 한다는 것이 말처럼 쉬운 일이 아니라는 점이다. 그래서 교육은 복지와 상승적으로 결합돼야 한다. 최소한일지라도 인간다운 삶을 영위할 수 있도록 가능한 평생 교육을 받을 수 있도록 견인해야 할 책무가 국가와 사회에 있기에 그렇다.

[한국일보 2017년 6월 20일 자]

17 '교육 사다리'와 '교육-나무'

새 정부의 교육 정책 근간이 수립됐다. '유아부터 대학까지 교육 공공성 강화', '교실혁명을 통한 공교육혁신', '교육의 희망 사다리 복원', '고등교육의 질 제고 및 평생・직업교육 혁신' 등이 그 주 내용이다.

여기에 김상곤 교육부총리가 지난 7월 5일 취임사에서 밝힌, '교육 사다리 복원을 통한 공평한 학습사회 구현', '특권과 경쟁 만능으로 불행한 교육체제 개혁', '보편교육 체제의 확고화', '아이들의 행복한 성장과 교육 민주화 실현' 등의 정책 의제를 더하면 새 정부가 지향하는 교육 목표를 익히 읽어낼 수 있다. 공교육 개혁을 통한 민주적이며 행복한 교육의 구현이 그것이다. 녹록치 않은 난관과 저항이 있겠지만 소기의 목적이 이뤄지길 고대하는 시민이 훨씬 많으리라 사료된다.

다만 걸리는 것이 있다. '사다리'라는 표현이 그것이다. 왜 꼭 사다리란 표현을 썼어야 했을까. 주지하듯이 사다리는 오르거나 내려가는 데 쓰는 도구이다. 그러나 사다리를 보면 올라가고자 하는 것이 인지상정이다. 자칫 민주적이고 행복한 교육이 어딘가로 올라서기 위한 수단으로 읽힐 수 있는 대목이다. 민주화가 수평적 질서의 창출을 지향함에도, 또 취임사에서 "사회적 불평등과 경제적 불평등을 축소하는 가장 강력한 방법은 교육의 기회를 균등하게 하는 것"이라고 단언했음에도 말이다. 교육을 은연중에 신분 상승이나 부와 권력 획득의 수단으로 보는 뿌리 깊은 '집단 무의식'이 여전한 듯싶다. 누구나 다 희망 사다리를 지니면 틀림없이 그것보다 더 높은 곳에 오를 수 있는 사다리가 출현, 이를 선점하기 위한 승자독식형 경쟁이 지속될 듯싶어 우려되는 까닭이다.

교육은 비유컨대 숲이라는 교육 생태계서 나무를 자라게 하는 일이다. 식물원이나 정원을 가꾼다는 것이 아니다. 자연상태 그대로 내버려두면 알아서 나무가 자라나고 숲이 생긴다는 뜻도 아니다. 해방 직후나 6·25동란 이후처럼 민둥산일 때는 과학적이고 체계적인 식목과 조림이 필요하다. 그러나 일단 나무가 자라 숲이 조성되면 그것은 자가 조직과 자기 조절능력을 갖춘 독자적 존재로 거듭난다. 햇빛과 공기와 물 같은, 비유컨대 공공재만 원활하게 공급되면 숲은 자족적으로 생존한다.

이는 숲이 나무를 지배하지도 않고 나무가 숲을 위해 존재하지도 않기에 가능했다. 물론 숲이 나무를 위해 존재하는 것은 필연이지만 말이다. 이런 조건에서 나무는 갖은 모습으로 성장하며 저마다의 역능을 뽐낸다. 그러면 우리는 나무들이 내는 온갖 산물을 사용하며 삶을 유지하고 사회를 꾸려간다. 당연히 나무가 우리를 위해 그것을 생산해내는 것은 아니다. 자기 생존을 위해 벌인 활동의 결과물이 우리에게는 소중한 자산이 됐을 따름이다.

이렇게 '나'가 살아가는 데 필요한 활동을 했을 뿐인데 그 결과가 주변에는 선물이 되는 기적, 이것이 자율적이며 자족적인 나무가 지니는 참 면모다. 교육도 마찬가지다. 자율적이고 자족적이어야 하며 결코 다른 무엇을 위한 사다리여서는 안 된다. 민주적이고 행복한 교육 생태계의 건설이라는 새 정부의 교육 정책이 궁극적으로 지향해야 할 바도 이것이다. 유아부터 고등교육에 이르기까지 각 단계의 교육은 그 단계서 자율적이고 자족적으로 이루어져야 한다. 가령 중등교육은 인문적이고 민주적인 삶을 구현하고 그 결과에 온전히 책임질 줄 아는 시민 양성이란 목표 실현을 위한 자족적 중등교육 생태계여야 한다는 뜻이다.

새 정부의 교육 개혁이 난관에 부딪힌다고 해도, 적어도 중등교육만큼은 꼭 제대로 된 자족적 교육 생태계로 바꿔야 한다. 소위 '4차 산업혁명시대', 중등교육은 교육 생태계의 허리로서 그 역할이 몹시 강화될 것이기에 더욱 그러하다. 그러기 위해서는 중등교육은 중등교육 생태계에 일임하고 정부나 사회, 대학 등은 그곳에 공공재를 대는 역할에 충실해야 한다. 그 첫걸음은 대학입시를 담대하게 무시하기다.

시험을 없애자는 제안이 아니다. 시험은 여러 가지 교육 수단 가운데 하나여야지, 달리 말해 교육을 위해 시험이 존재해야지 시험을 위해 교육이 존재해서는 안 된다. 예컨대 수능 같은 시험은 중등교육의 완성 단계에서 그것의 갈무리를 위한 점검으로서 치러져야 한다. 프랑스나 독일의 바칼로레아나 아비투어처럼 '고등학교 졸업 자격 시험'이어야 한다는 얘기다. 따라서 이러한 시험은 중등교육과정 교사가 기획부터 출제, 채점, 평가에 이르는 전 과정을 주도해야 한다. 그러려면 교사의 역량이 한층 강화돼야 한다. 프랑스, 독일의 중등교육과정 교사 상당수가 해당 분야의 박사학위를 소지하고 있는 이유다.

교과서도 없어져야 한다. 도구적 지식 습득을 위한 과목을 제외한 나머지 과목에선 교육 선진국처럼 '체계적으로 구조화된 동서고금의 좋은 책들의 집합'으로 교과서를 대신하자는 것이다. 그래야 민주적 제 가치와 행복을 삶의 우선순위에 놓을 줄 아는 힘을 지니게 된다. 어디에 더 오르기 위한 힘이 아니라 자율적이고 자족적 삶을 펼쳐내는 힘 말이다.

[한국일보 2017년 8월 1일 자]

18 '영혼 없는 피노키오' 교육부

피노키오는 당연히 영혼이 없다. 나무인형이기 때문이다. 인형이 영혼을 지니게 되면 오히려 공포의 대상이 된다. 반면에 인간에게는 영혼이 당연하게 있다. 하여 인간이면서 영혼이 없게 되면 마찬가지로 공포의 대상이 된다. 좀비처럼 말이다.

요즘 교육부의 모습을 접하다보면 '영혼 없음'과 '피노키오'라는 말이 절로 떠오른다. 아니, 솔직하게 말하자면 사실 근자에만 그랬던 것이 아니라 꽤 오래 전부터 줄곧 그래왔다. 그래서 대학원에 갓 입학했을 즈음 접했던, "교육을 망침으로써 대한민국의 미래를 어둡게 하려는 무언가 큰 그림에 의해 교육부가 돌아가는 듯하다"는 선배 학자의 자조가 잊히질 않는다. 잘해야 음모론 정도일 말임에도 잊히지 않음은 '영혼 없는 피노키오'가 연신 출몰한 까닭이다.

멀리 갈 것 없이 근자에 이슈가 된 정책만 봐도 그렇다. 현행 수능 개편을 두고 교육부는 전 과목 절대평가와 일부 과목 절대평가라는 두 안을 내놓았다. 수능 개편은 응당 고교를 포함한 중등교육 전반에 대한 개혁과 유기적으로 맞물려야 함에도 개편안의 초점은 온통 대학입시에만 맞춰져 있다. 여전히 대입을 위한 중등교육이라는 기존 패러다임에서 조금도 벗어나지 못한 셈이다. 게다가 교육부는 어찌됐든 발표한 두 안 중 하나로 하겠다며 특유의 몽니를 부렸다. 거센 비판이 일지 않으면 오히려 이상할 상황을 자초했다. 영혼 대신에 관성과 헛된 권위가 잔뜩 들어앉은 결과다.

지난 9일 공고된 '인문한국플러스(HK+) 지원 사업'도 그렇다. 공고를 전후하여 줄기차게 제기된 주요 문제는 인문학 진흥이라는 사업 성격 자체에 대한 교육부의 몰이해와 철학 부재였다. 이 사업의 가장 큰 문제점은 지난 10년 간 대규모 자금을 투입하여 양성한 인문한국 사업단에 대한 지원을 일률적으로 끊고 신규 사업단을 새로 지정하여 지원하겠다는 방침이었다. 이는, 교육부가 10년이라는 결코 짧지 않은 기간 동안 대대적으로 인문학 진흥 사업을 수행했음에도 자신들이 무얼 하는지를 이해하지 못했음을 말해준다. 영혼이 주로 실종되어 있었기에 초래된 사태다.

그래서인지 늘 그랬듯이 이번에도 교육부는 피노키오 노릇을 제대로 해내고 있다. 관련 학계는 물론 언론 등이 교육부의 약속 위반에 강력하게 반발하고 국정조사 감이라며 목소리를 높여도 교육부는 처음부터 10년 지원이 전제됐던 '일몰사업' 운운하며 사태 해결에 미온적이다. 2006년 교육부가 공고한 인문한국 사업계획서에 "향후 30, 40년 동안 사회 장기전망 아래에서 10년 동안 수행할 아젠다를 정하라"고 명기했음에도 말이다. 교육 정책은 물론이고 연구 진흥 정책도 수립과 집행 시, 무엇보다도 중장기적 전망과 일관성의 견지가 기본 가운데 기본이다. 영혼을 지닌 이들에게는 너무도 자명한 이 이치를 무시하고 우스꽝스런 코만 키우고 있음이 오늘날 교육부의 자화상이다.

마침 대통령은 지난 22일 과학기술정보통신부와 방송통신위원회 업무보고를 받는 자리서 영혼 없는 공무원이 돼서는 안 된다고 못 박았다. 못돼도 "공직자는 어디까지나 국민을 위한 봉사자"라는 영혼만큼은 잃지 말아야 하는 기본을 환기한 셈이다. 이는 특히 중등교육 개혁에 더욱 절실하다. 중등교육 개혁은 수능 같은 대입 제도 하나를 바꾸는 것이 아니기 때문이다.

그것은 중등교육 생태계 전반에 대한 혁신이어야 하기에 그렇다. 지금처럼 교육 개혁 운운하면서 대입으로부터 중등교육의 독자성을 어떻게 확보하고 구현할 것인지가 고려되지 않으면 사상누각에 불과하게 된다. 한마디로 중등교육의 틀을 근본적으로 바꿔야 한다는 것이다. 그렇기에 영혼의 힘이 필수 불가결하다. 익히 경험해왔듯이 틀을 바꾸고자 하면 관련 기득권 세력과 관성에 젖고 지금이 편한 당사자들로부터 야기되는 저항과 몽니가 거세기 때문이다.

하여 당장은 수능 절대평가제의 전면적 시행이 목표이지만 이를 중고교 평가 전반에 걸친 절대평가제로 이어가고, 중등교육의 근간을 자율적이고 자족적 삶을 펼쳐내는 데 요청되는 역량 중심으로 재편해가는 일은 무엇보다도 관련 당사자들의 용단과 헌신이 요청된다. 교육 선진국처럼 '체계적으로 구조화된 동서고금의 좋은 책들의 집합'으로 주요 교과서를 대신하고, 중등교육은 중등교육 생태계에 일임함으로써, 예컨대 대입용이 아니라 독일의 아비투어나 프랑스의 바칼로레아처럼 고등학교 졸업 자격 시험을 시행하는 등 자족적 중등교육 생태계를 건설하기 위해서는 살아 움직이는 영혼의 분발이 필요하기에 그러하다.

그 누구보다도 교육부가 영혼을 지녀야 하는 까닭이 이것이다. 이 녹록치 않은 과업을 중장기적 전망과 일관성을 가지고 추동하려면, 지금 우리 구조에서는 결국 교육부가 가장 선진적이고 합리적이어야 되기 때문이다. 결국은 기존 3권 분립에 교육을 더한 '4권 분립' 체제를 적극 도입해야 하는 가까운 미래, 교육부의 존립 이유를 교육부 스스로 입증해가야 되기에 그렇다. 이것저것 다 떠나서 '교육'과 '영혼 없음', '거짓말'은 결코 어울릴 수 없기에 더욱 더 그러하다.

[한국일보 2017년 8월 29일 자]

19 교과서가 없는 단계

작열하는 이 여름이 가고나면 올해도 어김없이 수시와 함께 대학입시의 계절이 시작된다. '100세 시대', '인생 n모작 시대' 등이 진전됨에 따라 대학입시가 인생 최대의 갈림길 노릇을 하는 비중이 전에 비해 줄어든 듯 보인다. 우리 대학이 졸업 후 첫째 직업을 위한 교육이라는 패러다임서 벗어나지 못한 채 인생 전반을 지탱해주지 못하기에 그러한 듯싶다.

그럼에도 사회이동 폭이 갈수록 좁아지고, 굳히기에 들어간 승자독식 구조 등으로 인해 우리 사회에서 대입은 여전히 '지옥'이다. 있는 사람들이나 이 지옥을 피해 해외로 자녀를 내보낼 수 있을까, 다수의 시민은 여전히 이 지옥과 결코 짧다고 할 수 없는 기간을 대면해야 한다. 게다가 전국의 대학이 구조조정이다 뭐다 하며 몸살을 앓고 있다. 그렇다보니 대입 관련 정책 하나하나에 예민하게 반응하는 건 너무나 당연해 보인다.

주요 대학의 이과 계열 당락에 큰 영향을 미치는 수리논술의 출제 범위를 둘러싼 논란이 대표적 예다. 출제범위가 교과서를 벗어났느냐의 여부가 거의 매년 이슈가 되고는 하는데, 그 근저에는 더 나은 인재를 뽑자는 대학과 필요 이상의 부담을 피하자는 수험생의 이해관계가 놓여 있다. 이 둘은 서로 부딪히면서 때로는 사회적 이슈가 되기도 한다. 그럼에도 대학은 교과서 안에서 낸다고 해도 최대한 까다롭게 문제를 낼 수 있다. 그렇다보니 상대적 약자인 수험생들은 결국 불안한 마음에 고비용의 사교육 시장에 의존케 된다. 사교육 시장은 이렇게 수험생의 불안과 공교육의 무능 속에 멀쩡하게 성장해 간다. 대입 관련 사회적 비용이 웬만해서는 줄어들지 않는 까닭이다.

사정이 이와 같다면, 대입 관련 사회적 비용을 절감하는 노력을 근본적, 구조적 차원에서 기울일 필요가 있다. 출제범위를 둘러싼 소모적 논쟁 같이, 매년 반복되는 소모적 논쟁거리가 있다면 적극적으로 대처하여 해소할 필요가 있다는 것이다. 물론 이것이 말처럼 쉽지는 않다. 출제된 문제가 교과과정을 벗어났는지, 그렇지 않은지를 판정하는 것은 무를 반 토막 내는 것처럼 단순하고 명료한 것이 아니기에 그렇다.

나아가 아무리 오랜 기간 여러 차원을 두루 포괄하며 중지를 모아도, 이에 대해 누구나 동의할 수 있는 기준을 세운다는 것은 현실적으로 불가능에 가깝다. 그렇다면 아예 이러한 다툼이 생기지 않도록 한층 근본적 차원에서 접근하는 것은 어떨까. 예컨대 프랑스나 독일처럼 중등교육과정부터 아예 교과서를 두지 않는 것이다. 모든 교과목의 교과서를 다 없애자는 제안이 아니다. 그것은 무모할 뿐이다. 수학, 과학 같은 기초과목이나 외국어 같은 도구과목에서는 고등교육과정에서도 교과서로 수업을 진행할 필요가 있다. 중등교육과정에 교과서를 두는 것이 전혀 문제적이지 않다는 뜻이다.

교과서 없는 교육은, 이를테면 문학과 역사, 철학, 사회과학 관련 교과목이나 음악, 미술 같은 예술 관련 교과목을 주요 대상으로 한다. 이들 교과목은, 저들 교육 선진국이 이미 오랜 기간 동안 입증해왔듯이, 동서고금의 고전 같은 양서(良書)로 충분히 교육할 수 있다. 양서 자체에 대한 교육이 아니라 양서를 기반으로 해당 분야를 교육하는 것이기에 중등교육과정의 교육 목표를 너끈히 달성하고도 남음이 있다는 것이다.

그런데 실은 교과서 없는 교육은 대입 관련 사회적 비용의 절감이라는 차원에서만 검토될 사안이 아니다. 우리가 소위 '중진국의 함정'에 빠지지 않고 명실상부한 선진국이 되고자 한다면, 교육 방면에서 취해야 하는 시급한 정책의 하나가 교과서 없는 교육이기에 그렇다. 다시 말해 교과서 없는 교육은 우리나라 중등교육이 나아가야 할 주된 방향이라는 뜻이다. 이는 우리를 둘러싼 문명조건의 변화로부터 중등교육과정이 결코 자유로울 수 없기에 더욱 그렇다.

한창 펼쳐지고 있는 우리 세상의 모습은 이렇다. 세계화는 이제는 출발선상에서 주어지는 당위나 목표가 아닌, 일상의 기본값(default)으로 작동되고 있다. 자동화와 사물인터넷 •

인공지능·증강현실·증강인간 등은 결코 늦다고 할 수 없는 속도로 진화하고 있다. 상호 의존적 네트워크들로 중첩된 네트워크 사회가 전 지구적 차원에서 구현되고 있다. 초연결(hyper-connection)과 포스트 휴먼(post-human) 등으로 대변되는 디지털 문명 시대가 본격적으로 전개되고 있다.

게다가 우리는 선진국으로 도약하기 위해서는 한국의 시민이자 세계시민이라는 정체성을 동시에 구비해야 하는 시대적 소명마저 부여받았다. 과연 교과서라는 매체로 이러한 문명사적 변이와 시대적 요청에 온전히 대응해갈 수 있을지, 지난 국정교과서 사태만 봐도 회의가 절로 든다. 교육 선진국들이 왜 중등교육과정부터 '체계적으로 구조화된 동서고금의 좋은 책들의 집합'으로 교과서를 대신했는지, 그 까닭을 짐작해볼 수 있는 대목이다.

물론 교과서 없는 교육, 다시 말해 '양서 기반 교육'을 무조건 실시하자는 것은 아니다. 지난 시절 교육 선진국의 좋은 제도를 섣불리 도입했다가 혼란을 초래했던 전철을 또 밟을 순 없다. 그렇다고 마냥 찬찬히 해갈 수만도 없다. 21세기 문명 조건의 변이 속도가 장난 아니기 때문이다. 한마디로 진퇴양난의 형국이다. 그럼에도 "개, 돼지" 운운하는 것이 우리 교육부의 수준이다. 교과서 없는 단계를 넘어 교육부가 없는 단계로 하루 빨리 돌입해야 하는 시점이다.

[한국일보 2016년 8월 3일 자]

20 두 개의 '국가 중추대학'

신임 유은혜 교육부 장관이 취임한 지 일주일이 됐다. 그 사이 고등학교 무상교육, 유치원 방과 후 영어교육 허용 등이 뜨거운 이슈로 부각되었다. 시행 명분은 각각 중등교육 단계의 공교육 강화와 유아교육 단계에서의 사교육 억제다.

늘 그러했듯이 이번에도 사교육을 억제하려면 공교육이 무언가를 더해야 한다는 논리가 작동되었다. 공교육 강화를 통한 사교육 억제라는 예의 정책 기조가 어김없이 관철되는 양상이다. 누가 교육부 장관이 되든지, 취임 초부터 접하게 되는 익숙한 장면들이다. 그런데 공교육을 강화한다고 하여 사교육이 과연 억제될까?

정부의 공교육 강화 정책이 학부모에게 먹힌다면 그것은 공교육 자체의 타당한 진보보다는 공교육으로부터 대학입시에 무언가 도움을 얻을 수 있다는 판단 때문일 것이다. 사교육을 찾는 이유도 마찬가지다. 대학입시에 유리하다는 계산이 서면 무리해서라도 사교육을 받는다. 학부모의 견지에서는 공교육과 사교육은 대학입시라는 하나의 목적 아래 연동되어 있는, 한 동전의 양면 같은 존재로 비쳐질 수 있다는 얘기다. 공교육 강화가 반드시 사교육 억제로 이어지는 것만이 아닌 이유다.

대학입시와 연동되는 한 사교육 억제라는 방향만으로는 대학입시 문제의 근본적 해결이 쉽지 않다. 대학입시 문제를 사교육 억제라는 각도에서만 보지 말자는 제안이다. 공교육 강화도 사교육 억제와 연동시키지 말자는 제언이다. 중고등학교 교육은 중등교육 단계에서 성취해야 할 교육 목표를 충실하게 구현하는 데로 초점이 맞춰져야 한다. 사교육과 연동시키는 한 공교육 강화는 결국 늪이 된 대학입시 문제에서 온전히 헤어나지 못하기 때문이다.

단적으로 공교육이 대학입시로부터 자유롭지 못하는 한, 다시 말해 공교육 강화의 명분과 근거가 대학입시 문제 해결로 수렴되는 한에서는 사교육은 결코 억제되지 않는다. 마찬가지로 대학 입학이 대학의 정점에 놓인 서울대로 수렴되는 한에서는, 달리 말해 '서울대 독존구도'가 지속되는 한 대학입시 문제의 해결은 계속 요원할 수밖에 없다. 서울대 독존구도가 해체돼야 비로소 대학입시 문제가 근본적으로 해결될 수 있기에 그렇다. 그런데 주지하듯이 대학입시만으로는 서울대 독존구도를 깨지 못한다. 대학입시 제도를 적잖이 바꿨어도 서울대 독존구도가 무너지지 않았음이 이를 반증해준다.

이때 손쉽게 택할 수 있는 길이 기존의 독존을 주저앉히는 방식이다. 그러나 이는 무책임한 길이다. 서울대가 대한민국에서 최고일지는 모르겠으나 세계 유수의 명문대학과 어깨를 나란히 하려면 아직 갈 길이 한참 멀다. 게다가 우리 한국이 21세기 미래 세계, 국제무대에서 억눌리지 않고, 또 시민 절대다수가 행복하고 공정한 삶을 꾸려가려면 정신과 물질 모두에서 지금보다 한층 더 진보해야 한다. 그러기 위해서는 대학도 더 진보하여야 한다. 다른 대학들과 마찬가지로 서울대도 더 성장하고 성숙해야 하는 까닭이다.

서울대의 독존적 구도를 심화시키자는 말이 아니다. 21세기 미래 세계에서 우리가 지향하는 단계에 도달하기 위해서는 서울대 하나만으로는 부족하다. 또 다른 서울대를 최소한 하나 이상 키워내야 한다는 것이다. 그럼으로써 그동안 서울대에 집중되었던 국가 중추대학(core university)으로서의 역할을 다른 대학들도 겸해야 할 필요가 있다. 이것저것 다 떠나서 우리의 경제 규모, 문화 수준, 사회 역량 등에 온전히 부응하고 이를 선도하려면 대학의 전반적 성장, 성숙과 더불어 서울대 같은 대학이 적어도 하나는 더 있어야 한다. 아니 둘, 셋은 더 있어야 한다.

이상적 얘기를 함이 아니다. 우리나라 정도의 국력을 지닌 나라 가운데 국가 중추대학이 하나밖에 없는 나라가 있는지를 되짚어보자. 우리가 꽤 뒤처져 있음을 금방 알게 된다. 선진국을 모방하고 추격해야 하는 단계에서는 중추대학 한 곳으로도 국가 발전이 가능할 수 있다. 그러나 '선진국다움'을 창출하고 선도해야 비로소 국가가 발전되는 단계에서는 한 곳으로는 어림없다. 두 곳 이상의 국가 중추대학이 있어야 한다는 방향에서는 이견이 있을 수 없다는 뜻이다. 그렇다면 관건은 방법과 재정의 확보가 될 것이다.

그런데 이들이 난관이 아닐 수도 있다. 방법의 경우, 가령 국공립대의 재구성과 연동시키는 방식이 가능하다. 국공립대의 재구성을 기존처럼 지역하고만 연계해온 패러다임에서 벗어나면, 곧 기존의 지역 거점 국공립대와 지역에 있지만 전국을 커버하는 국가 중추 국공립대로 그 역할을 나눈 후 후자를 서울대 급으로 육성하는 정책을 중장기적으로 시행한다면 능히 가능한 일일 수 있다. 재정 확보도 마찬가지다. 국민적 합의가 불충분했고 그 효과도 제한적인 4대강 사업에 20여 조 원이 투입되고, 아직도 매년 수 조 원의 예산이 투입됨을 보건대 정치적 의지와 국민적 합의가 결합된다면 재정 확보도 요원한 일만은 아닐 수 있다.

그렇게 우리나라에 서울대 급의 중추대학이 두세 곳 이상이 된다면 서울대 독존구도의 해체는 당연하게 뒤따르게 된다. 대학입시 문제가 근본적 차원서 해소될 바탕이 그렇게 확보될 것이다.

[한국일보 2018년 10월 9일 자
게재 당시의 제목은 "두 개의 '국공립 중추대학'"이다.]

21 '생각하는' 국가, 백 년 가는 학술정책

동서고금을 막론하고 국가는 항상 '생각하는 국가'여야 했다. 생각하지 않고서는 국가를 건설할 수도 또 유지해갈 수도 없었다. 기틀이 잡혔다고 관리감독 하는 모드로 젖어들면 발전이 정체되고 결국 망하곤 했다. '생각하는 국가'는 선택이 아니라 필수이자 기본이었던 것이다.

국가가 생각하는 존재라고 할 때 위정자만 생각하면 된다는 뜻이 아니다. 민주주의 사회에서는 주권자인 시민 하나하나가 모두 생각하는 주체다. 다만 그들은 생업 등의 이유로 국가 경영을 정치인과 공무원에게 위임했다. 공직자라면 지위고하를 막론하고 반드시 생각하는 존재가 되어야 하는 까닭이다. 또한 정부가 관리감독 하는 것만으로는 존재의 이유를 정당화할 수 없다는 얘기다.

그럼에도 현실에서는 관리감독의 주체임을 자임하며 당당해 하는 정부 기관과 공무원이 적지 않다. 폐지나 축소 요구가 줄곧 제기되는 교육부가 대표적 예다. 물론 지난날에는 관리감독하는 주체로도 충분했을 수 있다. 선진국을 모방하며 잘

쫓아가는 것이 바로 성장과 성숙이 되던 그러한 시절에는 말이다. 그러나 지금은 관리감독하는 주체는 물론이고 생각하는 주체만으로도 부족하다. 못 돼도 '생각하는 협의체'가 되어야 한다. 우리나라가 선진국이어야, 그러니까 타국의 전범이어야 비로소 발전과 진보가 이뤄지는 단계에 접어든 지 꽤 되었기에 그렇다. 생각하고 협의하는 역량 없이는 선진국이 되기는 커녕 현상 유지조차 난망한 일이 되고만다.

인문사회학술 분야의 '백 년 가는' 학술정책은 고사하고 더 늦기 전에 중단기적 학술정책이라도 수립해야 한다는 점도 교육부가 생각하는 협의체로 거듭나야 하는 중요한 이유의 하나다. 현재 인문사회학술 분야에는 대통령 직속 '국가과학기술자문회의' 같은 기구가 없다. 다시 말해 인문사회학술 분야의 발전 전략 수립, 관련 제도 개선과 정책 개발 같은 학술정책을 중장기적 관점에서 담당하는 기구가 없다. 교육부가 진즉에 생각하는 주체라도 됐더라면 적어도 한 세대 전에는 그러한 역할을 수행하는 기구를 만들어냈을 것이다. 우리의 인문사회학술이 일본에 밀리는 것은 차치하고 중국에까지 밀리는 일도 없었을 터다.

관리감독 하는 주체에게는 이러한 일이 눈에 들어오지 않지만 생각하는 협의체는 그 중요성에 깊이 공명한다. 관리감독의 대상은 과거와 현재이지만 생각의 대상에는 미래도 포함되어 있다. 하여 중장기적 학술정책의 수립과 이행이 국가 백년대계의 주축임을 어렵지 않게 이해한다. 그럼으로써 학술정책의 수립과 이행에 대한 확고한 정책의지를 갖추게 되고 이를 위한 법적, 제도적, 재정적 기반을 구축해가게 된다. 이를테면 '인문사회학술기본법'을 제정하고 이를 기반으로 대통령 직속의 '국가학술위원회'를 설치하며, 인문사회학술 분야로 일정 수준 이상의 예산이 지속적으로 투입되는 '학술지원 최저 예산제' 등을 도입한다.

연구 지원 정책도 패러다임을 달리할 수 있게 된다. 프로젝트 수행을 대가로 대학이나 연구소를 끼고 연구자에게 연구비를 지원하는 기존 패러다임 외에 국가가 직접적으로 연구를 지원하는 패러다임을 병행한다. 가령 '국가학술창고(National Academic Storage)'의 구축이라는 정책 목표 아래, '국가학술연구교수' 제도를 시행하고 이들이 소속된 '국가인문학술연구원'을 설립함으로써 연구자 풀(pool)을 충분하게 갖춘다. 전 세계 유교 자료의 집대성과 결정판을 노리는 중국의 유장(儒藏) 사업처럼 '국가학술아카이브'를 구축하고, 대통령 직속 독립기구로서 인문학 발전과 확산에 크게 기여하고 있는 미국의 국립인문재단(National Endowment for the Humanities) 같은 재단도 설립한다. 이렇게 국가가 연구'자', 연구'자료', 연구'비'를 풍요롭게 갖춰놓고 대학이나 연구소 또 민간부문에서 이를 가져다 활용할 수 있게 해주는 시스템을 구축한다.

고등교육의 획기적 혁신도 일궈갈 수 있게 된다. 학술정책은 고등교육과 떼려야 뗄 수 없는 관계이기에 그렇다. 우리나라에서 고등교육 개혁은 대학 개혁이 핵심이다. 이는 대입과 밀접하게 연동되어 있지만 사실 그것만이 다는 아니다. 대입이 고등교육을 초등, 중등교육과 연계해주는 교량 역할을 한다면, 4차 산업혁명과 초고령화 사회 등으로 대변되는 산업구조, 인구구조, 문명조건의 변이는 고등교육이 평생교육의 주역일 것을 요구하고 있다.

한마디로 '고등-평생교육' 생태계의 21세기적 재구성이 절실한 상황이다. 예컨대 우리나라 국력에 걸맞게 서울대 같은 중추대학을 하나 더 육성하는 과업[two core university project], 유아-초등-중등교육의 종국(終局) 교육기지인 현 대학체제에 고등교육형 평생교육기지의 성격을 결합한 '두 겹의 대학체제[double university system]'를 구축하는 과업 등을 수행해야 한다. 관리감독하는 주체에 머무는 한 이 모두는 굳이 안 해도 태평하게 잘 지낼 수 있는, 그렇기에 한낱 귀찮은 일에 불과해 보일 테지만 말이다.

[한국일보 2018년 9월 18일 자
게재 당시의 제목은 "생각하는 교육부, 백 년 가는 학술정책"이다.]

4부

[시선의 깊음]

제국 읽기,
중국 다시 쓰기

1 코카서스, 실크로드 그리고 제국

실제와 인지한 바가 늘 일치하는 것은 아니다. 똑같은 시간일지라도 무언가에 빠져 있을 때와 마지못해 있을 때 느껴지는 시간은 그 길이가 사뭇 다르다.

과거에 대한 거리감도 마찬가지다. 2세기 초엽 위·촉·오 삼국 얘기를 다룬『삼국지연의』의 세계는 제법 가깝게 느껴지지만, 같은 시기 고구려·백제·신라의 삼국 사회는 다소 멀게 느껴진다. 사람이 인지하는 거리, 그러니까 인지거리는 실제 거리와 무관하게 형성될 수 있기에 그렇다.

시간만 그런 것은 아니다. 지리적 거리도 그렇다. 실제 거리가 더 먼 브라질이나 아르헨티나 같은 남미는 가깝게 느껴지고, 그보다 가까운 키르기스스탄이나 투르크메니스탄 등의 중앙아시아는 멀게 느껴진다. 인지거리는 긍정적으로 언급되고 상상될 때 한층 줄어들곤 하는데, 남미가 축구 등으로 푸근하게 느껴진 데 비해 중앙아시아 일대는 그럴 만한 계기가 적었던 탓이다.

그래서 인지거리는 실감의 거리이며 온기의 거리이기도 하다. 그것은 예컨대 실크로드처럼 머리에는 익숙하지만 가슴으론 무덤덤한 이름에 생생함과 따뜻함을 불어넣어준다. 실크로드가 오랜 옛날부터 동서 간 문화와 물자 교류의 주요 통로였다는 점은 잘 알지만 막상 그 연변에 어떤 나라가 있는지는 잘 모른다. 우리에게는 제법 친근한 이름임에도 실크로드는 그것이 형성됐던 중앙아시아 일대에 대한 인지거리 축소에는 별 도움이 안 됐던 셈이다. 하여 그들에게서 유대감이나 동질감을 쉬이 느끼지는 못한다.

코카서스도 이와 비슷하다. '코카서스 인종', 그러니까 백인종의 별칭처럼 쓰였던 표현을 통해 나름 친근해진 이름이건만 그 일대에 어떤 나라가 있는지는 잘 알지 못한다. 코카서스 산맥 일대에 구 소련으로부터 독립한 아제르바이잔, 아르메니아, 조지아 공화국이 있음을 알게 되더라도 사정은 별반 달라지지 않는다. 이 '코카서스 3국'이 실크로드와 긴밀하게 연동된 지역이었다는 정보를 덧붙여도 마찬가지다. 실크로드, 코카서스라는 이름에 친숙하다고 하여 자동적으로 이들 나라가 따뜻하고 생생하게 다가서는 것은 아니기 때문이다.

그런데 경제 규모가 세계 10위권에 육박하고 선진국 진입을 목전에 앞둔 우리가 이들을 이렇게 낯설어 해도 되는 것일까. 지금껏 인지거리가 가까웠던 나라들에만 계속 집중해도 별다른 문제가 없는 걸까. 적어도 옛적 고구려가 취했고 지금 중국이 내딛는 행보와 무척 비교되기에 하는 말이다.

1960년대 우즈베키스탄의 아프라시압 궁전 터에서 벽화가 발굴됐다. 이곳은 옛 사마르칸트 일대로 실크로드의 주요 길목이었다. 7세기경에 그려진 이 벽화엔 새 깃이 꽂힌 모자를 쓴 고구려 사신이 그려져 있었다. 고구려가 중국과 돌궐 너머의 세계와 교류했음을 말해주는 지료다. 기원전 1세기 무렵에 이미 서북방의 유목 세력과 폭넓게 교섭하고 있었던 고구려는 주변 정치체들로부터 위협이 가중될 때를 대비해서라도 유목 세계 곳곳을 국가 운영의 상수로 삼아왔다. 온몸으로 초원과 습지, 사막을 넘나들며 국가의 생존과 번영을 위해 국가적 일상의 범위를 넓혔음이다. 고구려에게 실크로드 일대는, 비행기 같은 문명의 이기를 이용하고 있는 우리보다도 인지거리가 더욱 가까웠던 셈이다.

이는 오늘날 중국에게서도 목도된다. 문화대혁명 같은 극한의 정치 캠페인을 벌이던 시절에도 그들은 아프리카 등지의 이른바 '제3세계'를 국가 운영의 상수로 삼아 왔다. 개혁개방으로 국력이 크게 신장되자 중국은 '서부 대개발'이란 야심찬 계획을 수립, 서역 경영을 위한 거점 마련에 발 벗고 나섰다. 그리고 21세기에 들어 G2급으로 발돋움하자 국정 목표이자 세계 전략으로 '일대일로(一帶一路)'를 제시했다. 중국과 육로로는 중앙아시아와 유럽을 잇는 '하나의 벨트'를, 해로로는 동남아 일대와 인도, 중동, 아프리카, 유럽을 연결하는 '하나의 길'을 놓겠다는 구상이다. 중앙아시아 등에 대한 중국의 인지거리는 우리와 달리 무척 가까웠음이다.

필자는 지난 21일 한국 아제르바이잔 수교 25주년에 즈음하여 아제르바이잔의 고도 가발라에서 열린 국제 세미나에 다녀왔다. 그곳에서는 한국 고고학자들이 2009년부터 발굴을 벌여 혁혁한 성과를 내며 국위를 선양하고 있었다. 인터넷을 보면 근자에 들어 코카서스 3국 여행이 늘어나고 있음이 목도된다. 실크로드 여행이 활성화된 지는 벌써 한 세대를 훌쩍 넘겼다. 민간에서는 이렇게 이들 지역에 대한 인지거리가 줄어들고 있다. 그런데 국가는 이들을 국가 운영의 상수로 삼기 위해 무엇을 하고 있는지, 절로 궁금해진다.

세계 10위권 언저리의 경제력, 군사력 등으로 보건대, 한국이 "국가 운영을 일국(一國)을 넘어 여러 국가를 포괄하는 지역이나 세계를 기본단위 삼아 펼쳐내는", 그러한 '제국'의 단계에 들어섰음을 인정해야 한다. 과거, 세계를 신음케 했던 제국주의적 제국을 말함이 결코 아니다. 세계화가 목표나 이상이 아닌 기본이자 현실이 된 지 꽤 된 만큼, 지금이라도 세계화가 온기를 품은 실감나는 이름이 돼야 하기에 하는 얘기다.

[한국일보 2017년 10월 31일 자]

2 로마나라, 대당[大唐]제국

'로마나라'라, 뭔가 어색하진 않은가. 맞다, 로마제국으로 바꾸니 그제야 입에 붙는다. 그럼 '대당제국'은 어떠한가? 그냥 당나라 하면 될 것을, 큰 대(大)에다 제국이라는 말까지 붙였으니 꽤나 낯설고 이상할 것이다.

지난 날, 우리가 국가라고도 부르는 나라에는 통상 두 가지가 있었다. 하나는 천자 급의 나라이고 다른 하나는 제후 급의 나라이다. 천자는 하늘의 아들[天子]이란 뜻으로 흔히 황제라고도 부른다. 천자의 나라가 황제의 나라, 곧 제국이라고 불리는 이유다. 제후는 천자에게 일정 지역의 통치를 위임받은 존재다. 그는 천자의 신하이지만 위임받은 지역을 실질적으로 다스리는 그 지역의 왕이기도 했다. 이렇게 제후가 왕이면서 동시에 신하였다면, 천자는 하늘 아래 있는 모든 이들의 왕인 동시에 제후들, 그러니까 왕 중의 왕이었다.

역대로 중원을 통일했던 왕조는 천자의 이러한 속성이 실질적으로 구현됐던 명실상부한 제국이었다. 무릇 한 나라를 제국이라고 부르려면 적어도 다음 네 가지 정도는 갖춰야 하는데, 중원의 통일 왕조들은 그러한 조건을 충족하고 있었다.

첫째, 천자는 하늘을 대리하여 천하 곧 하늘 아래 온 세상을 다스리는 존재라는 관념이다. 이는『시경』의 "보천지하, 막비왕토(溥天之下, 莫非王土)," 곧 "하늘 아래 왕의 땅이 아닌 곳이 없다"는 선언에 잘 드러나 있다. 한 마디로 하늘 아래는 온통 자기 땅이라고 본 관념으로, 이에 따르면 중원뿐 아니라 사방의 이민족, 그들의 용어대로 쓰자면 '오랑캐'들이 사는 곳도 모조리 천자의 영토가 된다.

둘째, 천자는 천하의 유일한 지존(至尊)이라는 설정이다. 이는『시경』의 "솔토지빈, 막비왕신(率土之濱, 莫非王臣)," 곧 "온 땅 가에 왕의 신하가 아닌 자는 없다"는 선언에 잘 드러나 있다. 천자는 만민의 왕이라는 정체성을 지님과 동시에 각 지역을 다스리는 제후들의 왕이라는 정체성도 겸한다는 뜻이다. 이에 의하면 사방의 군주들은 응당 천자의 명을 따라야 했다. 천자는 하늘의 유일한 후계자이기에 신분고하를 막론하고 천자의 명을 받들어야 한다고 여겼다.

셋째, 자신은 온 천하에 보편적으로 적용 가능한 '보편문명'의 유일한 고안자이자 공급자라는 믿음이다. 실제로 유교문화권이란 말이 환기해주듯, 중국은 예(禮)로 대변되는 유교문화를 고대 동아시아에 보편문명으로 공급했다. 고구려와 백제, 신라뿐 아니라 일본 등지에서 문명의 표준으로 준용됐던 당제국의 제도와 율령도 그러한 실례 가운데 하나다. "모든 길은 로마로 통한다"는 격언이 절로 떠오르는 대목이다.

넷째는 이와 같은 관념과 믿음을 실현할 수 있는 국력이다. 군사력이나 문화적 역량 등으로 자기 나라뿐 아니라 주변 나라들에게 실효적으로 영향력을 행사할 수 있는 힘을 말한다. 지날 날, 중국과 주변 나라들 사이에 조공과 책봉 질서가 구축되어 오랫동안 동아시아 국제질서의 주요 축으로 작동될 수 있었던 것도 중국이 지닌 이러한 힘 덕분이었다. 현실적으로 그러한 힘을 무시하기가 어려웠기에 주변 나라들은 설령 형식적일지라도 중국 천자에게 정기적으로 공물을 바치며 자기 강역의 통치를 공인받았던 것이다.

당나라를 로마제국처럼 대당제국 또는 당제국이라고 불러야 하는 까닭이 여기에 있다. 사실 당뿐 아니라 진시황의 진을 위시하여 중원 전체를 아울렀던 통일 왕조 대부분은 이러한 조건을 갖추고 있었다. 반면에 우리 역사에서는 그러한 관념과 믿음을 찾아보기 힘들다. 물론 우리 역사에서도 황제의 나라임을 칭한 적은 몇 차례 있었다. 그러나 '만왕의 왕'이라고 자처하지는 않았다. 제국의 네 번째 조건의 미비, 곧 주변 나라들이 이를 인정하지 않았기 때문이다.

하여 우리가 한나라, 송나라 하며 중원의 통일왕조를 우리와 같은 급으로 칭하고, '당나라 군대' 운운하며 그들을 낮춰

본다고 해서 중국과 우리 사이에 존재하는 격의 차이가 사라지진 않는다. 과거에나 그랬다는 얘기가 절대 아니다. 지금도 마찬가지다. UN에서 중국도 한 표, 우리도 한 표를 행사한다고 하여 중국을 우리와 같은 급의 나라라고 할 수는 없다. 국제사회에서 각각이 지니는 한 표의 힘은 결코 대등하지 않기 때문이다.

그러니 패배의식에 사로잡혀 있자는 얘기가 아니다. 우리가 역사를 접하는 까닭은 자존심 상하더라도 사실은 사실대로 인정할 수 있는 힘을 키우기 위함이다. 특히 약육강식의 싸늘한 윤리가 횡행하는 국제사회에서는 상대가 현실적으로 우리보다 강할수록 우리는 더욱더 사실에 의지해야 한다. 더욱이 중국은 21세기 전환기를 거치면서 미국에 버금가는 존재로 자리 잡았고, 시간이 좀 더 흐르면 우리 사회서 만큼은 미국보다 더 중요한 상수로 작동될 것이다.

무릇 한 사회의 상수라 함은 그 사회 구성원 대다수의 삶에 실질적으로 영향을 미치는 인자를 말한다. 나에게 미치는 영향이 알든 모르든 꽤 크다는 얘기다. 사정이 이러한데 내 삶의 상수에 대해 어떻게 사실과 다르게 알아도 될까. 말은 그렇게 할지라도 머리는 늘 사실을 직시하는 힘이 필요한 까닭이다.

[한국일보 2016년 4월 27일 자]

3 텍스트의 제국, 중국

지금 중국의 영토는 유럽의 1.8배 가까이 된다. 영토만 그러한 것이 아니다. 통계에 따르면 인구도 7억여 유럽의 두 배가량 된다. 2천여 년 전, 진시황이 황하와 장강의 대부분 유역을 아우른 대제국을 건설한 이래 유지해온, 아니 줄곧 키워온 '남다른 거대함'이 급기야 여기까지 이르렀음이다.

반면에 영토와 인구가 그렇게 확대됐음에도 중국문화는 장기간에 걸친 단절이나 근본적 변화 없이 비교적 단일한 결을 이루며 이어져왔다. 적어도 거시적 차원에서 볼 때는 분명히 그러했다. 강역이 확대되어 기후 등 자연조건의 격차가 훨씬 더 벌어졌음에도, 적잖은 세월 동안 비한족(非漢族) 유목민의 통치를 경험했음에도 그러했다. 논자들이 중국의 정체를 '문화 중국'으로 규정한 이유다. 종족이 어떠하든, 어디 출신이든간에 중국 전통문화를 통치의 근간으로 삼으면 모두 다 중국으로 간주해왔다. 몽골족의 원 제국이, 만주족의 청 제국이 모두 중국의 일부였다고 주장할 수 있는 근거이다.

"규모를 키워가되 문화는 하나로" 모아온 이러한 전통은

21세기 오늘날에도 여전하다. 중국은 대만과의 통일은 물론, 주변국과의 영토 분쟁에 줄곧 공세적으로 임한다. 경제력을 바탕으로 유라시아 일대에 강력한 패권을 행사하겠다는 "일대일로(One Belt, One Road)"를 밀고 나가는 한편, 전 세계 중국인을 대상으로 언어적 통일성을 기하는 정책을 지속적으로 추진하고 있다. 타국의 영토를 물리적으로 점령하기 힘들어진 오늘날, 자국의 영향력이 실질적으로 관철되는 형식으로 규모를 키워감과 동시에 문화적으로는 자국 강역을 넘어선 범위에서 그 동질성을 도모하는 전략을 펼치고 있다.

역대 중국이 이러한 특성을 지니게 된 데는 그들이 '텍스트의 제국'이었다는 점이 큰 몫을 했다. 텍스트를 기반으로 제국의 기틀을 닦고 경영하며 갱신해간 덕분에 전근대와 근대 같이 근본적으로 다른 문명 조건을 관통하며 문화 중국이 구현될 수 있었다는 얘기다. 구체적으로 말하자면 다음과 같다.

첫째는 '경전으로부터'이다. 문화 중국은, 중국다움의 고갱이가 중화(中華)로 대변되는 중국 전통문화에서 비롯됐음을 의미한다. 핵심 고전이기도 한 경전은 대대로 그러한 전통문화의 중핵이었다. 실제로 역대 왕조는 집권의 합법성부터 역사적 정당성 등을 모두 경전으로부터 길어냈다. 경전을 끊임없이 재해석하고, 필요할 때면 고전의 일부를 과감히 경전으로 재규정하며 새롭게 전개된 시대적 여건에 맞도록 중화를 빚어 왔다. 비유컨대 역대 중국은 경전으로 쌓은 바벨탑인 셈이다.

둘째는 '화두(topic)의 제국'이다. 국가를 경영하기 위해서는 시시각각으로 변이되는 당대 현실에 능동적, 건설적으로 대처해가는 한편 미래를 선제적으로 대비해갈 필요가 있다. 이때 제기되는 제반 이슈와 현안 등을 경전으로 대표되는 고전에 비춰보면서 사고하는 것이 고전 재해석의 실상이었다. 이는 '문명의 화두'를 위시하여 천하 경영에 필요한 제반 화두를 당대적 소요에 맞게 재해석하는 작업으로, 이를 통해 변이된 문명 조건에, 새로이 제기된 시대적 필요에 탄력적으로 대처해가며 중화의 생명력에 양분과 시의성을 공급해왔다.

셋째는 텍스트의 집적과 재정리다. 천하 경영에 요긴한 화두를 재해석하기 위해서는 참조체계의 구축이 선행 또는 병행되어야 한다. 역대 중국이 통일 왕조 초기에 대규모 편찬사업을 벌인 이유가 여기서 비롯됐다. 북송 초 조정이 나서서 『태평어람』, 『태평광기』 등 방대한 규모의 4대 백과전서를 편찬하고, 명대와 청대에는 각각 『영락대전』과 『고금도서집성』, 『사고전서』 같은 대규모 편찬 사업을 벌여 문명의 제반 층위에 대한 지식과 정보를 장악하고자 했음이 대표적 사례다. 그리고 이는 '유장(儒藏)' 사업 등 문화 전반에 걸쳐 방대한 자료를 디지털화하고 있는 근자의 중국 행보로 면면히 이어지고 있다.

국가 주석의 임기를 제한한 헌법 조문의 폐지를 둘러싸고 중국이 국제적으로 큰 이슈가 되고 있다. 지난 시절 1인 독재를 혹독하게 경험했고, 그것을 3대째 세습해온 북한과 적대적으로 대치하고 있는 우리에게는 시진핑 주석의 그러한 시도가 퇴행으로 읽히기도 한다. 그렇다고 중국을 백안시하거나 낮잡아보는 것은 금물이다. 힘의 논리가 횡행하는 냉엄한 국제 현실에서는 힘센 상대의 잘못을 비판했다고 하여 자동적으로 우리가 그들보다 우위를 점하게 되는 건 아니기 때문이다.

상대가 힘이 세면 그가 어떤 잘못을 저질러도 모른 채 넘어가자는 뜻이 결코 아니다. 개인부터 국가, 국제 관계에 이르기까지 비판은 반드시 타당하고 예리하게, 또 잘못이 바로잡힐 때까지 지속돼야 한다. 다만 국가 차원에선 타국에 대한 우리의 비판이 국익으로 수렴되게 하는 활동을 병행할 필요가 있다.

그러려면 무엇보다도 상대를 잘 파악하고 있어야 한다. 우리가 중국과 비판적 거리를 유지하면서도 중국에 관한 한 세계 제일의 지식 국가요, 정보 국가일 필요가 있다는 얘기다. 적어도 전근대기 조선이 그러했던 것처럼 말이다.

[한국일보 2018년 3월 6일 자]

4 우리에게는 없고, 중국에는 있는 것

타자를 볼 때는 나와 같은 바를 온전히 읽어냄만큼이나 다른 점을 있는 그대로 바라볼 필요가 있다. 그래서 다른 나라를 이해하는 괜찮은 방도의 하나는 우리에게는 없는데 그들에게는 있는 것을 찾아 요모조모 따져보는 길이다. 중국을 이해하고자 한다면 우리에겐 없지만 중국엔 있는 것을 찾아서 짚어본다는 것이다.

이를테면 중국만이 지닌 광활한 영토와 엄청난 인구, '중국'이란 정체성을 공유하며 이어진 유구한 역사 등에 주목하고, 이를 검토함으로써 중국 이해를 시도하는 식이다. 물론 이 중 유구한 역사는 우리에게도 있지 않은가라는 의문이 들 수 있다. 우리나 중국 모두 4천 년을 상회하며 면면히 이어진 역사를 지녀왔기에 그렇다. 그러나 양자 사이에는 사뭇 다른 점이 분명하게 존재한다. 중국은 '중국'이란 왕조를 불문하고 그것이 쓰이기 시작한 이래 적어도 3천여 년 간 공유해왔지만 우리에게는 이에 필적할 만한 역사가 없음이 그것이다.

중국이라는 표현은 기원전 11세기 무렵, 주라는 제후의 나라가 천자의 나라로 거듭나면서부터 본격적으로 사용됐다. 주라는 자기들만의 국명이 있었음에도 '나라들의 중심'이란 가치론적 지향이 담긴 '중국'이란 명칭을 함께 썼던 것이다. 이후 전개된 역사에서는 한족이 정권을 잡든 비(非) 한족이 정권을 잡든 간에 중국이라는 정체성이 공유되었다. 한, 당, 송, 명, 청 같이 그때그때 정권을 잡은 왕조를 나타내는 국명과 가치론적 지향을 표방하는 중국이라는 국명이 통시적으로 함께 사용됐다는 것이다.

덕분에 중국은 천하 권력을 누가 잡아도 중화로 대변되는 전통문화를 계승 발전시켜 올 수 있었다. 중원을 점령한 만주족의 청조가 『강희자전』을 편찬하고 『고금도서집성』이나 『사고전서』 같은 대규모 문화 사업을 전개하자, 한족 지식인이 떳떳하게 청조에 협조했음이 이를 잘 말해준다. 그들은 중화 보전에 참여한다는 차원에서 비한족 왕조에 협조했지 이른바 '오랑캐'가 기세등등했다거나 생계 때문에 청조에 가담했음은 아니라는 얘기다. 이것이 중국이 비한족이 권력을 잡아도 그 넓은 영토와 그 많은 인구를 유지하며, 또 오랫동안 분열됐다가도 다시 통일을 일궈내며 중화를 오늘에까지 지속될 수 있게 한 중요한 요인이었다.

반면에 우리에게는 이와 유사한 역사가 없다. 고구려나 신라, 백제 사람들에게는 예컨대 '우리 한국'이나 '우리 단군의 후예들'과 같은 정체성이 공유된 적이 없었다. 고려나 발해, 조선에서도 마찬가지였다. 이들 왕조를 관통하며 통시적으로 사용된 하나의 정체성은 없었다.

이는 매우 중요한 차이다. 서구 근대문명이 '문명의 표준'으로 거세게 밀려오자 우리는 서둘러 '단일민족의 신화'를 고안하여 고조선부터 조선에 이르는 역사를 하나의 계보로 묶어냈다. 외래문명에 효과적으로 대응할 수 있는, 서구 근대의 발명품인 '민족(nation)'이라는 근대적 주체를 빚어내기 위해서였다. 그런데 중국은 그러하지 않았다. 중국이란 정체성이 이미 오랫동안 공유됐던지라 굳이 주체를 새로 만들 필요가 없었다. 다만 오랜 자만에 빠져, 비유컨대 잠들어 있어 무기력해진 중국을 각성시켜 근대적으로 개조하면 됐다.

그 결과 우리의 근대화가 단일민족의 신화를 나름 성공적으로 공유하게 됐음에도 서구 근대문명 중심으로 전개됐음에 비해, 중국은 서구 근대의 소산인 사회주의를 바탕으로 신중국을 구축했음에도 그것이 '중국적 특색'을 지녔음에 더 큰 의미를 부여할 수 있었다. 그래서 전통문화와 같은 봉건 잔재의 청산을 내걸었던 사회주의 국가임에도 국명에 '중화'를 가장 먼저 내세울 수 있었다. 그리고 이를 지금까지도 일관되게 견지해올 수 있었다.

이제 'G2' 급으로 성장한 중국은 공자로 대변되는 중국 전통문화, 곧 중화를 21세기 국제적 문명표준으로 정립하려는 욕망을 애써 감추지 않고 있다. 시진핑 중국 주석이 최고 지도자가 된 이래 줄기차게 표방해온 '일대일로(One Belt, One Road)' 정책에는 경제, 군사, 외교 차원에서의 국가적 욕망뿐 아니라 중국문화의 국제적 발산이라는 욕망도 짙게 서려 있다. 이는, 시진핑 주석이 19대 중국공산당 전국대표자대회 연설에서 '신시대 중국적 사회주의'를 표방하며 "중국적 특색의 사회주의 문화는 중화민족 5천여 년 문명 역사가 배태해온 중화의 우수한 전통문화에 근원을 두고" 있다고 단언한 데서도, 대내적으로는 국가의 문화적 소프트파워를 강화하고 대외적으로는 중국문화의 영향력을 대폭 끌어올려야 한다는 강조에서도 목도된다.

역대 중국을 '문화 중국'이라 규정한 학계의 통찰이 지금의 중국에서도 일관되게 관철되고 있음이다. 국가가 나서서 문·사·철은 물론이고 종교와 민속, 음악, 회화, 건축 등 제반 영역에서 역대의 관련 저술과 유산 등을 정리하고 해석하며 이를 디지털 자료로 만들어 여러 언어로 국제적으로 발신하는 사업에 장기적으로 큰돈을 아낌없이 투입하고 있음이 그래서 이해된다. 우리에게도 중국 못지않은 반만 년 가까운 유구한 역사가 있다는 자부심에 적잖은 생채기가 가해지는 대목이다.

[한국일보 2018년 2월 6일 자]

5 '중국제국' 재생산의 비결

먼저 '중국제국'이란 표현부터 해명한다. 일반적으로 중국제국보다는 '중화제국'이라는 표현을 주로 쓴다. 그럼에도 중국제국이라 한 까닭은 "하늘 밑 세상의 중심, 문명으로 빛나는 곳" 정도의 뜻인 중화(中華)가 중국이란 표현보다 지나치게 자기중심적이고 국수주의적이며 패권적이기 때문이다.

각설하고, 중국에 가면, 특히 일망무제로 펼쳐진 지평선을 몇 시간이고 마주할 때면 절로 밀쳐드는 목소리가 있다. 사막이든 황량한 벌판이든, 또 초원이나 각종 작물로 뒤덮인 들판이든 다 마찬가지다. 광활한 규모가 시시각각으로 내 안에 쌓이다 보면 문득문득 휩싸이게 되는, "2천여 년, 그 긴 시간 동안 이 광대한 강역을 어떻게 중국이라는 이름 아래 하나로 묶어낼 수 있었을까?" 같은 물음이 그것이다.

비단 필자에게만 드는 의문은 아니다. 강토의 이 끝과 저 끝의 인문경관과 자연환경이 사뭇 다름에도, 흔히 55개 민족이 있다곤 하지만 그건 어디까지나 인위적 구분일 뿐 실제로는 훨씬 더 많은 민족이 각자의 문화전통을 일구면서 살아왔음에도, 게다가 역사가 쌓일수록 영토가 계속 넓어져 지금은 유럽보다 1.8배가량이나 됨에도, 중국이라는 정체성을 그 오랜 세월 동안 유지해온 이유를 궁금해 하는 사람들은 적지 않은 듯싶다.

그 답의 하나는 '역사적인 것의 끊임없는 소환'이다. 동서의 많은 학자가 중국의 본령을 '문화 중국'이라 규정했을 때, 그 실질은 중화로 대변되는 전통문화가 중국인의 현재 삶과 사회에 미치는 영향이 사뭇 핵심적이라는 사실이다. 역사적인 것 곧 역사가 교과서나 박물관 등에 박제된 것이 아니라, 국가적 일상은 물론 개개인의 일상에 '살아 움직이면서' 그들의 삶을 실질적으로 구성하고 그들의 일상에 기본으로 개입하고 있다는 것이다.

사회주의체제인 중국이나 자유시장체제인 대만 할 것 없이 자신들의 국호 맨 앞자리를 '중화'라는, 배타적 선민의식이 강렬하게 투사된 표현이 차지하고 있기에 하는 말은 아니다. 국가 정상 간 외교뿐 아니라 일상적 외교 현장에서 고전 속 문구를 의식적으로 즐겨 사용하기에 하는 말도 아니다. 첨단을 달리는 대도시나 낙후된 향촌, 꽤 오래전부터 중국의 본거지였던 중원은 물론, 사막이나 고원 등이 드넓게 펼쳐진 주변부 어딜 가든 그러한 현상을 쉬이 접할 수 있기에 하는 말이다. 이를테면 이런 것들이다.

중국은 자국 내 여행사업 활성화를 통해서도 내수 진작이 가능한 규모이다. 웬만한 대도시조차 국제선 공항청사보다 국내선 공항청사가 훨씬 북적이고 때론 규모가 더 큰 것도 이를 방증해준다. 중국 관영 CCTV에 중국 각지의 관광홍보 광고가 대거 방영되고 있음도 마찬가지다. 그런데 적지 않은 광고에서는 해당 지역의 역사인물과 연관된 내용이 주되게 홍보되곤 한다. 가령 공자 같이 중국을 대표할 만한 인물의 고향임을 내세우는 식이다. 이백이나 두보, 소동파 같이 중국전통문학을 대표하는 인물과 인연 깊은 고장임을 내세울 때도 있다. 어떤 지역은 송대 초엽의 대표적 산문『취옹정기』가 창작된 고을임을 강조하기도 하고, 또 다른 지역은 전통 희곡계의 유명 작가 탕현조의 고향임을 부각시키기도 한다.

광고를 하는 까닭은 이윤을 조금이라도 더 많이 그리고 지속적으로 창출하기 위해서다. 그러려면 더 많은 사람의 방문을 유도할 수 있는 콘텐츠 위주로 광고할 필요가 있다. 분명 광고주와 제작자들은 이런 점을 종합적으로 고려하여 광고를 제작했을 것이다. 그 결과가 이처럼 역사적 인물과 인연을 내세우는 방식이었다. 이쯤에서 우리나라의 경우를 보자. 지자체가 관광 홍보물을 제작하면서 역사적 인물과의 인연을 주되게 내세운다면 어떤 반응이 야기될까. 그것도 이순신 같이 대표급 인물이 아닌, 조선한문학사 같은 책에서 접할 수 있는 문인이나 산문 등을 내세운다면, 우리는 과연 역사 속 유명 문인이나 명작의 고장이라는 이유로 그곳을 기꺼이 찾고자 할지….

우리와 달리, 오늘을 사는 중국인에게는 역사적인 것이 큰 관심을 자아내고 몸을 움직이게 하는 동력임이 분명하다. 중국 관영 CCTV의 대표적 예능 프로그램은 서바이벌 한시 경연 프로그램이다. 제시된 한자를 조합해 한시 구절을 완성한 후 이와 연관된 배경 지식을 다루는 이 프로그램에 14억 중국인이 수 년째 열광하고 있다. 수백에 달하는 방송 채널 어디를 틀어도 쉬이 접하게 되는 TV 드라마의 절대 다수는 사극이고 시청률이 고공 행진하는 경우도 적지 않다. 역사적인 것이 일상에서 함께 살아 움직이고 있기에 가능한 양상들이다.

그러니 우리도 중국처럼 돼야 한다는 얘기를 함이 아니다. 역사적인 것을 생활세계에서 함께 살아 움직이게 함, 이것이 중국제국의 창출과 유지, 재생산의 핵심적 문명장치여서 하는 말이다. 게다가 그것이 내면화되어 지금을 사는 중국인에게 너무나도 당연하고 자연스러운 문화적 DNA가 됐다. 아무리 사회주의를 표방하고, 웬만한 자본주의 국가보다 한층 자본주의적인 중국일지라도, 그러한 지금의 중국을 이해하려면 반드시 그 역사부터 탐구해야 하는 까닭이다.

[한국일보 2018년 7월 10일 자]

6 만주 그리고 38선 이남

만주에 다녀왔다. 이육사의 〈광야〉를 두고, 만주 그 까마득한 벌판을 접해보지 않고서 어찌 이 시를 이해할 수 있겠냐는 평을 접한 지 삼십여 년 만에 드디어 만주와 대면하였다.

문득 우주조차 담길 만한 이 벌판을 경영했던 이들에 대한 경의가 솟구쳤다. 고구려와 발해, 한과 당, 거란의 요와 여진의 금, 몽골의 원과 만주의 청이 갈마들며 떠올랐다. 그 한 구석에선, 그러한 경험을 이어받지 못한 '지금 여기의 우리' 모습이 연신 작아져 가고 있었다. 그럴 가능성은 아예 없지만, 지금의 우리가 이 만주의 주인이 된다면 과연 이 광활한 대륙을 경영할 수 있을지….

만주 경영의 경험이 존경스런 까닭은 '우리도 대국이 돼야 한다'는 유의 팽창주의적 욕망 때문이 아니다. 그 가없는 벌판에 항상 존재해온 상이함을 품어내는 너른 품이 없으면, 절대로 그 넓은 만주를 통짜로 경영할 수 없다. 곧 만주 경영은 서로 다름이 공존하는 넓이를 고스란히 끌어안아야 비로소 가능해진다.

경의는 여기서 비롯된다. 몸집만 대국일 뿐 열려 있지도 않고 속 넓지도 않다면, 그 큰 덩치는 무엇에 갖다 쓰겠는가. 서로 다름을 끌어안는 넓이를 품어내느냐의 문제는 실제로 국가 운영에 큰 영향을 미쳤기에 하는 말이다. 이는 만주를 경영했던 이들이 동북아를 호령하는 수준을 넘어 중국과 중앙유라시아 일대에 명성을 떨쳤던 역사만 봐도 알 수 있다.

철지난 과거 얘기가 아니다. 우리가 우리와 같은 급으로 보는 중국은 만주 경영의 역사적 경험을 이어받았고 지금 그 엄청난 만주를 경영하고 있다. 그래서인지 그들은 자국의 발전전략을 세계전략 차원에서 설정해왔다. 한창 추진 중인 "일대일로(一帶一路)"란 국가전략만 봐도 그렇다. 이는 과거 동서 교류의 양대 젖줄인 비단길과 바닷길을 유기적으로 통합함으로써, 동남아시아, 중동, 중앙유라시아, 유럽, 아프리카를 중국을 기점으로 하나로 잇겠다는 초대 규모의 세계전략이기도 하다.

이를 그저 정치적 수사나 비현실적 몽상에 불과한 것으로 보면 곤란하다. 최근 잇달아 보도됐듯이, 홍해와 아덴만을 잇는 전략적 요충지인 아프리카 지부티에 내년이면 중국의 대규모 군사기지가 완공된다고 한다. 이를 필두로 동아프리카 해안부터 아랍, 인도양, 남지나해로 이어지는 주요 길목에 군사기지나 그들이 운영하는 항만시설이 속속 들어서게 된다. 중국이 세계전략의 하나로 추진 중인 '진주목걸이 계획'이 현실로 착착 전화되고 있음이다.

중국의 이러한 행보를 상찬하자고 하는 말이 아니다. 비판할 것은 당당히 비판하고, 경계할 바는 치열하게 경계해야 한다. 다만 그들의 이러한 국가전략 근저에는 만주 경영의 역사적 경험과 이를 현재화하는 정신이 깔려 있다는 점만큼은 놓쳐서는 안 된다. 게다가 서로 다름의 공존이 가능한 넓이를 기본적으로 전제하는 21세기, 이 글로벌 시대의 문명 조건을 감안하면 더욱 그러하다. 우리에게도 만주 같은 광활한 벌판이 필요하다는 뜻이 아니다. 이 세계에 상존하는 다양함을 품어낼 수 있는 넓이를 창출하는, 그러한 개방적이고도 다원적 세계전략이 절실하다는 것이다.

우리에게 세계전략이 왜 필요한지, 이는 중국엔 아시아가 없고, 일본도 스스로를 아시아에 가둬오지 않은 역사만 봐도 알 수 있다. 그들이 저 옛날부터 지금까지 왜 그러한 자세를 취해왔는지를 보면 된다. 우리는 동북아시아라고 부르는 지역을 중국은 동북지역이라고 한다. 중국의 동북쪽 일대라는 뜻이다. 하여 '동북아공정'이 아니라 '동북공정'이다. 일본은 고대부터 자신을 중화세계의 일원으로 여기지 않았으며, 근대 이후론 "탈아입구", 곧 아시아를 벗어나 서구의 일원이 된다는 목표를 현실화하고 있다.

반면 우리는 줄곧 줄여오고 있다. 삼국통일로 줄어든 과거 역사를 말함이 아니다. 그건 당시로서는 최적의 선택일 수 있었기에 그렇다. 그때가 아니라 지금 여기를 얘기하자는 것이다. 교육 현장에서는 스스로의 상상력을, 또 실존 범위를 여전히 한반도에 가두고 있다. 정말로 작은 나라가 아님에도 자꾸 작은 나라라고 되뇐다. 그러더니 이제는 남한으로 국가 범위를 대놓고 축소시키고 있다. 소위 '건국절' 소란 얘기다. 상해임시정부는 국토 없는 건국이기에 참된 건국이 아니라면서, 1948년 남한 단독정부 수립을 건국 시점으로 삼자는 그 주장 말이다. 결국 대한민국은 38선 이남만을 국토로 삼아 건국됐다고 우기는 셈이다.

하필 이웃한 나라가 죄다 세계전략을 국가전략으로 삼는 강대국인 바람에 가뜩이나 작아 보이는데, 우리는 이렇게 스스로 더 좁혀가고 있다. 그러면서도 21세기 글로벌 사회에서 절대 다수의 시민이 자유롭고도 행복한 삶을 영위한다면 문제되지 않을 수 있다. 그런데 청년 열 명 중 여덟 명이 우리나라를 떠나고 싶다고 한다. 세계는 언감생심, 자국 청년을 품어낼 넓이조차 지니지 못한 나라, 그런데도 갖은 '사회적 갑'들은 이 '헬조선'을 자랑스러워하라고 한다.

[한국일보 2016년 8월 31일 자]

7 중국이 유방[劉邦]을 자처한 까닭

공을 높이 던지는 까닭은 멀리 보내기 위해서다. 반면에 2루로 도루하는 주자를 잡기 위해선 최단 거리로 공을 빠르게 던져야 한다. 하늘 높이 온 힘을 다해 던질 필요가 없다는 것이다. 홈과 2루 사이는 결코 먼 거리가 아니기 때문이다.

미사일도 마찬가지다. 맞붙어 있는 적을 타격하기 위해 대기권 바깥까지 쏘아 올릴 이유가 없다. 더구나 가까운 거리의 적을 타격할 때 관건은 신속함이다. 굳이 하늘 높이 쏘아 올려 상대에게 대처할 시간을 벌어줄 까닭이 전혀 없다. 북한이 우리를 타격할 때 이를 막기 위해 높은 고도까지 미사일을 쏘아 올릴 이유가 없다는 말이다. 그럼에도 고고도 미사일 방어체제인 사드를 한반도에 배치한다고 한다.

예상대로 중국이 반발했다. 우리와 미국은 한사코 부인했지만, 사드는 높은 고도에서 날아오는 미사일을 요격하는 무기체제인지라 중국 감시를 염두에 뒀다고 비칠 수도 있다. 그들이 우리에게 으름장을 놓은 이유다. 그런데 '텍스트의 제국'답게 표현이 제법 인문학적이었다. 『사기』에 나오는 "항장무

검, 의재패공(項莊舞劍, 意在沛公)"이란 문구가 그것이다.

항장은 항우 측의 장수이다. 그리고 패공은 유방을 가리킨다. 항우는, 유방이 천하 제패 야심을 드러내자 그를 홍문(鴻門)으로 불렀다. 진의를 확인하고자 했음이다. 당시 열세였던 유방은 부름에 응할 수밖에 없었고, 속과 다른 언사로 항우의 의심을 푸는 데 성공했다. 다만 항우의 책사인 범증은 기필코 유방을 죽여 후환을 없애고자 했다. 하여 항장에게 연회의 흥을 돋운다는 명분으로 칼춤을 추다가 틈을 보아 유방을 죽이라고 했다. 이로부터 "항장이 칼춤을 추는 의도는 패공을 죽이고자 함이다"는 뜻을 지닌 위의 말이 비롯되었다.

이 말에 대해 우리 정부는, 우리는 칼춤을 춘 적이 없다며 중국을 비판했다. 그런데 이러한 대처가 과연 적절했을까? 중국은 이 고사의 인용을 통해 우리를 항우가 아닌 항장에 비겼다. 우리가 천하 패권을 놓고 다투던 항우나 유방 급이 아님은 속상하지만 인정할 수밖에 없다. 그렇다고 시키는 대로 해야 하는 항장 급이 아님 또한 자명하다. 따라서 "우리는 칼춤을 추지 않았다"가 아니라 응당 "우리는 항장에 불과하지 않다"고 했어야 한다.

그렇다고 중국을 필요 이상으로 나무라서도 곤란하다. 유방이 홍문의 연회에서 항우에게 굴욕적 자세를 취했던 것은 맞다. 하지만 유방 측에는 훗날 400년을 웃도는 대제국의 기초를 다지고도 남을 인재가 충분히 결집되어 있었다. 다시 말해 여건만 조성되면 언제든지 상황을 일거에 역전시킬 잠재력이 충분한 상태였다. 이는 지금의 미국과 중국 상황에 딱 들어맞는다. 아직은 미국을 압도할 만한 힘을 지니지 못해 우리에 경고했을 따름이라는 것이다. 이를 두고 중국이 우리를 자신과 같은 급으로 여겼기에 우리에게 경고했다고 오판해서는 안 된다.

나아가 홍문의 연회가 천하 패권을 놓고 벌인 쟁투의 한 국면이라는 점도 주목해야 한다. 항우 측은 유방을 죽이지는 못했지만 그를 굴종시키는 데는 성공했다. 미국이 우격다짐을 한다면 사드는 결국 한반도에 배치될 것이다. 미국으로서는 어찌됐든 중국을 제압한 셈이 된다. 그렇다고 그것이 중국에 대한 미국의 궁극적 승리라고 할 수 있을까? 홍문의 연회라는 국면에선 유방이 굴복 당했지만, 종국에 천하를 거머쥔 자는 유방이었기 때문이다.

물론 유방이 항우를 꺾은 것처럼 중국이 미국을 제압한다는 것은 그들만의 야무진 꿈에 불과할 수도 있다. 하지만 이번 고사의 인용을 통해 한국이 중국에게는 궁극적 대화 상대가 아니라는 점만큼은 분명하게 드러났다. 늘 그랬듯이 한국을 통해 미국에게 말을 걸었던 것이다. 하여 그들은 대놓고 한국을 바둑돌에 비유하기도 한다. 한국이 자기에게 궁극적 목표인 적은 없었다는 소리다.

아시아도 마찬가지다. 우린 '세계-아시아-한국' 식으로 국제사회서의 위상을 설정하지만 중국은 아니다. 이득이 될 때는 아시아의 일원이라 말하지만, 기본적으로는 아시아란 단위에 자신을 묶어두지 않는다. 그래서 만주 일대를 동북아시아라고 부르는 우리와 달리 그들은 그냥 동북이라고만 한다. '동북아공정'이 아니라 '동북공정'인 까닭이다. 대신 중국은, 자기가 포함될 수 있는 단위는 세계밖에 없다고 여겨왔다. 그래서 그들은 늘 세계에 대고 얘기한다. 우리를 향해 하는 말조차도 그 종착지는 한국이 아니라 세계라는 것이다.

마음이 불편해지는가. 그러나 이는 부인할 수 없는 사실이다. 상대적 강자를 상대할 때에는 사실에 기초함이 가장 믿을 만한 길이다. 자존심이 상해도 사실은 사실대로 받아들여야 하는 이유다. "강하지 못하면서 굴욕은 왜 꺼려하는가? 강자가 되지도 못하고 약자로도 처신하지 못하면 패망하게 된다." 유교 경전인 『춘추좌전』에 나오는 구절이다. 강해지기 위해선 때로는 약자로 처신할 필요도 있다는 뜻이다. 이미 G2 급인 중국이 유방을 자처한 것처럼 말이다.

[한국일보 2016년 2월 19일 자]

8 대인[大人] 같은 대국[大國]은 없다

"중국이 대국답지 못하게 왜 저리 쫀쫀하게 구나요?" 연예계의 한류 제한, 설 연휴 기간 중 한중 간 전세기 운항 불허 등, 사드의 한국 배치 결정 후 중국에서 벌어진 일련의 사태로 인해 곧잘 듣게 되는 질문이다. 그런데 '대국답다'라는 것이, 아니 '대국'이란 것이 과연 무엇일까.

사전적으로 대국은 국력이 센 나라를 가리킨다. 국제무대서의 정치적 영향력이나 경제력, 군사력을 비롯하여 영토, 자원, 인구 등이 크거나 많은 나라를 대국이라 일컫는다. 인격적, 도덕적 역량은 대국 여부를 결정하는 데 별다른 영향을 미치지 않는다는 얘기다. 그럼에도 우리는 대국이라 하면, 뭔가 대인군자 같이 통이 크고 큰 길을 취하며, 제반 행동거지가 의젓하고 차원이 다르리라 여기곤 한다.

그러나 대국에 대한 이러한 관념은 어디까지나 선입견에 불과하다. 또한 인간관계 차원서 성립되는 '대인-소인배' 식의 나눔을 국가관계에 고스란히 적용할 수는 없다. 물론 이른바 '대국'이라 규정된 나라에도 대인다운 이들이 적지 않다.

삶 자체가 인류 공영이나 자연 보존에 쇠하지 않는 빛이 됐던 이들이 적잖이 배출됐고, 지금도 그러하기 때문이다. 다만 덩치가 크다는 이유만으로 대인이라 규정할 수 없듯이, 대인들이 많다고 하여 그 나라를 대국이라고 단정할 수는 없다.

고금의 역사를 뒤져봐도 그런 일이 있은 적도 없었고, 현실적으로도 그럴 가능성은 매우 적다. 대국이든 그렇지 않든 간에 국가 운영은 실리와 실용 지향적일 수밖에 없다. 개인 차원에선 자기 삶의 우선순위를 도덕에 둘 수도 있고 아닐 수도 있지만, 그러한 개인이 '집합적 신체'를 이루고 있는 국가는 그럴 수 없기 때문이다. 아무리 도덕적 성취나 진보를 국정의 핵심으로 추진한다고 해도, 시민 다수가 실익을 누리지 못하게 되면 도덕 지향적 국정 운영은 난관에 봉착하고 만다. 경제적 실리 없는 도덕적 국정은 이상이 아니라 몽상에 가깝다는 말이다.

단적으로 국정 운영 차원에서 보자면, 도덕적 지향을 도모하지 않음은 대국이든 약소국이든 또 중진국이든 간에 별 차이가 없다. '도덕적 대국', 비유컨대 대인군자 같은 대국은 있은 적도 없고 성립될 수도 없다는 뜻이다. 그럼에도 대국이 형성된 연유는, 이익이 된다면 기꺼이 "깨알 같이 챙겼기" 때문이다. 잘 와 닿지 않는 말일 수 있다. 그러면 우리의 대기업을 보자. 이명박 정부 이후 일부 대기업들은 우량 중소기업은 물론 동네 슈퍼마켓부터 빵집과 카페 등등, 덩치에 걸맞지 않게 돈이 되는 것은 다 거머쥐려 해왔다. 배려나 협력 같은 도덕적 가치 실현은 그들 행보에 별다른 장애가 되지 못했다.

그래서 대기업이 못됐다며 윤리적으로 단죄하려 함이 아니다. 다만 만 보 물러나 그들 입장에서 사고실험을 해본다면, 그러니까 순전히 이윤을 창출할 수 있는가의 차원에서만 보면, 그들의 행위는 잠재적 경쟁자를 적극적으로 제거하는 '배타적 이익 추구' 행위로도 볼 수 있다. 그러나 이는 중소기업의 번영과 골목상권의 활성화가 우리와 무슨 관계냐는 편협한 심산의 발로에 지나지 않는다. 직접 장악하는 것에 비해 그들과의 상생과 공영이 과연 얼마나 더 큰 돈이 되겠냐는 태도다. 한 마디로 강자다운 아량과 통 큰 안목을 지닌, 그러한 대인다운 '도덕적 대기업'이란 존재하기 어렵다는 얘기다.

대국 또한 마찬가지다. 그들이 큰 나라가 된 까닭은 도덕에 구애받지 않고 잠재적 위협 세력을 선제적으로 제압하며, 국가에 이득이 되는 것을 깨알 같이 또 치열하게 챙긴 덕분이었다. 무슨 도덕적 우위를 갖춰 주변 나라가 그들에게 감동, 감화되어 그들을 따른 결과가 결코 아니었다.

하여 대국을 대하는 우리의 사유와 태도를 점검할 필요가 있다. 우리가 중국보다 힘이 약함은 객관적 사실이다. 그렇다고 우리가 중국에게 대인다운 행보를 요구해야 하는 것은 아니다. 우리가 상대적 약자임을 인정함과 그들에게 대인다운 통 큰 행보를 기대함 사이에는 아무런 연관도 없다. 게다가 이는 우리 스스로의 자존에 대한 모욕이다. 대인관계서도 그렇지만 국가 사이에서도 강자의 도덕심에 기댐은 일종의 '노예 코스프레'이다. 상대적 약자라도 자율적이고 유능한 존재로 우뚝 설 수 있기에 그렇다.

자국 안보와 이익을 중심으로 냉정하게 돌아가는 국제사회에서, 상대적 약자인 우리에겐 대국이 대인답게 나오길 기대할 여력은 없다. 자신에게 해가 된다고 판단되면 그 정도와 무관하게 힘을 앞세우는 그들에 맞서 우리는 우리의 생존과 이익 실현을 위한 길을 열어가야 한다. 그러기 위해서는 대국을 잘 알아야 한다. 강자는 약자를 잘 몰라도 힘을 바탕으로 약자를 자기 이해 구현에 이용할 수도 있지만 그 역은 성립되지 못한다.

적어도 미국, 중국, 일본, 러시아만큼은 우리가 잘 알아야 하는 까닭이다. 강자를 모르는 약자는 도덕적일 수 없는 대국에게 도덕심을 기대하는 우를 줄곧 범하기에 더욱 더 그러하다.

[한국일보 2017년 1월 18일 자]

9 '도덕적 대국'이라는 환상 또는 허구

지난 10월 초순, 트럼프 미 대통령은 우리 외교부의 5 • 24 대북 제재조치 해제 검토 발언을 두고 한국은 미국 측의 '승인' 없이는 아무것도 하지 않으리라고 밝혔다. UN에서 똑같이 한 표를 행사하는 주권국가 사이에서 승인이란 표현이 적절했는지, 논란이 잠시 일었지만 이내 묻혔다.

그런데 중국의 시진핑 주석이 대북 제재 조치를 해제하려면 중국의 승인을 받아야 한다고 했다면 어떤 일이 벌어졌을까. 적어도 트럼프의 경우처럼 살짝 논란이 됐다가 슬쩍 지나가지는 않았을 것이다. 대 중국 감정이 가뜩이나 좋지 않은 상황에서 중국이 우리의 주권을 낮잡아보는 발언을 했다면, 우리 국민의 반응은 반중 감정을 넘어 심각한 수준의 '혐중(嫌中)'으로 치달았을 것이다. G2로 묶이는 대국이지만 미국과 중국에 대한 우리의 정서와 태도는 이렇듯 사뭇 다르다.

이는, 중국은 덩치만 컸지 대국답지 못하다는 반응으로 응축되어 나타나곤 한다. 사드 한반도 배치에 대해 중국이 취한 조치라든지, 남북 간과 북미 간 정상회담 등 한반도 평화 실현을 위한 우리의 노력에 뭔가 딴죽을 거는 듯한 중국의 행보도 같은 반응을 야기한다. 대국답지 않게 속 좁고 이기적으로 군다는 것이다. 십분 동의된다. 크게 이슈가 되진 않았지만, 며칠 전 고려대의 동아리 행사에 설치된 '티베트와 인도'라는 부스 이름을 놓고 중국 정부가 우리나라와 해당 대학에 문제를 제기한 것만 봐도 그렇다. 미국과 맞먹을 정도로 큰 나라가 남의 나라 대학생들이 자체적으로 연 행사에 정부 차원서 대응함은 분명 덩치에 어울리지 않은 치졸한 행위로 보인다.

이러한 우리 반응의 저변에는 대국은 도덕적으로도 통이 커야 비로소 대국답다는 전제가 자리 잡고 있다. 마치 대인이 소인배와 달리 인격적으로 훌륭하다고 여김처럼 말이다. 그런데 대국은 언제부터 단지 덩치만 큰 것이 아니라 도덕적으로도 큰 나라를 가리키는 말로 쓰였을까? 아니 인류 역사에 과연 그러한 '도덕적 대국'이 존재한 적이나 있었을까? 국가는 도덕 실현을 위한 존재가 아니라 어디까지나 이익 실현을 위한 존재였기에 그렇다. 나라가 크든 작든 간에 도덕 국가, 곧 도덕이 모든 국가행위의 가장 기본이 되고 존재 이유였던 국가는 논리적으로 또 현실적으로도 있을 수 없다.

물론 국가가 표방하는 이념이나 가치 등을 보면 여태껏 있어온 절대 다수의 국가는 참으로 도덕적이다. 그러나 이는 어디까지나 도덕의 실천이 국가의 존속과 번영에 부합될 때의 얘기다. 그것이 국가 이익에 반하거나 별 도움이 되지 않을 때에는 얘기가 사뭇 달라진다. 특히 나라와 나라 사이에서는 더욱 그러하다. 자국의 이익 실현이 국제무대에서는 최우선이기에, 손해를 감수하면서까지 타국에 도움을 줌으로써 대국답다는 칭송을 듣고자 하는 나라는 지금도 없고 과거에도 없었다.

오히려 다른 나라로부터는 부도덕하다는 평판을 듣더라도 내 나라에 득이 된다면 그것을 기꺼이 행하는 경우가 다반사다. 대국이라고 하여 예외가 아니다. 대국도 국가인 한, 기본적이고도 우선적으로 자국의 이해관계를 앞세우기 마련이다. 영토가 넓고 자원이 많으며 군사력과 경제력 등이 크고 세기에 대국인 것이지, 도덕적으로 훌륭하기에 대국이 된 것은 아니기 때문이다.

이처럼 대국과 도덕적 역량은 무관하다. 미국이 중국에 비해 선진국인 까닭은 민주주의가 중국보다 많이 발달했기 때문이다. 그러나 민주주의가 발달했다고 하여 다 대국이 됨은 아니다. 시민 일반의 인문적 소양이 중국보다는 미국이 높은 것도 미국이 중국보다 선진국인 이유의 하나다. 그러나 유럽의 여러 나라에서 확인할 수 있듯이 인문적 소양이 높다고 하여 다 대국이 되는 것도 아니다. 성숙한 민주주의나 높은 인문적 소양 등은 선진국의 조건이지 대국의 조건이 아니었음이다. 대국이 되는 데는 경제력이나 군사력, 영토의 크기 등이 핵심이지, 도덕적 역량은 그저 부차적 요소에 지나지 않는다는 것이다.

하여 미국이나 중국이 대국이라고 해서 그들이 도덕적으로도 대인처럼 굴 것을 기대하는 건 오산이다. 사람 차원에서 대인과 그렇지 못한 이의 구분이 가능하고 또 의미 있다고 하여 국가 차원에서도 그러한 구분이 유의미한 것은 아니다. 게다가 미국이나 중국이 대국임은 나의 승인 여부와 무관하다. 내가 그들의 도덕성에 실망하여 대국답지 못하다고 비판했다고 치자. 그런다고 그들이 대국이 아니게 되는 것도 아니며, 내가 그들을 대국답다고 인정한다 하여 그들이 비로소 대국이 되는 것도 아니다.

이럼에도 저들이 자국 이익의 실현을 위해 하는 행위를 대국답지 않다며 비난한다면 그것은 우리의 한계를 '아Q'* 처럼 자인하는 행위일 수 있다. 자국 이익 실현을 위해 행사되는 위력 앞에 무기력함을 느끼자 도덕의 문제를 들고 나와, "너희들은 힘만 셌지 도덕적으로는 아직 멀었어" 하며 자기 합리화를 하는 모양새가 되기 때문이다. 또한 대국은 대인다워야 한다는 인식 자체가 우리에게 익숙한 사대주의의 유산일 수 있음에 유의해야 한다. 그러한 인식이 전근대시기에는 중국에 대해, 광복 이후에는 미국에 대해 지녀왔던, 대국은 도덕적으로도 큰 나라라는 선입견을 추종한 결과일 수 있기에 그러하다. 도덕적 대국은 그저 허상이자 신화에 불과할 뿐이다.

[한국일보 2018년 11월 20일 자]

* 현대중국의 대문호 루쉰이 지은 『아Q정전』의 주인공이다. 그는 현실에서 당하는 갖은 구박과 조롱 등으로 인한 고통을 골방에 틀어 박혀 자기 정신세계 속에서 자신에게 가해를 한 상대를 깎아내림으로써 해소한다.

10 먼 손오공, 가까운 조삼모사

대한민국은 비유컨대 '섬'이다. 외국으로 도피를 하려면 밀항을 해야지 육로로는 도망갈 방도가 없다. 분단 때문이다. 일제 강점과 연이은 외세 개입으로, 본래 섬이 아니었던 강토가 실질적으론 섬이 되어버렸다. 그렇다고 우리 사유가, 상상이 또 포부가 섬처럼 고립되어선 안 됨은 당연할 터이다.

설이 코앞이다. 원숭이해가 진짜로 시작된다. 원숭이 하면 『서유기』의 손오공과 조삼모사(朝三暮四)의 원숭이들이 생각난다. 주지하듯 『서유기』는 인도에서 불경을 구해 돌아온 현장법사의 구도 여행을 소설적으로 각색한 작품이다. 손오공은 이 소설에서 삼장법사 일행을 이끌며 여행 목적을 성공적으로 완수하는 주인공으로 나온다. 반면에 조삼모사의 원숭이들은 단순한 책략에 넘어가는 우둔하기 짝이 없는 존재로 묘사된다.

손오공의 활약은 가히 '역대급'이었다. 감언이설에 쉬이 속고 그럴싸한 겉모습에 날름 넘어가는 삼장법사 등과는 차원을 달리 했다. 그는 존재의 본질을 통찰했고 사태의 핵심을 꿰뚫었다. 게다가 천하무쌍의 무공과 절륜의 무기도 갖추었다. 옥

황상제부터 석가여래, 태상노군에 이르는 최고의 신격들과도 허물없이 지내는 사이였다. 문무를 겸비한데다가 최상의 하드웨어와 절정의 인맥마저 갖춘, 인간이 빚어낸 완전체 자체였다.

반면에 조삼모사의 원숭이들은 못남 방면에서 가히 '역대급'이었다. 그들은 아침저녁으로 네 알씩 받던 도토리를 아침에 셋, 저녁에 넷을 받자 분노하였다. 그러다 주인 저공이 아침에 넷, 저녁에 셋을 주니까 환호했다. 이 고사를 전한 열자는 아무런 손해도 보지 않고 목적을 달성한 저공더러 지혜롭다고 칭송했다. 하지만 그의 말은 지혜라기보다는 말장난에 불과했다. 그러한 저급한 말장난에 원숭이들은 좋아라하며 농락당했을 뿐이다. 참으로 지질하기 그지없는 군상들이다.

이들 가운데 우리 인간이 원숭이해를 지정까지 하며 기리는 원숭이의 덕은 손오공의 그것일 것이다. 빼어난 인간이 지녔을 법한 재덕을 고루 갖춘 채 신적 능력마저 겸비한 존재, 기릴 만한 대상임에는 틀림없다. 주목할 점은 손오공 같은 캐릭터가 서역으로의 여행 곧 '서유(西遊)'라는 모티프와 결합되었다는 점이다. 그리도 뛰어난 손오공의 활동무대는 중원이 아닌 서역이었다. 왜 그랬을까? 당연히 여러 요인이 복합적으로 작동된 결과지만, 주로는 고대 중국인이 서역에 대해 품었던 관념 덕분이었다.

서역은 중국의 서쪽 바깥을 의미한다. 보다 구체적으론 실크로드가 통과하는 일대를 가리킨다. 이 지역은 고대 중국인에겐 신비롭고도 기괴한 세계였다. 갖은 기화요초와 진귀한 보물이 그득한 이상향인 동시에 온갖 귀신과 요물이 득시글대는 지옥 같은 곳이기도 했다. 하여 이곳에 간다는 것은 인간의 능력을 넘어선 일로 여겨졌다. '서유'를 성공적으로 이끈 손오공이 절정의 공력을 지닌 초현실적 존재인 까닭이다.

문제는 서역이 대대로 중국의 발달을 일군 중요한 원천이었다는 점이다. 서역에서 유입된 문물과 제도는 중국이 일신하여 부강함을 창출하는 데 고갱이가 되곤 했다. 역대 중국 왕조 가운데 서역을 적극적으로 경영했던 한과 당, 청이 전 지구적 차원에서 크게 번영했던 데 비해, 서역 경영에 실패한 왕조는 거의 그렇지 못했음이 이를 반증해준다. 곧 '서유'로 대변되는 서역 경영은 현실에서 실현하기 힘들면 상상으로라도 이뤄내야 하는 과업이었다.

저 옛날만의 얘기가 아니다. 사회주의 신중국은 6·25전쟁이 한창일 때 서역 경영의 교두보인 위구르와 티베트를 무력으로 복속시켰다. 21세기에 들어 국력이 'G2'급으로 급성장하자 '서부 대개발'이란 야심찬 계획을 들고 나왔다. 표면적으론 낙후된 중국 서북부 지역을 개발함으로써 지역 간 경제적, 문화적 격차를 해소하겠다는 비전을 내세웠지만, 근저에는 서역 경영을 위한 거점을 확고히 닦겠다는 욕망이 깔려 있었다.

그리고 시진핑 주석 시대가 전개되자, 서역 경영을 더욱 확대한 '일대일로(一帶一路)'란 국가 발전 전략이 제시됐다. 중국을 기점으로, 육로로는 서역 곧 중앙유라시아와 유럽을 잇는 '하나의 벨트'를, 해로로는 동남아와 서남아, 유럽, 아프리카를 연결하는 '하나의 길'을 건설하겠다는 초대 규모의 세계 전략이다. 과거 동서 교류의 양대 젖줄인 비단길과 바닷길을 유기적으로 통합함으로써, 지구촌 유일의 초강대국이 되겠다는 야심을 굳이 감추지 않았다. 손오공을 만들어낸 욕망이 이젠 서역을 넘어 전 지구촌으로 확장되고 있는 셈이다.

반면에 우리는 갈수록 섬으로 고립되고 있다. 세계화를 외친 지 20여 년이 되었건만 '우리의 서유'를 실현하기는커녕 상상조차 않고 있다. 대신 갈수록 조삼모사 판이 되고 있다. 손오공 같은 원숭이는 부재하고, 저공과 그의 원숭이들은 늘어나고 있다. 그래서 붉은 원숭이해인 듯싶다. 저공의 말장난에 놀아나는 동족을 보자니, 부끄러움을 감출 수 없어 붉은 낯빛을 띠는 게 차라리 속이 편했나 보다.

[한국일보 2016년 2월 5일 자]

11 진시황이 거대한 동상을 만든 까닭

기원전 221년, 진시황은 사상 최초로 황하와 장강을 아우르는 대제국을 건설했다. 그렇게 통일되기 전 중국은 550여 년간 지속된 분열과 혼란 속에 각 나라는 살아남기 위해 그야말로 싸우고 또 싸웠다.

전쟁의 크기와 기간, 소요 비용이 늘어갔음은 당연한 귀결, 그 폐해와 살육 규모도 커져만 갔다. "땅을 차지한다며 전쟁을 하고는 사람을 죽여 온 들판을 가득 메우고, 성을 차지한다며 전쟁을 하고는 사람을 죽여 온 성에 가득케 한다. 이는 땅에게 사람 고기를 받친 셈으로 그 죄는 죽음으로도 용서될 수 없다"(『맹자』)는 절규는 그저 공허한 메아리였다. 급기야 학살한 인명을 십만 단위로 헤아리는 지경이 되고 말았다. 전쟁 광기가 일상화됐기에 야기된 참극이었다.

강력한 통일 대제국을 건설했음에도 진시황이 허구한 날 마음을 놓을 수 없었던 까닭도 이 때문이었다. 힘써 일군 대제국이 만대에 전해지도록 갖은 장치를 고안해냈건만 불안감이 가시지 않았다. 중원 곳곳에 병기가 산재했고 평민 중 상당수가 전투 경험을 지니고 있었던 탓이었다. 워낙 오랜 기간 나뉘어 싸우다보니 어느덧 무기와 병력이 일상에 그득하였다. 그러니 수틀리면 언제라도 들고 일어날 가능성이 삶터에 충만했다. 이것의 해소 여부에 따라 제국은 단명할 수도, 만세토록 유전될 수도 있는 상황이었다.

가만히 있을 수만은 없었다. 진시황은 각지의 장정을 징집하여 만리장성 수축 현장으로 투입하였다. 변방 요충지와 수도를 최단거리로 잇는 직도(直道) 가설에도 적잖은 인력을 동원했다. 아방궁 건축에도 수많은 인력을 그러모았다. 한마디로 대규모 토목사업장에 '잠재적 병력'을 집적시켜놓고 이를 정부가 관리함으로써 있을 수 있는 무력 봉기를 막아보자는 심산이었다.

삶터에 퍼져있던 무기도 폐기했다. 당시 상황을 전하는 사마천의 증언에 의하면, 진시황은 천하의 병기를 수도로 거둬들인 후 이를 녹여 거대한 동상 12개를 만들었다고 한다. 전하는 이야기들을 보면, 동상의 무게는 개당 12만 근 또는 24만 근이었다. 대략 30톤 또는 60톤에 해당되는 무게다. 솔직히 그다지 거대한 규모라는 느낌이 들지는 않는다. 그러나 또 다른 일화에 따르면, 『삼국지연의』에 나오는 동탁이 이 중 하나를 녹여 휘하 군사 2만 명을 무장시켰다고 한다. 이 셈법대로라면 동상 12개로 24만 명을 무장시킬 수 있다. 지금 세상에서 24만 명을 무장시키려면 얼마의 비용이 들까. 아니 그렇게 할 수 있는 국력을 지닌 나라가 과연 몇이나 될까.

물론 이는 어디까지나 소설적 허구에 불과하다. 그러나 무기를 폐기하고자 했던 진시황의 노력만큼은 너끈히 미루어 짐작할 수 있다. 게다가 진시황만 이랬던 것이 아니다. 위진남북조를 통일한 수의 문제와 양제도 비슷한 길을 걸었다. 400년 가까이 지속된 난리 통에 무기는 삶터에 산재케 됐고 인민들에게는 전투 경험이 축적되어 있었다. 이 모두 제국에 언제라도 균열을 가할 수 있는 결코 가볍지 않은 잠재적 불안 요소였다. 이에 그들은 진시황처럼 대규모 토목사업을 벌였다. 대운하 건설이 그것이다. 동상을 만들지는 않았지만 고구려 정벌에 대대적으로 나섰다. 영토도 넓히고 병력과 무기를 통제 가능한 범위 내로 소진할 수도 있으니, 성공만 한다면 적어도 일석이조는 됐다.

이들과 유사한 일이 일본에서도 있었다. 임진왜란을 일으킨 도요토미 히데요시는 오랜 분열기인 전국시대를 통일한 당사자였다. 조선 정벌은 상존하는 화력을 나라 밖으로 빼냄으로써 안정된 국정 운영을 구현코자 한 책략의 하나였다. 메이지유신 이후 본격적으로 부상한 '정한론(征韓論)'의 이면에도 이러한 책략이 도사리고 있었다. 다만 이러한 '폭력으로 폭력을 제거'하는 방식은 하나같이 끝이 안 좋았다. 진과 수, 도요토미 히데요시 정권은 단명했고, 일제는 말 그대로 '폭망'했다. 단적으로 물리력이 삶터와 일상에 퍼지고 쌓이면 무슨 수를 쓰든 그 끝은 결국 파멸이고 만다는 점을 이들 역사는 분명하게 말해준다.

72년 전 우리는 일제로부터 해방을 맞이했지만, 적어도 19세기 말부터 한반도를 둘러싸고 쌓여가기만 했던 물리력은 결국 6·25전쟁이란 참극으로 터져 나와 남북을 합쳐 약 200만 명 이상이 사망하거나 실종됐다. 이는 당시 남북한 인구의 10% 이상에 해당되는 수치고, 전체 사망자 중 민간인의 비중이 압도적으로 높다. 그때보다 살상 능력이 엄청나게 제고되었고, 압도적으로 고도화된 화력이 한반도와 일본, 중국 등지에 집적되어 있는 지금 전쟁이 또 일어난다면 과연 살상 규모는 얼마나 될까.

광복절 아침을 72번째 맞이하지만 우리는 여전히 미완의 광복을 맞이하고 있는 셈이다. 1945년에 맞이한 광복은 정통성 있는 왕조를 복원했다는 뜻이 아니기에 그렇다. 그것은 자주적 국민이 독립된 국가를 건설케 됐다*는 뜻이며, 이를 저해하는 제반 세력으로부터 해방됐다는 뜻이기에 그렇다. 무엇보다도 평화의 안정적 실현이 광복의 참다운 의미 중 하나이기에 더욱더 그러하다.

[한국일보 2017년 8월 15일 자]

---

* 이 대목은 『기미독립선언서』의 첫 대목인 "吾等은 玆에 我 朝鮮의 獨立國임과 朝鮮人의 自主民임을 宣言하노라"에서 따왔다.

12 두만강, 진시황 그리고 연변[延邊]

강물이 거기서 그렇게 흐르고 있었다. 두만강이었다. 한달음도 안 돼 보이는 저기엔 북녘 땅이 또 그렇게 물끄러미 있었다. 뗏목처럼 만든 배를 타고 강물 따라 흘렀다. 동행하신 선배 학인께서 강물에는 국경이 없다고 말씀하셨다. 이곳도 저곳도 아닌 경계에서 유동하고 있었음이다.

연변 조선족 자치주의 수도 연길, 그곳도 유동하고 있는 듯했다. 차라리 계절 탓이면 좋으련만 도시는 활기를 잃은 듯 가라앉아 있었다. “연길의 살길은 북한의 개방밖엔 없습니다.” 동행한 조선족 가이드의 말에는 깊은 시름이 배어 있었다. 조선족이, 그렇게 연변이 흔들리고 있었다. 그 위로 10년쯤 전 연길을 다녀오셨던 지인의 말씀이 겹쳐졌다. “어찌나 활기차던지 여기에 어떻게 이런 곳이 있을 수 있나 싶었지요.” 지난 10년 간 연변은 경색된 남북 관계의 유탄을 맞아 활기를 잃어왔음이다.

북한을 품어야 함이 우리에게는 소명이나 이념 차원의 문제였지만 연변의 조선족에게는 먹고 사는 차원의 문제였음이다. 생각이 자연스레 포용으로 흘렀다. 그저 민족주의에 젖은 감상이 아니었다. 흡수통일을 염두에 뒀음도 아니었다. 남한이 북한을 포용한다고 함은, 우리가 그들과 함께하는 미래를 품음을 말한다. 그러한 미래는 당연히 서로에게 이로워야 한다. 적잖은 세월 간 체제와 이념을 달리한 상대를 품으려면 더욱 그러해야 한다. 그래서 포용은, 이를테면 휴머니즘이나 민족주의 같은 도덕적, 이념적 실천이기보다는 '무언가를 위한' 포용이어야 할 필요가 있다. 그랬을 때 포용은 도덕적, 이념적 차원서도 값지지만 실용적으로도 자못 이로울 수 있게 된다.

이러한 면에서 진시황의 승상이었던 이사가 쓴 『간축객서(諫逐客書)』는 오늘날에도 의의가 제법 크다. 이는 중원의 강자가 된 진시황이 일순 오만해져 축객령, 그러니까 타국 출신 인재를 추방하라는 명령을 내리자 이사가 급히 올렸던 간언이다. 이 상서에서 이사는 진나라가 중원의 강자가 됐던 결정적 이유로 진시황의 선대 왕들이 행한 포용을 제시했다. 곧 목공은 중원 각지서 온 빼어난 인재를 받아들임으로써 진나라 서쪽 일대를 석권하였고, 효공과 혜왕, 소왕은 각각 타국 출신인 상앙 • 장의 • 범수를 끌어안음으로써 부국강병을 일궈내고 국토를 넓혀 중원 통일의 토대를 굳건하게 구축할 수 있었음을 설파했다.

그러고는 이들을 품지 않았으면 부유함이란 이익도, 강대국이란 실질도 있을 수 없었다고 단언했다. 감정적이거나 도덕적으로 마음이 동해서 포용한 것이 아니라 분명한 이익이 있기에 그리 했다는 것이다. 포용이 실리를 기반으로 한 선택의 문제라는 점을 분명히 했음이다. 나아가 그는, 태산은 어떤 흙이든 마다하지 않기에 거대해질 수 있었고 바다는 어떤 물이든 골라내지 않았기에 깊어질 수 있었으니, 군주된 자는 무릇 인민을 내쫓아서는 안 된다며 글을 맺어간다. 품음으로써 강대해지고 심원해짐을 자연의 섭리라고 함으로써 포용으로 인한 이익이 도덕적으로도 정당함을 강조했다.

포용은 그래서 말뜻을 보면 안으로 품어 들이는 내향적 활동이지만, 일단 하기로 마음먹은 다음에는 외향적 활동이 된다. 품을 바는 항상 내 밖에 있으며, 어디까지 품어야 이로운지를 따져보기에 그렇다. 포용이 바깥을 향하여 자기를 여는 역량과 바깥의 자기와 다른 바를 품어낼 줄 아는 능력과 직결되는 까닭이다. 하여 권력이나 재력, 사회적 영향력이 크다고 하여 포용 능력도 덩달아 커지는 것은 아니다. 사회적 약자에게 포용을 강제해선 안 되는 이유도 이것이다. 마음으로는 원해도 팍팍한 삶의 조건 아래서 포용을 행함은 말처럼 쉽지 않기 때문이다.

연길서 귀국한 다음날 프란치스코 교황이 방북 요청을 받아들였다는 소식이 전해졌다. 2차 북미정상회담이 열릴 것이라는 소식도 들려왔다. 한반도 평화 실현에 대한 기대가 짐짓 커져 갔지만, 마음 한편에선 연길시의 가라앉은 정경이 연신 떠올랐다. 남북 관계가 개선되고 나아가 평화가 진전됐을 때 남북한 모두에 의한 이른바 '연변 패싱'에 대해 우려하는 목소리도 맴돌았다. 직접 교류가 가능해지면 남북한 모두 굳이 연변을 경유할 필요가 줄어들기에 그렇다.

중국의 연변 패싱 가능성도 적지 않다. 십여 년 전 중국 정부는 연변자치주가 해오던 백두산 관리를 길림성 정부 차원으로 이관했다. 그럼으로써 대규모 투자가 가능해졌고 그 결과 관광 수입이 증대되는 실익이 창출됐다. 하지만 연변으로 들어오던 백두산 관광 수입이 길림성 정부로 들어감으로써 남북 경색으로 어려워진 연변이 더욱 어려움을 겪게 되었다. 남북 간 평화체제가 구축되고, 이로 인해 북한과 중국 간 교역이 활성화되어도 그 결실이 연변을 비껴갈 여지가 적다 할 수 없는 근거들이다.

그래서일까. 남북한과 중국 모두에 의해 연변이 한켠으로 밀려날 수 있다는 불안감에 공명하게 된다. 남북이 함께하는 미래를 품는다고 할 때, 그 미래에는 연변의 자리도 있어야 한다는 견해에도 선뜻 동의가 된다. 물론 연변은 엄연히 중국의 일부이고 조선족은 중국인이다. 무엇을 위한 포용인가의 문제가 더 한층 중요해지는 대목이다.

[한국일보 2018년 10월 22일 자]

13 유라시안 '휴모레일[Humo-rail]'

스승 같은 벗들과 군산에 갔다. 근대문화유산을 살뜰히 둘러봤다. 무감(無感)한 듯 우리와 마주한 유산에 군산서 자란 벗의 이야기가 푸근한 온기를 입혀줬다. 도탑게 쌓인 문화두께에 뿌듯해질 즈음, 벗의 부모님께서 베풀어주신 귀한 음식으로 여정에 큰 은혜가 더해졌다.

다음날 근처 문화유산 몇 군데를 마저 본 후 시내서 짐짓 떨어진 발산초등학교로 향했다. 뒤안에는 일제강점기, 이 일대의 농장주 시마타니 야소야가 그러모았다는 발산리 석등과 5층 석탑 등의 보물급 문화재가 있었다. 작지 않은 크기의 창고도 있었다. 그러모은 문화재를 보관하기 위해 지었다는 창고에는 당시 미국에서 수입한 두터운 철문과 방범용 이중창이 달려 있었다. 한 개인이 자행한 문화재 약탈 규모가 작지 않았음을, 또 매우 계획적이고 치밀했음이 고스란히 느껴지는 현장이었다. 망한 나라는 점령국의 일개 민간인에게조차 언제라도 뜯어 먹힐 수 있는 먹잇감에 불과했음이다.

여정의 마지막은 임피역이었다. 한때 제법 붐볐다던 임피역, 우리가 찾았을 땐 화사한 햇살에 차분히 안겨 있었다. 전라선 춘포역 다음으로 오래됐다는 역사(驛舍)가 한 마음에 포옥 담겨왔다. 인적 뜸한 역사는 임피역 간이 박물관이었다. 많이 소략했지만 그래도 일제강점기와 깊이 맞물린 임피역 역사가 무끈하게 다가왔다. 그렇게 멈춰선 듯 시간여행에 젖을 무렵, "대륙으로 가는 최단 경로!"라는 글귀가 성큼 다가섰다. 조선총독부 철도국이 제작한 선전물 속 문구였다.

"여행으로 약진하는 조선을 확인하자"는 부제 밑으론 한반도와 만주, 북경 일대가 포함된 지도가 보였다. 부산-북경 간 철로와 양곡 수탈 등 만주 경영에 요긴했던 전라선이 표시돼 있었다. 그 옆의 "부산-북경 간 직통 급행 대륙흥아호"라는 표현도 눈에 띄었다. 대륙 진출의 첫 관문인 부산과 대륙의 오랜 중심 북경을 잇는 철길이 '최단 경로-약진-직통-급행'의 수사학적 배치로 한껏 강조되어 있었다. 그러나 일제는 그렇게 놓인 철로로 제국주의적 욕망만을 연신 실어 날랐다. 그 가능성의 철길은 식민 착취와 자본 증식으로 피폐해진 민초의 지친 숨결로 허덕거렸고 결국은 남북 분단으로 토막 났다.

며칠 전 한국과 러시아 정상은 한반도 종단철도와 시베리아 대륙횡단철도를 잇기 위해 노력한다는 데 합의했다. 한반도를 둘러싼 평화가 실질적으로 진전된다면 남북한과 러시아, 유럽을 잇는 철도망이 구축될 전망이다. 남북한과 만주, 중국을 거쳐 중앙아시아 일대와 유럽을 잇는 철도망도 당연히 복원될 것이다. 한반도 곳곳에서 유라시아 대륙행 열차를 이용할 수 있는 길이 70여 년 만에 다시 열리는 것이다.

그런데 다시 열리는 철로에는 무엇이 실려야 할까. 지난 시절처럼 제국주의적 야욕이나 이념 갈등으로 철길이 끊기는 등의 야만이 더는 실려선 안 되기에 하는 말이다. 특정 정권이나 자본가의 속물적 욕망으로 그 가능성의 철길을 재단해서도 안 될 것이다. 경제적 이윤 창출은 여러 모로 볼 때 필요하지만, 식민과 냉전의 잔재를 딛고 열리는 평화의 철길에 그것만이 오감은 또 다른 야만이다. 그럼 무엇으로 그 열린 철길을 채워 가야 할까.

여러 가지가 있겠지만 그 중 하나는 이야기다. 철로가 시작되고 경유하며 도착하는 곳들과 연관된 갖은 이야기 말이다. 길이 이어지면 인적, 물적 교류와 함께 이야기가 오가기 마련이고, 사람들은 이야기를 바탕으로 가보지 못한 곳을 인지하고 이해하며 상상하곤 한다. 이역(異域)의 낯선 세계는 그렇게 사람들의 현실생활 속 일부로 들어오게 되고, 이는 다시 이역의 세계와 소통하고 교통할 필요성을 더욱 강화해준다. 그 결과 길의 연결은 자본이나 이념에 쉬이 흔들리지 않게 된다.

이야기가 국가적 차원은 물론 개인 차원에서도 '한국-북한-중국/러시아-서역-유럽'의 철도 연결을 일상의 기본으로 착근시켜 준다는 얘기다. 그럼으로써 철길은 지리적 공간을 이어주는 데서 나아가 문화적으로 서로를 이어주는 '인문의 길', 곧 '휴모레일(Humo-rail, Human Railroad)'로 거듭나게 된다. 마침 정보통신기술의 숨 가쁜 진보로 이동 중에도 첨단화된 지능형[Smart] 서비스의 활용이 가능해졌다. 덕분에 기차가 이동만을 위한 기계적 공간에서 여러 활동이 가능한 인문적 공간으로 전이됐다. 한마디로 '기계 철도'의 시대가 저물고 '스마트 철도'의 시대가 활짝 열린 셈이다.

여기에 인문이 더해진 '스마트 휴모레일'의 구현은 경제적 차원에서도 사뭇 이롭다. 주지하듯이 국내외를 막론하고, 인문 곧 문화와 경제가 결합된 '비지니스 생태계'를 구축하는 방식으로 시장을 개척할 때 이윤의 지속적이고 안정적 창출이 한결 수월해진다. 단타 매매하듯 교역을 하는 것이 아니라, 문화를 기반으로 교역할 때 한층 가성비 높은 시장 창출과 운영이 가능해진다는 뜻이다. 다시 열리는 유라시아 대륙을 향한 철길이, 물품이 오가는 '물류(物流) 철도'이자 문화가 오가는 '문류(文流) 철도'여야 하는 까닭의 하나이다.

[한국일보 2018년 6월 26일 자]

14 중국, 표어로 가득 찬 거리에서

중국 어느 도시에 가든 쉬이 접할 수 있는 풍경이 표어와 구호 같은 계몽의 언사로 도배된 거리다. 무척 낙후된 고을에 가도 정도의 차만 있지 사정은 별반 다를 바 없다. 황토로 쌓아올린 담벼락 곳곳서 붉은 페인트로 써진 각종 표어와 구호를 어렵지 않게 접하게 된다.

그러한 경관들을 접할 때마다 필자에겐 이러한 물음이 뒤따르곤 한다. 그런 계몽의 언사가 서울 온 거리를 빼곡하게 채우고 있다면? 가로등 기둥마다 온갖 구호와 표어가 나부끼고 있다면? 향촌 마을 담벼락마다 붉은 색 구호로 뒤덮여 있다면? 분명 숨이 꽉 막혀 올 듯싶다. 그런데 중국에서 접하면 그러한 느낌은 간 데 없고 때로는 자연스럽게까지 느껴진다. 익숙해졌기 때문만은 아니다. 무언가 그런 풍경에서 중국다움이란 것을 감지했다고나 할까, 암튼 나름 흥미로운 상념에 빠지곤 한다.

우리는 무엇에서 '중국다움'을 느끼게 되는 것일까. 부정적 뉘앙스를 사뭇 풍기는 '중국스러움'을 말함이 아니다. 인터넷 등에 퍼져 있는 괴팍하거나 엽기적인, 또 비상식적이거나 황당한 사건 등을 기반으로 빚어진 중국 이미지라든지, 지난 성탄절 즈음에 유포된 "중국엔 올해도 크리스마스가 없다" 식의 가짜 뉴스를 통해 형성된 중국 이미지를 '중국다움'이라고 할 수는 없다는 얘기다. 한국의 사드 배치 이후 중국이 취한 제반 조치 등으로 우리나라에서는 중국 이미지가 갈수록 추락하고 있지만, 그와 무관하게 중국이 지난 수천 년간 동아시아에서 제국으로 군림해오고, 오늘날엔 미국과 더불어 국내 정치가 곧 세계 전략이 되게끔 한 그 힘을 말함이다.

가령 세계 제일의 자기 전통문화 사랑 같은 것이 대표적 예다. 대륙과 대만이 각각 서구 근대의 발명품인 사회주의와 자유민주주의를 받아들여 근대국가체제를 갖췄음에도, 각각 중화인민공화국, 중화민국이란 국명을 씀으로써 둘 다 공히 국명의 맨 앞에는 중화를 내세웠다. 이는 중화, 곧 중국전통문화를 그 무엇보다 우선적으로 추구해야 한다는 인식의 소산이란 해석이 가능한 대목이다. 그러한 전통문화의 핵이 바로 글[文]이다. '한자가 지배한 중국', '텍스트의 제국', '문화 중국' 같은 통찰이 말해주듯이 중국 전통문화, 곧 중화의 고갱이는 글이다. 글이 지난 수천 년에 걸쳐 중국다움을 만들어왔고, 지금도 21세기 첨단문명에 조응하며 중국다움을 갱신해가고 있다는 얘기다.

그래서인지 중국은 글로 전통과 현재, 미래를 한데 묶어내고 있다. 이를테면 산동성 곡부(曲阜)시 도로 곳곳서 접했던

"有朋自遠方來不亦樂乎, 四海之內皆兄弟也"란 문구에는 공자로 대변되는 전통과 "대국굴기(大國屈起)"를 꾀하는 현재적 욕망이 고스란히 스며들어 있다. 두 구절 다 『논어』에 실려 있는데, 우리 독음으로는 "유붕자원방래불역락호, 사해지내개형제야"로 읽힌다. 그리고 뜻은 "벗이 멀리서부터 찾아오면 즐겁지 아니한가, 온 세상은 다 형제다"란 뜻이다. 표면적으로는 고전에서 널리 알려진 문구를 뽑아낸 것으로만 보인다. 그러나 이 구절에는 세계를 자기 중심으로 품어내고자 하는 욕망이 담겨 있다. 세계가 다 우리 형제이니 그들이 멀리서부터 찾아오면 또한 즐거운 일 아니겠냐는 말은 세계가 중국으로 모여든다는, 중국이 곧 세계의 중심이 될 거라는 전제를 깔고 있기 때문이다.

그저 전통 유산을 재활용한 정도의 쓸모를 지닌 것이 아니라는 소리다. "중국의 꿈은 조화를 귀히 여긴다"는 뜻의 "中國夢和爲貴(중국몽화위귀)"란 구절도 마찬가지다. 『논어』의 "예의 쓰임은 조화를 귀히 여긴다"는 뜻의 "禮之用和爲貴(예지용화위귀)"를 패러디한 이 글귀에는 '중국몽', '화해사회(和解社會)' 같은 현 시진핑 시대의 욕망과 지향이 듬뿍 실려 있다. 화해는 곧 조화를 뜻하기에 그렇다. 게다가 이 구절은 21세기 전환기에 들어 부쩍 강조되어 온 '문명사회 건설'이란 국가 시책과도 긴밀히 연동되어 있다. 원래 문장의 '예(禮)'가 문명화된 삶의 구체 모습이라고 계몽해왔기 때문이다.

이렇듯 도시 곳곳을 채운 글에는 전통과 현재, 미래가 한 몸이 되어 있곤 한다. 곡부시가 공자의 고향이다 보니 그렇게 됐음만은 아니다. 중국 어디를 가든 전통과 현재를 융합해놓은 문구를 어렵지 않게 접할 수 있다. 중국이 민족의 용광로라면, 중국의 글은 과거에서 발원되어 현재를 흘러 미래를 만들어가는 중국 역사의 용광로인 셈이다. 하여 중국의 미래를 지배하는 이들은 작금의 글을 지배한다. 중국이 자국 인문 자산의 정리와 집대성, 이의 국제적 발신에 대규모 자원을 투입하는 까닭이다.

물론 이는 중국다움의 어느 하나에 불과하다. 이것만으로 '중국다움'을 말할 수는 없다. 그럼에도 중국다움을 말하는 이유는 '중국스러움'이 아닌 중국다움을 기반으로 중국을 봐야 한다는 절심함 때문이다. '미국스러움', '일본스러움'을 기초로 미국이나 일본을 판단하고 정책을 세우거나 사업을 한다면 그 결과가 어떻게 되겠는가?

분통이 터져도 인정할 수밖에 없는 건 우리가 중국보다 국력이 약하다는 사실이다. 중국을 정확하게 알아야 하는 이유다. 사실을 기반으로 할 때 상대적 강자를 요리할 수 있는 여지가 더욱 넓게 확보되기에 그렇다. "적을 알고 나를 알면 백 번 싸워도 위태로워지지 않는다"는 이천 수백여 년 전의 통찰은 다른 곳이 아닌 지금 여기 우리에게 더욱 절실한 지혜이다.

[한국일보 2019년 1월 22일 자]

15 달나라와 달세계

얼마 후면 정월 대보름이다. 1년에 두 차례 있는 달이 주인공인 날이다. 달은 해와 달리 바라볼 수 있어 다채롭게 상상됐던 듯싶다. 해는 밝을수록 자신을 더 못 보게 하지만 달은 밝을수록 자기를 한층 선명하게 보여준다. 덕분에 사람들은 계수나무니 옥토끼니 절구질이니 하며 이러저러한 이야기를 다채롭게 빚어낼 수 있었다.

그러한 달을 우리나라에서는 달나라로 부르기도 한다. 훨씬 밝고 오래 접하는 해를 '해나라'라고 부른다든지, 용왕이 다스리는 바다 속을 '용궁나라'라고 한다든지, 또 사후세계를 '저승나라'라고 하면 엄청 낯설어진다. 반면에 달에는 나라가 붙어도 그저 자연스러울 뿐 어색하지 않다. 나라는 사람들이 이승에서 일구고 사는 터전의 하나임에도 말이다. 그만큼 달은 우리네 사람들과 친숙했음이다.

그런데 중국에서는 달에 나라를 붙이지 않고 세계를 뜻하는 '계(界)'를 붙인다. 가령 쥘 베른의 'Autour de la lune'(1869년)를 우리는 '달나라 탐험'이라 번역한 데 비해 중국에서는 '월계여행(月界旅行)' 식으로 번역한다. 그렇다고 중국인이 달을 우리처럼 친숙하게 여기지 않았음도 아니다. 전설이나 설화, 시문 등을 보면 중국인과 한국인의 달에 대한 감각이나 상상은 유사했다. 그저 우리가 나라를 붙이는 대상에 저들은 세계라는 표현을 붙였을 따름이다.

이런 차이는 왜 생겨난 것일까. 달에 대한 정서적 반응이나 심상 등엔 별 차이가 없음에도 우리는 나라를, 중국은 세계를 붙인 연유가 무엇일까. 정답이 있다고 생각되어 던진 물음은 아니다. 다만 중국인은 적어도 3,000여 년 전부터 자신들이 모여 사는 곳을 세계라고 설정했는데, 이러한 전통과 연관이 있는 듯싶다.

당시 그들은 '하늘의 아들', 곧 천자가 다스리는 강역을 천하라 불렀다. 이 '하늘 아래 모든 곳'이란 뜻의 천하는 오늘날의 세계(world)와 거의 같은 개념이다. 이는 지금의 세계가 나라들로 이뤄졌듯이 천하 또한 나라들로 이뤄져 있다고 본 점에서도 확인된다. 중국이란 표현도 그 증거의 하나다. 중국은 '나라들의 중심' 또는 '중심이 되는 나라'란 뜻으로, 여기에는 천하는 나라들로 이뤄졌다는 관념이 전제되어 있기 때문이다.

물론 중심이 되는 나라도 나라이지 않은가라고 반문할 수도 있다. 그러나 '한 나라의 왕'과 '왕 중의 왕'은 똑같이 왕이라 불려도 위상은 천지 차이다. 왕 중의 왕은 한 나라의 왕이 자신의 왕으로 모시는, 그렇기에 모든 나라의 왕들을 신하로 부리는 왕이다. 천자가 바로 그러한 왕 중의 왕이었다. 따라서 천자가 다스리는 영역은 뭇 나라들 전체가 되고 이것이 바로 천하, 지금으로 치자면 세계였다.

중국은 역대로 스스로를 이러한 천자의 나라라고 여겨왔다. 자기 위상을 나라급으로 치지 않고 천하, 곧 세계급으로 메겼다. 그렇다보니 근대에 들어 자기보다 우월한 서구문명과 조우했을 때도 '중서(中西)' 같은 표현을 당연하다는 듯이 썼다. 서양이 '오랑캐'가 아니라 인정할 수밖에 없는 또 하나의 문명세계라면, 세계급인 중국만이 그와 대등하다고 보아 '중국과 서양'이라 병칭했고, 그 준말로 '중서'라는 표현을 쓴 것이다. '동양과 서양'이란 뜻을 표할 때 우리는 '동서'라고 하지만 지금도 중국은 여전히 '중서'라고 쓰는 이유다.

하여 우리는 '한국⊂아시아⊂세계'를 당연하다 여기지만, 중국인들은 아시아란 틀에는 중국을 다 넣을 수 없다고 여긴다. 중국인들의 문화적 DNA에는 '우리나라와 다른 나라' 식이 아니라 '우리 세계와 다른 세계' 식의 인식구조가 기본값으로 각인되어 있음이다. "중국은 그러한 식으로 세계를 사유했는데, 우리는 왜 나라를 기본단위로 세계를 사유했는가?" 같은 물음을 던지려 함이 아니다. 세계를 사유의 기본단위로 삼음이 나라를 그렇게 삼음보다 항상 또는 절대적으로 우월하다고 볼 수 있는 근거는 어디에도 없기에 그러하다.

그럼에도 우리와 중국을 비교한 까닭은 우리에게 요구되는 기본값이 변했기 때문이다. 예컨대 우리 기업이 '5G', 그러니까 5세대 이동통신기술을 기반으로 새로운 제품을 개발할 때는 아예 출발 선상부터 5G 관련 국제표준을 염두에 둔다. 이는 우리도 국가 차원부터 기업, 개인 차원에 이르기까지 세계를 일상의 기본단위로 삼아야 할 때가 시작됐음을 시사해준다. 드라마나 영화를 제작할 때, 또 아이돌 그룹을 기획할 때 세계 시장을 염두에 둔 지가 이미 꽤 되었지 않은가.

비단 경제나 문화 차원에만 국한된 얘기가 아니다. 한반도의 항구적 평화체제 구축이란 시대적 사명을 실현함에도 이런 사유의 전환이 꼭 필요하다. 남한과 북한이 함께 일구어 갈 미래를 나라 차원이 아닌 세계 차원에서 접근한다면, 항구적 평화체제의 구축이라는 시대적 소명의 실현에 큰 도움이 될 수도 있다. 흡수 통일이나 연방제 같은 나라 차원에서의 미래 구상이 아니라, 남북한이 '따로 또 같이' 병존하되 하나의 세계를 이루며 공영하는 그러한 접근이 말이다.

[한국일보 2019년 2월 12일 자]

5부

[정치의 깊음]

"政, 正也."
- 정치[政]는 바로잡음[正]이다

1 깨어 있는 슬픔

인터넷은 고사하고 신문조차 없었던 시절, 위정자들은 무엇으로 민심을 파악했을까. 겉으론 '민본(民本)'이니 '여민동락(與民同樂)'이니 했지만, 그러니까 '인민이 정치의 근본'이니 '인민과 즐거움을 같이 한다'느니 했지만, 실제로는 왕정시대인 만큼 민심에 그다지 신경 쓰지 않았던 것일까.

유가의 핵심 경전인 『춘추좌전』을 보면, 인민은 임금을 섬기고 임금은 하늘을 섬기며 하늘은 인민을 섬긴다는 말이 나온다. 임금과 인민 양자 사이만 놓고 보면 임금에게 인민은 일방적으로 부려도 되는 존재처럼 보이지만, 실은 하늘을 매개로 임금과 인민은 서로가 서로를 섬기는 관계라는 것이다. 인민이 통치의 근본이고, 위정자가 인민과 즐거움을 같이 해야 하는 까닭이다.

여기서 하늘은 자연을 내포한다. 인간은 자연을 통해 하늘의 뜻을 알게 되기 때문이다. 오늘날 '스마트'해진 기계가 아무리 인간의 노동과 지능을 대신한다고 해도, 또 생명공학의 발전상에서 볼 수 있듯이 과학기술이 인간의 생명까지 공학적으로 처리하게 됐다고 해도, 인간의 삶은 하늘로 대변되는 자연을 떠나 영위될 수 없다. 그러니 하늘을 매개로 임금과 인민의 관계를 사유한 것은 탁견이라기보다는 지당하기 그지없는 기본이었다. 위정자들이 그저 시늉만 낸 것이 아니라 열심을 내어 민심 파악에 나섰던 것도 같은 맥락에서 너무나도 당연한 기본이었다. 그런데 그들은 무엇으로 민심을 읽어냈던 것일까.

가장 널리, 또 오랫동안 활용됐던 민심 파악 도구는 다름 아닌 민요였다. 기록에 의하면 지금부터 3천여 년 전인 서주시대에 이미 전담 관청을 두어 체계적으로 민요를 수집하여 민심의 동향을 파악했고, 이를 통해 정사의 잘잘못을 바로잡았다고 한다. 그들에게는 민요가 여론이었던 셈이다.

어떤 노래든 민초들의 입을 타고 민간에서 울려 퍼지면 민요로 거듭난다. 녹음기도 없던 시절, 한 곡의 노래가 사람에게서 사람으로 전해지기 위해서는 몸과 마음이 그 노래와 공명해야 가능했다. 사람은, 예나 지금이나 참되다고 느껴지는 것에 마음을 열고 함께 진동한다. 하여 민요에는 참됨이 오롯이 담겨 있다. 때로는 가사에, 때로는 곡조에 빼곡히 녹아든 진정은 삶에 지친 민초에 절로 스며들어 그들의 목소리가 된다. 그러한 소리가 민간에 가득할 때 민요는 마치 바람같이 일어 천지간에 유행한다. 그래서 민요는 '바람의 노래', 곧 풍요(風謠)라고도 불린다.

하늘은 인민을 섬기기에 바람에 민요를 실어 구중궁궐 저 깊숙한 데까지 흘러들어가 인민의 실정과 민심을 전한다. 위정자는 그렇게 바람결에 묻어오는 인민의 목소리를 듣고 정치의 잘잘못을 파악하였다. 그 소리에서 평안과 즐거움이 느껴지면 그들은 정치가 조화롭게 펼쳐졌다고 여겼다. 반면에 원망과 분노가 느껴지면 정치가 백성의 실정과 괴리되었다고 판단했으며, 애절하고 사무친 그리움이 느껴지면 백성이 더없는 곤궁함에 처했다고 보았다. 『시경』 서문에 실려 있는 '치세의 소리', '난세의 소리', '망국의 소리'에 대한 설명이다.

세월호 참사로 인해 온 나라가 슬픔에 젖어 있다. 곳곳에서 터져 나온 끊이지 않는 울음에는 어느덧 원망과 분노의 소리가 담기기 시작했고, 애절하고 사무친 그리움도 뚝뚝 묻어나고 있다. 『시경』 서문의 작자가 들었다면, 그는 이에서 무엇을 읽어냈을까? 그런데 여기서 결코 망각해서는 안 될 것이 있다. 우리는 왕조시대가 아니라 모든 권력이 시민으로부터 나온다는 민주주의 체제에 살고 있다는 엄연한 사실이다. 무능하고 무책임한 정부나 정치인을 보면 온 강토에 가득한 소리에서 난세나 망국의 조짐마저 읽어낼 수도 있겠지만, 주권의 원천인 시민을 본다면 결코 그렇지만은 않다는 점이다.

그래서 우리는 억장이 무너지는 슬픔 속에서도 깨어 있어야 한다. 공자는 "슬퍼하되 몸과 맘이 상해서는 안 된다"(『논어』)고 경계했다. 슬픔만으로는 썩은 환부를 말끔히 도려내고 건강한 새살을 돋우기 어렵기 때문이다. 지금은 그렇게 정신 똑똑히 차리고 슬퍼해야 할 때인 것이다.

[디지털타임즈 2014년 4월 25일 자]

2 하늘을 여는 힘

'개천(開天)'은 '하늘을 열다'라는 뜻이다. 하늘이 스스로를 연다는 것이 아니라 누군가가 하늘을 열었다는 말이다. 물론 하늘이 누군가에 의해 강제로도 열리는 그 정도의 존재일 리는 없다. 다만 "진인사대천명"처럼, 최선을 다한 누군가의 노력에 감응하여 하늘이 스스로를 열어줬다고 봄이 우리의 오랜 관념인 듯하다.

하늘을 상실한 시대를 살아가면서 '하늘을 연다'느니, '하늘이 자신을 열어준다'느니 하자니 도통 민망함을 감출 수가 없다. 그렇다고 지난 시절, 적잖은 이들이 하늘을 열기 위해 기울인 노력을 폄훼할 수도 없다. 특히 치세(治世)를 향해 큰 뜻을 품었던 이들이 보여준 노력은 가히 기념비적이었기에 더욱 그러하다.

그들은, 하늘을 여는 것은 민심을 여는 일이라고 철석같이 믿었다. 이는 2,400여 년 전에 이미 "인민은 신의 주인이다"(『춘추좌전』)는 명제로 정식화되어 있었다. 이를 따르면 신은 '개천' 여부를 주인인 인민의 뜻에 맞춰 결정하게 된다. 그래서 『춘추좌전』의 저자 좌구명은 제대로 된 군주는 인민을 온

전케 한 후에 신에게 정성을 다했다고 설파했다. 큰 뜻을 품은 이에게 "진인사대천명"은 결국 인민에게 할 수 있는 모든 일을 다 한 후에 신의 처분을 기다린다는 뜻이었다.

그런데 할 수 있는 모든 바를 다 한다는 것이 인민에게 어느 정도나 가능했던 일일까. 온 인민이 똑같은 마음을 품는다면 혹 모르겠지만, 이는 그저 실현 불가능한 설정에 불과하다. 게다가 세상이 혼탁해질수록 인민은 각자도생 할 수밖에 없는지라 저마다 딴마음을 품게 됨을 탓할 수도 없다. 이를 두고 좌구명은, 신이 주인을 잃어버린 꼴이며, 그렇기에 신에게 온갖 치성을 다 바쳐도 소용없게 된다고 일깨웠다. 인민이 각기 다른 마음을 품게 되면 신이 누구 마음을 주인으로 섬길지 갈피를 못 잡게 된다. 그러면 신이 하늘을 열어주고 싶어도 결재해줄 주인이 없어 말짱 헛일이 된다는 것이다.

그러면 어떻게 해야 한단 말일까. 좌구명은 선정을 베풀고 이웃 나라와 화평케 지내면, 신 곧 하늘이 주인을 되찾게 된다는 해결책을 제시했다. 오늘날에도 유용한 대안임은 분명하다. 다만 이는 민본(民本)이 지상이념으로 설정된 시대의 대안임에 유의해야 한다. 흔히 서구에 민주(民主)주의가 있다면 한자권에선 민본사상이 그에 해당된다며 민본을 곧잘 민주와 연동시키곤 한다. 그러나 민본과 민주는 사뭇 다르다. 입으로는 민본을 연신 되뇌었지만 실제로는 '대체로' 사이비 민본이었기에 하는 말이 아니다. 민본을 참되게 실현했던 성군들조차도 '민(民)'을 정치의 주체로 설정한 적은 없었다. 따라서 '민'이 정치의 주체로 설정된 민주와 그것을 결코 유사하다거나 동일시할 수는 없게 된다.

설령 민본을 현대문명과 어울릴 수 있는, 가령 '민주적 민본'으로 개조해내도 민본은 여전히 민본일 따름이다. 민본이 못났다고 주장함이 아니다. 오늘날 하늘을 여는 정도(正道)는 민주의 참다운 실현 외에 다른 길이 없음을 다짐코자 함이다. 민본으로 위장된 선심성 정책이나 시혜 따위에 하늘을 여는 힘이 담겨 있을 리 만무하다는 것이다. 또한 시민이 바로 하늘을 열어주는 주체라는 오랜 진리를 다시금 새기고자 함이다. 아무리 '헬조선'에서 각자도생 하느라 저마다 다른 마음을 품고 있다고 해도 '시민이 곧 하늘'이라는 마음만큼은 공유하고 있어야 한다는 것이다.

그래야 신이 주인을 되찾게 되고, 민주의 참다운 실현으로 시민 마음을 열려고 하는 이에게 하늘을 열어줄 것이다. 근대가 되기 전, 큰 꿈을 품은 자에게 '참다운 민본'이 하늘을 여는 힘이었다면, 오늘날 '참다운 민주'는 하늘의 주인인 시민이 자기 것인 하늘을 열어주는 이유다. 이 정도가, 도무지 하늘을 두려워 않는 오늘날을 살아가는 우리에게 개천절이 던지는 의미가 아닐까 싶다.

[한국일보 2015년 10월 2일 자]

3 유능한 부패

함께 길을 가던 두 사내가 하루는 희한한 소문을 들었다. 남해안 어느 암자에 보살상이 하나 있는데, 둘이 가서 소원을 빌면 먼저 빈 사람의 소원이 이뤄지고 그 소원의 두 배를 뒤의 사람이 받는다는 내용이었다. '절친'이었던 두 사내는 얼른 가던 길을 돌려 곧장 남해안 쪽으로 향했다. 그리고 얼마 후 그 둘 중 하나는 애꾸가 되었고 남은 하나는 장님이 되었다. 대체 둘 사이에 무슨 일이 있었던 것일까.

이 얘기는 단재 신채호 선생께서 쓰신 〈일목대왕의 철퇴〉라는 소설의 일부이다. 두 사내는 암자로 가는 길 내내 아무 말도 안했다고 한다. 그러다 암자에 도착하자마자 한 사내가 '빛의 속도'로 뛰어 들어가 소원을 빌었고, 그 다음 사내는 속절없이 장님이 되었다는 것이다. 먼저 들어간 이가 자신이 애꾸가 되게 해달라고 빌었기 때문이다. 소설 속 이 사내의 이름은 궁예였다. 간난아이 시절 신라 궁중에서 도망쳐 나오는 와중에 눈을 잃게 되었다는 일화를 단재는 이렇게 바꿔 썼던 것이다.

그런데 소설 속 궁예의 모습이 왠지 낯설지가 않다. 내 몸이 망가진다 하더라도 상대가 더 망가질 수 있다면 기꺼이 망가지리라 한 이 사내의 그림자가 도처에서 아른거린다. 사촌이 땅을 사면 배가 아프다는 말에서도 그렇고, 남이 어떻게 되든 말든 나만 잘 되면 그만이라는 심사에서도 그렇다. 이른바 "남의 행복은 나의 불행이요, 나의 행복은 남의 불행"이라는 심보이다. '소인배'의 전형적 근성 말이다. 타인의 불행과 나의 행복 사이에는 아무런 논리적 필연성이, 또 실질적 연관이 없음에도 그들은 이기적이고 속물적 욕망을 옳다 하며 그러한 말들을 철석같이 믿는다. 일제에 쫓겨 중국을 전전해야 했던 단재는 소설을 통해 과거의 인물인 궁예가 아니라 동시대를 살고 있는 소인배를 아린 가슴을 보듬으며 통렬하게 비판했던 셈이다.

송대 사마광의『자치통감』에는 이런 말이 나온다. "성인군자를 얻어 더불어 공무에 임할 수 없다면 차라리 우둔한 자와 함께 하는 것이 소인배와 함께 하는 것보다 낫다. 군자는 자신의 재능으로 선을 이루지만 소인배는 악을 이루기 때문이다." 그가 보기에 우둔한 자는 악을 행하고자 해도 그러할 만한 능력이 없다. 반면에 소인배는 간특하고 난폭한 일을 행하기에 충분한 능력을 갖추고 있다. 따라서 소인배를 공직에 등용하는 것은 호랑이에게 날개를 달아주는 격이니 어찌 해악이

적을 수 있겠냐고 반문한다. 곧 능력의 사용이 항상 선으로 귀결되는 것은 아니라는 말이다. 부정과 부패는 유능할 때 더 잘 생긴다는 경고이기도 하다.

그러나 '유능한 부패'란 존재할 수 없다. 능력이 있다는 사실만으로 유능하다는 평가를 내릴 수는 없다는 것이다. 칼은 예리할수록 유능하지만 조리사의 손과 식재료 사이에 배치되지 않고 강도의 손과 타인의 배 사이에 놓이면 흉기가 된다. 흉기가 더 큰 능력을 갖출수록 결과는 더 참혹해진다. 이처럼 유능함은 '관계' 곧 배치에 의해서 결정된다. 암세포의 생존력이나 자기 확장 능력은 얼마나 대단한가! 그러나 암세포의 능력이 클수록 사람은 더 아프게 되고 급기야 생명을 잃게 되며 암세포도 따라서 소멸되고 만다. 소인배의 능력도 마찬가지이다. 자신만을 살찌우는 데 동원되는 능력은 차라리 병증일지언정 결코 유능함이 아니다.

소인배는 다 비판받아 마땅하다는 얘기가 아니다. 동서고금의 역사가 밝히 말해주듯이 어떻게 한 사회의 다수가 성인군자일 수 있겠는가? 관건은, 능력의 발휘가 선의 구현으로 이어지는 '배치'를 누군가는 할 수 있어야 하고, 그러한 이들이 사회의 근간을 이뤄야 한다는 점이다. 소인배의 '유능한 부패'에 대한 비판보다는, 능력 있는 이들을 제대로 배치하지 못함에 대한 비판이 더욱 건설적일 수 있기 때문이다.

[디지털타임즈 2014년 6월 25일 자]

4 의로움, 인간과 가축이 나뉘는 경계

춘추시대 진나라에 범소자란 인물이 있었다. 그의 가문은 진나라 국정의 한 축을 담당하는 권문세가였다. 하루는 지방 장관 자리가 하나 비었다. 범소자는 이를 자기 가신으로 채우고자 했다. 이에 가신 왕생에게 누가 적임자인지를 물었다. 그러자 왕생은 지체 않고 장류삭이란 가신을 천거했다.

순간 범소자는 적잖이 의아해졌다. 왕생은 평소에 장류삭을 몹시 증오했기 때문이다. 하여 왕생에게 물었다. "그는 그대의 원수가 아니오?" 왕생이 답했다. "사적 원한을 공적 일에 개입시키지 않음, 좋아하지만 그의 잘못을 덮지 아니함, 미워하지만 그의 잘함을 방기하지 않음은 의로움의 근간입니다."

춘추시대 역사를 전하는 『춘추좌전』 애공 5년(BC 490년) 조에 나오는 대화이다. 의로움의 골간으로 제시된 세 가지의 원문은 순서대로 "사수불급공(私讐不及公)", "호불폐과(好不廢過)", "오불거선(惡不去善)"이다. 여기서 호오는 '나'의 좋아함과 미워함을 말한다. 결국 의로움의 근본이 되는 이 세 기준은 공공의 일을 처리함에 '나'의 이해관계나 감정을 개입시키지 않는다는 단 하나의 기준으로 수렴된다. 벌써 두 달 가까이 "내로남불"이니, "남의 불행은 나의 행복"이니 하는 말들이 횡행하는 우리 현실이 절로 떠오르는 대목이다.

한편 왕생 일화에는 공을 사와 확연하게 분리해내야 비로소 의로워지게 된다는 원리도 깃들어 있다. 비슷한 시기 진나라에는 해호란 이도 있었다. 그는 자기가 모시는 조간자가 자리가 빈 관직의 적임자를 물어오자 망설이지 않고 자기 원수인 기해를 추천했다. 조간자가 범소자처럼 사뭇 의아해 했음은 당연했다. 아무튼 이 소식이 기해에게 전해졌다. 기해는 해호가 자신에 대한 원한을 풀었다고 판단하여 사례도 할 겸 해호의 집으로 찾아갔다. 그러자 해호는 화살을 시위에 가득 메긴 채 말했다. "너를 천거함은 공적 일로 그 자리를 능히 감당할 수 있기에 그리한 것이다. 너를 원수로 여김은 사적 원한이다. 사적 원한 때문에 너를 군주에게 감추지 않았을 따름이다."(『한비자』) 한마디로 공은 공이고 사는 사라는 얘기다.

그래서 이를 두고 해호가 이랬다저랬다 했다고 보기는 어렵다. 공과 사를 냉철하게 구분하여 공은 공대로, 사는 사대로 자기 신념에 맞춰 행했을 따름이다. 언제 어디서든 사보다는 공을 앞세우는 것만이 능사가 아니라는 태도다. 의로움은 공사의 명확한 구분 아래 공적 영역에 사심을 개입시키지 않을 때 성립되는 윤리라는 뜻이다. 곧 의로움은 사적 영역에서

마저 공적 정신으로 무장해야 함을 가리키지는 않는다는 것이다. 하여 공적 영역에서만큼은 의로움을 기본 중의 기본으로, 반드시 지켜야 하는 윤리로 강하게 요구할 수 있게 된다. 그들의 사적 삶마저도 공적으로 꾸려가라는 요구가 결코 아니기 때문이다.

2,200여 년 전, 당대 최고의 유가였던 순자는, 인간은 태어나는 순간에 이미 욕망이 갖춰져 있어 이를 따를 수밖에 없고, 이를 따르되 얻지 못하면 어떻게 해서든 욕망을 실현하려 애쓴다고 통찰했다. 또한 인간은 본성적으로 이익을 좋아하는 '호리(好利)'적 존재라고도 했다. 그가 인간을 탐욕스런 존재로 백안시했음이 아니다. 이는 이익 추구 본성에서 인간이 여간해서는 벗어나기 힘든 기본임을 깔끔하게 인정하자는 제안이었다. 이를 기본 이상으로 충족시키지 못한다면 어떤 정책이나 교화든 실패할 확률이 높다는 얘기를 강조한 것이다.

다만 "하고 싶은 것과 싫어하는 것이 같으면 물자가 충분할 수가 없게 되기에 반드시 다투게"(『순자』) 되는 점이 문제였다. 그렇게 다투다 보면 사회가 근본부터 허물어질 수 있기에 그랬다. 설령 사회가 붕괴되지 않더라도 사람들이 일상적으로 다투면 사회가 어지러워져 필연적으로 궁핍하게 된다고 경계했다. 조금이라도 더 풍요로워지자고 다툰 것인데 오히려 더 큰 궁핍으로 귀결되는 어리석음의 일상화! 이에 순자가 들고 나온 것이 의로움이었다.

그는, 사람이 욕망 실현과 이익 추구란 본성만 타고 나는 것이 아니라 의로움도 같이 타고 났다고 단언했다. 그래서 인간은 사회를 이루어 살 수 있었고, 그 결과 세상에서 가장 귀한 존재가 될 수 있었다는 것이다. 동물처럼 인간도 기(氣)로 만들어졌고 지각을 지니고 있는 존재지만, 동물에는 없는 의로움을 타고난 덕분에 만물의 영장이 됐다는 사유다. 인간은 동물과 같은 탐리적 존재지만 동시에 의로운 존재였기에 그들과 차원을 달리할 수 있었다는 뜻이다.

흥미로운 점은 이러한 사유를 인위적 도덕을 부정했던 도가계열의 철인 열자도 공유했다는 사실이다. 아니, 그는 인위적 도덕에 기초한 순자의 화법보다 한층 직설적으로 표현했다. 엄회란 인물의 입을 빌려 인간이 의로움도 없는 채 그저 먹고 살기만 한다면 닭, 개에 불과하다고 선언했다. 또한 힘이 있다는 이유로 군림하기만 한다면 이 또한 금수일 뿐이라고 잘라 말했다. 인간이 닭, 개가 되는 길은 의외로 참 쉽다고 작정하고 일러준 셈이다.

[한국일보 2017년 7월 4일 자
게재 당시의 제목은 "닭, 개와 인간의 차이"이다.]

5 돌들의 원망 소리

'헬조선'이란 말이 퍼지고 있다. 그것으로는 약하다 하여 '조선'을 '조센'으로 대체, '헬조센'이라고도 한다. 폄하의 뜻이 한층 더해진 표현이다. 특정 세대의 암담한 현실과 미래를 자조하던 '사오정', 'n포세대' 같은 신조어가 출현한 데 이어 이제는 '금수저'를 물고 태어나지 못한 국민 전체를 아우르는 표현이 출현한 셈이다.

춘추시대의 역사를 다룬 『춘추좌전』이란 책에는 이런 기사가 실려 있다. 기원전 524년, 진나라 위유라는 곳에서 돌들이 말을 하는 사건이 발생했다. 그러자 군주가 사광에게 어찌하여 그러한 일이 발생했는지를 물었다. 그는 지혜롭기로 이름난 이였다. 그런데 답변하는 그의 말투가 자못 '쿨'했다. 백성들이 잘못 들었든지 아니면 돌에 귀신이 붙어서 그리 됐을 거라고 아뢰었다. 그러더니 농번기임에도 백성을 동원하여 공사를 벌이면 백성들의 원망이 하늘을 찔러 결국 말하지 못하는 것들조차 원망하게 된다며 심드렁한 듯 아뢰었다. 당시 진나라 군주는 새로운 궁전을 호화롭게 짓고 있었다. 사광은 돌들이 말을 했다는 소문에 기대어 잘못을 범하고도 고칠 줄 모르는 군주의 탐욕을 풍자했던 것이다.

물론 옛날 사람들답게 돌도 말할 수도 있다고 여겼구나 하며 허무맹랑한 이야기로 치부할 수 있다. 그러나 이는 근대인의 오만에 불과하다. 사광의 언급에 분명하게 나와 있듯이 당시 사람들도, 돌은 '말하지 못하는 것'임을 분명하게 알고 있었다. 군주 또한 이 빤한 사실을 몰랐을 리 없을 터였다. 그럼에도 근심스러운 듯 사광에게 그 연유를 물었고, 그는 군주의 탐욕을 경계하며 답변을 갈무리했다. 이 기사가 그저 황당무계한 이야기만은 아니었음이다. 하여 유교의 주요 경전 중 하나인 『춘추좌전』에 떡하니 실릴 수 있었고, 그래서 이 기사는 이렇게도 읽을 수 있다.

당시의 생산력을 감안할 때, 농번기에 인민들이 공사에 동원되어 농사를 못 짓게 되면 모진 겨울을 난다는 것은 불가능에 가까웠다. 그러나 예나 지금이나 얼추 그러하듯이, 인민의 이런 고충에 지배층은 별 관심이 없었다. 게다가 인민이 군주에 맞설 힘을 지녔다고 자각했던 시절도 아니었다. 상황이 나아질 가능성은 별로 없었다는 얘기다. 원망은 갈수록 커져갔고, 백성들은 그 엄혹한 시련에서 하루빨리 벗어나기를 간절히 원했으리라. 그러자 '우주'가 나섰다. 박근혜 전 대통령의 어린이날 덕담처럼 "전 우주가 나서서 다 같이 도와" 주었다.

그 결과 돌들이 원망하는 '기적'이 일어났고, 극에 달한 인민의 원망은 사광의 입을 통해 군주에 전해졌다. 온 우주가 백성의 간절한 염원에 감응했던 것이다.

살짝 감동적이기까지 하다. 그런데 유의해야 할 바가 하나 있다. 온 우주가 그렇게까지 도와주었음에도 군주가 인민의 염원을 외면하면 인민이 그 군주의 멸망을 염원한다는 점이다. '돌들의 원망 사건'이 발생하기 천여 년 전쯤, 중원은 하나라 걸왕이 다스리고 있었다. 그는 발군의 폭군답게 온 천지를 흑암으로 물들였다. 거듭된 폭정에 신음하던 인민들은 급기야 이렇게 울부짖었다. "이 태양은 언제 없어진단 말인가!"(『시경』) 태양은 군주의 상징이었으니 곧 군주의 멸망을 염원했던 것이다. 그러자 "전 우주가 다 같이" 발 벗고 나서 탕왕이라는 성군을 보냈고, 그가 걸왕을 내쫓고 만백성을 흑암에서 건져냄으로써 백성의 꿈은 이루어졌다. 지성이면 감천이었던 셈이다.

국가는 시민 개개인이 삶을 영위하는 터전이다. 그러한 자기 삶의 터전을 '헬' 곧 지옥이라 부르고들 있다. '헬'이 접두사처럼 쓰일 기미마저 목도된다. 헬에는 태양이 없다. 이것이 무엇을 의미할까. 온 우주가 다 같이 도와줘도 소용없는 상태에 접어들었다는 뜻일까. 태양이 하루빨리 져버렸으면 하며 염원하는 단계가 이미 지났다는 징표일까. 이래저래 예사롭지 않은 나날이다.

[한국일보 2015년 9월 12일 자]

6 헌법이 뺨 맞는 날에 든 단상

아무래도 이번 71주년 광복절은 역사에 길이 남을 듯싶다. 경축식장에서 헌법이 보란 듯이 얻어맞았기 때문이다. '건국절' 얘기다. 이승만 초대 대통령은 물론 박정희 전 대통령조차 인정했던 3·1운동과 상해임시정부의 법통이 부정당했다. 헌법이 제대로 강타당한 셈이다. 더구나 가해자는 그 헌법에 의거하여 뽑힌 박근혜 대통령이었다.

헌법을 무시함은 거기에 규정된 민주주의를 무시함이고, 자신은 헌법 바깥에 있다는 선언이기도 하다. '나는 모든 국법을 초월하는 존재'라고 여긴 셈인데, 역사에서 이에 해당되는 경우를 찾아보면 봉건시대의 군주가 얼추 이에 들어맞는다. 그동안 민주주의에 기초한 정당하고 타당한 비판과 제언이 도통 먹혀들지 않았던 이유가 있었던 게다. 그렇다면 봉건시대에 나왔던 군주에 관한 논의들을 가지고 얘기해보자.

『논어』에는 이런 구절이 있다. "미자는 떠나버렸고 기자는 노예가 됐으며 비간은 간하다가 죽었다." 미자와 기자, 비간은 약 3천여 년 전 은나라 말엽의 인물로, 왕실의 종친이자 고위

직에 있었던 이들이다. 당시 천자는 주왕이었는데, 그는 '4대 폭군'의 하나로 그 이름을 역사에 길이 전하게 된 인물이었다. 전하는 바에 따르면 젊어서는 총명하고 힘도 좋았던 인재였지만, 갈수록 자만심에 젖어 주지육림(酒池肉林)을 만들어 방탕한 생활을 일삼았고, 포락지형(炮烙之刑) 같은 잔인한 형벌을 즐겼다고 한다.

그렇게 주왕의 폭정이 갈수록 심해지자 중신이었던 미자가 수차례 충언을 올렸다. 주왕이 듣지 않자 그는 조정을 떠났다. 또 다른 중신 기자도 나서서 직언했다. 그럼에도 주왕의 폭정은 여전했다. 그러자 그는 미친 척하며 노예가 되어 주왕 곁에서 벗어났다. 얼마 지나지 않아 비간이란 중신이 나섰다. 미자나 기자와 달리 그는 주왕이 간언을 듣든 말든 끈질기게 간언했다. 그러자 주왕은, 성인은 심장에 7개의 구멍이 있다고 하던데 진짜 그런지 한번 보자며 그의 배를 갈라 죽였다. 그렇게 비간은 죽음으로써 주왕의 곁을 떠났다. 방식은 달랐지만 명망 높은 중신 셋 모두가 그렇게 조정을 떠나갔다.

그런데 공자는 이들을 어진 이, 그러니까 인자라고 평가했다. 자신이 그렇게 아끼던 안회에게조차 인자라는 평가를 아꼈던 공자였음을 보건대, 이는 극찬에 가까운 평가였다. 그래서인지 이 셋이 취한 행동은, 이후 신하가 폭군이나 혼군(昏君) 같은 함량 미달의 군주와 맺는 세 가지 행동 유형의 전형으로 사유됐다. 곧 직언이 먹히지 않을 때 취할 수 있는, '조정에서 물리적으로 벗어나기', '조정 가까이에 있지만 정사에 간여하지 않기', '의롭게 죽음으로써 군주와 하직하기'의 세 방식으로 말이다.

여기서 궁금해지는 것이 하나 있다. 지금의 관료에게도 마찬가지이듯, 당시 신하의 가장 중요한 본분은 군주의 잘잘못에 대한 직언이었다. 직언하지 않는 신하는 함량 미달의 신하라는 뜻이다. 그런데 직언하는 이들이 그러저러한 방식으로 조정을 떠나면, 군주 곁엔 과연 어떤 유형의 신하들만 남아 있게 될까?

맹자는 공자를 사숙한 이답게, 그러나 공자보다는 훨씬 세고 강한 성격의 소유자답게 한결 강경하게 나왔다. 그는 군주 면전에서 이렇게 말했다. 군주가 직언을 듣지 않으면, 고위직 가운데 군주와 혈연으로 엮이지 않은 이들은 다른 나라로 훌쩍 가버리지만, 인척인 자들은 군주를 제거한다고. 그리고 주왕 같은 폭군을 쫓아냄은 군주를 축출한 게 아니라 일개 필부를 제거한 것이라고 단언했다. 역사에 도도하게 유전된 역성혁명론의 요체다.

이는 맹자만의 특이한 견해가 아니었다. 역시 4대 폭군의 하나였던 주나라의 여왕은 나라 사람들에게 축출됐다. 2,800여 년 전쯤에 발생했던 일이다. 이로 인해 왕실의 성이 바뀌지는 않았지만, 곧 역성혁명이라고 규정할 수는 없지만, 아무리 하늘의 아들 천자라고 할지라도 정치를 잘못하면 쫓겨날 수 있다는 관념이 매우 일찍부터 형성됐고 또 실현됐음이다. 게다가 주지하듯이 역사는 국가를 만들어내고 유지하며 갱신하는 데 주요 원천이다. 역성혁명이란 사유가 고대 중국인에게 그다지 낯설지 않게 된 까닭이다.

하여 진나라의 군주가 현자로 이름난 사광에게 옆 나라 사람들이 군주를 축출한 것은 심하지 않냐고 묻자, 사광은 백성의 생활을 곤궁케 하는 군주를 어디에 쓸 수 있겠냐면서 제거하지 않고서는 다른 방도가 없다고 대꾸했다. 그러고는 백성 위에서 방자하게 굴며 악행을 일삼아 하늘과 땅으로부터 받은 천성을 잃게 하는 '한 사람'을 하늘이 결코 그대로 두지 않을 것이라고 잘라 말했다. 유교 경전인『춘추좌전』에 나오는 말이다.

유가만 그러했던 것이 아니다. 진시황을 길러낸 여불위는, 군주답지 않은 이들을 제거하고 천하를 이롭게 한다는 군주의 도를 행하는 이들을 옹립해온 것이 저 옛날부터의 역사라고 보았다. 그러고는 이렇게 말했다. "군주의 덕이 통하지 않고 백성의 바람이 전달되지 않는 것이 나라의 울증(鬱症)이다. 나라의 울증이 오래되면 갖은 악행과 재난이 한꺼번에 일어나며 상하가 서로 해치게 된다. 성왕이 꼿꼿한 인사와 충직한 신하를 귀히 여김은, 그들이 직언을 하여 울증을 해소해주기 때문이다."

그가 책임 편찬한 『여씨춘추』에 실려 있는 말이다. 대국민 담화를 발표하며 단상을 쾅쾅 치며 불통을 드러낸 박근혜 대통령, 안중근 의사의 순국 장소를 바로잡지 못한 관료들, 그리고 국가의 요람인 역사를 대놓고 학대하는 일부 정치인과 언론인, 학자들. 그들이 '사회적 갑'으로 행세하는 세상. 헌법이 보란 듯이 뺨 맞은 어느 날, 문득 든 단면들이다.

[한국일보 2016년 8월 17일 자]

7 불의한 '갑'들의 보물로 둔갑된 역사

그는 연신 웃음을 짓고 있었다. 파안대소를 참느라 애썼지만 터져 나오는 웃음을 참기엔 역부족 같아 보였다. 얼굴은 고소해 죽겠다는 웃음기로 꽉 차 있었다. 지난 16일 원대대표 경선 이후에 있었던 새누리당 이정현 전 대표 얘기다.

같은 날, 박근혜 대통령은 탄핵소추 당할 하등의 이유가 없다는 답변서를 헌법재판소에 제출했다. 검찰이 증거가 확실하다며 '공동정범'으로 명시했음에도, 그는 모든 혐의를 부인했다. 그 3일 후 최순실은 첫 재판에 출석해 검찰이 기소한 혐의 내용 일체를 부인했다. 이달 초 국회 국정조사 특위 청문회에 나온 삼성전자 부회장은 제기된 합리적 의심에 대하여 모르쇠로 일관하였다.

역시 지난 16일에 있었던 일이다. 황교안 국무총리는 한미연합사를 방문해 한미동맹을 강조하였다. 그러곤 이틀 후 한반도 사드 배치를 흔들림 없이 이행할 것임을 천명하였다. '박근혜의 사람'답게 그는 우리나라의 국익에, 더 넓게는 동북아시아의 평화에 큰 해가 된다는 각계각층의 우려를 무시했다.

같은 태도로 그는 한일 위안부 협정에도 변화가 없을 것임을 분명히 했다. 이에 앞선 지난 달 23일, 직전 토요일에 전국적으로 백만이 넘는 시민이 촛불집회에 참여하여 대통령은 아무것도 하지 말고 즉각 퇴진할 것을 요구했음에도, 정부는 '한일군사정보 보호 협정' 체결을 강행하였다.

이 모든 것이 뭐가 문제냐는 국민이 분명히 적지 않으리라. 그래서 문제는 사뭇 심각하다. 그들 가운데는 수구적 언론과 정치인, 권력 기관, 재벌 같은 우리사회의 거대 기득권 세력이 들어 있기에 더욱 그러하다. 이들 중 상당수가 일제 강점기부터 줄곧 불의와 결탁을 통해 우리 사회의 기득권자로 거듭난 이들의 후예이기 때문이다. 그들은 해방 후 70여 년이 지난 지금까지 자신들의 기득권을 잘 지켜왔다. 아니, 그들이 보기에는 위기였을 4·19혁명이나 5·18민주화운동, 6·10민주대항쟁 등을 도리어 기득권을 더 키우는 계기로 악용하기도 했다.

그러니 시간은 자기편이라고 철석같이 믿게 되는 것이다. '촛불혁명'이 그들에게는 그저 지나가는 소나기로 보이는 까닭이다. 일제 강점기부터 내내 그래왔듯이, 종국에는 그들이 다시 군림하는 세상으로 회귀해왔기 때문이다. 우리의 현대사가 세계사에 유례가 없을 정도로 짧은 기간에 민주화와 산업화를 동시에 일궈낸 자못 내세울 만한 역사였지만, 안타깝게도 친일과 독재 등 불의한 세력의 청산이라는 과제만큼은 제대로 수행한 적이 없었다. 게다가 그들은 지역감정, 종북 프레임, 세대갈등 같은, 지난 70여 년 동안 아주 잘 써먹었던 칼을 여전히 쥐고 있다. '박근혜와 그의 사람들'이 아무렇지도 않게 그렇게 행하는 이유다.

그래서 역사를 자기 생활의, 또 국가 일상의 주요 자산이자 기축으로 삼는 것이 무엇보다도 절실하다. 도대체 역사가 현실에 무슨 도움이 되냐고 반문할 수 있다. 가령 친일이나 독재 부역 같은 불의는 조상들이 한 일일 뿐, 그 책임을 후손이 지는 것이 마땅하냐고 항변할 수도 있다. 그러나 이는 잘못이다. 만약 현 대통령처럼 무능하고 부도덕한 이가 '흙수저'라면 과연 대통령이 될 수 있을까. 국민은 필요할 때만 안중에 둘 뿐, 오로지 권력만 좇는 이가 흙수저 출신이라면 국회의원이나 장관 등등이 될 수 있을까. 재벌 2세, 3세들이 청문회에서 답변한 것처럼 흙수저들도 그렇게 답변하면 과연 그들 기업의 입사시험에 합격할 수 있을까?

그럼에도 국회의원이 되고 장관이 되며, 재벌 총수도 되고 심지어 대통령까지 될 수 있었던 것은 그 조상이 친일이나 독재 부역의 대가로 만들어낸 '금수저' 덕분이다. 사실이 이러한데 어떻게 역사가 현실과 무관하다고 할 수 있겠는가. 비단 개인 차원에서만 그러한 것이 아니다. 140년 전 강화도조약을 맺었을 때, 그것이 한일합방으로 이어질 것이라고 생각한 이가 당시 조선에 얼마나 있었을까. 또 당시 일본 위정자 가운데 그렇게 생각하지 않았던 이는 얼마나 됐을까.

당시 역사를 보면, 일본은 조선 식민지화를 향한 행보를 착착 취해갔다. 그렇게 생각했던 일본인이 주류였음을 말해준다. 반면에 제국주의적 야욕이 갈수록 구체화됐음에도 조선은 잇따른 조약에 날인했다. 그러한 생각을 한 이가 조선에는 매우 적었음의 반증이다. 그 결과, 강화도조약 체결 후 30여 년 만에 조선은 일본에 강점되었다. 그리고 지금, 일본에선 한일 군사정보 보호 협정 다음 단계로, 유사 시 자국민 보호를 명분으로 한반도 진군을 가능케 하는 '상호 군수지원 협정'이 거론되고 있다. 한일 군사정보 보호 협정을 그 자체만으로 평가해선 안 되는, 국가 일상이 역사 위에서 꾸려져야 하는 까닭이다.

역사는 악용되라고 고안된 문명의 장치가 아니다. 그것은 사악하고 탐욕스러운 이들에겐 가차 없는 철퇴일 뿐, 결코 그들이 기대는 언덕일 수 없다. 역사를 악용하여 현재에 행세하고 미래를 장악하려는 이들의 발호를 더는 그냥 두어선 안 되는 연유다.

[한국일보 2016년 12월 21일 자
게재 당시 제목은 "강화도 조약과 한일 군사정보 보호 협정"이다.]

8 '알고자 하지 않는 민[民]'이라는 적폐

일부 위정자들의 불의가 절정으로 치닫고 있다. 법치를 강조하던 입으로 헌법을 무시하며 대놓고 '역사 세탁'에 나선 형국이다. 하기야 돈 세탁도 하고 이념도 세탁하는데 역사라고 하여 세탁하지 못할 이유는 없으리라.

저들이 돈이나 이념을 세탁하는 까닭은 자기 이익을 극대화하기 위해서다. 역사 세탁도 마찬가지다. '역사 바로 세우기'니 '애국'이니 부르대지만 실상은 기득권을 유지하고 확충하기 위함이다. 역사를 있는 그대로 기리게 되면 손해가 될 수도 있기에, 앞뒤 가리지 않고 역사 조작에 성큼 나선 것이다.

그런데 이러한 풍경이 낯설지 않다. 역사를 보면 불의한 자들이 역사를 자기 뜻대로 장악하려 했던 시도가 적지 않다. 그러한 이들은 영혼에 역사의 참된 가치를 애써서 품지 않았던 자들이었다. 역사를 보며 현재를 성찰하고 선한 미래를 기획했던, 그러한 고귀한 정신의 소유자와는 거리가 멀었다. 하여 그들의 역사 장악 의도는 청사에 자기 이름을 아름답게 남기기 위함이 결코 아니었다. 그것은 어디까지나 살아생전에 더 큰 이득을 얻어 더 누리며 살기 위해서였다. 자기 당대는 물론

이고 후손들까지도 말이다.

이는, '먹고 사는 데 뭔 도움이 되는데?' 하며 역사에 별 관심을 두지 않는 지금의 세태와 선명하게 대조된다. 아니, 역설적이지만 역사 세탁은 그래서 시도될 수 있었다. 역사에 대한 무시에 가까운 무관심이 지속됐기에 역사 세탁이 버젓이 행해질 수 있었다. 동서고금의 역사가 밝히 일러주듯이 역사는 자신을 무시하는 이들을 불의한 세력으로부터 무시당하게 해왔기 때문이다. 저 옛날에만 그러했다는 얘기가 아니다. 우리가 역사를 무시하기에 저들은 바로 우리를 일상적으로 무시하며 참으로 당당하고도 뻔뻔하게 친일을 미화하고 독재를 상찬하고 있다는 것이다.

『논어』에는 "민(民)은 따르게 할 수는 있어도 알게 할 수는 없다"는 구절이 나온다. 여기서 안다는 것은 머리로만 이해함을 뜻하지 않는다. 공자는 행할 줄 알아야 비로소 안다고 보았다. 가령 효(孝)의 개념을 머리로는 이해하고 있지만 행할 줄 모른다면 실은 효를 모르는 것이라는 뜻이다. 이것이 공자가 말한 참된 앎인데, 문제는 '하루 벌어 하루 먹고 살 수밖에 없는' 인민이 그러한 앎을 지닌다는 것이 쉽지 않았다는 점이다. 그래서 공자는 지배층이 참된 앎으로 인민들을 따르게 하여 그들도 인간답게 살도록 교화해야 한다고 당부하였다. 공자의 성인다운 풍모와 헤아림을 목도할 수 있는 대목이다.

그러나 이 구절은 정반대로도 읽힐 수 있다. 문면 그대로 해석하면 우민론의 색채가 강하기 때문이다. 실제로 이 구절은 "백성은 어차피 알게 할 수 없는 존재니 그저 따라오게만 하면 된다"는 뉘앙스를 풍긴다. 하여 성인 공자라는 상과는 사뭇 어울리지 않는 발언으로 치부되기도 한다. 그런데 실제 역사는 막상 어떠했을까. 멀리까지 갈 필요도 없이, '지금-여기'의 우리 상황은 이 말과 얼마큼이나 떨어져 있을까. 불의한 위정자가 이념으로 편을 가르고 지역으로 국민을 쪼개며 일자리로 세대 간의 갈등을 부추기는 지금, 우리 모습은 공자의 이 언급과 과연 무관하다고 할 수 있을까. 사정이 이러하니, 사악한 위정자에게 민중은 얼마나 우습게 보일는지….

17세기 무렵, 이민족 왕조인 청조와 추호도 타협하지 않았던 고염무는 이렇게 말했다. 어느 한 정치집단이 망한 책임은 그 집단에 속한 이들에게만 물으면 되지만, 세상이 패악으로 물들어 망해감은 그 세상을 산 이들 모두가 져야 하는 책임이라고. 그가 살았던 시대는 황제와 조정의 관리들만 정사에 참여할 수 있던 때였다. 반면에 우리는 위정자를 우리 손으로 직접 뽑는 민주주의 사회에서 살고 있다. 저들이 공공연하게 헌법을 무시하며 떳떳하게 역사를 세탁할 정도로 세상은 불의로 가득하다. 그 책임이 과연 저들에게만 있다고 할 수 있을까.

[한국일보 2015년 8월 22일 자
게재 당시 제목은 "민(民), 따르게 할 순 있어도 알게 할 순 없어"이다.]

9 시민의 논평은 위정자의 스승

춘추시대 정이라는 나라가 있었다. 강대국도 약소국도 아닌 중간 정도의 국력을 지닌 제후국이었다. 강대국이 되고자 욕심만 부리지 않는다면 그다지 아쉬울 바 없는 나라였다.

다만 나라의 위치, 그러니까 지정학적 위상이 문제였다. 하필 주변 강대국들 틈새에 끼여 그들이 국세를 넓히고자 할 때면 줄곧 공략 대상 영순위가 되곤 했다. 한 마디로 잦은 외침에 시달릴 수밖에 없는 처지였다. 그러니 늘 주변 정세를 정확하게 꿰차며 강대국 사이에서 균형과 실리를 갖춘 외교를 펼쳐야 했다. 저 옛날, 중국에 있던 먼 나라지만 나라의 사정은 지금 우리와 퍽 닮아 있었다.

기원전 6세기 중반, 자산이란 이가 나라의 정사를 총괄하는 집정으로 취임했다. 그는 젊어서부터 정확한 상황 판단과 남다른 문제 해결 능력 등으로 이름이 자자했던 터였다. 그가 그러한 탁월함을 지닐 수 있었던 이유의 하나는 타의 추종을 불허하는 박학다식이었다. 이는 독서를 폭넓게 그리고 꾸준히 하지 않으면 갖추기 힘든 역량이다. 선대부터 정나라 정치를 좌우하는 권문세가의 후예였지만, 자기 계발과 수양을 게을리 하지 않았던 셈이다.

덕분에 그가 집정이었던 20여 년 간, 정나라는 밖으로는 외침을 막을 수 있었고, 안으로는 귀족 계층을 적절히 제압하는 한편 제도 개혁을 단행하여 나라의 부강과 안정을 일궈냈다. 그 결과 백성이 전에 비해 한결 평온한 삶을 영위할 수 있었다. 그가 외교뿐만 아니라 내정에도 능했음이니, 본래 외교와 내정은 동전의 앞뒷면과 같아 어느 하나만 잘할 순 없는 것이었다.

하여 공자는, 그가 사상 처음으로 성문법을 제정했고, 덕치가 아닌 법치로 국정을 운영했음에도 여러 차례에 걸쳐 진심어린 찬사를 보냈다. 그의 부고를 접하고는 눈물을 흘리며, "그는 옛 성왕의 사랑을 물려받아 행한 이였다"(『춘추좌전』)고 극찬했을 정도였다. 평소에도 공자는 백성의 삶이 안정되고 윤택해지면, 위정자가 신봉한 것이 무엇이냐를 묻지 않고, 다시 말해 이념을 따지지 않고 별 주저함 없이 그를 상찬하곤 했다. 민생은 예나 지금이나 무슨 이념이든 공유해야 하는 우선적 가치였음이다.

그래서인지 춘추시대 역사를 나름 충실히 담은 『춘추좌전』에는 자산의 언행이 솔찬히 기록되어 있다. 그 가운데 이런 일화가 전한다. 기원전 542년에 있었던 일이다. 정나라 국인(國

人)들이 향교에 모여 교유를 하며 자산의 정사에 대해 갑론을박하자 연명이란 이가 자산을 찾아가 향교를 허물어버리자고 건의했다. 요새로 치자면, 국인은 참정권을 지닌 시민에 해당되고, 본디 지방에 설치한 학교를 가리키던 향교는 공공장소쯤에 해당된다. 곧 시민들이 공공장소에 모여 위정자가 행한 정치의 잘잘못을 따졌음이고, 연명은 그러한 행위를 아예 발본색원하자고 건의했던 것이다.

이에 자산은 오늘날 한국 상황에 견줘보면 참으로 부러운 답변을 내놓았다. 그 요지는, 사람들이 각자 일을 마친 다음 모여 놀면서 위정자가 행한 정사를 논한 것, 곧 그들의 논평은 자신의 스승이라는 것이다. 그 가운데 좋은 것은 가져다 실행하면 되고 나쁜 것은 고치면 되기에 그렇다는 논리다.

그러고는 정사의 대원칙을 분명히 하였다. "충선손원(忠善損怨)", 그러니까 좋은 것에 정성을 다함으로써 원망을 줄여야지, 위세로써 원망을 틀어막아서는 안 된다, 곧 "작위방원(作威防怨)" 해서는 안 된다가 그것이었다. 그가 보기에 위정자가 위세로 국인들의 논평을 막음은 흐르는 물을 막는 것과 같아, 방죽이 불시에 터지면 결국 위정자를 비롯한 많은 사람들이 상하게 된다는 것이다.

정나라와 여러 모로 닮은꼴인 한국사회를 자산의 말에 비춰본다면 과연 어떠할까. 우리가 2,500여 년 전 자산의 시대보다 진보했다고 말할 수 있을까. 아니 자산 같은 위정자가 배출될 만한 토양을 갖추고 있기는 한 것일까. 스승 삼기는커녕 언론을 통제하고 걸핏하면 시민을 윽박지르더니, 이제는 위정자가 결정한 일에 대해 논쟁하지 말라고 한다. 급기야 정쟁을 하면 나라가 망한다는 극언을 서슴지 않는다. 존재 이유를 잃은 주요 언론은 함량 미달의 정보와 정제되지 못한 언사를 꾸역꾸역 쏟아내고 있다.

선거에서 내가 행하는 한 표나 재벌이 행하는 한 표의 가치는 동등하다. 마찬가지로 민주주의 사회에서 시민의 목소리는 위정자의 목소리와 사회적 비중이 동등하다. 다만 SNS 등 의사소통 수단이 다양해지고, 그 영향력이 일상 깊숙이 침투되어 지배력이 증강될수록 자기의 목소리를 정립하는 일이 녹록치 않게 된다. 자기 목소리를 어엿한 사회적 목소리의 하나로 소통시키고 지켜내는 일도 만만치 않게 된다. 특히 주요 언론이 기득권에 대한 비판과 감시 역할을 스스로 포기한 지금, 자기 목소리의 사회적 비중을 지키는 일은 더욱 어려울 수밖에 없다.

이제는 시민들이라도 나서 국인들의 논평이 내 스승이라는 자산의 고양된 정신을 실천할 때다. 위정자가 돼서 시민의 목소리를 스승 삼을 줄 모를 때 이를 견책함은 시민의 당연한 권리다. 아무래도 지금은 스승들이 회초리를 들 때가 맞는 듯싶다.

[한국일보 2016년 7월 20일 자]

10 무엇을 위한 퇴진이어야 하는가

대통령으로서 무자격과 무능력이 백일하에 드러난 지 한 달 가까이 됐다. 법의 준엄한 심판을 받아야 함에도 안 내려오고 버틴 시간도 그만큼 흘러갔다. 그러나 절대 다수의 시민이 수차례 심판했고, 검찰도 대통령을 최순실 등과 공동정범으로 명시했으니 퇴진은 피해갈 수 없는 형국이다.

물론 낙관은 금물이다. 일상에서, 광장에서 대통령 퇴진 활동이 지속돼야 하는 까닭이다. 이때 미루지 말고 함께해야 하는 바가 있다. 퇴진 이후에 대한 헤아림이 그것이다. 퇴진하라는 외침은 단지 '박근혜'라는 개인을 대통령직에서 축출하기 위함만은 아니다. 차기 대선 주자 중 어느 누군가를 대통령에 당선시키기 위함은 더더구나 아니다. 오로지 이명박 정부 때부터 짓밟혀온 민주주의의 복구, 그 하나다.

그래서 반드시 함께 짚어가야 하는 것이 있다. 무엇을 하기 위한 민주주의의 복원인가라는 물음이다. 이에 대한 성찰 없이는 자칫 1987년 6월 대항쟁 이후처럼 시민의 항쟁이 미완으로 끝날 수 있기에 그렇다. 당시 민주주의 실현이라는 시민의 염원은 대통령직선제 실시라는 표어로 집약되었고, 시민 대항쟁을 통해 이를 쟁취하였다. 그런데 결과는 전두환 전 대통령과 더불어 12 • 12 쿠데타를 주도하고 5 • 18 광주민주화운동을 피로 진압한 또 다른 군부의 주축 노태우의 대통령 당선이었다.

무엇을 하기 위한 민주주의 실현인지에 대한 시민의 총의가 집결되지 못했기 때문이었다. 거악 '군부독재'의 종식이라는 버거운 목표 달성에 치중하느라 민주주의의 실현으로 무엇을 이룩해갈지, 충분히 숙고하지 못했던 결과였다. 역사가 비슷하게 반복된다고 하여 그때의 우마저 다시 반복해선 안 될 터, 민주주의 복구를 통해 달성해갈 바를 함께 숙의해가야 하는 이유다.

이와 관련하여 적어도 다음 두 가지는 목표가 돼야 할 듯싶다. 하나는 '동아시아 평화체제'의 구축이고, 또 다른 하나는 '인문사회'의 구현이다. 먼저 동아시아 평화체제 구축에 대해 살펴보자. 이 화두는 제기된 지 꽤 됐음에도 갈수록 뒷전으로 밀리는 모양새다. 북핵 문제 해결이란 화두가 다른 관련 논의들을 블랙홀마냥 잡아먹었기 때문이다.

북핵 문제 해결이 동아시아 평화 실현과 밀접하게 연동되어 있음은 분명하다. 그렇다고 그 둘이 등치인 것은 아니다. 다시 말해 북핵 문제의 해결 자체로 지속 가능한, 나아가 항구적 동아시아 평화체제가 구축되는 것은 아니란 뜻이다. 사드 배치나 북한 핵 시설 선제 타격론, 한일 군사정보 보호 협정 등, 근자에 취해진 조치가 그 뚜렷한 증좌들이다. 설사 그런 조치로 북핵 문제가 어찌됐든 해결된다고 하여 과연 한반도에 평화가 도래되는 걸까? 그 정도로 미국과 중국, 일본, 북한 등이 아니 우리 스스로가 평화 지향적일까?

따라서 북핵 문제 해결이란 과업은 동아시아 평화 실현을 위한 여러 의제 가운데 하나로 다뤄져야 한다. 북핵 문제 해결이란 말로는 군국주의 일본의 부활, 중국의 패권주의적 행보, 북한의 핵무장, 미국의 중국 견제 전략 등이 상시적으로 부딪히는 동아시아의 복잡다단한 정세를 효과적으로 환기할 수 없기에 그렇다. 지속 가능한 평화체제 구축을 위한 논의를 북핵 문제 해결로만 몰아가지 말고, 동아시아의 평화 공존이란 상위의 목표 아래서 접근하자는 것이다. 그랬을 때, 이를테면 미국, 중국, 북한, 일본 등 동아시아 지역의 주요 당사국들이 한국을 축심으로 움직이게 할 수도 있게 된다.

다음은 '인문사회'의 구현이다. 인문사회라 함은 인문학이 우선되는 사회를 말함이 절대 아니다. 인문은 인문학과 많은 부분 겹치지만 그것과 결코 동일하지는 않다. 인문은 '사람다움의 무늬'라는 뜻이다. 달리 말해 인간답게 삶이 곧 인문이다. 그렇기에 인문은 인문학이 독점할 수 있는 바가 아니다. 인문학이 중시된다고 하여 인문사회가 자동적으로 구현되는 것도 아니다. 필자가 말하는 인문사회란 인간다운 삶의 구현이 삶과 사회의 기본이자 그 무엇에도 앞서는 제일 가치로서, 이것이 '제도적, 정책적, 이념적, 문화적'으로 실현되는 사회다.

이러한 사회를 구현해야 하는 까닭은, 첫째, 그랬을 때 비로소 예측 가능한 삶의 영위가 가능해지기 때문이다. 이는 특히 사회적 약자들에게 더욱 절실하다. 자라나는 세대에게는 더욱 더 그러하다. 현실이, 또 미래가 예측 가능했을 때 그들이 기울인 노력이 비로소 가치를 발할 수 있기에 그렇다. 이것이 기성세대가 광장에 모인 청소년에게 민주주의의 복구를 통해 취해야 할 최소한의 예의다. 둘째, 인문사회가 구현됐을 때 비로소 양식과 상식이 표밭이 되는 사회가 가능해진다는 점이다. 그래야 적어도 "부자되세요" 식의 포퓰리즘이나 지역, 이념, 인종, 성별 등에 뿌리를 둔 혐오에서 표가 나오는 사회가 더는 되지 않을 것이다.

물론 당장 시급한 것은 자격을 상실한 대통령을 한시라도 빨리 퇴진시키는 일이다. 그렇다고 축출을 통해 무엇을 이루어갈지에 대한 헤아림을 미뤄두지는 말자. 입으로는 퇴진을 외치면서 마음과 머리에서는 평화로운 세계의 구축을, 인간다운 삶이 당연하게 보장되는 삶터의 구현을 되뇌고 또 되뇌자는 것이다.

[한국일보 2016년 11월 23일 자]

11 외국인 대통령 영입론

'객제(客帝)'라는 말이 있다. 객이면서 일국의 군주가 된 자를 가리키는 용어다. 근대 중국이 배출한 큰 인물 장태염이 쓴 표현으로, 그는 이 말로 청대 만주족 황제처럼 중원을 차지한 이민족 왕조의 군주를 가리켰다.

이는 멋대로 남의 강토를 차지하고 다스리던 과거에나 가능했던 일이다. 당연히 오늘날에는 있을 수 없다. 그런데 '외국인 대통령 영입'은 어떠한가? 우리는 지난 80년대부터 외국에서 유능한 인재를 활발히 영입해왔다. 프로 스포츠 세계의 얘기다. 외국의 좋은 선수와 지도자 확보에 사활을 걸기도 했다. 이유는, 당장은 좋은 성적을 내기 위함이고, 길게는 세계 일류 수준으로 발돋움하기 위함이다.

그렇다면 정치의 선진화를 위해 외국 정치인을 스카우트해오는 것은 어떨까? 우리나라의 태세와 역량은, 비유컨대 프로 축구계의 프리미어리그 급에 근접했건만 정치인들의 국정 운영은 도무지 프로답지 않으니 말이다. 마침 내년에는 대선이 있으니, 각 당에서 외국의 유능한 정치가를 영입하여 우리

정계의 수준 제고를 꾀하는 것이 어떨까 싶다. 풍자조차 되지 못하는 객쩍기만 한 얘기지만 말이다.

장태염이 객제를 운운함도 외국에서 대통령을 모셔오자는 얘기가 아니었다. 그는 새로이 건설해갈 근대 중국의 정체로 총통에게 권한이 집중된 '총통 중심적' 공화제를 제시했다. 그가 활동했던 20세기 전환기의 중국은 제국주의 열강의 침탈 탓에 망국을 코앞에 두고 있었다. 이 절체절명의 위기에서 벗어나려면, 국가를 한시 바삐 서구 근대식으로 개조하여 부국강병을 일궈내야 했다. 게다가 중국은 무척 넓고 인구도 많으며 종족도 다양했다. 이래저래 강력한 리더십이 절실할 수밖에 없었다.

그렇다보니 그의 근대기획 성공 여부는 총통, 우리로 치면 대통령에 달려 있게 됐다. 아무리 직선 총통이라 해도 함량 미달이면 중국에는 미래가 없게 된다. 총통 자리에는 그런 '가짜 총통'이 아닌 참된 총통이 있어야 했다. 그가 삼권분립을 제시하는 데서 그치지 않고, 교육권의 독립을 포함한 '사권분립'을 주창한 것도 이러한 연유에서였다. 가령 총통과 교육의 장은 서로에 대한 '적체(敵體)', 곧 '적대적 관계에 놓인 기관'이어야 한다. 그래야 학술의 견지에서 총통에 대한 비판을 제대로 수행하여 참된 총통답게 국정을 운영케 한다는 것이다. 겸하여 현재 권력이 미래를 장악하는 일도 방지할 수 있게 된다.

뿐만 아니었다. 그는 윤리적 차원에서 총통 후보자 자격을 엄격하게 규정하였다. 가짜 총통의 출현을 막으려면 제도만으로는 부족하기에 그렇다. 역사가 웅변해주듯, 선한 제도가 항상 선한 결과를 자동적으로 보장해주지는 않는다. 대다수의 경우 사람이 늘 관건이었다. 총통 후보자는 "학식으로 명망 있는 자로 그 자격을 제한해야 한다"는 주장이 그래서 나왔다. 그의 사유에서 '학식 있음'은 진리를 자기 영혼에 품고 있음을 의미하고, '명망 있음'은 그러한 학식을 사회적 실천을 통해 발휘하여 대중의 검증을 받았음을 뜻하기 때문이다.

한마디로 이상적인 대통령 후보론이다. 그러한 학식을 쌓음과 동시에 정치 역량도 갖춰야 하니, 요즘 우리나라 같은 곳에서는 눈 씻고 찾아봐도 볼 수 없기에 그렇다. 그래서인지 외국인 대통령 영입론이 뇌리에서 가시지 않는다. 대통령 선출이 무슨 축구 국가대표팀 감독 선임과 같은 비중이 결코 아님에도, 차라리 그렇게 하는 편이 훨씬 낫겠다는 생각이 자꾸 든다. 마침 나라 밖에서 국내 정치와 꽤 먼 자리에 있어왔던 반기문 같은 인물이 여권의 유력한 차기 대권주자로 운위되고도 있다. 국내 정치판에 대한 염증이 그리 발현된 듯싶다. 그렇다고 해도 검증은 철저하게 해야 한다.

이미 경험했듯이, 프로 스포츠계의 '먹튀' 같은 사태가 발생했다가는 나라 등골이 제대로 휘고 만다. 그래서 대통령이 될 만한 자질이나 역량을 갖췄냐는 반드시 결과로 드러난 그의 공적을 토대로 가늠되어야 한다. 그가 어떤 자리에 있었는가, 아버지가 누구인가와 같은 것으로 판단해서는 안 된다. 또한 잠재력이 있다와 같은 것으로 판단해서도 안 된다. 대통령 자리는 잠재력을 끌어내는 곳이 아니라, 준비된 역량을 최대치로 발휘해야 하는 자리기에 그렇다. 대통령이 되어 잠재력을 끌어내는 동안 시민은 등 터질 수 있기에 더욱 그러하다.

그런데 이왕 나라 밖에서 영입하려면 대통령으로서의 능력과 자질이 충분히 검증된 인물을 스카우트 하는 건 어떨까. 세계 유일 강대국 미국을 지난 8년 가까이 큰 허물없이 이끈 오바마 대통령은 어떠한가? 적어도 빼어난 소통 능력을 보여주며 시민들 위에 군림하려 하지는 않았으니 말이다. 물리학 박사인 독일의 메르켈 총리는 또 어떤가? 경제 위기 속에서도 나라를 경제대국으로 성장시켰으니 말이다.

참, 아무리 세계화 시대라고 해도 우리 정치인의 해외 진출은 절대 도모하지 말자. 아무리 밉고 골탕 먹이고 싶은 나라가 있어도, 사람이 되어서 그런 일을 하면 못 쓰는 법이다.

[한국일보 2016년 9월 28일 자]

12 학, 말 그리고 개

천하는 천하 사람들의 공공재이다. 그래서 "천하위공(天下爲公)"이라는 정신이 수천 년 전부터 절대불변의 진리로 표방되어 왔다. 옛날 허유란 현자가 천하를 주겠다는 요임금의 제안을 거절했던 까닭도 천하란 그렇게 개인들이 주고받을 수 있는 것이 아니었기 때문이다.

국가 또한 마찬가지다. 물론 역사를 보면 국가가 자기 것이라고 우긴 군주가 절대 다수였다. 춘추시대의 일이었다. 위나라 제후 의공은 학을 무척 좋아하여 그들을 대부에 봉하고 대부 전용 수레를 하사했다. 당시 대부는 국정 전반을 지탱했던 나라의 근간이었다. 학을 너무나 사랑한 나머지 사적 기호품에 불과했던 학을 군주라는 이유로 국가의 중추 급으로 대접했다.

당연히 대부들의 마음이 편할 리 없었다. 뒤집어 보면 졸지에 자신들이 학과 동급이 됐기에 그렇다. 그러던 어느 해(기원전 660년), 적(狄)이라 불리는 북방 유목민이 침공해왔다. 다급해진 의공은 대부들에게 출정을 명하였다. 그러자 대부들은 작위를 받은 학들이나 출전시키라며 이죽거렸다. 하는 수 없이 의공은 직접 군사를 이끌고 출병했다. 결과는 대부와 학의 경중을 구분 못했던 이다운 대패였다. 군사도 크게 도륙 당했고 자신도 죽음을 면치 못했다. 『춘추좌전』에 전하는 얘기다.

의공이 그렇게 전사하고 두 세대쯤 흘렀을 즈음 초나라에는 말을 끔찍이 사랑했던 군주가 있었다. 바로 장왕이다. 그는 말에게 화려한 비단옷을 입히고 전용 침대를 제공했으며 말린 육포를 먹였다. 웬만한 귀족도 다 갖추고 살기 힘든 수준으로 말을 대했음이다. 그러나 말은 본성상 달려야 하는 초식동물이었던지라 얼마 못가 고도 비만으로 죽고 말았다. 크게 상심한 장왕은 대부의 예로 장례를 치르라 명하고는, 이에 토를 다는 자는 지위 고하를 막론하고 죽이겠다는 엄포를 놓았다.

당시 초나라에는 우맹이란 기인이 있었다. 그는 이 소식을 듣자마자 궁궐로 달려가 하늘을 우러르며 울부짖었다. 초나라에서는 내로라하는 유명인이어서 그런지, 그의 행동은 바로 왕에게 보고됐고 왕은 그 연유를 물었다. 그러자 우맹은, 초나라가 어떤 나라인데 왕께서 총애한 말의 장례를 고작 대부 급으로 치르냐며 통곡했다. 응당 군주 급으로 격상시켜 장례를 치름으로써 대국의 위엄과 풍모를 대내외에 아낌없이 드러내야 한다고 소리쳤다. 장왕은 우맹의 속뜻을 금방 알아차렸다. 의공과 달리 그는 자신의 과오를 바로잡을 줄 아는 군주였다.

그는 명을 다시 내려 죽은 말을 사람의 뱃속에 장사하였다. 『사기』「골계열전」에 나오는 일화다.

이번에는 개를 총애했던 사람 얘기다. 역시 초나라에서 있었던 일이다. 어떤 사람이 집을 잘 지킨다는 이유로 개를 총애하였다. 그런데 그 개는 늘 우물에 오줌을 눴다. 이를 본 이웃이 개 주인에게 이 사실을 알려주려 하였다. 그러자 개는 그것이 싫어서 문을 지키며 으르렁거렸다. 이웃 사람은 그 개가 두려워서 들어가 말하지 못하였다. 결국 그 개가 잘 지켰던 것은 집이 아니라 자신이었으며, 이를 분별하지 못했던 개 주인은 매일같이 개 오줌이 섞인 물을 마시면서도 개를 총애하였던 것이다. 춘추시대 다음인 전국시대의 역사를 전하는 『전국책』에 실려 있는 얘기다.

그래서 한비자는 "무릇 나라에도 그러한 개가 있다. 도를 깨친 인재가 학술을 품고서 천자를 지혜롭게 하려 해도, 대신이 사나운 개가 되어 앞서 나와 그 사람을 물어버린다. 이것이 군주가 가려지고 협소해지는 까닭이며, 도를 지닌 인재가 등용되지 않는 까닭"이라고 일갈했다. 이천 년도 더 된, 먼 옛날 얘기가 아니다. 인용문의 대신과 군주를 가령 비선 실세와 대통령으로 바꾸면, 영락없는 지금 우리의 이야기이기도 하다.

위의 개들은 주인이 주는 대로 받기만 했던 의공의 학이나 장왕의 말과는 다르다. 그들은 주인의 총애를 등에 업은 채 자기에게 이익이 된다면 주인이라도 서슴없이 속인다. 옛날에나 가능했던 일이 아니다. 민주주의가 버젓이 헌법에 명기된 오늘날에도 그러한 부류가 대놓고 활개 친다. 국가를 자기 것으로 여긴 결과다. 민주주의로 선출된 위정자임에도 국가를 사적으로 소유했고, 물밑에서 그러한 위정자를 재차 사적으로 소유했기에 나타난 현상이다.

예나 지금이나 그러나 이들의 영혼에는 "천하위공"을 넣을 자리가 없었음이다. 그러한 정신은 가득 들어찬 탐욕과 독선에 물어뜯긴 지 오래였다. 하여 그들에게는 나라를 위한다는 미명 아래 전쟁을 일으켜 온 성과 들판을 시신으로 가득 채우는 건 일도 아니었다. 맹자가 그건 사람을 위해 땅을 늘린 것이 아니라 땅에게 인육을 먹인 꼴이라며 절규했지만, 그저 "개 귀에 경 읽기"에 지나지 않았다.

그렇다고 그들이 경전을 알아듣지 못한다고 탓할 수도 없다. "열흘 붉은 꽃은 없다[花無十日紅]"며 그저 기다릴 수도 없다. 비정상도 오래되면 정상처럼 여겨진다. 잘못을 즉시즉시 바로잡아야 하는 이유다. 사랑하는 학과 말과 개들을 위해서라면 북한 핵 시설 선제 타격론 같이 전쟁이라 하여 굳이 마다하지 않을 듯싶어 하는 말이다.

[한국일보 2016년 10월 26일 자]

13 누구의 귀를 잡아당길 것인가

옛날 군주에게는 사적 영역이란 존재하지 않았다. 한 나라를 다스리는 자는 무릇 하늘을 닮아야 했다. 하늘이 오로지 공적인 것처럼 군주도 공적이어야만 했다. 하여 오랜 옛날부터 군주 곁에는 늘 사관이 붙어 그의 언행을 낱낱이 기록했다. 군주의 모든 일상이 공적이기에 응당 역사로 저장돼야 했음이다.

그래서 공사(公私)의 공은 제후를 가리키는 말이기도 했다. 제후는 천자로부터 일정 지역의 통치를 위임받은, 해당 지역의 실질적 군주였다. 공(公)은 그러한 제후를 지시하는 공식 호칭으로, 고대 중국인들은 이를 가져다가 사(私)의 반대말로 사용했다. 군주 자체를 공이라고 여긴 결과였다. 역설적이지만 그래서 군주는 공사를 구분할 필요가 없었다. 윤리의식이 마비되고 개념이 없어서가 아니다. 사적 영역을 인정치 않았기에 공사를 구분할 계기 자체가 주어지지 않았던 것이다. 적어도 이념적으로는 이러했다.

3천 년쯤 전에 있었던 일이다. 당시 천자의 나라는 주였고 천자는 성왕이었다. 다만 그는 아직 어렸던지라 그의 숙부였던 주공이 천하를 실질적으로 통치하고 있었다. 하루는 성왕이 동생을 당 지역의 제후로 봉한다고 했다. 후원에서 노닐다가 오동잎 하나 따주며 불쑥 내뱉었던 농담이었다. '제후 봉하기 놀이'를 한 셈이었다. 그런데 주공은 정말로 그 동생을 당의 제후로 봉했다. 화들짝 놀란 어린 성왕은 주공에게 장난친 것이라며 해명하였다. 그러나 주공은 단호했다. 군주에게 농담은 없는 것이라고, 그렇기에 한 번 말하면 말한 그대로 이뤄져야 한다고.

주공은, 천자가 말을 바꾸면 공의 권위가 서지 못한다고 보았다. 더구나 군주의 일상은 온통 공적이어야만 했다. 이러한 상황에서 군주가 농담이니 뭐니 하며 말을 바꾼다면, 결국 공이 한결같지 못하여 이랬다저랬다 한 꼴이 된다. 공의 권위가 흔들릴 수밖에 없는 대목이다. 주공이 농담인줄 빤히 알면서도, 또 어린 자를 제후로 봉함이 현실적으로는 큰 손실임을 알면서도 성왕의 말을 그대로 행한 까닭이다.

말뿐이 아니었다. 군주는 모든 행동거지가 한결같을 것을 요구받았다. 군주답고자 했던 이는 이로써 스스로를 단련하기도 했다. 위 무공은 그러한 군주의 대표 격이었다. 그는, 자신이 혼용무도(昏庸無道)한 군주가 될까 하여 자신을 훈계하는 노래를 지어 주변 사람들로 늘 부르게 하였다. 『시경』에 전하는 그 노래의 일부를 들어보자.

> 말을 함부로 하지 말라, 되는대로 말하며 누가 내 혀를 멈추겠는가 하지 말라. (중략) 아아, 젊은 도령아. 아직도 옳고 그름을 모르는가. 손을 잡아끌어 일을 가르쳐주지 않았는가. 얼굴을 맞대고 일러줬을 뿐 아니라 귀를 잡아당기면서까지 알려주지 않았는가.

이 노래에서 위 무공은 자신을 손을 잡아끌고 얼굴을 맞대며 귀를 끌어당겨 가르쳐도 여전히 정신 못 차리는 군주로 설정했다. 심지어 스스로를 철부지 젊은 도령에 빗대기까지 했다. 그럼으로써 '금수저'를 물고 태어난 덕에 '임금 놀이'나 하는, 그러한 함량 미달의 군주가 되진 않겠다는 단호한 의지를 드러냈다. 그저 서너 마디 시늉만 한 것이 아니었다. 그는 모두 120구에 걸쳐, 거친 언사도 마다않고 군주가 경계해야 할 바를 구구절절이 지적했다.

지금으로부터 2,700여 년 전에 있었던 일이다. 기록에 의하면 위 무공은 제법 괜찮은 군주였다. 무너진 주 왕실을 복구하는 등 공적도 많았다. 그럼에도 이를 위 무공이 행한 고도의 정치 쇼로 읽을 수도 있다. 다만 그럴 개연성은 그리 커보이지 않는다. 사실 군주가 시켰다고 하여 군주를 강하게 훈계하는 노래를 늘 부른다는 것은 말처럼 쉽지 않기 때문이다.

그런데 정치 쇼였다고 해도 이는 기릴 만한 일이지 싶다. 틈만 나면 국회를 윽박지르고 시민을 훈계하는 모습을 보느니 차라리 이런 쇼를 보는 게 훨씬 나을 듯해서다. 그래도 이 노래에는 군주는 사적 영역으로부터 간섭받아서는 안 된다는 전제가 깔려 있다. 아니 군주는 공적 가치에 맞춰 사적 욕망을 없앨 줄 알아야 한다고 요구받는다. 만일 군주가 사적 이해관계로 국법을 대놓고 파괴하며 공적 영역을 허물면, 그 귀를 잡아당겨서라도 잘못을 고쳐줘야 한다고 노래한다.

오늘날 우리 사회의 잡다한 '갑'들의 귀를 잡아당겨 가르치자는 얘기가 아니다. 민주주의 사회의 시민은 주권자로서 잘못된 길을 가는 위정자를 가르칠 의무를 지닌다. 그래서 불통과 무능 소리를 꾸준히 들어온 대통령의 귀를 끌어당겨 가르치려 했다고 치자. 그런들 무슨 소용이 있겠는가? 한 나라의 지도자보다는 한 정파의 보스다운 길을 의연하게 걷고 있으니 말이다. 선거 때뿐 아니라 임기 내내 오로지 득표의 유불리만 따지는 정치인들은 또 어떠하겠는가. 난망한 일이다.

민주주의 사회에서 시민은 비유컨대 모두가 다 군주이다. 민주주의가 꽤 무너졌다고 해도 적어도 투표를 할 때만큼은 그러하다. 하여 우리 자신의 귀를 잡아끌어 스스로를 가르치는 것이 그나마 나을 수 있다. 투표장에서만큼은 사적 판단이 아닌 공적 판단을 앞세울 줄 알도록 말이다.

[한국일보 2016년 3월 17일 자]

14 도무지 절실하지 않은 그들

고양이 앞의 쥐라고들 하지만 궁지에 몰린 쥐는 고양이에게 덤비기도 한다. 호랑이가 토끼를 잡을 때조차 최선을 다하는 까닭이다. 목숨이 걸렸을 때는 안 되는 줄 빤히 알지만 지푸라기라도 잡으려 애쓴다. 생명을 지키려는 절실함이 종종 기적을 빚어내기 때문이다.

근자에 한국은 고양이 앞의 쥐만도 못하게 취급당했다. G2라 불리는 두 나라가 번갈아가며 한국을 우롱했다. 중국 시진핑 주석이 했다는, 한반도가 과거 중국의 일부였다는 발언이 전해지면서 여론이 들썩였다. 트럼프 미 대통령이 아무리 파격적이라고 해도 이러한 민감한 발언을 근거 없이 했을 가능성은 적어 보인다. 그럼에도 중국 외교부 대변인은 "한국 국민은 걱정하지 않아도 된다"는 답변만 딸랑 내놓았다. '우리 중국이 고양이면 너희 한국은 쥐야. 그러나 걱정은 안 해도 돼'라고 말한 셈이다.

미국도 만만치 않았다. 호주를 향해 가던 항공모함 칼빈슨호가 곧 한반도 해역으로 진입한다고 했다. 미군 측 관계자들도 이를 확인해줬다. 한반도 주변에 세 척의 미 항모가 집결하는, 유사 이래 최대의 화력이 갖춰지려는 순간이었다. 일본 아베 수상은 잽싸게 숟가락을 얹었다. 자국민 피난을 위한 자위대 한반도 진입을 운운하며 긴장도를 높여갔고, 부인의 비리 사건으로 떨어진 지지율을 높이는 데도 성공했다. 안 그래도 이명박 정부 시절부터 북핵 선제 타격론이 목소리를 키워왔던 지라 전쟁의 공포가 빠르게 번져나갔다.

"아빠, 전쟁 나면 우린 어떡해"라며 한 근심하는 아들을, "영화 〈국제시장〉 봤지. 우리에겐 부산이 있잖아. 무슨 일이 생겨도 부산에서 만나면 돼"라며 다독일 무렵 뜻밖의 소식을 접했다. 칼빈슨 호는 예정대로 호주로 가고 있고 어쩌고저쩌고 하는 뉴스였다. 칼빈슨 호가 한반도에 바로 온다는, 세 척의 항모가 한반도 주변 해역에 집결한다는 소식이 '가짜 뉴스'였던 것이다. 다만 그렇고 그런 가짜 뉴스가 아니라 '한국 국민을 안심시키시고자 미국께서 몸소 베풀어주신 영광스런' 가짜 뉴스였다.

그런데 진짜로 고양이 앞의 쥐가 될 수 있는 위기에 처했건만, 생존 확률을 높이기 위해 취해진 국가 차원의 움직임이 안 보인다. 어디서도 국가 생존을 위한 절실함이 감지되질 않는다. 늘 그랬듯이 이 국면을 자기 이해관계와 기득권 옹호에 유리하게 활용하려는 이들의 '가짜 목소리'만 증폭되고 있다. 단지 수사나 비유가 아니라 실제로 국제무대라는 장기판의 졸로 취급되고 있음에도, 그들은 아랑곳하지 않고 이를 대선에서 악용하고 있다.

물론 한국 '국민'마저 졸이 된 것은 결코 아니다. 매사를 정치적, 물질적 유불리만 따지는 이들 탓에 한국 '국격'이 그렇게 됐을 따름이다. 그들은 나라가 있기에 힘과 돈을 지닐 수 있었다고 생각지 않는다. 나라가 해준 건 없어도 자기가 나라에 해준 것은 많다고 여긴다. 하여 자신들이 있었기에 나라의 오늘날도 가능했다고 믿는다. 그렇게 자기 이익을 국가 이익과 동일시하기에 나라가 대국 틈에서 졸이 되어도 자신들이 계속 잘 나가면 국가도 잘 나간다고 간주한다.

그들은 전근대기 봉건군주처럼 곧잘 '내가 곧 국가'라고 확신한다. 민주주의체제임에도 '내가 곧 국민'이라고 자신한다. 그들은 자신의 승리를 국가나 국민 승리로 여길 줄은 알아도, 국민은 승리하고 자신이 패배하는 것은 절대 용납하지 못한다. 맹자는 자나 깨나 국가의 부강만 되뇌는 군주에게 인민이 잘 살아야 국가가 부강한 것이지 군주 혼자 잘 산다고 국가가 부강해지는 건 아니라고 단언했다. 황당하게도 우리 시민들은 2,300여 년 전 봉건군주제 시절의 비판이 여전히 유효한 시절을 살고 있다.

선거철만 되면 필자는 '무국적자'가 된다. 출마하는 이들마다 국민이 원해서, 나라를 위해서 나섰다고 부르댄다. 어떤 이는 자신들이 이 나라를 만들어왔다고 강변하고, 다른 이는 자신의 승리가 곧 국민의 승리라고, '촛불 민심'의 승리라고 주장한다. 그런데 필자는 그들의 출마를 원한 적도 없고 그들을 위해 촛불을 든 적도 없으며 그들이 만든 나라가 아닌 일반 시민이 만든 나라에서 살고 있다. 그래서 그들에게 필자는 '국민'이 아니게 된다.

그럼에도 그들이 아무렇지도 않게 장기판의 졸로 전락시키곤 하는 이 나라가 그들에겐 '국민도 아니게 된' 필자에게 더욱 절실해진다. 저들에게 나라는 자기 이익을 위해 버릴 수 있는 것일지 몰라도 일반 시민에게는 결코 그렇지 않다. 자국민도 제대로 안심시키지 못하는 중국 정부로부터 생뚱맞은 위로를 받은 우리 시민이지만 그래서 더욱 더 나라가, 또 그 품위와 역량이 요긴하고 절실하다.

원칙적으로 민주적 국가가 자율적 시민이 자유롭고 평화롭게 공존할 수 있는 제도적 바탕이기에 그러한 것만은 아니다. 인간적 삶의 영위에 필요한 적정 수준의 힘과 돈을 지니는 데 나라의 품위와 역량이 절실하기 때문이다. 자기가 곧 국가요, 국민이라고 우기는 적폐를 청산하는 데도 요긴하기에 그렇다.

[한국일보 2017년 4월 25일 자]

15 선거와 '빈 배[虛舟]'

대의민주주의 체제에서 선거는 '지도자'가 아니라 '대리자'를 뽑는 정치행위다. 내가 따르고 복종할 사람을 뽑는 것이 아니라 나를 대리하여 나의 이로움을 증진시켜주고 공동체와의 이해관계를 조정해줄 이를 뽑는 것이다.

대리자가 좋은 지도자가 갖춰야 할 품성과 역량, 영혼을 갖췄다면, 이를테면 공공선의 진보를 일구어낼 역량을 갖췄다면 금상첨화겠지만, 그렇다고 해도 그를 지도자로 섬기기 위해 투표로 뽑는 것은 결코 아니다. 그런 대리자를 뽑는다면 그것은 비유컨대 두둑한 성과급이다. 기본급은 어디까지나 나의, 또 우리의 이해관계를 온전히 대리해줄 정신과 능력을 지닌 이를 뽑는 것이다. 이것이 민주주의의 꽃이라고 불리는 선거에 우리가 거는 평균치의 기대다.

다만 작금의 현실에서는 거의 대부분 그러한 기대를 회수하지 못했다. 19세기에 이미 나왔던 대의민주주의에 대한 회의, 가령 "지금까지의 민주주의는 특정 집단만 대표하는, 그저 다수파 인민에 의한 정부에 지나지 않았다"(존 스튜어트 밀)

와 같은 일갈은 21세기에서도 여전히 유효하다. 대의민주주의의 현실이 민주주의의 원 의도를 왜곡하여 "평등하게 대표되는 전체 인민에 의한 전체 인민의 정부"는 구현된 적이 없었다는 것이다. 민주(民主), 곧 '인민이 주인'이기에 투표로 대리자를 뽑았는데 그들이 '인민의 주인' 노릇을 하는 이율배반의 반복, 이는 민주가 중국에서는 전근대기 내내 그런 뜻으로 쓰였다*는 사실 따위로는 정당화되지 못한다.

그래서 선거는 대리자로서 부적격인 자를 '뽑지 않는' 정치 행위기도 하다. 이때 적격 여부를 따지는 기준의 하나는 자기를 비워낼 줄 아는 역량의 구비다. 자신을 뽑아준 이들의 이해관계를 대변하기 위해서는 자기 이해관계를 비워낼 줄 알아야 되기에 그렇다. 달리 말해 대리자 자신은 '빈 배' 곧 허주(虛舟)가 되어야 한다. 여론의 바다를 잽싸게 가로지르며 자기 이익이나 챙기라고 하는 말이 아니다. 서로 다른 목소리로 그득하기 마련인 사회, 배 자체에 균열을 가하는 목소리가 아닌 한 실을 수 있는 목소리를 최대치로 담아내라고 그리하라는 뜻이다.

더구나 대리자는 뽑아두기만 하면 자동적으로 대리자 역할에만 충실하게 되는 것도 아니다. 이론적으로 또 윤리적으로는 당연히 그래야 마땅하겠지만, 작금의 현실은 가만 놔두었을 때 그리 되는 일이 극히 적었음을 분명하게 일러준다. 그래

---

* 『춘추좌전』 등에서 '民主'는 인민의 주인이라는 뜻인 '民之主'의 준말로 사용되었다.

서 선거는 단발성 정치행위가 아니다. 그것은 적어도 다음 선거가 있을 때까지 지속되는 정치행위의 시작점이다. 투표로 우리는 좋은 지도자가 아니라 최악 또는 차악이 아닌 대리자를 뽑기 때문이다. 그들이 유용하고 합당한 빈 배로 작동되는지는 투표가 아니라 그 이후에 어떤 활동을 지속하느냐에 따라 결정되기에 그러하다.

대통령 임기 5년, 곧 43,800시간 동안 주인으로 존재하느냐, 객체 또는 노예로 존재하느냐는 이에 따라 결정된다. 투표하러 오가고 투표소에서 줄서서 기다리다 기표하여 투표함에 넣는 그 한 시간도 채 안 될 시간에만 주인 노릇하고 나머지는 대리자의 이익을 위해 소비되는 존재로 전락하게 되면, 선거 때 투표장에서만 민주주의의 원 의도가 실현되고 평소에는 민주주의에 역행하는 그러한 역사를 우리는 반복하여 겪을 수밖에 없게 된다.

시민이 뽑은 대리자를 빈 배로 만들어가는 활동이 일상적으로 지속돼야 하는 까닭이다. 뽑힌 이는 단지 대리자일 뿐이기에 더욱 그러하다. 자신의 삶이 표준이고 자기 승리가 국민의 승리며 국가의 미래라고 되뇌는 이들을 다만 대리자이게만 해야 하는 이유기도 하다. 그들을 우리, 곧 시민의 지도자로 봐서는 안 된다. 뽑힌 다음에 좋은 지도자로 발돋움할 것이라는 기대도 금물이다. 선거로는 결코 좋은 지도자 여부를 가릴 수 없기에 그렇다. 아니, 기본을 갖춘 지도자인지 그 여부조차 선거는 가려내지 못한다. 대의민주주의 체제에서 선거라는 국가장치는 애초부터 출마한 이가 어떤 지도자인지를 검증하는 장치가 아니었기 때문이다.

하여 우리는 집요하고도 치열하게 선출된 이를 대리자로 대해야 한다. 그러기 위해서는 그를 연신 빈 배로 만들어가야 한다. 옛적 진시황의 승상이었던 이사는 타향에서 온 이들을 추방하려 한 진시황에게 "태산은 작은 흙도 마다하지 않았기에 거산이 될 수 있었다"(「간축객서」)고 간했다. 진시황이 쫓아내려 한 이들은 평소 자신을 비워내 주던 이들이었다. 진시황은 이사의 간언을 들어, 다시 말해 자기 욕망 대신 타향에서 온 이들의 다양한 목소리를 자신에 담음으로써 대통일이라는 당대의 시대과제를 실현할 수 있었다.

대리자를 빈 배로 만들어야 하는 이유가 이것이다. 가능한 최대치로 비워낸 자리는 시민의 흙으로 채워가야 한다. 그래야 지금 우리 사회의 시대과제, 곧 평화롭고 풍요로우며 공정하기에 미래가 예측 가능한 삶과 사회를 구현할 수 있게 된다. 투표는 이렇듯 대리자를 뽑아 그를 가능한 최대치로 빈 배로 만들고 거기에 시민의 흙을 꾸준히 담아가는 활동의 시작이다. 시민이 떠 담는 흙, 그러니까 목소리를 감당하지 못하는 배였다면 바로 바로 가라앉게 놔두면 된다.

[한국일보 2017년 5월 9일 자
게재 당시 제목은 "선거와 빈 배[虛舟] 만들기"이다.]

16 법가[法家]식 총명과 민주주의

지하철서 파는 물건 가격은 웬만해선 만 원을 넘지 않는다. 몇 천 원짜리는 제법 사기도 하지만 만 원을 넘으면 잘 사지 않기 때문이다. 반면에 대형 마트 같은 데선 만 원은 고사하고 그보다 훨씬 비싼 것도 선뜻 산다. 왜일까?

하나는 믿을 수 없고 하나는 믿을 수 있기 때문이다. 물건을 두고 하는 말이 아니다. 물건을 파는 이를 두고 하는 말은 더욱 더 아니다. 만 원이면 적다고 할 수 없는 가격이다. 그런데 물건에 하자가 있다면? 이동상인에게 산 물건은 보상받기가 어렵지만 마트에서 산 물건은 그렇지 않다. 마트는 그 자리에 그대로 있지만 이동상인은 찾을 길이 막막하다. 수월하게 보상받을 수 있다는 믿음이 적지 않은 돈을 망설이지 않고 쓰게 했음이다. 볼펜을 살 때엔 굳이 A/S를 따져보지 않지만 자동차처럼 단가가 센 제품을 구입할 때는 살뜰하게 따져보는 이유다.

전국 동시 지방선거를 앞두고 만면 가득 과하게 웃음 짓는 정치인들과 노상 마주친다. 늘 그랬듯이 그들은 '황송하게도' 고

개를 푹 숙이며 먼저 인사를 한다. 문득 이런 생각이 뇌리를 스친다. 저들은 '이동형'일까 아니면 '마트형'일까. 언뜻 소속 정당이 있으니 마트형으로 보인다. 그런데 하자 발생 시 환불은커녕 하자 보수조차 받기 힘들다. 아니, 갖은 하자를 정치적 밑천으로 삼아대는 바람에 적잖은 스트레스에 시달리곤 한다. 정당이 겉모양만 마트형이었을 뿐 실질은 이동형이었던 것이다.

사정이 이러하다면 우리는 무엇을 근거로 투표, 그러니까 이동형 정치인과 정당을 '구매'했던 것일까. 답은 자못 명료하다. 파는 쪽에 믿음을 두지 못한 채 구매했다면 결국은 사는 쪽을 믿고 구매했다는 뜻이 된다. 저들이 이동형 정치인이요 정당임에도, 다시 말해 제품 하자 시 보상 가능성이 현저하게 낮음에도 소중한 한 표를 그들에게 행사했다면, 행사의 근거는 저들이 아닌 나에게 있을 개연성이 높다는 얘기다. 그럼 나의 무엇을 믿고서 그들에게 한 표를 행사한 것일까.

『한비자』에는 이러한 말이 나온다. 신불해라는 법가가 한 말이다. "독자적으로 봄을 일러 눈이 밝다[明]고 하고, 독자적으로 들음을 일러 귀가 밝다[聽]고 한다. 그렇게 되면 능히 독자적으로 판단할 수 있게 되니 천하의 주인이 될 만하다." 본래 눈귀의 밝음, 곧 '총명'은 대자연의 섭리나 인간사 사리 등에 밝아 최적의 결과를 자아내는 역량을 가리켰다. 신불해는 법가답게 이를 정치적 장으로 끌고 와서는, 군주다움의 조건으로 내건 '독자적 판단'의 선행조건으로 제시했다. 독자적 판단을 가능케 하는 총명을 갖추고 있으면 군주가 되기에 손색이 없다는 논리다.

이를 오늘날 민주주의 체제에 맞게 바꿔 읽으면, '정치적 주인' 그러니까 주권자가 되고자 한다면 내 안에 총명을 갖추고 있어야 한다는 말이 된다. 이동형 또는 마트형 같은 외적인 것에서 선택의 근거를 찾음이 아니라, 총명 같은 내적인 것에서 근거를 찾을 때 비로소 국가의 주인, 곧 주권자라고 할 만하다는 통찰이다.

마침 내일은 전국 동시 지방선거일이다. 시도 교육감 선거와 국회의원 보궐선거도 함께 치러진다. 전해 비해 이번 선거에서는 외부로부터 조장된 혐오나 증오, 그리고 선거철이 되면 지독하게 극성을 부리던 지역 간, 세대 간, 이념 간 갈등 등에서 근거를 찾아 투표하던 분위기가 꽤 누그러졌다. 어느 때보다 주권을 행사하는 나의 총명이 힘을 발휘하기에 좋은 조건이 무르익은 셈이다.

선거는 사람을 뽑는 것이 아니라 가치를 뽑는 것이다. 겉으로는 사람을 선택하는 양 보이지만 실상은 어디까지나 그들이 표방하는 가치를 선택하는 것이다. 선거는 더 나은 미래의 요람이라는 주장이 성립되는 이유다. 뽑은 사람이 바뀌었을지라도 그들이 구현하려는 가치가 이전 사람과 차이가 없다면 혁신은 요원해질 수밖에 없다. 그래서 내 안에 법가식 총명 같은 독자적 근거를 갖춤이 절대적으로 필요하다. 그러한 총명함으로는 장밋빛 '공약(空約)'이나 가짜 뉴스 등에 흔들리지 않고, 그들이 겉으로 드러낸 언행을 가로질러 그 이면에 내재된 가치를 직시할 수 있기에 그렇다. 선거가 민주주의의 꽃이라 할 때 그 꽃을 온전히 피우는 것이 바로 나의 총명함이라는 얘기다.

곧 나의 총명이 민주주의의 꽃인 셈이다. 물론 이러한 통찰이 사뭇 와 닿지 않을 수도 있다. 총명함 같은 개인의 내적 역량으로 몰염치한 욕망이 득세하는 세상을 얼마나 바꿀 수 있을지, 마냥 회의적일 수 있다. 그런데 찬찬히 따져보면 총명은 물론이고 사회적 제 가치나 진리, 당위에 대한 믿음 같은 내면적 역량이 놀랍도록 우리 삶에 깊숙이 삼투되어 커다란 영향력을 행사하고 있음을 부정하기란 쉽지 않다. 불의를 미워하는 정신, 공정함을 열망하는 마음이 촛불혁명을 일궈낸 데서 보이듯이 말이다. 게다가 나의 총명을 근거로 정치인을 선택하는 방식엔 이런 장점도 있다. 선택의 근거를 내가 제어할 수 있는 범위에서 취함으로써 선택의 성패를 '자기 주도적'으로 구현해갈 수 있다는 장점 말이다.

앞으론 잘하겠다며 큰절을 넙죽하고 사죄드린다며 무릎을 털썩 꿇어도 당선되고 나면 그들의 행동과 말을 '나'가 제어하기란 불가능에 가깝다. 총명 같은 내적 근거에 기댐이 실패 확률을 훨씬 줄일 수 있는 방도라는 얘기다.

[한국일보 2018년 6월 12일 자]

17 남이 살인했다고 내 도둑질이 용서받진 못해

"중간에 수강을 취소한 학생이 수강생의 30%를 넘었는데 왜 내가 C학점을 받아야 하지요?" 예전에 필자가 수강생으로부터 받았던 항의 메일의 한 대목이다. 일명 '김영란법'이 시행된 지난 학기부터는 학점 관련 민원성 메일이 거의 사라졌다. 하여 이 항의가 필자가 접한 항의 메일 가운데 '백미'가 될 듯싶다.

필자가 속한 대학에서는 상대평가를 해야 하고, 수강을 확정한 학생을 100으로 잡을 때 그 70%까지 A, B학점을 줄 수 있다. 따라서 수강 확정 후 수강생의 30%가 수강을 취소하면 논리적으로는 남은 학생 모두가 A, B학점을 받을 수도 있다. 메일을 보낸 학생은 수강 포기자 수가 3할이 넘자 이를 근거로 적어도 B학점은 받으리라고 기대했던 모양이다.

그러나 학점은 수강생 자신의 성취를 바탕으로 메겨진다. 남의 행위를 바탕으로 부여되는 것이 아니다. 상대평가라고 해도 마찬가지다. 수업에서 성취한 바를 비교하여 평가하는 방식이기에 상대가 성취한 바가 없으면 비교 자체가 불가능해진다. 곧 수강을 취소하면 비교할 근거가 사라지기에 수강 취소 학생 수가 학점 취득의 근거가 될 수 없게 된다.

가끔은 주위로부터 이러한 푸념도 듣곤 한다. 수업에 지각한 학생이 자기보다 더 늦게 들어온 학생과 자신을 동일하게 감점 처리하는 것은 부당하다며 항의한다고 한다. 영락없이 맹자가 일갈한 "오십 보로 백 보를 비웃는다"는 꼴이다. 오십 보를 갔든 백 보를 갔든 둘 다 비겁하게 전쟁에서 도망친 것은 매일반이다. 그럼에도 본질은 생각지 않고 말단의 차이로 상대를 비난한다면 누가 더 꼴 보기 싫어지겠는가.

그래도 이러한 모습들은 학점에 필요 이상으로 연연해하는 우리 대학의 '웃픈' 현실로 치부하고 넘어갈 수 있다. 그러나 이러한 해프닝이 결코 용납될 수 없는 부문이 있다. 정관계나 재계, 언론계, 사법계 같이 권력이 집중되고 행사되어 자신뿐 아니라 타인의 이해관계에 구조적이고도 일상적으로 영향을 미치는 영역이 그것이다. 가령 언론은 정론 생산 여부에 따라 존립의 정당성이 갖춰져야지 "우리는 저 언론사보다 '기레기'가 적다"는 사실이 존립의 정당성이 될 수는 없다는 것이다.

재계나 사법계, 정관계도 마찬가지다. 남의 불법이나 패악, 몰상식 등이 자기 정당화의 근거가 될 수는 없다. 남의 행위 결과를 토대로 이익을 보려는 삶의 태도나 사고방식은 사상누각에 불과할 뿐이다. 그래서 '박근혜-최순실' 국정 농단이 불거진 이후 민주당과 야권 대선 후보의 지지율이 높아진 현상도 냉정하게 돌아봐야 한다. 과연 그들이 잘한 바를 근거로 지지율이 상승된 것인지, 정계가 '제로 섬(zero-sum)'적으로 작동된 결과 상대의 잘못으로 인한 반사이익인지를 냉철하게 짚어봐야 한다. 만일 후자만이라면 소위 '한 방에 훅 갈' 가능성도 그만큼 높아졌음은 사필귀정일 것이다.

야권이 '박근혜-최순실' 일당처럼 잘못했다는 말이 아니다. 국정 농단의 연루자들 모두가 그 정도에 따라 법적, 역사적으로 견책돼야 함도 물론이다. 다만 그들의 처벌이 지연된다고 하여 민주적 제 가치가 온전히 구현되게끔 하는 노력을 안 해도 되는 것은 결코 아니다. 시민으로부터 우리 사회의 개혁 의무를 위임받은 자들이 자기 이해관계를 앞세우느라 개혁을 등한시한다면, 그들 역시 견책과 청산 대상이 될 수 있다는 얘기다.

언론 보도에 따르면 대통령 탄핵 이후 국회를 통과한 '개혁법안'은 한 건도 없다고 한다. 아니 그러할 마음이 있는지 자체가 의심스러울 정도로 개혁이란 절체절명의 과업이 대선과 개헌이라는 화두에 먹히고 말았다. 이렇게 앞뒤 분간을 못했음에도 정권 교체에 성공했다고 치자. 그렇다고 개혁을 등한시한 잘못이 사라지는 건 아니다. 개혁은 지금 일어나고 있는 문제를 해결하려는 것이기에 빠르면 빠를수록 그만큼 피해를 줄일 수 있다. 병환에 신음하는 병자에게 의사가 병원장 선거에서 승리한 다음에 치료를 시작하자고 하면 어떤 일이 벌어지겠는가. 병원장은 고사하고 의사 면허 자체가 취소돼야 마땅할 것이다.

지난 주말 강추위 속에서도 80만 시민이 촛불을 밝혔다. 촛불 민심은 그렇게 일관되게 적폐 청산과 불평등, 불공정한 사회구조의 근본적 개혁을 요구하고 있다. 언론에서는 매일같이 대선 후보들의 공약이 선전되고 있다. 그 공약들이 촛불민심이 요구하는 바와 무관할 수는 없다. 그런데 왜 대통령이 된 다음에나 개혁을 하겠다며 미루는지, 정녕 지금 할 수 있는 것은 하나도 없단 말인지 참으로 답답해진다.

남의 살인이 내 도둑질을 정당화해주진 못한다. 남을 악의 축으로 규정하면 내가 자동적으로 선이 되는 것도 아니다. '정치 예능'에 나와 공약 이행을 힘주어 약속하면 개혁이 저절로 이뤄지는 것도 아니다. 이는 자기 기만일 뿐이다. 개혁은 못돼도 천 리를 가야 하는 여정이다. 한 걸음 한 걸음 내디딜 수 있을 때 착실하게 쌓아가야 한다. 익히 경험했듯이 기득권층이 호락호락한 적은 없었기에 더욱 그렇다.

[한국일보 2017년 2월 15일 자]

18 '난신적자[亂臣賊子]'라는 적폐

논자들은 서구 인문의 원형을 호메로스의 『일리아스』와 『오디세이아』에서 찾곤 한다. 그러면서 종종 묻는다. 그러한 역할을 한 텍스트가 고대 중국에도 있는지를. 그러면 필자는 공자가 편찬한 『춘추』에 좌구명이 해설을 단 『춘추좌전』을 들곤 한다.

물론 제목이 시사해주듯이 이 책에는 춘추시대의 역사만 실려 있다. 그러나 한 알의 씨앗 속에 천 년의 고된 세월마저 이겨낼 형상과 동력이 담겨 있듯이, 여기에는 후세에 파란만장하게 펼쳐진 중국 인문의 추형과 원천이 오롯이 담겨 있다. 마치 『일리아스』, 『오뒷세이아』에 서구의 인문이 빼곡하게 배태되어 있는 것처럼 말이다. 『춘추좌전』을 두고 중국 인문의 원형이라 해도 과언이 아닌 이유다.

그렇다고 『춘추좌전』에 멋지고 본받을 만한 인물과 일만 실려 있다고 기대해서는 안 된다. '영웅들의 위대한 서사시'라고 불리는 『일리아스』, 『오뒷세이아』에 인간의 갖은 결점과 오점이 함께 실려 있는 것처럼 『춘추좌전』에도 인간사 오만 추악함과 삿됨이 적나라하게 담겨 있다. 당연히 후세를 경계하기 위해서였다. 역사를 익힘은 과거의 잘잘못을 성찰하여 현재를 개선하고 미래를 능동적으로 구성해가는 활동 그 자체이기에 그러했다.

그래서 맹자는, 공자가 『춘추』를 편찬하니 난신적자들이 두려움에 벌벌 떨었다고 증언했다. '난신'은 당시 기축 사회제도였던 봉건제적 신분질서를 어긴 신하를 가리킨다. 지금으로 치자면 민주주의와 법치 이념을 능멸하며 탈법과 위법을 자행하는 이들이 해당된다. '적자'는 패륜, 그러니까 인륜을 어긴 자들을 말한다. 우리 사회로 치자면 인권이나 평화 같은 인류의 보편적 가치를 훼손한 이들이 이에 해당된다. 공자는 이러한 삿된 행위가 반복되지 않게 하고자 난신적자의 행위를 기록함으로써 그들을 역사에 길이 고발했다는 것이다.

그런데 뭔가 석연치 않다. 난신적자가 역사책에 자기 악행과 악명이 기록된다고 하여 벌벌 떨 줄 아는 이들이었다면, 그 정도로 역사를 두려워 할 줄 아는 '양식 있고 소양 있는' 자들이었다면 과연 패악을 저질렀을까 하는 의문 때문이다. 게다가 우리 주변에서도 쉬이 목도할 수 있듯이 절대 다수의 난신적자는 자신이 정의라고 여기지 잘못됐다고 생각지 않는다. 공자가 『춘추』를 편찬한 이후로도 현실에서는 난신적자가 꾸준히 양산된 까닭이다. 『춘추좌전』이 그 서명을 아예 '난신적자 열전'으로 바꿔도 무방할 정도가 된 연유다. 그만큼 현실

속 난신적자는 벌벌 떨기는커녕 그 위세를 더해가며 떵떵거리고 있었음이다.

그렇다면 공자가 『춘추』를 편찬하여 난신적자를 대거 기록하고, 좌구명이 그들의 악행을 비교적 상세하게 밝힌 목적은 무엇이었을까. 장차 위정자가 될 후손에게 베푼 도덕적 경계라고 하기에는 지나칠 정도로, 패륜의 끝을 보여주는 장면마저 '알차게' 담아놓은 그 의도 말이다. 이와 관련하여 다음 언급은 참조할 만하다.

> 예(禮)란 나라를 수호하고 정책과 법령을 집행하며 백성을 잃지 않는 근거다. 지금 노나라는 정책과 법령이 신하인 대부에게 장악됐음에도 군주인 소공이 이를 되찾지 못하고 있다. 소공은 빼어난 인물을 등용하지도 못하고, 대국과 맺은 맹약을 어기고 작은 나라를 업신여기고 있다. 남의 불행은 자신에게 이롭다고 여기고 자신의 사사로운 행위는 모른 채 한다.(『춘추좌전』 소공(昭公) 5년)

노나라에서 난신적자가 활개치게 된 원인을 분석한 대목이다. 예컨대 계손씨 같은 난신적자의 발호는 무능하고 몰염치한 군주 소공이 있었기에 가능했다는 설명이다. 우연히 그렇게 됐다는 것이 아니라는 뜻이다. 『춘추좌전』에 실린 난신적자 관련 기사를 유심히 보면 대개는 난신적자보다 앞서 패악을 저지른 자들이 먼저 있었음을 발견하게 된다. 난신에 앞서

'난군(亂君)', 그러니까 나라를 혼란케 하는 군주가, 적자에 앞서 도적 같은 아버지인 '적부(賊父)'가 먼저 있었다는 것이다. 그렇게 영혼에는 탐욕만이 잔뜩 들어찬 함량 미량의 인물들이 먼저 나타나 상황을 오도했기에 난신적자가 도리어 큰소리쳐 대며 승승장구할 수 있었다는 뜻이다.

여기서 공자와 좌구명이 역사 기술을 난신적자 열전으로 펼쳐낸 의도와 만나게 된다. 난신적자가 어떤 환경에서 배출되는지를, 또 그들이 어떻게 사유하고 행동하며 후세의 난신적자를 재생산하는지를 밝히고자 했음이다. 그럼으로써 난신적자의 출현을 막거나 최소화하려는 것이 그들의 궁극적 의도였다는 것이다. 따라서 '난군적부'가 먼저 있어서 그렇게 됐으니 그 상황에서는 난신적자가 될 수밖에 없었다는 식으로 그들을 이해해주자는 주장 따위가 끼어들 여지는 없다. 남이 도둑질했다고 하여 자신이 저지른 도둑질이 정당화될 수 없기에 더욱 더 그러하다.

그래서 난신적자와 그들이 저지른 적폐의 청산은 응당 난신적자가 재생산되지 못하도록 이를 윤리적, 법적, 제도적 차원서 방지하는 방향으로 일관되고도 치열하게 수행돼야 한다. 그랬을 때 비로소 난신적자가 거듭 출몰하며, 자기가 정상인 양 국면을 호도하는 비정상이 더는 반복되지 않을 것이다.

[한국일보 2017년 11월 14일 자]

19 공자와 자산, '소인들의 영웅'을 처형하다

공자 하면 성인이 떠오르고, 성인하면 어짊[仁]이나 가없는 사랑 등이 연상된다. 그래서인지 그는 사형 같은 극형과는 왠지 무관할 듯싶다. 그러나 역사는 이와 달랐다. 법무장관 격인 대사구에 제수된 지 얼마 안 되어 공자는 소정묘라는 인물을 처형했다.

소정묘는 노나라 저명 인사였다. 일설에 의하면 그는 당시 발흥했던 민간교육 시장에서 공자의 호적수였다고 한다. 게다가 공자는 자기 '롤 모델'인 주공의 "의로운 형벌, 의로운 처형일지라도 사용을 삼가라"(『서경』)는 가르침도 여겼다. 소정묘 처형은 그가 정사를 담당한 후 처음으로 취한 조치였으니, 먼저 교화에 힘써야 한다는 주공의 권계를 대놓고 무시한 셈이었다.

여러 모로 이 사건은 화제가 될 수밖에 없었다. "어진이[仁者]만이 능히 사람을 미워할 수도 좋아할 수도 있다"(『논어』)는, 자신이 믿는 진리의 실천이었을지라도 사람들이 가만히 있을 리 만무했다. 마침 제자 하나가 그 까닭을 여쭸다. 공자는 무척이나 기다렸다는 듯이 처형 이유를 밝혔다. 그의 학통을 이어받은 순자의 증언에 의하면, 그 이유는 무려 다섯 가지나 됐다. 이들은 하나만 범해도 극형을 면할 수 없는 죄악이었다고 한다.

> 마음이 열려 있는 듯싶지만 실상은 음험한 것, 행실은 편파적이건만 원만해 보이는 것, 거짓을 말함에도 그럴 듯하게 꾸미는 것, 추잡한 것만 기억함에도 겉으론 해박한 것, 그릇된 것만 따르지만 도움인 양 행하는 것.(『순자』)

공자는, 소정묘가 이 다섯 해악을 다 지녔던 까닭에 그의 말은 사악함을 꾸며 대중을 호도할 수 있었으며, 그의 역량은 올바름을 척지고도 우뚝 설 수 있었다고 했다. 그래서 그의 곁에는 따르는 자들이 모여 무리를 이루니, 그러한 '소인들의 영웅'은 처형할 수밖에 없었다는 것이다. 단적으로 나라에 도가 제대로 작동되는 한 그런 인물이 죽음을 면치 못하게 됨은 당연한 이치라는 뜻이다.

이 점에 있어서는 공자가 비판했던 법가도 매일반이었다. 법가의 선하를 이룬 인물 가운데 공자보다 선배 세대였던 정나라의 자산이란 인물이 있었다. 춘추시대 명재상 중 하나로 꼽히는 그는 중국사 최초로 성문법을 시행한 이로 알려져 있다. 그럼에도 공자가 그 죽음을 안타까워했을 정도로 그는 정치를 꽤 잘했다. 공자가 법치에 동의했다는 얘기가 아니다. 그는 성문법이든 불문법이든, 법에 의한 통치를 일관되게 반대했다. 주된 이유는 법치가 인민의 도덕적 역량 증진과 무관할 수 있다는 점이었다.

법을 잘 지킴이 자동적으로 도덕 역량의 진전으로 이어지진 않는다는 통찰이었다. 응당 정사는 법 준수의 근간을 이루는 도덕의 증진에 초점이 맞춰져야 한다는 정신이었다. 그렇지 않으면 법이 이로우면 지키고 이롭지 않으면 법을 어겨서라도 이익을 도모하는 풍조가 오히려 조장된다고 보았다. 실제로 공자의 우려는 기우가 아니었다. 이미 당시에 법치를 조롱하며 이익을 추구했던 인물이 있었다. 근자에 들어, 문헌에 기록된 중국사 최초의 변호사라고 치장되는 등석이란 자가 바로 그다.

당시 정나라에서는 정사에 대한 의견을 벽에 써서 붙이곤 했다. 오늘날로 치자면 대자보인 셈이다. 그런데 이를 자산이 금하자 등석은 편지를 보내는 방식으로 정치 비판을 이어갔다. 편지는 대자보 게시와 분명 다르므로 법을 어긴 것은 아니었다. 이에 자산은 편지로 정치적 견해를 밝히는 방식을 금했다. 그러자 등석은 물품을 보내면서 그 안에 정견을 담은 글을 함께 넣어 보냈다. 정견이 담긴 글을 물품으로 취급한 것으로, 곧 편지의 형식을 띠지 않은 셈이기에 이 또한 법령을 어겼다고 볼 수는 없었다.

이렇게 등석은 자산의 정치를 힘써 비난하였다. 그는 송사를 당한 백성에게 큰 건은 큰 대가를, 작은 건은 작은 대가를 챙기면서 소송에 임하는 법을 가르쳤다. 『여씨춘추』에 따르면, 그는 그른 것을 옳다 하고 바른 것을 틀렸다고 가르쳐 결국 옳고 그름의 기준이, 또 해도 되는 일과 해선 안 되는 일의 기준이 매일같이 변하게 됐다고 한다. 또 그는 이기고 싶으면 이기게 해주고 죄를 주고 싶으면 처벌받도록 했다고도 한다. 나라가 심히 혼란해지고 사람들의 입에서는 비난을 위한 비난과 이치에 어긋난 책망만이 가득했다.

이설이 있기는 하지만, 자산은 그러한 세태를 유발한 등석을 단호하게 처형하였다. 순자의 증언을 토대로 재구성하면 처형 근거는 이러했다. 등석은 괴상한 학설과 이상한 언사임에도 말을 유창하게 꾸며댄다. 하여 그 말은 쓸모가 없어 세상에 도움이 되지 못하고 정치의 기강으로 삼을 수도 없지만, 말만이라도 그럴 듯하게 하다 보니 어리석은 대중은 미혹되고 만다.

지금으로부터 무려 2,500여 년 전, 고대 중국서 있었던 일임에도 너무나도 친숙하다. 어느 것 하나 지금 여기의 우리 세태와 다르지 않다. 당시에 비해 오늘날이 훨씬 문명화됐다고 자부해왔음에도 말이다. 선만 진화하는 것이 아니기 때문이다. 악도 진화를 멈추지 않기에, 아니 지킬 것이 한참이나 더 많기에 더욱 치열하게 '악의 진화'를 거듭한 결과다.

[한국일보 2017년 11월 28일 자]

20 정직하게 되갚아주어라!

당신이 엄청나게 당했다. 그럴 만한 어떠한 이유도 없었다. 그냥 한 고을에서 같이 살았다는 것이 죄라면 죄, 생각할수록 너무 억울할 것이다. 그러나 상대는 당신보다 더 큰 힘을 지니고 있다. 되갚고자 해도 현실적으로 방도가 없었다.

분노는 삶을 통째로 망가뜨리기 마련, 몸도 마음도 생활도 어그러졌다. 문득 현자를 찾으면 해법이 있지 않을까 싶었다. 마침 당신 고을에는 온 천하에 명성이 자자한 두 명의 현자가 살고 있었다. 짬을 내어 그들을 찾았다. 기대대로 그들은 답을 주었다. 그런데 그 답이 정반대였다. 하나는 원한을 은덕으로 되갚으라는 것이었고, 다른 하나는 받은 만큼 정직하게 되돌려주라는 것이었다.

여기서, 문제 하나! 앞서 말한 현자는 공자와 노자였다. 자, 그렇다면 위의 답변 가운데 어느 것이 공자의 말이고 또 어느 것이 노자의 말일까? 공자는 주지하는 바대로 '어짊[仁]'의 대명사이고, 노자는 궁극의 힘으로서 부드러움을 역설하던 물을 닮은 현자였다. 왠지 두 사람의 입에서 받은 만큼 고스란히 되돌려주라는 말은 안 나올 성싶다. 그러나 당신이 받은 답변은 분명 두 사람에게서 각각 받은 권고였다. 그렇다면 공자는 어떤 권고를 했을까?

언뜻 은덕으로 되갚으라, 다시 말해 용서해주라는 권고가 공자가 한 말일 듯싶다. 스승의 도를 개괄하자면 결국 '용서함'뿐이라는 제자 증자의 증언이 말해주듯이, 용서는 공자가 말한 어짊의 요체였기 때문이다. 그런데 의외로 공자의 정답이 "원한은 받은 만큼 그대로 되갚아주어라[以直報怨]"(『논어』)였다. 한마디로 눈에는 눈, 이에는 이로 되갚으라고 한 셈이니, 용서를 강조하던 입에서 나온 말이라고 믿기에는 사뭇 석연치 않다. 그러나 한 입으로 두 말 하는 이가 성인의 반열에 오를 수는 없었을 터, 뭔가 그렇게 말한 까닭이 틀림없이 있었을 것이다.

공자의 시대, 복수는 지식인이라면 반드시 곱씹어야 할 문명의 화두였다. 지식인이라면 반드시 복수에 대한 자기 관점이 서 있어야 했다는 뜻이다. 공자도 예외가 아니었다. 마침 어떤 이가 은덕으로 원한을 갚는 것[以德報怨]은 어떠하냐며 물어왔다. 그러자 공자는, 그럼 은덕을 입으면 무엇으로 되갚아야 하냐고 되물었다. 그러고는 "원한은 받은 만큼 그대로 되갚아야 하고, 은덕에는 은덕으로 되갚아야 한다"(『논어』)고 단언했다.

다소 낯설 수도 있다. 은혜도 복수처럼 되갚아야 하는 것이라는 공자의 관점이 말이다. 복수야 공자도 사람이니까 받은 대로 되갚으라고 할 수도 있겠지만, 은혜를 받은 만큼 되갚다니, 말이 안 될 듯싶어서이다. 받음에 대가를 치러야 한다면 그것이 어떻게 은혜라고 할 수 있을까란 의문이 들 수 있기에 그렇다. 그런데 공자만 복수와 보답을 연동시켜 사유했음은 아니었다. 중국에선 먼 옛날부터 줄곧 원한과 은덕은 둘 다 되갚아야 하는 것으로 여겨졌다. 누가 피해를 입힐 때만 되갚은 것이 아니라, 은혜를 베풀어도 꼭 되갚아야 한다고 생각했다. 하여 은혜를 입었음에도 보답하지 않으면 십중팔구 뒤탈이 난다고 믿었다. 이는 황제조차 예외가 아니어서, "은혜를 갚지 않으면 위험에 빠지게 된다"(『회남자』)고 경고했을 정도였다.

그런데 은혜를 베푼 이에게도 덕으로 갚고, 원한을 맺게 한 이에게도 덕으로 갚는다면 과연 누가 은혜를 베풀겠는가? 내가 누군가에게 해를 끼쳤음에도 보복받기는커녕 오히려 그가 내게 덕을 베푼다면, 그를 또다시 괴롭히지 않을 가능성이 얼마나 되겠는가? 공자가 피해를 입은 만큼 되돌려주라고 권고한 까닭이 이해되는 대목이다. 안 그러면 피해를 더 입게 되고, 결국 파멸 그러니까 더 이상 손해 볼 것이 없는 지경에 이르게 될 것이다.

논자들이 개인이든 사회이든, 복수가 진보의 동력이었다고 주장하는 근거가 여기에 있었다. 더 당하지 않기 위해서는 보복을 해야 했고, 그러려면 힘을 키워야 했다. 복수가 '너 죽고 나 죽자' 식의 자포자기일 수도 있지만, 추가적 피해를 보지 않기 위해 스스로를 강화하는 과정일 수도 있다는 것이다. 그래서 "은덕으로 원한을 갚으라"는 노자의 권고는, 머리로는 이해돼도 현실적으로는 무기력한 이상이라 비판받기도 했다.

신기한 일은 21세기 첨단 디지털 문명을 구가하는 한국에는 노자의 권고를 따르는 이들이 참으로 많다는 점이다. 부자를 만들어주겠다는 감언이설에 열광하여 이명박을 대통령으로 뽑았던 전력으로 보건대, 그들이 노자처럼 세속의 가치를 부정하며 자연을 닮고자 하지는 않은 듯하다. 그럼에도 그들은 노자의 권고를 우직하게 실천하고 있다. 헌법을 유린하고 양식을 조롱하는 이들이 자신의 정당한 권리와 이익을 침탈하고 또 해도 그들은 이러한 악한 무리들에게 은덕을 베풀고 또 베푼다. 이치대로라면 응당 고양이였어야 할 이들이 기꺼이 쥐가 되더니, 그것으로도 모자라 고양이에게 동정을 베푸는 격이다.

본래 동정은, 관용이 그러하듯이 강자가 약자에 대해 품는 연민이다. 고양이이기에 쥐를 동정하고 용서할 수 있음이지, 쥐가 된 처지에서 고양이를 동정하고 용서해야 함은 아니다. 노자의 말은 그래서 사회적 강자에 대한 권고일 때 유의미하다. 그렇다면 공자의 권고는 누구에게 유효할까. 한 가지 분명한 사실은, 고금의 역사가 밝히 말해주듯이 가만히 있으면 결국 잡아먹히고 말 따름이라는 점이다.

[한국일보 2015년 12월 11일 자]

21 절은 좋은데 승려가 싫으면?

"절이 싫으면 중이 떠나면 된다"는 속담이 있다. 여기서 절은 종교 활동이 이뤄지는 건물만을 뜻하지 않는다. 여러 가지로 풀이가 가능하지만 이를테면 주지 스님이나 주류를 가리키는 말로도 이해 가능하다. 중이 떠나면 된다는 표현은 다른 절로 가면 된다는 얘기다. 파계하지 않는 한, 한 곳 사찰이 마음에 맞지 않는다고 승려이기를 포기하는 건 아니다.

결국 이 속담의 뜻은 지금 있는 절의 승려들과 마음이 안 맞으면 마음 맞는 절로 옮기면 된다는 정도이다. 이 속담의 참뜻이 궁금해서 한 말은 아니다. 예나 지금이나 종교 시설에는 성스럽게 구별된 공간이 있고, 종교 의식을 주관하는 승려가 있으며, 그곳을 찾아 종교 활동을 하는 신자가 있게 마련이다. 위 속담은 이 중에서 신자를 빼고 다른 둘만 가지고 얘기한 것이다. 하여 신자까지 넣어서 얘기하면 이 속담 외로도 "절이 싫으면 신자가 떠나면 된다", "중이 싫으면 신자가 떠나면 된다" 등을 구성해볼 수 있게 된다. 그런데 절은 좋은데 승려가 싫으면 어떡해야 하는 것일까.

여기서 절을 나라로 바꿔보자. 나라는 좋은데 정치인이 싫으면 시민은 어떻게 해야 할까. 꼭 정치인만을 두고 하는 얘기는 아니다. 우리나라에는 자기가 오늘날의 한국을 만들어온 장본인이라고 주장하는 이들이 제법 된다. 족벌 언론이 그러하고 법을 수호한다는 검사나 판사 중에도 그런 이들이 꽤 있다. 우리나라를 살찌워온 주력이 자신이라고 부르대는 세습 재벌도 빠뜨릴 수 없다. 이들은 참으로 싫은데 우리나라는 너무나도 좋다면, 그런 시민들은 어떡해야 하는 것일까.

몇 가지가 가능할 듯하다. 하나는 그럼에도 내가 떠나는 것이다. '헬조선'이란 표현이 잘 말해주듯, 계속 있다가는 그들로 인해 나라마저 싫어질 듯하니 그 전에 차라리 내가 떠나는 게 낫다는 판단이다. 다른 방도로는 그들을 떠나게 하는 것이다. 잘못이 저들에게 있는 만큼, 나라를 사욕 실현의 발판으로 이용해온 저들이 떠남이 타당하다는 판단이다. 문제는 이것이 쉽지 않다는 점이다. 내가 떠나는 것이야 여건이 되고 결심이 서면 금방이라도 실행할 수 있지만, 힘만 있는 저들을 떠나게 하는 건 나 혼자 힘만으로는 거의 불가능이다. 그건 다수의 힘이 결집되어야 비로소 가능한데, 문제는 다수의 인내가 임계점에 달하지 않는 한 축출이 가능한 힘이 쉬이 결집되지 않는다는 점이다. 촛불혁명 같은 일이 자주 일어나지 않는 까닭이다.

그래서 이러한 대안을 모색해봄직하다. 저런 함량 미달의 존재들이 내가 좋아하는 이 나라에 빌붙지 못하도록 우리 사회의 결을 일신해가는 길이 그것이다. 물론 이 또한 쉽지 않다. 게다가 시간이 꽤 걸린다는 단점도 있다. 반면 실현되면 무척 오랜 세월 동안 효력이 발휘된다는 큰 이점이 있다. 익히 취해봄 직한 길이라는 얘기다.

사회의 결이라 함은 사람으로 치자면 체질과 같은 것이다. 체질은 종종 이성이나 의지에 앞서기도 한다. 하여 분노나 증오 따위가 체질에 스며들면 여간해서는 도려내기 어려워진다. 내 안에 이성의 목소리가 충분해도 막말이나 가짜 뉴스 등에 끝내는 영향 받는 이유다. 인문의 향기가 스며들면 얘기가 달라진다. 사실일지라도 내 속을 불편케 하면 쉬이 받아들이지 않고, 아무리 옳은 일이라도 손해가 된다거나 귀찮으면 안 하게 되는 게 인지상정이지만 인문을 머금은 체질은 그렇지 않다. 결국에는 나를 이성의 자장에서, 지성의 힘에서 벗어나지 못하게 한다.

문제는 체질 개선의 길이 결코 녹록지 않다는 점이다. 일정 수준 이상의 노력을 장시간에 걸쳐 꾸준히 기울였을 때 비로소 가능한 일이기에 그렇다. 익숙함을 떨궈내는 불편함과 관성을 거스르는 고충을 감내해야 하고, 성과가 쉬이 드러나지 않아도 지치거나 실망하지 않는 근성과 굳은 의지 등을 고루 갖춰야 한다. 그래서 결코 말처럼 쉽지 않은 것이 체질 개선이다.

한 개인의 체질을 바꾸는 데도 이러하니 한 사회의 체질을 바꾼다는 것이 얼마나 지난한 일인지는 짐작이 되고도 남는다. 꼭 100년 전 5월의 어느 날, 『광인일기』란 소설을 통해 사람을 잡아먹는 봉건 예교(禮教)로부터 아이들을 구하라고 절규했던 루쉰의 심정이 절로 이해되는 대목이다. 일상에서, 또 영혼과 신체에서 중국 사회의 기본 체질이 된 봉건 예교를 거둬내는 과업의 실현은 봉건 예교에 아직 잡혀먹지 않은, 곧 물들지 않은 아이를 지키는 길밖에 없다는 그의 외침이 사회 체질의 개선이 얼마나 어려운 일인지를 잘 일러준다.

그럼에도 내가 떠나지 않는다면 이 길을 걸을 수밖에 없다. 우리의 아이들을 지키기 위해서라도 그러하지만, 무엇보다도 나라의 주인인 우리 시민이 좋아하는 나라를 '헬조선'으로 만들고 있는 자들로부터 우리 스스로를 구제하기 위해서라도 그러하다. 공자의 "임중도원(任重道遠)"이란 탄식이 절로 든다. 임무는 무거운데 갈 길은 멀다는 그 탄식 말이다.

[한국일보 2019년 3월 12일 자]

[맺음말_깊음에서 비롯되는 것들]

깊음은 물이나 산 같은 데만 있는 것이 아니다. 웅장한 성당이나 그윽한 사찰 같은 데만 있는 것도 아니다. 그것은 사람에게도 존재하고 사회나 국가에도 서식하며 생각이나 지식, 기술은 물론 인생이나 예술, 문명에도 스며든다.

그것은 노인의 패인 미소에, 아이의 해맑음에, 도축을 앞둔 소의 눈망울에도 깃든다. 여행 중 마주치는 풍경에, 일상서 접하는 인공적 경관에서도 깊음을 목도한다. 어쩌면 우리 삶을 구성하고, 삶터에서 마주하는 것들 대부분에 깊음이 배어 있을지도 모른다.

그렇다고 하여 사람들이 깊음을 잘 보아내는 건 아니다. 말이 깊거나 속이 깊으면, 또 학식이 깊거나 조예가 깊으면 분명 좋은 일임에도 깊음을 포착하는 일은 언제부터인가 일상서는 접하기 힘든 바가 되었다. 왜일까. 깊음이 이익의 밑천이나 즐거움의 원천 노릇을 못하기 때문이다. 깊음이 이익을 안겨주면 알려주지 않아도 알아서 취할 것이요, 깊음이 재미를 유발하면 가만 놔둬도 애써 찾을 것이다. 좋다한들 이익도 되지 않고, 의미 있다한들 재미가 없으니, 깊음은 없어도 그리 불편해 하지 않았던 게다.

개인 차원서만 그러했음이 아니다. 작금의 세상 풍조는 깊음을 연신 쫓아내고 있다. 경쟁, 성과, 효율 등의 행세는 깊음이 깃들 시간을 허락지 않는다. 일상에선 깊음을 갖춰갈 기회가 여간해서는 주어지지 않는다. '헬조선'에 시달린 사람들은 미래를 내다보려 하지 않고 현실만을 중시하며, 근본의 치유보다는 당장의 통증 완화를 지향한다. 진지함은 '갑분싸'를 유발할 뿐 좌중을 깊음으로 인도하지 못하고, 속 깊은 통찰은 톡톡 튀는 아이디어만큼 선호되지 않는다. 여운 깊은 미소보다는 휘발성 강한 웃음이 각광받는다. 한마디로 깊음은 우리 사회서 기댈 수 있는 '스펙'이 되지 못한다. 게다가 깊음을 갖추는 데는 시간과 노력이 제법 든다. 깊음이 이래저래 우리 생활에서 멀어진 저간의 사정이다.

그런데 깊음을 이렇게 멀리해도 별 문제 없는 것일까. 인류의 선한 진보는 삶과 삶터에 자리 잡은 깊음으로부터 추동되었다. 개인의 삶부터 국가사회의 존속에 이르기까지 깊음은 없어서는 안 될 것이었다. 이는 내가 동의하지 않는다고 해서 부정되는 바가 아니다. 동서고금의 역사에서 깊음의 역량과 효능은 차고 넘치게 입증됐기에 그렇다. 깊음은 시대나 지역을 불문하고 언제 어디서나 '문명의 덕(德)'이었다. 그럼에도 깊음은 우리 사회서 꾸준히 축출되고 있다. 누군가가 그것을 치밀하고도 집요하게 밀어내고 있다. 그렇지 않고는 이리 오랜 세월동안 정치인의 막말과 언론의 부추김이, 또 소위 갖은 '사회적 갑'들의 우김과 잡아뗌이 그들의 생존 기반이 되고 영향력 강화의 원천이 되지는 못했을 것이다. '금수저'로 태어났다는 이유 하나로 기업을 좌우하는 일도, 권력이 손에 쥐어졌다고 삿되게 휘두르는 일 따위도 반복되지 않았을 것이다.

깊음을 우리 삶과 사회의 기본 가운데 기본으로 다시 갖춰야 하는 까닭이다. 그래야 깊이 없는 이들에게 힘이 부여됨으로써 초래되는 부조리와 불상사가 더는 재발되지 않도록 막아낼 수 있다. 나와 우리의 옅음에 빌붙어 사는 기생충 같은 존재가 도리어 주인인 양 행세하는 꼴도 끊어낼 수 있다. 정치적 지지도 조장된 갈등이나 근거 없는 편견, '묻지마' 식 증오에서가 아니라 몇몇 선진국처럼 양식과 이성, 진실 등에서 비롯될 수 있게 된다. 몇 년 전 광장과 거리, 삶터 곳곳에서 촛불로 밝혀 올린 공정함과 평화, 행복, 인간다움 같은 우리 시대의 소명과 가치도 꾸준히 실현해갈 수 있게 된다.

이것저것 다 떠나서 나 자신을 위해서라도 깊음을 꼭 갖추어야 한다. 깊어져야 비로소 깃드는 것들이 있기에 그렇다. 이를테면 눈에 보이는 것만 보지 않고, 당장 이익이 되는 것만 생각지 않으며, 편해 보인다고 하여 그 길만을 걸으려 하지 않는 그러한 역량들이다. 만사만물은 결코 어느 한 측면만을 지니고 단일한 관계만을 맺고 있지 않다. 깊이가 없거나 부족하면 직간접적으로 연동되어 있는 다수의 측면과 관계를 읽어내지 못한다. 볼 수 있는 것만, 보고 싶은 것만 보는 옅음으로는 이들을 보아내지 못한다. 삶의 성공 가능성을 높이려면 혹은 실패 확률을 줄이려면 보이지 않지만, 또 보고 싶진 않아도 봐야 하는 것들을 보아내고 읽어내야 한다. 그래서 깊음을 읽어낼 줄 앎은, 그러기 위해 내가 깊어짐은 선택이 아니라 필수다. 적어도 성공하고자 하거나 실패하지 않고자 한다면 말이다. 깊어짐으로써 얻는 이로움이 설령 즉시적이지는 않을지라도 이를 반드시 지녀야 하는 이유다.

게다가 우리를 둘러싼 소위 '4차 산업혁명'으로 대변되는 문명조건은 내 안에 깊이를 갖출 필요성을 한층 강조해준다. 이 시대가 기본으로 요구하는 창의나 협업, 융복합 같은 역량은 옅음에는 깃들 수 없는 깊음의 덕목이기에 그렇다. 남을 사랑하지 않음은 자신을 사랑할 줄 모르기 때문이라는 말이 있다. 이를 패러디하면 남에게 깊음을 바라지 않음은 나에게 깊음을 가할 줄 모르기 때문 정도가 된다. 물론 깊음을 도모할지 여부는 어디까지나 스스로 결정할 몫이다. 다만 나의 옅음이 다른 옅은 인간에게조차 기름진 먹잇감이 된다는 사실 정도는 염두에 둬야 하지 않을까 싶다.

* * * * * * * * * * * * * * * * * * * *

이 글을 끝으로 책을 갈무리하고자 한다. 여기에 실린 칼럼이 우리 사회의 결을 바꾸는 데 얼마큼의 기여를 했는지, 또 이렇게 칼럼을 모아 출간함이 얼마큼의 기여를 할지 정말 자신이 없다. 그럼에도 부끄러움을 무릅쓰고 칼럼 모음집을 세상에 내놓는다. 실현 난망한 소망일지라도 나날의 삶이 선물이 되는 사회를 일구는 데 이 글들이 자그마한 힘이 되기를 꿈 꾸어본다.